【臺灣現當代作家
研究資料彙編】89

三　毛

國立台灣文學館
出版

部長序

　　文學是時代和社會的產物，所反映的必然是「那個時代、那個地方、那些人」的面貌；倘若我們想要接近或理解某一特定時空的樣態，那麼誕生於那個現實語境下的作家及其作品往往是最好的媒介之一。認識臺灣文學、建構一部完整的臺灣文學史，意義也就在這裡，而這當然有賴於全面且詳實的作家及作品研究。臺灣現當代文學的誕生及發展，自 1920 年代以降，歷時將近百年；這片富饒繁茂的文學沃土，仰賴眾多文學前輩的細心澆灌、耐心耕耘，滋養出無數質量俱優的作品，成績有目共睹，是以我們更應該珍惜呵護，以維繫其繽紛盎然的榮景。

　　懷抱著這樣的心情，欣見《臺灣現當代作家研究資料彙編》以馬拉松的熱力和動能，將第六階段的編選成果呈現在讀者面前。這個計畫從 2010 年開展，推動至今，邁入第七年，已替 80 位臺灣現當代的重要作家完成研究資料的彙編纂輯。在這份長長的名單上，不乏許多讀者耳熟能詳的文學大家，但更重要也更有意義的地方在於，透過國立臺灣文學館、計畫執行單位以及專業顧問團隊的共同討論商議，將許多留下重要作品卻逐漸為讀者甚至是研究者遺忘的資深作家，再度推向文學舞臺，讓他們有重新被閱讀、被重視、被討論的機會，這或許是我們今日推展臺灣文學、希望讓更多人看見前輩的努力之價值所在。

　　本階段所出版的作家包括楊守愚、胡品清、陳之藩、林鍾隆、馬森、段彩華、李魁賢、鍾鐵民、三毛、李潼共十位，其出生年代從 20 世紀初期

到中葉，文類涵蓋小說、詩、散文、兒童文學、翻譯，具體而微地展現了
臺灣文學的豐富樣貌。延續前此數階段專業而詳實的風格，每冊圖書皆蒐
集、整理作家的影像、小傳、生平年表、作品評論，並由學有專精的主編
學者撰寫研究綜述，為讀者勾勒出一幅詳實精確的作家文學地圖，不僅是
文學研究者查找資料的重要依據，同時也能滿足一般讀者的基本需求，是
認識臺灣作家與臺灣文學發展的重要讀本。在此鄭重向讀者推介，也請海
內外關心及研究臺灣文學之各界方家不吝指正，以匯聚更多參與及持續前
行的能量。

文化部部長　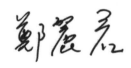

館長序

在漫漫的歷史長河中回望，文學作家及其作品總是時代風潮、社會脈動最好的攝影師，透過文字映照社會的面貌、人類靈魂的核心，引領讀者進入真實美善與醜陋墮落並存的世界。認識作家，有助於對其作品的欣賞，從而理解他所置身的時空環境及其作品風貌；這不僅關乎作家自身的創作經歷和文學表現，同時也是探究文學發展脈絡的根基，並據此深化人文思想的厚度。

臺灣文學發展至今，歷經千百年的綿延與沉澱，在蓄積豐沛能量的同時，亦呈現盎然的生機與蓬勃的朝氣。若欲以此為基礎，建構一部詳實完整的臺灣文學史，勢必有賴於詳實且審慎的作家和作品研究，故而全面梳理研究資源、提升資料查考與使用的便利性，也就顯得格外重要。國立臺灣文學館於 2010 年啟動《臺灣現當代作家研究資料彙編計畫》，就是以上述觀點為前提，組成精實的編輯與顧問團隊，詳盡蒐集、整理臺灣現當代重要作家的生平、年表與研究資料，選錄具有代表性的評論文章，編列成冊，以完整呈現作家的存在樣貌、歷史地位及影響。至 2016 年底，此一計畫已進入第六階段，總計完成 90 位作家的研究資料彙編。最新出版的十位作家為楊守愚、胡品清、陳之藩、林鍾隆、馬森、段彩華、李魁賢、鍾鐵民、三毛、李潼，兼顧作家的族群、性別、世代以及創作文類的差異，既體現了臺灣文學研究總體成果中最優質精緻的部分，同時也對未來的研究指向與路徑，提出了嶄新而適切的看法，必將有助於臺灣文學學科發展的

擴展與深化。

　　本計畫歷年所完成的出版成果，內容詳實嚴謹，獲得文學界人士和讀者的高度肯定，各界並期許持續推展，以使臺灣作家研究累積更為厚實的基礎。在此也要向承辦單位所組成的編輯團隊，以及長期參與支持本計畫的專家學者致上最深的謝意，也請海內外關心及研究臺灣文學各界方家不吝指正，以匯聚更多向前邁進的能量。

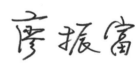

國立臺灣文學館館長

編序

◎封德屏

緣起

1995 年 10 月 25 日，在臺灣師範大學教育大樓的 201 室，一場以「面對臺灣文學」為題的座談會，在座諸位學者分別就臺灣文學的定義、發展、研究，以及文學史的寫法等，提出宏文高論，而時任國家圖書館編纂張錦郎的「臺灣文學需要什麼樣的工具書」，輕鬆幽默的言詞，鞭辟入裡的思維，更贏得在座者的共鳴。

張先生以一個圖書館工作人員自謙，認真專業地為臺灣這幾十年來究竟出版了多少有關臺灣文學的工具書，做地毯式的調查和多方面的訪問。同時條理分明地針對研究者、學生，列出了十項工具書的類型，哪些是現在亟需的，哪些是現在就可以做的，哪些是未來一步一步累積可以達成的，分別做了專業的建議及討論。

當時的文建會二處科長游淑靜，參與了整個座談會，會後她劍及履及的開始了文學工具書的委託工作，從 1996 年的《臺灣文學年鑑》起始，一年一本的編下去，一直到現在，保存延續了臺灣文學發展的基本樣貌。接著是《中華民國作家作品目錄》的新編，《臺灣文壇大事紀要》的續編，補助國家圖書館「當代文學史料影像全文系統」的建置，這些工具書、資料庫的接續完成，至少在當時對臺灣文學的研究，做到一些輔助的功能。

2003 年 10 月，籌備多年的「臺灣文學館」正式開幕運轉。同年五月《文訊》改隸「財團法人台灣文學發展基金會」，為了發揮更大的動能，開始更積極、更有效率地將過去累積至今持續在做的文學史料整理出來，讓

豐厚的文藝資源與更多人共享。

　　於是再次的請教張錦郎先生，張先生認為文學書目、作家作品目錄、文學年鑑、文學辭典皆已完成或正在進行，現在重點應該放在有關「臺灣現當代作家評論資料目錄」的編輯工作上。

　　很幸運的，這個計畫的發想得到當時臺灣文學館林瑞明館長的支持，於是緊鑼密鼓的展開一切準備工作：籌組編輯團隊、召開顧問會議、擬定工作手冊、撰寫計畫書等等。

　　張錦郎先生花了許多時間編訂工作手冊，每一位作家的評論資料目錄分為：

　　（一）生平資料：可分作者自述，旁人論述及訪談，文學獎的紀錄。

　　（二）作品評論資料：可分作品綜論，單行本作品評論，其他作品（包括單篇作品）評論，與其他作家比較等。

　　此外，對重要評論加以摘要解說，譬如專書、專輯、學術會議論文集或學位論文等，凡臺灣以外地區之報刊及出版社，於書名或報刊後加註，如中國大陸、香港、新加坡等。此外，資料蒐集範圍除臺灣外，也兼及中國大陸、香港、新加坡、日本、韓國及歐美等地資料，除利用國內蒐集管道外，同時委託當地學者或研究者，擔任資料蒐集工作。

　　清楚記得，時任顧問的學者專家們，都十分高興這個專案的啟動，但確定收錄哪些作家名單時，也有不同的思考及看法。經過充分的討論後，終於取得基本的共識：除以一般的「文學成就」為觀察及考量作家的標準外，並以研究的迫切性與資料獲得之難易度為綜合考量。譬如說，在第一階段時，作家的選擇除文學成就外，先考量迫切性及研究性，迫切性是指已故又是日治時期臺籍作家為優先，研究性是指作品已出土或已譯成中文為優先。若是作品不少而評論少，或作品評論皆少，可暫時不考慮。此外，還要稍微顧及文類的均衡等等。基本的共識達成後，顧問群共同挑選出 310 位作家，從鄭坤五、賴和、陳虛谷以降，一直到吳錦發、陳黎、蘇偉貞，共分三個階段進行。

　　「臺灣現當代作家評論資料目錄」專案計畫，自 2004 年 4 月開始，至 2009 年 10 月結束，分三個階段歷時五年六個月，共發現、搜尋、記錄了十餘萬筆作家評論資料。共經歷了三位專職研究助理，近三十位兼任研究助理。這些研究助理從開始熟悉體例，到學習如何尋找資料，是一條漫長卻實用的學習過程。

接續

　　「臺灣現當代作家評論資料目錄」的專案完成，當代重要作家的研究，更可以在這個基礎上，開出亮麗的花朵。於是就有了「臺灣現當代作家研究資料彙編暨資料庫建置計畫」的誕生。為了便於查詢與應用，資料庫的完成勢在必行，而除了資料庫的建置外，這個計畫再從 310 位作家中精選 50 位，每人彙編一本研究資料，內容有作家圖片集，包括生平重要影像、文學活動照片、手稿及文物，小傳、作品目錄及提要、文學年表。另外每本書分別聘請一位最適當的學者或研究者負責編選，除了負責撰寫八千至一萬字的作家研究綜述外，再從龐雜的評論資料中挑選具有代表性的評論文章，平均 12～14 萬字，最後再附該作家的評論資料目錄，以期完整呈現該作家的生平、創作、研究概況，其歷史地位與影響。

　　第一部分除資料庫的建置外，50 位作家 50 本資料彙編（平均頁數 400～500 頁），分三個階段完成，自 2010 年 3 月開始至 2013 年 12 月，共費時 3 年 9 個月。因為內容充實，體例完整，各界反應俱佳，第二部分的 50 位作家，接著在 2014 年元月展開，第一階段及第二階段共出版了 30 本，此次第三階段計畫出版 10 本，預計在 2016 年 12 月完成。

成果

　　雖然過程是如此艱辛，如此一言難盡，可是終究看到豐美的成果。每位編選者雖然忙碌，但面對自己負責的作家資料彙編，卻是一貫地認真堅持。他們每人必須面對上千或數百筆作家評論資料，挑選重要或關鍵性的

評論文章，全面閱讀，然後依照編選原則，挑選評論文章。助理們此時不僅提供老師們所需要的支援，統計字數，最重要的是得找到各篇選文作者，取得同意轉載的授權。在起初進度流程初估時，我們錯估了此項工作的難度，因為許多評論文章，發表至今已有數十年的光景，部分作者行蹤難查，還得輾轉透過出版社、學校、服務單位，尋得蛛絲馬跡，再鍥而不捨地追蹤。有了前面的血淚教訓，日後關於授權方面，我們更是如臨深淵、如履薄冰，希望不要重蹈覆轍，在面對授權作業時更是戰戰兢兢，不敢懈怠。

除了挑選評論文章煞費苦心外，每個作家生平重要照片，我們也是採高標準的方式去蒐集，過世作家家屬、友人、研究者或是當初出版著作的出版社，都是我們徵詢的對象。認真誠懇而禮貌的態度，讓我們獲得許多從未出土的資料及照片，也贏得了許多珍貴的友誼。許多作家都協助提供照片手稿等相關資料，已不在世的作家，其家屬及友人在編輯過程中，也給予我們許多協助及鼓勵，藉由這個機會，與他們一起回憶、欣賞他們親人或父祖、前輩，可敬可愛的文學人生。此外，還有許多作家及研究者，熱心地幫忙我們尋找難以聯繫的授權者，辨識因年代久遠而難以記錄年代、地點、事件的作家照片，釐清文學年表資料及作家作品的版本問題，我們從他們身上學習到更多史料研究可貴的精神及經驗。

但如何在規定的時間內，完成每個階段資料彙編的編輯出版工作，對工作小組來說，確實是一大考驗。每一冊的主編老師，都是目前國內現當代臺灣文學教學及研究的重要人物，因此都十分忙碌。每一本的責任編輯，必須在這一年多的時間內，與他們所負責資料彙編的主角——傳主及主編老師，共生共榮。從作家作品的收集及整理開始，必須要掌握該作家所有出版的作品，以及盡量收集不同出版社的版本；整理作家年表，除了作家、研究者已撰述好的年表外，也必須再從訪談、自傳、評論目錄，從作品出版等線索，再作比對及增刪。再來就是緊盯每位把「研究綜述」放在所有進度最後一關的主編們，每隔一段時間提醒他們，或順便把新增的

評論目錄寄給他們（每隔一段時間就有新的相關論文或學位論文出現），讓他們隨時與他們所主編的這本書，產生聯想，希望有助於「研究綜述」撰寫的進度。

在每個艱辛漫長的歲月中，因等待、因其他人力無法抗拒的因素，衍伸出來的問題，層出不窮，更有許多是始料未及的。此次第二部分第三階段驟遇陳之藩卷主編陳信元教授溘逝，陳信元教授為兩岸現當代文學研究及出版之前驅者，精研之廣而深，直至逝世前仍心念其業，令人哀痛！此計畫專案執行至今，陳信元教授已擔任其中六本主編，對本計畫貢獻良多。此次他所主編的《臺灣現當代作家研究資料彙編・陳之藩》一卷亦費心盡力，然最後之「研究綜述」一文，撰述四千餘字後，因病體虛弱，無法繼續，幸賴鄭明娳教授慨然應允，接續完成。

再者，又如，每本書的選文，主編老師本來已經選好了，也經過授權了，為了抓緊時間，負責編輯的助理們甚至連順序、頁碼都排好了，就等主編老師的大作了，這時主編突然發現有新的文章、新的資料產生：再增加兩三篇選文吧！為了達到更好更完備的目標，工作小組當然全力以赴，聯絡，授權，打字，校對，重編順序等等工作，再度展開。

此次第二部分第三階段共需完成的 10 位作家研究資料彙編，年齡層較上兩個階段已年輕許多，因此到最後的疑難雜症，還有連主編或研究者都不太清楚的部分，譬如年表中的某一件事、某一個年代、某一篇文章、某一個得獎記錄，作家本人及家屬絕對是一個最好的諮詢對象，對解決某些問題來說，這是一個好的線索，但既然看了，關心了，參與了，就可能有不同的看法，選文、年表、照片，甚至是我們整本書的體例，於是又是一場翻天覆地的大更動，對整本書的品質來說，應該是好的，但對經過多次琢磨、修改已進入完稿階段的編輯團隊來說，這不啻是一大挑戰。

1990 年開始，各地縣市文化中心（文化局），對在地作家作品集的整理出版，以及臺灣文學館成立後對日治時期作家以迄當代重要作家全集的編纂，對臺灣文學之作家研究，也有了很好的促進作用。如《楊逵全

集》、《林亨泰全集》、《鍾肇政全集》、《張文環全集》、《呂赫若日記》、《張秀亞全集》、《葉石濤全集》、《龍瑛宗全集》、《葉笛全集》、《鍾理和全集》、《錦連全集》、《楊雲萍全集》、《鍾鐵民全集》等，如雨後春筍般持續展開。

經過近二十年的努力，臺灣文學的研究與出版，也到了可以驗收或檢討成果的階段。這個說法，當然不是要停下腳步，而是可以從「臺灣現當代作家評論資料目錄」所呈現的 310 位作家、10 萬筆資料中去檢視。檢視的標的，除了從作家作品的質量、時代意義及代表性去衡量外、也可以從作家的世代、性別、文類中，去挖掘有待開墾及努力之處。因此這套「臺灣現當代作家研究資料彙編」，大部分的編選者除了概述作家的研究面向外，均有些觀察與建議。希望就已然的研究成果中，去發現不足與缺憾，研究者可以在這些不足與缺憾之處下功夫，而盡量避免在相同議題上重複。當然這都需要經過一段時間去發現、去彌補、去重建，因此，有關臺灣文學的調查、研究與論述，就格外顯得重要了。

期待

感謝臺灣文學館持續推動這兩個專案的進行。「臺灣現當代作家評論資料目錄」的完成，呈現的是臺灣文學研究的總體成果；「臺灣現當代作家研究資料彙編」的出版，則是呈現成果中最精華最優質的一面，同時對未來臺灣文學的研究面向與路徑，作最好的建議。我們可以很清楚的體會，這是一條綿長優美的臺灣文學接力賽，我們十分榮幸能參與其中，更珍惜在傳承接力的過程，與我們相遇的每一個人，每一件讓我們真心感動的事。我們更期待這個接力賽，能有更多人加入。誠如張恆豪所說「從高音獨唱到多元交響」，這是每一個人所期待的。

編輯體例

一、本書編選之目的，為呈現三毛生平、著作及研究成果，以作為臺灣文
　　學相關研究、教學之參考資料。

二、全書共五輯，各輯內容及體例說明如下：

　　輯一：圖片集。選刊作家各個時期的生活或參與文學活動的照片、著
　　　　　作書影、手稿（包括創作、日記、書信）、文物。

　　輯二：生平及作品，包括三部分：

　　　　　1.小傳：主要內容包括作家本名、重要筆名，生卒年月日，籍
　　　　　　貫，及創作風格、文學成就等。

　　　　　2.作品目錄及提要：依照作品文類（論述、詩、散文、小說、
　　　　　　劇本、報導文學、傳記、日記、書信、兒童文學、合集）及
　　　　　　出版順序，並撰寫提要。不收錄作家翻譯或編選之作品。

　　　　　3.文學年表：考訂作家生平所進行的文學創作、文學活動相關
　　　　　　之記要，依年月順序繫之。

　　輯三：研究綜述。綜論作家作品研究的概況，並展現研究成果與價值
　　　　　的論文。

　　輯四：重要文章選刊。選收國內外具代表性的相關研究論文及報導。

　　輯五：研究評論資料目錄。收錄至 2016 年 11 月底止，有關研究、論
　　　　　述臺灣現當代作家生平和作品評論文獻。語文以中文為主，兼
　　　　　及日文和英文資料。所收文獻資料，以臺灣出版為主，酌收中
　　　　　國大陸、香港、日本和歐美國家的出版品。內容包含三部分：

　　　　　1.「作家生平、作品評論專書與學位論文」下分為專書與學位
　　　　　　論文。

　　　　　2.「作家生平資料篇目」下分為「自述」、「他述」、「訪談」、
　　　　　　「年表」、「其他」。

　　　　　3.「作品評論篇目」下分為「綜論」、「分論」、「作品評論目
　　　　　　錄、索引」、「其他」。

目次

【輯五】研究評論資料目錄

輯一◎圖片集

影像◎手稿◎文物

約1946年，三毛（中）與母親繆
進蘭（左）、大姊陳田心（右）
合影於四川重慶。（陳傑提供）

1952年，三毛抱著小弟陳傑，攝於臺北建國
北路住所。（陳傑提供）

1951年，三毛（右）與大姊陳田心（左後）、大弟陳聖
（左前）合影於臺北建國北路住所。（陳傑提供）

1950年代前期，就讀臺北中正國民
學校（今中正國民小學）的三毛。
（陳傑提供）

1950年代後期，三毛的攝影師堂哥為少
女時期的三毛拍了許多俏皮有趣的照
片。（陳傑提供）

1961年11月14日，三毛於大同中學主辦的「第四屆鋼琴演奏會」（林樹興指導）發表演出，攝於臺北中山堂。（陳傑提供）

約1961年，青年時期的三毛。（陳傑提供）

約1963年，三毛全家福。左起：父親陳嗣慶、三毛、大姊陳田心、大弟陳聖、小弟陳傑、母親繆進蘭。（陳傑提供）

約1963年，三毛因畫作獲獎，應邀前往電視公司攝
影棚示範國畫。（國立臺灣文學館提供）

1964年，三毛於臺北合江街自家庭院試騎大弟陳聖新
買的摩托車。（陳傑提供）

1964年，三毛於東洋麗絨日商公司上班的日常裝扮。
（陳傑提供）

約1964年，三毛（右）與鄰居吳懷谷（左）、日本友人（中）合影於臺北合江街。（陳傑提供）

約1964年，三毛與父母合影於中國文化學院（今中國文化大學）校園。左起：陳嗣慶、繆進蘭、三毛。（陳傑提供）

1967～1968年，赴西班牙留學的三毛（左）與友人合影。（陳傑提供）

1960年代末期，赴歐洲求學、遊歷的三毛。
（陳傑提供）

1973年10月，三毛出席馬德里1974年春季服
裝表演，手持國旗走伸展臺，對自己代表國
家參加演出感到榮譽及驕傲。（國立臺灣文
學館提供）

約1974年，三毛與荷西於撒哈拉沙漠中漫步。
（國立臺灣文學館提供）

約1974年，三毛攝於撒哈拉沙漠。（陳傑提供）

約1974年，三毛與荷西攝於西屬撒哈拉阿雍（阿尤恩，
Laayoune）。（陳傑提供）

1975年2月，三毛與荷西買下屬於他們的「白
馬」──一輛小型汽車，馳騁於撒哈拉沙漠並四
處遊歷。（陳傑提供）

1976年，與文友於林海音家中聚會。左起：夏祖麗、桂文亞、三毛、羅蘭。（文訊文藝資料中心）

1976年6月，三毛返臺探親，舟山同鄉會舉辦大會迎接三毛，與時任同鄉會理事長的大伯父陳漢清（右）合影，舟山同鄉會贈送三毛「文壇新秀」牌匾，以其文學成就為榮。（陳傑提供）

1970年代中後期，居住於加那利群島的三毛於家中整理植栽。（陳傑提供）

1979年9月8日，三毛（右二）與荷西（右一）招待父母與鄰居好友甘蒂（左三）一家人於大加那利島的家中吃飯，左一為母親繆進蘭，攝影者為父親陳嗣慶。（陳傑提供）

1979年9月21日，三毛夫婦陪同父母遊覽大加那利島風光。左起：荷西、繆進蘭、三毛、陳嗣慶。（陳傑提供）

1970年代，三毛與司馬中原合影。（司馬中原提供）

1981年，三毛（左）與影星蕭芳芳（右）會面，商談拍攝電影《撒哈拉的故事》。（陳傑提供）

1981年5月9日，三毛（左）自西班牙返回臺灣，丘彥明（右）前往接機，攝於桃園國際機場。（丘彥明提供／《聯合報》攝影小組攝影）

1981年秋，三毛前往新竹縣五峰鄉清泉山地部落拜訪丁松青神父，同時商討三毛為其翻譯的《蘭嶼之歌》出版事宜。（丁松青提供）

1981年11月～1982年5月，三毛接受《聯合報》特別贊助，前往中南美洲旅行半年，圖為三毛在安地斯山脈與駱馬合影。（翻攝自《萬水千山走遍——中南美紀行》，臺北：聯合報社）

1982年2月，三毛乘坐中華民國駐玻利維亞大使吳祖禹的吉普車一同出遊，相關遊記後寫為〈高原的百合花——玻利維亞紀行〉，發表於《聯合報・副刊》，1982年5月12日，8版。左起：三毛、大使夫人梁宜玲、大使吳祖禹。（陳傑提供）

1986年，三毛於美國西雅圖遊學期間，前往聖地牙哥探訪丁松青神父的母親（坐者）。（丁松青提供）

1982年，終生愛馬的三毛攝於阿根廷「恬睡牧場」，相關遊記後寫為〈情人——阿根廷紀行〉，發表於《聯合報・副刊》，1982年5月14日，8版。（陳傑提供）

1988年12月12日，三毛與「鬧學記」系列文章中的美籍老師艾琳一同參觀明道中學。（陳傑提供）

1987年，三毛應邀至高雄陸軍軍官學校演講。（國立臺灣文學館提供）

1989年4月，三毛赴上海拜訪《三毛流浪記》作者張樂平。（陳傑提供）

1989年4月21日，三毛（持香祭拜者）於浙江省定海區小沙鎮祭祖，吸引當地眾多鄉親、媒體陪同活動。（國立臺灣文學館提供）

約1989年，三毛（左一）與文友應邀至張拓蕪（左二）住所「后山居」聚會。（文訊文藝資料中心）

1980年代後期，三毛攝於臺北南京東路四段120巷自宅的書房。（國立臺灣文學館提供）

2013年3月，三毛大姊陳田心（前排左三）、小弟陳傑（前排左四）及夫人陳素珍（前排左二）出席由國立臺灣文學館舉辦的「夢中的橄欖樹──三毛逝世二十週年紀念特展」，與館長李瑞騰（前排左五）合影於開幕典禮。（國立臺灣文學館提供）

1990年9月22日，三毛攝於大陸四川。（陳傑提供／肖全攝影）

1976年5～7月，三毛返臺探親與休養的兩個月期間，荷西利用銅片製作的銅盤浮雕，上右圖為三毛（Echo）與荷西（José）兩個人的名字，返回大加那利島的三毛深受感動，後寫下〈刻進去的生命〉，收入《我的寶貝》一書。（國立臺灣文學館提供）

1986年，愛好飾品的三毛託前往泰國清邁旅遊的母親買的項鍊，兩人多次以長途電話討論外型、款式，人在美國念書的三毛亦囑託母親好好代為保管，後寫為〈媽媽的心〉，記錄這段逗趣又溫馨的故事，收入《我的寶貝》一書。（國立臺灣文學館提供）

1980年代，三毛於新竹清泉部落心心念念的「夢中之家」。（丁松青提供）

不死鳥

1980年4月1日，三毛發表於《愛書人旬刊》第138號〈不死鳥〉手稿。
（國立臺灣文學館提供）

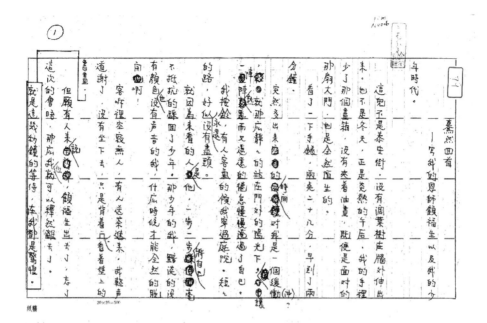

1981年9月15日，三毛發表於《中國時報・人間副刊》〈驀然回首──寫我的恩師顧福生以及我的少年時代〉手稿及剪報。（國立臺灣文學館提供）

34　三毛

1985年1月29日，三毛發表於《聯合報‧副刊》8版〈傾城〉手稿與剪報，描述
1969年12月時一趟心血來潮的東柏林旅程，並以本篇題名作為散文集的書名。
（國立臺灣文學館提供）

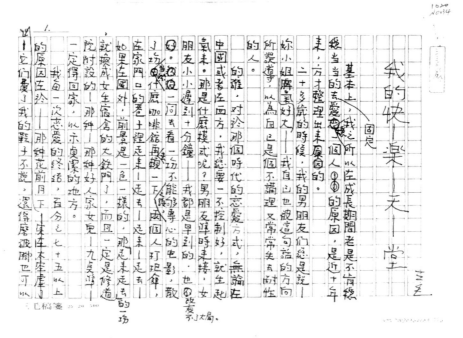

1989年12月，三毛發表於《皇冠》第430期〈我的快樂天堂〉手稿。（國立臺灣文學館提供）

三毛遺稿〈撒哈拉之心〉，後收錄於三毛《思念的長河》（臺北：皇冠文化出版公司，2013年4月）。（陳傑提供）

作品風靡華人世界又喜愛寫信回信的三毛，每天都會收到無數的讀者來函。（陳傑提供）

Dear Barry. It was like a pain for me when I think of 清泉. you know it was not suffer. But so painful. When the life give us something too beautiful, I always feel pain and lonely. of course also joy, but not much. These two days travelling with Daniel & Cornelia were beautiful, but I notice my lonely feeling more than before as I lived alone by myself. 清泉's people came to my dream every every nights (:) Those faces of people make me painful. the night when you talk to these two young boys who went to 野柳 for a job, your face was like a saint. I was realy moved. Barry, who cares about those people(woman) in Taiwan. and what can we do for them? I think, what you are doing is not enough. But what else can you do for them? You did what you could. more than what you can. But where is their future? when I think about this and that, I feel very sad. a kind of sadness that only God can give me an answeres maybe someday. but not now. Maybe I think too much. maybe my heart is too soft.

━━━

Barry, I always ask myself what do I really want, I have no answer. I want to have a family. a husband. freedom. art. books. peace. beauty. and also give what I have to the people. too much love to this life. too many ways to go. After I left 清泉. a piece of my heart was broken. I know I can do so little to them, but I do loved them and loving them. not only them, how many lonely people live in this earth who also needs love. and I can not do all in this short life. The most. when I read your 清泉故事書 in 清泉. the stories are alive. when I saw 清泉. I know something deeper about your book. I am very sorry that I didn't have this feeling before.

My dear friend, when I come back from California, I'll come 清泉 with a "studio" (錄影機). I feel so shameful. with material things to young people there. this is what I can promise in the moment. please tell them I love them.

Some times I also think about 丁神父's work. I think what he is doing is also very hard. even harder, because the people he has to face everyday are dificult people. he is doing the work also with pacient. if not. I am not strong enough. he will be 神父 in three months. The last 18 months I was somehow like Jerry in Taipei. for me. that was too much and suffering. So. 丁 is also a saint. because he keep smile in Taipei.

please tell 大媽媽 (丁松青). I like his food very much. I will mail 風信子 to him. people said thats good for 風濕. And I didn't forget he needs a hat with black color.

Today. in 野柳 is a beautiful day. We will go to 台北 tomorrow. on 19th of FEBuary we will be in Taipei. 21st of FEB. Daniel & Cornelia will go to Singapore after one day. I'll be in California. I'll be back around 5th of april 野柳.

If I have time (I have almost 100 friends in California) I love to visit your mother for a weekend. before that I will call her.

Barry, thank you for everything. 清泉 is so beautiful. 清泉 is real. please pray for me. too ask god take away my wonder (迷惑). and sadness inside of my heart.

You know. you are a saint with "poncho". ¡Hasta Pronto!

You know the way I use "poncho"?

EcHo
2月12日 1984年 於
在野柳 寫於

Cornelia
Daniel 台北再見.

對不起. 我不再麻煩你了. 下次不會這麼長的信. 再見! 唱歌時我"們" 好想你?

1984年2月12日，三毛致丁松青神父的英文信，中文翻譯收錄於三毛《請代我問候》（臺北：皇冠文化出版公司，2014年4月），信末有三毛手繪自己各種穿斗篷方式的圖案。（丁松青提供）

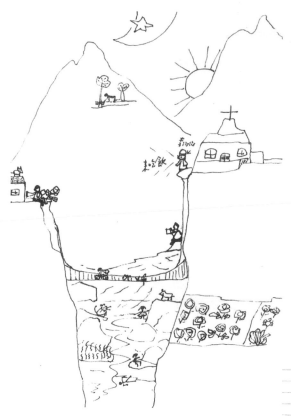

1986年，三毛寄給丁松青神父的信中所附的手繪「清泉地圖」。（丁松青提供）

1987年1月6日，三毛致乾弟弟郭星宏函，字裡行間流露對郭星宏的真誠關懷。（國立臺灣文學館提供）

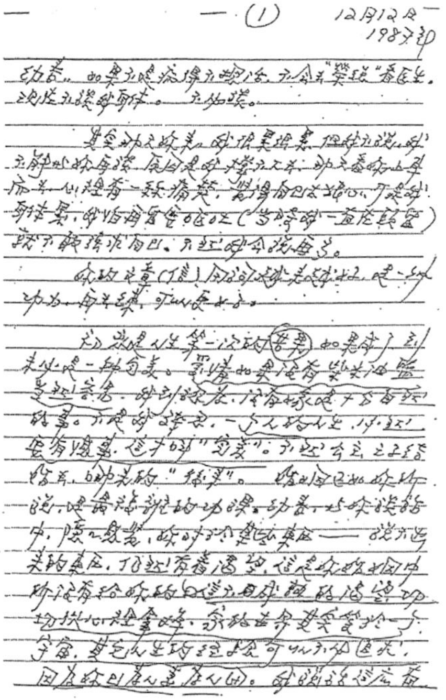

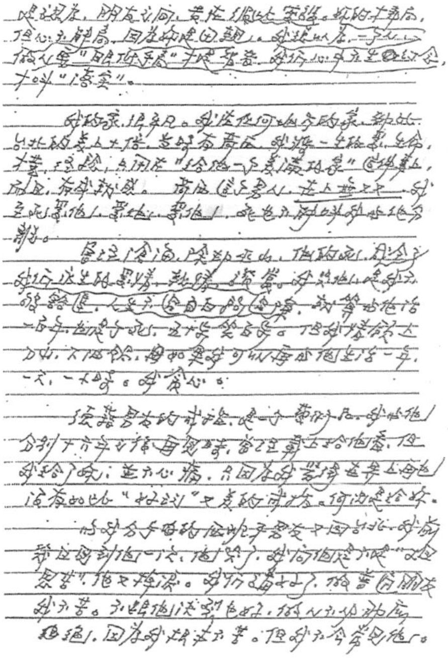

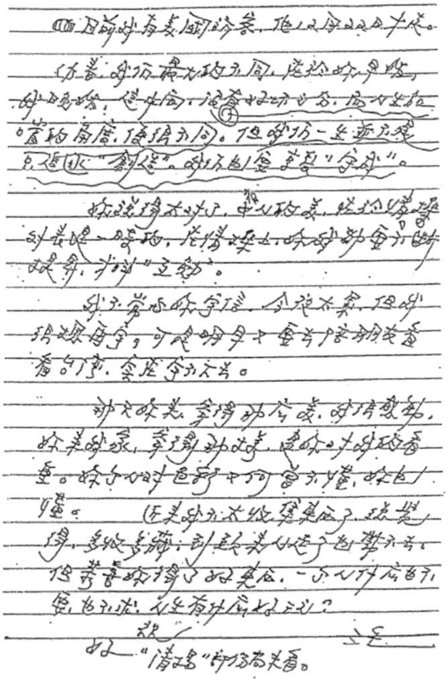

1987年12月12日，三毛致畫家好友薛幼春函，
談論自己的人生觀與愛情觀。（陳傑提供）

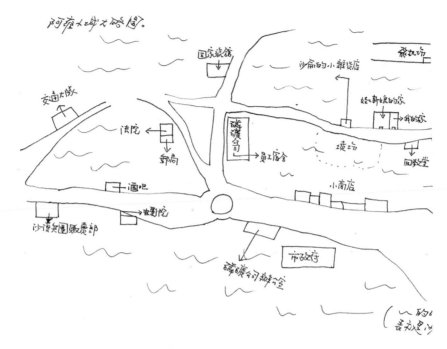

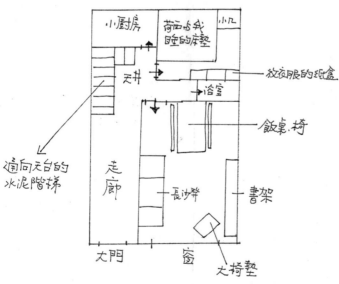

1990年11月7日，三毛
手繪居住於西屬撒哈
拉阿雍小城時的大略
圖與家中的平面圖，寄
予《撒哈拉的故事》日
文譯者妹尾加代參考。
（陳傑提供）

妹尾 加代女士收

親愛的加代, 1990年
11月20日.

① 黑鉋父親的意思是：有一個
荷蘭的朋友，名叫 JESUS. 中文音
意譯成 "黑鉋"。也就是
JESUS 的爸。之意.

② 博哈多海灣如何炒出方記
(BOHADO?) 道, 因是一個 "超小的海灣"
全的證據沒有查博哈搞.
A 照中文普音去翻譯可以嗎？

③ 電人魚. 英文就是 "ELECTRIC FISH. 已查英文字典.
正確.

④ "海天一沙鷗" 是一本英文名著.
講一隻海鷗的心路歷程.
日文本叫做 "カモメのジョ
ナサン" リチヤード・バック
五光電出版.
請問妳知道這本書嗎.
剛由 HONG KONG 回來. 再談.
朋友 三毛 上

1990年11月20日，三毛答覆妹尾加代於翻譯《撒哈拉的故事》時所碰到的問題。（陳傑提供）

1960年，三毛以畫作〈葡萄〉參加臺灣省第15屆全省美術展覽會的入選證明書。（國立臺灣文學館提供）

1962年冬，三毛國畫作品。（陳傑提供）

1967年初夏，三毛國畫作品。（陳傑提供）

君不見黃河之水天上來，奔流到海不復回。君不見高堂明鏡悲白髮，朝如青絲暮成雪。人生得意須盡歡，莫使金樽空對月。天生我才必有用，千金散盡還復來。烹羊宰牛且為樂，會須一飲三百杯。岑夫子，丹丘生，將進酒，杯莫停。與君歌一曲，請君為我傾耳聽。鐘鼓饌玉不足貴，但願長醉不願醒。古來聖賢皆寂寞，惟有飲者留其名。陳王昔時宴平樂，斗酒十千恣歡謔。主人何為言少錢，徑須沽取對君酌。五花馬，千金裘，呼兒將出換美酒，與爾同消萬古愁。

中華民國五十二年，陳平敬寫李白將進酒

1963年，三毛手書李白〈將進酒〉墨寶。（陳傑提供）

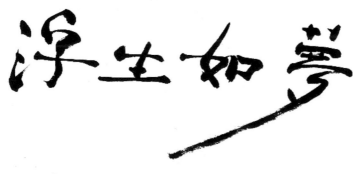

三毛手書「浮生如夢」墨寶。（陳傑提供）

輯二◎生平及作品

小傳◎作品◎年表

小傳

　　三毛，女，本名陳平，英文名 Echo，籍貫浙江定海，1943 年 3 月 26 日生於四川重慶，1948 年來臺，1991 年 1 月 4 日辭世，享年 48 歲。

　　中國文化學院（今中國文化大學）哲學系選讀生。1967 年赴西班牙，於三年間先後就讀西班牙馬德里大學文哲學院、德國歌德語文學院，並於美國伊利諾大學主修陶瓷。1973 年婚後，曾居住於西屬撒哈拉首府阿雍及加那利群島等地，1981 年返臺定居。曾於 1970、1980 年代數次擔任中國文化大學教職，1984 年辭職後，以寫作、演講、旅遊為生活重心。

　　創作文類以散文為主，兼及書信、翻譯、劇本寫作、歌詞等。三毛自青少年時期便展現出對文學創作的愛好，1962 年，第一篇作品〈惑〉發表於白先勇主編的《現代文學》，自此開啟文學生涯。直至 1974 年，與荷西在西屬撒哈拉結婚後，寫下一系列的「沙漠故事」，在華人世界裡首次為撒哈拉沙漠揭開神祕的面紗，對旅遊活動尚未盛行的 1970 年代讀者而言，無非是一個全新的閱讀經驗。三毛以幽默的文筆、新奇有趣的內容，自第一篇〈中國飯店〉發表之後，隨即造成轟動，三毛之名不脛而走，在華人世界中掀起了特殊的「三毛旋風」，更使「流浪文學」成為一種文化現象。

　　作品多取材自豐富的旅遊及生命經驗，各本散文集主題性極強，可視為人生各階段生活面向的總結。除《撒哈拉的故事》、《哭泣的駱駝》等沙漠系列外，《雨季不再來》集結年少時期的青澀之作，《稻草人手記》、《溫

柔的夜》為 1975 年移居加那利群島後的生活點滴,《送你一匹馬》則是
1980 年代返臺定居後,與父母、親人、朋友間的日常瑣記。三毛為人極富
同情心,具悲憫之情,作品中處處可見生命的關懷,以及對不平等待遇的
深刻控訴。1981 至 1982 年前往中南美洲旅遊踏查時,以「青鳥不到的地
方」形容貧富差距嚴重、生活困苦的國家,用報導文學的筆法記述市井小
民的遭遇,相關遊記集結為《萬水千山走遍》、《高原的百合花》。

　　書信是愛好寫信的三毛較為特殊的發表來源,《談心》、《親愛的三毛》
便集結了三毛於雜誌專欄中與讀者的往來書信,以真誠懇切的態度分享自
身的價值觀與人生智慧,《我的靈魂騎在紙背上》、《請代我問候》亦收錄三
毛的家書、信札,更為深刻地體現其情感思想的細膩之處。

　　因喜愛阿根廷漫畫家季諾(Quino, 1932-)的作品《娃娃看天下》
(Mafalda),著手進行翻譯,將生動的圖畫結合自身的幽默感與童趣,譯
文親切可人,以赤子之心反映成人世界的衝突與矛盾。1971 年,三毛赴蘭
嶼遊歷,結識丁松青神父,先後為其翻譯《蘭嶼之歌》、《清泉故事》、《剎
那時光》三部英文書稿,並協助出版,亦曾多次探訪新竹清泉部落,成立
「夢中之家」,以實際行動表達自身關懷。1989 年,潛心創作電影劇本
《滾滾紅塵》,以 1940 年代的中國為背景,書寫大時代下中國人的悲歡離
合與愛恨情仇,電影上映後受到熱烈回響,榮獲金馬獎八項大獎。亦曾創
作〈橄欖樹〉、〈不要告別〉、〈一條日光大道〉等多首歌詞,〈橄欖樹〉一曲
更掀起校園民歌熱潮,傳唱多年、歷久不衰。

　　三毛以豐富的浪跡天涯經歷,描繪出斑斕的異域風光;用敏銳的感
觸,展現熱愛生命與自然的精神,在逝世多年後仍持續打動讀者的心,而
三毛一生留下的傳奇,帶給後人無數的好奇與嚮往,然而理解三毛的最佳
方式,誠如瘂弦所言:「最重要的,就是大家應該拋開三毛的傳奇,拋開文
學以外的因素,客觀、冷靜地面對她的作品,研究她特殊的寫作風格和美
學品質,研究她強烈的藝術個性和內在生命力,才是了解三毛、詮釋三毛
最重要的途徑。」

作品目錄及提要

【散文】

皇冠出版社 1976

筑摩書房 1991

皇冠文化 1991

막내집게 2008

Enciclopèdia
Catalana 2016

撒哈拉的故事

臺北：皇冠出版社
1976 年 5 月，32 開，259 頁
皇冠叢書第 454 種

東京：筑摩書房
1991 年 3 月，32 開，217 頁
妹尾加代譯

臺北：皇冠文化出版公司
1991 年 5 月，25 開，239 頁
皇冠叢書第 454 種・三毛全集 1

首爾：막내집게
2008 年 7 月，新 25 開，255 頁
조은譯

巴塞隆納：Enciclopèdia Catalana
2016 年，12.6×20 公分，462 頁
Irene Tor Carroggio 譯

本書為作者第一本散文集，以西屬撒哈拉為背景，敘寫生活見聞與大漠風土民情。全書收錄〈沙漠中的飯店〉、〈結婚記〉、〈懸壺濟世〉等 12 篇。正文前有作者近影、〈媽媽的一封信〉，第四版（刷）印行時新增三毛〈回鄉小箋（四版代序）〉。

1991 年筑摩書房版：日譯本『サハラ物語』。正文刪去〈白手成家〉一篇。正文前有三毛「まえがき」，正文後有妹尾加代「訳者あとがき」。

1991 年皇冠文化版：內容與 1976 年皇冠版（四版後）同。

2008 年막내집게版：韓譯本《사하이야기》。正文與 1976 年皇冠版同。三毛〈回鄉小箋〉（〈귀향소감〉）移至正文後，正文後新增조은〈그리운 싼마오, 그리운 호세〉。

2016 年 Enciclopèdia Catalana 版：西班牙譯本 *Diarios Del Sáhara*。正文與 1976 年皇冠版同。

皇冠出版社 1976

皇冠文化 1991

雨季不再來

臺北：皇冠出版社
1976 年 7 月，32 開，250 頁
皇冠叢書第 463 種

臺北：皇冠文化出版公司
1991 年 8 月，25 開，231 頁
皇冠叢書第 463 種・三毛全集 2

本書集結作者青年時期發表的文章，為 17～22 歲的生命歷程
與成長體悟。全書收錄〈惑〉、〈秋戀〉、〈月河〉等 12 篇。正
文前有三毛〈當三毛還是在二毛的時候──自序〉、舒凡〈蒼
弱與健康──《雨季不再來》序〉，正文後附錄桂文亞〈三毛
──異鄉的賭徒〉、心岱〈訪三毛，寫三毛〉、桂文亞〈飛──
三毛作品的今昔〉。
1991 年皇冠文化版：內容與 1976 年皇冠版同。

皇冠出版社 1977

皇冠文化 1991

좋은 생각 2011

稻草人手記

臺北：皇冠出版社
1977 年 6 月，32 開，269 頁
皇冠叢書第 510 種

臺北：皇冠文化出版公司
1991 年 6 月，25 開，230 頁
皇冠叢書第 510 種・三毛全集 3

首爾：좋은 생각
2011 年 4 月，新 25 開，301 頁
이지영譯

本書為作者定居加那利群島後的生活點滴。全書收錄〈江洋
大盜〉、〈親愛的婆婆大人〉、〈西風不相識〉等 12 篇。正文前
有〈序言〉。
1991 年皇冠文化版：內容與 1977 年皇冠版同。
2011 年좋은 생각版：韓譯本《허수아비 일기》。正文分
「타이완에서 사하라까지」（撒哈拉・臺灣）、「카나리아
제도」（加那利群島）二部分。正文後有 이지영
〈옮긴이의말〉。

皇冠出版社 1977

皇冠文化 1991

哭泣的駱駝
臺北：皇冠出版社
1977 年 8 月，32 開，254 頁
皇冠叢書第 518 種

臺北：皇冠文化出版公司
1991 年 7 月，25 開，239 頁
皇冠叢書第 518 種・三毛全集 4

本書為作者繼《撒哈拉的故事》後，再次以沙漠生活為題材
撰寫自身經歷。全書收錄〈收魂記〉、〈沙巴軍曹〉、〈搭車
客〉等八篇。正文前有〈塵緣——重新的父親節（代序）〉。
1991 年皇冠文化版：正文與 1977 年皇冠版同。正文後新增
〈三毛一生大事記〉。

皇冠出版社 1979

皇冠文化 1991

溫柔的夜
臺北：皇冠出版社
1979 年 2 月，32 開，274 頁
皇冠叢書第 597 種

臺北：皇冠文化出版公司
1991 年 8 月，25 開，255 頁
皇冠叢書第 597 種・三毛全集 5

本書集結作者於加那利群島的生活故事。全書收錄〈寂地〉、
〈五月花〉、〈瑪黛拉遊記〉等七篇。正文前有丹扉〈尚是
「無名小卒」時〉、司馬中原〈仰望一朵雲〉、朱西甯〈唐人
三毛〉、彭歌〈沙漠奇葩〉、瘂弦〈穿裙子的尤里息斯〉、曉風
〈落實的雨滴〉、隱地〈難得看到的好戲〉、薇薇夫人〈真正
生活過的人〉，正文後附錄周粲〈我不是三毛迷（讀《溫柔的
夜》)〉。
1991 年皇冠文化版：內容與 1979 年皇冠版同。

皇冠出版社 1981

皇冠文化 1991

背影

臺北：皇冠出版社
1981 年 8 月，32 開，285 頁
皇冠叢書第 782 種

臺北：皇冠文化出版公司
1991 年 7 月，25 開，247 頁
皇冠叢書第 782 種・三毛全集 8

全書收錄〈永遠的夏娃開場白〉、〈拾荒夢〉、〈黃昏的故事〉
等 14 篇。正文前有〈逃學為讀書（代序）〉。正文前有照片
11 張。
1991 年皇冠文化版：內容與 1981 年皇冠版同。正文前刪去
照片。

皇冠出版社 1981

皇冠文化 1991

夢裡花落知多少

臺北：皇冠出版社
1981 年 8 月，32 開，288 頁
皇冠叢書第 783 種

臺北：皇冠文化出版公司
1991 年 10 月，25 開，255 頁
皇冠叢書第 783 種・三毛全集 9

本書以作者於丈夫荷西逝世後的情緒轉折為主軸，記錄自我
面對的心路歷程，字裡行間縈繞著傷感的氛圍。全書收錄
〈不死鳥〉、〈明日又天涯〉、〈雲在青山月在天〉等 14 篇。正
文前有照片 12 張。
1991 年皇冠文化版：正文與 1981 年皇冠版同。正文前刪去
照片。

聯合報社 1982

皇冠文化 1993

萬水千山走遍──中南美紀行・第一輯

臺北：聯合報社
1982 年 5 月，32 開，232 頁
聯合報叢書

臺北：皇冠文化出版公司
1993 年 6 月，25 開，222 頁
皇冠叢書第 2143 種・三毛全集 10

本書為作者於 1981 至 1982 年接受《聯合報》特別贊助，前往中南美洲旅行半年後所撰寫的遊記。全書分「墨西哥紀行」、「宏都拉斯紀行」、「哥斯達黎加紀行」、「巴拿馬紀行」、「哥倫比亞紀行」、「厄瓜多爾紀行」、「祕魯紀行」八部分，收錄〈大蜥蜴之夜〉、〈街頭巷尾〉、〈青鳥不到的地方〉等 12 篇。正文前有旅途照片 20 張，正文後附錄米夏〈飛越納斯加之線〉。
1993 年皇冠文化版：更名為《萬水千山走遍》，內容與 1982 年聯合報社版同。

皇冠出版社 1983

皇冠文化 1991

送你一匹馬

臺北：皇冠出版社
1983 年 7 月，32 開，252 頁
皇冠叢書第 900 種

臺北：皇冠文化出版公司
1991 年 12 月，25 開，231 頁
皇冠叢書第 900 種・三毛全集 12

本書為作者於 1980 年代返回臺灣定居後，與父母、親人、朋友間的日常瑣記。全書收錄〈驀然回首〉、〈驚夢三十年〉、〈回娘家〉等 15 篇。正文前有繆進蘭〈我的女兒，大家的三毛〉、〈愛馬（自序）〉，正文後有陳怡真〈衣帶漸寬終不悔〉、子菁〈陳老師（跋）〉。
1991 年皇冠文化版：正文與 1983 年皇冠版同。正文後新增〈三毛一生大事記〉、〈三毛出版年表〉。

皇冠出版社 1985

皇冠文學 1991

傾城

臺北：皇冠出版社
1985 年 3 月，32 開，301 頁
皇冠叢書第 1104 種

臺北：皇冠文學出版公司
1991 年 7 月，25 開，255 頁
皇冠叢書第 1104 種・三毛全集 14

全書分「童年」、「隨筆」、「故事」三部分，收錄〈膽小鬼〉、〈吹兵〉、〈匪兵甲和匪兵乙〉等 20 篇。正文前有陳嗣慶〈女兒〉、黃齊荃〈阿姨〉、陳天慈〈我的小姑〉、陳天明〈小姑〉、陳天恩〈我的小姑〉、王致寧〈我也叫她小姑〉、黃齊芸〈一千零一夜的阿姨〉、黃齊蕙〈三毛——一位認真的玩童〉，正文後有「評論」，收錄沈謙〈評〈膽小鬼〉〉、菩提〈讀三毛的〈傾城〉〉。
1991 年皇冠文化版：內容與 1985 年皇冠版同。

皇冠出版社 1985

皇冠文化 1991

談心

臺北：皇冠出版社
1985 年 3 月，32 開，223 頁
皇冠叢書第 1105 種

臺北：皇冠文化出版公司
1991 年 11 月，25 開，214 頁
皇冠叢書第 1105 種・三毛全集 15

本書精選作者於《明道文藝》「三毛信箱」專欄的讀者來信與回覆文章。全書收錄〈愧疚感〉、〈自愛而不自憐〉、〈祝福中國〉、〈人生何處不相逢〉等 34 篇。正文後有〈後記〉。
1991 年皇冠文化版：正文與 1985 年皇冠版同。正文後新增〈三毛一生大事記〉、〈三毛出版年表〉。

皇冠出版社 1985　　皇冠文化 1992

隨想

臺北：皇冠出版社
1985 年 3 月，32 開，125 頁
皇冠叢書第 1106 種

臺北：皇冠文化出版公司
1992 年 3 月，25 開，125 頁
皇冠叢書第 1106 種・三毛全集 16

本書集結作者發表於《聯合報・副刊》
「小語庫」專欄的短句，以簡短的字句引
起讀者深思、反想。全書收錄〈孩子〉、
〈快樂〉、〈歲月〉等 14 個主題。

1992 年皇冠文化版：內容與 1985 年皇冠
版同。

皇冠出版社 1987　　皇冠文化 1992

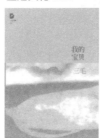

北京十月文藝 2009　北京十月文藝 2011

我的寶貝

臺北：皇冠出版社
1987 年 7 月，25 開，276 頁
皇冠叢書第 1393 種

臺北：皇冠文化出版公司
1992 年 2 月，25 開，270 頁
皇冠叢書第 1393 種・三毛全集 19

北京：北京十月文藝出版社
2009 年 6 月，25 開，215 頁
三毛全集 09

北京：北京十月文藝出版社
2011 年 9 月，25 開，215 頁
三毛全集 09

本書集結作者為自己收藏的飾品、古玩、
藝術品等撰寫的文章，搭配全彩照片，敘
述各個物件的背後的淵源。全書收錄〈十
字架〉、〈別針〉、〈雙魚〉、〈老別針〉、〈項
鍊〉等 86 篇。正文前有三毛〈緣起〉，正
文後有三毛〈後記〉。

1992 年皇冠文化版：內容與 1987 年皇冠
版同。

2009 年北京十月文藝版：內容與 1987 年
皇冠版同。

2011 年北京十月文藝版：內容與 1987 年
皇冠版同。

鬧學記
臺北：皇冠出版社
1988 年 7 月，25 開，342 頁
皇冠叢書第 1507 種

臺北：皇冠文學出版公司
1991 年 6 月，25 開，342 頁
皇冠叢書第 1507 種・三毛全集 21

皇冠出版社 1988

皇冠文學 1991

全書分「鬧學記」、「經驗之談」、「長歌」、「導讀」、「遺愛」、「新天新地」六部分，收錄〈你從哪裡來〉、〈如果教室像遊樂場〉、〈春天不是讀書天〉等 16 篇。正文前有陳嗣慶〈我家老二——三小姐〉、繆進蘭〈我有話要說〉，正文後有〈後記〉。
1991 年皇冠文學版：內容與 1988 年皇冠版同。

親愛的三毛
臺北：皇冠文學出版公司
1991 年 5 月，25 開，159 頁
皇冠叢書第 1887 種・三毛全集 24

本書精選作者於《講義》「親愛的三毛」專欄的讀者來信與回覆文章。全書收錄〈我最欣賞的一首歌〉、〈愛，是人類唯一的救贖〉、〈滾滾紅塵舞天涯〉等 14 篇。正文前有〈親愛的〉，正文後有〈三毛一生大事記〉、〈三毛全集年表〉。

我的快樂天堂
臺北：皇冠文化出版公司
1993 年 1 月，25 開，207 頁
皇冠叢書第 2127 種・三毛全集 25

全書收錄〈忠孝西路 P.M. 5:15 1986〉、〈我的快樂天堂〉、〈補考定終生〉等八篇。正文前有陳繆進蘭〈序《我的快樂天堂》〉。

高原的百合花——萬水千山走遍續集

臺北：皇冠文化出版公司
1993 年 6 月，25 開，175 頁
皇冠叢書第 2206 種・三毛全集 26

本書接續《萬水千山走遍——中南美紀行》一書，收錄遊記以及作者返臺後所舉辦的演講內容。全書收錄〈高原的百合花——玻利維亞紀行〉、〈智利五日——智利紀行〉、〈情人——阿根廷紀行〉等四篇。正文前有瘂弦〈百合的傳說——懷念三毛〉。正文後有〈三毛一生大事記〉、〈三毛全集年表〉。

2007

撒哈拉的故事

北京：北京十月文藝出版社
2007 年 5 月，新 25 開，310 頁
新經典文庫 231・三毛集 02

北京：北京十月文藝出版社
2009 年 3 月，25 開，300 頁
三毛全集 02

北京：北京十月文藝出版社
2011 年 7 月，25 開，300 頁
三毛全集 02

2009

本書集結作者撰寫於西屬撒哈拉生活的相關文章。全書收錄〈沙漠中的飯店〉、〈結婚記〉、〈懸壺濟世〉等 18 篇。正文後有〈書信（撒哈拉・臺灣）〉九封、〈編後記〉。
2009 年版：正文刪去〈寂地〉一篇。正文後刪去〈編後記〉，新增〈回鄉小箋〉、〈塵緣——重新的父親節〉。
2011 年版：內容與 2009 年版同。

2011

2007

2009

溫柔的夜
北京：北京十月文藝出版社
2007 年 5 月，新 25 開，294 頁
新經典文庫 232・三毛集 03

北京：北京十月文藝出版社
2009 年 4 月，25 開，257 頁
三毛全集 04

北京：北京十月文藝出版社
2011 年 7 月，25 開，257 頁
三毛全集 04

2011

本書集結作者撰寫加那利群島生活的相關文章。全書收錄
〈逍遙七島遊〉、〈一個陌生人的死〉、〈大鬍子與我〉等 14
篇。正文後有〈書信（加那利・臺灣）〉九封、〈編後記〉。
2009 年版：正文刪去〈逍遙七島遊〉、〈一個陌生人的死〉、
〈大鬍子與我〉等八篇，新增〈開場白〉、〈拾荒夢〉、〈黃昏
的故事〉等十篇。正文後刪去〈編後記〉，〈書信（加那利・
臺灣）〉刪去五封。
2011 年版：內容與 2009 年版同。

2007

2009

夢裡花落知多少
北京：北京十月文藝出版社
2007 年 6 月，新 25 開，312 頁
新經典文庫 233・三毛集 04

北京：北京十月文藝出版社
2009 年 4 月，25 開，315 頁
三毛全集 05

北京：北京十月文藝出版社
2011 年 7 月，25 開，257 頁
三毛全集 05

2011

本書為作者自丈夫荷西逝世後的生活紀錄。全書收錄〈背
影〉、〈荒山之夜〉、〈克里斯〉等 24 篇。正文後有〈編後
記〉。
2009 年版：正文刪去〈一生的战役〉、〈狼来了〉、〈求婚〉三
篇，新增〈離鄉回鄉〉、〈雨禪臺北〉、〈週末〉等四篇。正文
後刪去〈編後記〉。
2011 年版：內容與 2009 年版同。

2007　**2009**

雨季不再來
北京：北京十月文藝出版社
2007 年 7 月，新 25 開，294 頁
新經典文庫 230・三毛集 01

北京：北京十月文藝出版社
2009 年 3 月，25 開，291 頁
三毛全集 01

北京：北京十月文藝出版社
2011 年 7 月，25 開，291 頁
三毛全集 01

2011

本書集結作者前往撒哈拉沙漠前的創作與書寫年少時期的憶往文章。全書收錄〈當三毛還是在二毛的時候〉、〈膽小鬼〉、〈吹兵〉等 28 篇。正文後有〈書信（西班牙・臺灣）〉六封、陳嗣慶〈我家老二——三小姐〉、繆進蘭〈我有話要說〉、〈編後記〉。
2009 年版：正文新增〈還給誰〉、〈老兄，我醒著〉〈我從臺灣起飛〉三篇。正文後刪去陳嗣慶〈我家老二——三小姐〉、繆進蘭〈我有話要說〉、〈編後記〉。
2011 年版：內容與 2009 年版同。

2009

2011

稻草人手記
北京：北京十月文藝出版社
2009 年 3 月，25 開，217 頁
三毛全集 03

北京：北京十月文藝出版社
2011 年 7 月，25 開，217 頁
三毛全集 03

本書集結作者在加那利群島的生活以及與丈夫荷西的相處故事。全書收錄〈序言〉、〈江洋大盜〉、〈平沙漠漠夜帶刀〉等 16 篇，正文後有〈書信（加那利・臺灣）〉五封。
2011 年版：內容與 2009 年版同。

2009

2011

萬水千山走遍

北京：北京十月文藝出版社
2009 年 4 月，25 開，252 頁
三毛全集 06

北京：北京十月文藝出版社
2011 年 7 月，25 開，252 頁
三毛全集 06

本書集結《萬水千山走遍》、《高原的百合花》以及部分《我的快樂天堂》內容，為作者於中南美洲及大陸的旅遊經驗。全書收錄〈大蜥蜴之夜〉、〈街頭巷尾〉、〈青鳥不到的地方〉等 18 篇，正文後附錄三毛〈一封給鄧念慈神父的信〉、米夏〈飛越納斯加之線〉。
2011 年版：內容與 2009 年版同。

2009

2011

送你一匹馬

北京：北京十月文藝出版社
2009 年 4 月，25 開，236 頁
三毛全集 07

北京：北京十月文藝出版社
2011 年 9 月，25 開，236 頁
三毛全集 07

本書集結作者於 1980 年代返回臺灣定居後發表的文章。全書收錄〈愛馬〉、〈回娘家〉、〈夢裡不知身是客〉、〈不覺碧山暮但聞萬壑松〉等 34 篇。
2011 年版：內容與 2009 年版同。

2009

2011

親愛的三毛

北京：北京十月文藝出版社
2009 年 4 月，25 開，230 頁
三毛全集 08

北京：北京十月文藝出版社
2011 年 9 月，25 開，230 頁
三毛全集 08

全書分「談心」、「親愛的三毛」、「隨想」三部分，收錄三本同名作品的全部內容。
2011 年版：內容與 2009 年版同。

2009

2011

流星雨

北京：北京十月文藝出版社
2009 年 6 月，25 開，196 頁
三毛全集 11

北京：北京十月文藝出版社
2011 年 9 月，25 開，196 頁
三毛全集 11

本書集結三毛發表演講、接受採訪的文字紀錄，並有《三毛說書——武松、潘金蓮、孫二娘》原聲 CD 二張。全書分二部分，「演講」收錄〈一個男孩子的愛情〉、〈我的寫作生活〉、〈駱駝為什麼要哭泣〉等七篇；「採訪」收錄〈我喊荷西回來！回來！〉、〈錢不錢沒關係〉、〈假如。還有。來生。〉三篇。
2011 年版：內容與 2009 年版同。

流浪的終站

臺北：皇冠文化出版公司
2010 年 10 月，25 開，287 頁
皇冠叢書第 4028 種・三毛典藏 5

本書集結作者返回臺灣定居後的故事，包括故鄉的人事物及
諸多心靈塵緣。全書收錄〈江洋大盜〉、〈塵緣——重新的父
親節〉、〈離鄉回鄉〉等 28 篇。正文前有〈編輯的話〉、陳憲
仁〈三毛傳奇與三毛文學〉、三毛家人〈三毛二三事〉，正文
後有〈三毛一生大事記〉。

把快樂當傳染病

臺北：皇冠文化出版公司
2010 年 10 月，25 開，頁 253
皇冠叢書第 4029 種・三毛典藏 7

本書集結《談心》與《親愛的三毛》中與讀者交流往來的書
信文章。全書收錄〈自愛而不自憐〉、〈祝福中國〉、〈人生何
處不相逢〉、〈隔離與溝通〉、〈不滿、不滿、不滿〉等 62 篇。
正文前有〈編輯的話〉、陳憲仁〈三毛傳奇與三毛文學〉、三
毛家人〈三毛二三事〉，正文後有〈三毛一生大事記〉。

奔走在日光大道

臺北：皇冠文化出版公司
2010 年 10 月，25 開，295 頁
皇冠叢書第 4030 種・三毛典藏 8

本書集結《萬水千山走遍》、《高原的百合花》以及部分《我
的快樂天堂》內容，為作者於中南美洲及大陸的旅行見聞。
全書收錄〈大蜥蜴之夜——墨西哥紀行之一〉、〈街頭巷尾—
—墨西哥紀行之二〉、〈青鳥不到的地方——宏都拉斯紀行〉
等 18 篇。正文前有相關旅遊照片、〈編輯的話〉、陳憲仁〈三
毛傳奇與三毛文學〉、三毛家人〈三毛二三事〉，正文後有
〈三毛一生大事記〉。

快樂鬧學去

臺北：皇冠文化出版公司
2010 年 11 月，25 開，239 頁
皇冠叢書第 4050 種‧三毛典藏 4

本書集結作者從小到大念書、逃學、留學的經歷，以及與老師、同學間的求學相關故事。全書收錄〈逃學為讀書〉、〈膽小鬼〉、〈吹兵〉等 22 篇。正文前有〈編輯的話〉、陳憲仁〈三毛傳奇與三毛文學〉、三毛家人〈三毛二三事〉，正文後有〈三毛一生大事記〉。

永遠的寶貝

臺北：皇冠文化出版公司
2010 年 11 月，25 開，319 頁
皇冠叢書第 4051 種‧三毛典藏 9

全書分二部分，「三毛的相簿」收錄三毛各時期照片精選 62 張；「寶貝的相簿」收錄《我的寶貝》全本內容。正文前有〈編輯的話〉、陳憲仁〈三毛傳奇與三毛文學〉、三毛家人〈三毛二三事〉，正文後有〈三毛一生大事記〉。

夢中的橄欖樹

臺北：皇冠文化出版公司
2010 年 12 月，25 開，295 頁
皇冠叢書第 4062 種‧三毛典藏 3

本書以《背影》為主，集結作者在加那利群島後期的故事，包括追憶友人、失去摯愛後的心情。全書收錄〈開場白——永遠的夏娃〉、〈拾荒夢——永遠的夏娃之一〉、〈黃昏的故事——永遠的夏娃之二〉等 19 篇。正文前有〈編輯的話〉、陳憲仁〈三毛傳奇與三毛文學〉、三毛家人〈三毛二三事〉，正文後有〈三毛一生大事記〉。

心裏的夢田

臺北：皇冠文化出版公司
2010 年 12 月，25 開，303 頁
皇冠叢書第 4063 種・三毛典藏 6

本書集結作者的年少創作、文藝評論與心靈札記，以及《隨想》的短句。全書收錄〈當三毛還是在二毛的時候〉、〈惑〉、〈秋戀〉、〈月河〉等 31 篇。正文前有〈編輯的話〉、陳憲仁〈三毛傳奇與三毛文學〉、三毛家人〈三毛二三事〉，正文後有〈三毛一生大事記〉。

撒哈拉歲月

臺北：皇冠文化出版公司
2011 年 1 月，25 開，367 頁
皇冠叢書第 4065 種・三毛典藏 1

本書以《撒哈拉的故事》為主，集結作者描寫居住於撒哈拉時期的故事。全書收錄〈回鄉小箋〉、〈平沙漠漠夜帶刀〉、〈沙漠中的飯店〉等 21 篇。正文前有〈編輯的話〉、陳憲仁〈三毛傳奇與三毛文學〉、三毛家人〈三毛二三事〉，正文後有〈三毛一生大事記〉。

稻草人的微笑

臺北：皇冠文化出版公司
2011 年 1 月，25 開，頁 363
皇冠叢書第 4066 種・三毛典藏 2

本書以《稻草人手記》為主，集結作者從西屬撒哈拉搬到加那利群島前期的故事，包括與丈夫荷西的生活點滴。全書收錄〈序言〉、〈赴歐旅途見聞錄〉、〈我從臺灣起飛〉等 21 篇。正文前有〈編輯的話〉、陳憲仁〈三毛傳奇與三毛文學〉、三毛家人〈三毛二三事〉，正文後有〈三毛一生大事記〉。

皇冠文化 2013　　北京十月文藝 2014

思念的長河

臺北：皇冠文化出版公司
2013 年 4 月，25 開，頁 231
皇冠叢書第 4295 種．三毛典藏 11

北京：北京十月文藝出版社
2014 年 2 月，25 開，224 頁

本書集結作者 1976 至 1990 年間的未發表
作品。全書分「追憶」、「關懷」、「光芒」
三部分，收錄〈夜深花睡〉、〈撒哈拉之
心〉、〈同在撒哈拉〉等 27 篇。正文前有
陳憲仁〈與三毛在同一時空呼吸、生活〉，正文後附錄三毛手稿二篇、〈三毛一生
大事記〉。

2014 年北京十月文藝版：更名為《你是我不及的夢》。正文改分為二輯，文章次
序略有調整，刪去〈漂泊的路怎麼走？——給柴玲的一封信〉一篇。正文前刪去
陳憲仁〈與三毛在同一時空呼吸、生活〉，正文後附錄刪去三毛手稿。

【劇本】

皇冠出版社 1990　　皇冠文化 1998

北京十月文藝 2009　　北京十月文藝 2011

滾滾紅塵

臺北：皇冠出版社
1990 年 12 月，25 開，205 頁
皇冠叢書第 1834 種

臺北：皇冠文化出版公司
1998 年 2 月，25 開，205 頁
皇冠叢書第 1834 種．三毛全集 23

北京：北京十月文藝出版社
2009 年 5 月，25 開，198 頁
三毛全集 10

北京：北京十月文藝出版社
2011 年 9 月，25 開，198 頁
三毛全集 10

本書為電影《滾滾紅塵》原著劇本，共 68
場，以 1940 年代的中國為背景，藉由沈
韶華與章能才相戀的故事，投射大時代下
中國人的悲歡離合與愛恨情仇。全書分
「時代背景」、「人物介紹」、「滾滾紅塵」

三部分,「滾滾紅塵」共 16 章:1.樓高日盡;2.望斷天涯路;3.來時陌上初熏;4.有情風萬里捲潮來;5.推枕惘然不見;6.分攜如昨　到處萍漂泊;7.浩然相對今夕何年;8.誰道人生無再少;9.依舊夢魂中;10.但有舊歡新怨;11.人生底事往來如梭;12.醉笑陪君三萬場　不訴離傷;13.禪心已失人間愛;14.又何曾夢覺;15.這些個千生萬生只在;16.踏盡紅塵　何處是吾鄉。正文前有三毛〈前言〉。

1998 年皇冠文化版:內容與 1990 年皇冠版同。

2009 年北京十月文藝版:內容與 1990 年皇冠版同。

2011 年北京十月文藝版:內容與 1990 年皇冠版同。

【書信】

我的靈魂騎在紙背上——三毛的書信札及私相簿

臺北:皇冠文化出版公司
2001 年 1 月,25 開,191 頁
皇冠叢書第 3060 種・三毛全集 27

全書分二部分,「三毛私相簿」收錄三毛各時期的照片影像;「三毛書信札」收錄作者 1973 至 1977 年間寄予父母的信件內容。正文前有陳憲仁〈再見三毛〉,正文後有〈三毛一生大事記〉。

請代我問候

臺北:皇冠文化出版公司
2014 年 4 月,25 開,頁 255
皇冠叢書第 4382 種・三毛典藏 12

本書集結作者寫給家人、朋友的 85 封信。全書分「致最親愛的家人——父母及姊姊」、「致清泉好朋友——丁松青神父」、「致親如家人的朋友——張南施」、「致文學路上的知己——陳憲仁」、「致心靈好友——薛幼春」、「致忘年之交——倪竹青」、「致敬佩的作家——賈平凹」、「致日本譯者——妹尾加代」、「致乾弟弟——郭星宏」九部分。正文後有〈三毛一生大事記〉。

【翻譯】

皇冠出版社 1982

皇冠文化 1992

蘭嶼之歌／丁松青著

臺北：皇冠出版社
1982 年 5 月，32 開，244 頁
皇冠叢書第 843 種

臺北：皇冠文化出版公司
1992 年 8 月，25 開，223 頁
皇冠叢書第 843 種・三毛全集 11

本書為丁松青於 1971 年志願前往蘭嶼接受神職訓練，與島上居民相處、記錄當地風俗文化的故事。全書收錄〈蘭嶼〉、〈伊莉莎白〉、〈禮物〉、〈海底世界〉等 42 篇。正文前有三毛〈有這麼一個人──記丁松青神父〉、〈前言〉。
1992 年皇冠文化版：內容與 1982 年皇冠版同。

皇冠出版社 1984

皇冠文化 1993

清泉故事／丁松青著

臺北：皇冠出版社
1984 年 3 月，32 開，177 頁
皇冠叢書第 990 種

臺北：皇冠文化出版公司
1993 年 9 月，25 開，237 頁
皇冠叢書第 990 種・三毛全集 13

本書為丁松青於 1976 年以神父身分前往新竹清泉的山地教堂服務，與當地泰雅族人共同生活六年的紀錄。全書收錄〈山地世界〉、〈風雨故人〉、〈半個婚禮〉等 28 篇。正文前有三毛〈清泉之旅〉、三毛〈給丁神父的信〉、〈前言〉。
1993 年皇冠文化版：內容與 1984 年皇冠版同。

皇冠出版社 1986

皇冠文化 1992

北京十月文藝 2015

剎那時光／丁松青著

臺北：皇冠出版社
1986 年 1 月，32 開，261 頁
皇冠叢書第 1207 種

臺北：皇冠文化出版公司
1992 年 11 月，25 開，253 頁
皇冠叢書第 1207 種・三毛全集 17

北京：北京十月文藝出版社
2015 年 9 月，25 開，273 頁

本書記錄丁松青於 1982 年夏天返回美國聖地牙哥學習繪畫、遊歷墨西哥，以及追憶往事總結而成的生命經驗。全書收錄〈回家〉、〈往事如煙〉、〈聖召〉等 26 篇。正文前有三毛〈剎那時光〉、丁松青〈前言〉，正文後有三毛〈工作手記——為《剎那時光》而寫之一〉、丁松青〈工作手記——為《剎那時光》而寫之二〉。

1992 年皇冠文化版：內容與 1986 年皇冠版同。

2015 年北京十月文藝版：正文新增「致丁松青」、「遇見三毛」二部分，收錄三毛寄予丁松青的 11 封信及丁松青回憶三毛的文章三篇。

文學年表

1943 年　　3 月　　26 日，生於四川重慶，取名陳懋平。父陳嗣慶，母繆進蘭。排行次女，有一姊二弟。

1945 年　　本年　　中日戰爭結束，全家遷居南京鼓樓頭條巷 4 號。

1946 年　　本年　　初學寫字，因「懋」字筆畫較多，常常省略只寫「陳平」兩字，父親因此將她與弟弟名字中的「懋」字去掉，改名為「陳平」。

1947 年　　本年　　就讀南京鼓樓幼稚園大班。

　　　　　　　　　因上海戰亂，大伯父陳漢清一家搬來南京同住，與父親陳嗣慶於自家合開律師事務所，隨陳漢清一同前來、由祖父陳宗緒介紹而來的書記員倪竹青，常給年幼三毛說故事、教三毛認字。

1948 年　　6 月　　畢業於南京鼓樓幼稚園。

　　　　　　8 月　　就讀南京鼓樓小學一年級。

　　　　　12 月　　17 日，全家搭乘中興輪來到臺灣，居住於臺北松江路的一間日式平房。

　　　　　　本年　　接觸到人生第一本書——漫畫家張樂平的《三毛流浪記》、《三毛從軍記》，甚為喜愛。

1949 年　　本年　　插班就讀臺北中正國民學校（今中正國民小學）一年級。

　　　　　　　　　大伯父陳漢清一家人來到臺灣，與三毛一家人同住。

1952 年　　本年　　全家搬入臺北合江街 36 巷 32 號的一幢 99 坪的日式房屋。

1953 年　　本年　　參加演講比賽，自己寫了演講稿「我的學校」，獲第一名。

開始閱讀《紅樓夢》。

1954 年　　7 月　畢業於臺北中正國民學校。

參加聯考，放榜時因分數訛誤，分發至臺北靜修女中，分數改正後入臺北省立女子中學（今臺北市立第一女子高級中學）。

1955 年　　秋　初中二年級，因沉迷課外讀物，第一次月考四科不及格，勉勵自己用功讀書，三次數學小考滿分之後，遭數學老師懷疑作弊，並以墨汁塗畫三毛的臉，遭此惡意羞辱後開始逃學。

1956 年　本年　於二年級下學期正式休學。

1957 年　　9 月　入金陵女中二年級，後再次休學。

本年　父母決定親自教導三毛，向學校正式申請退學。父親陳嗣慶於每日黃昏講解《古文觀止》，命三毛背誦，並購買《浮華世界》、《小婦人》、《小男兒》等英文故事書學習英文，於此同時，三毛開始學習鋼琴，並大量閱讀各國書籍。

師從黃君璧學習山水畫、邵幼軒學習花鳥畫。

1960 年　　5 月　7 日，參加由大同中學於臺北中山堂主辦的「第三屆鋼琴演奏會」（林樹興指導），發表演出。

12 月　以畫作〈葡萄〉參加臺灣省第 15 屆全省美術展覽會。

1961 年　11 月　4 日，參加由大同中學於臺北中山堂主辦的「第四屆鋼琴演奏會」（林樹興指導），發表演出。

本年　師從五月畫會的顧福生學習素描、油畫。在顧福生的引領下閱讀《現代文學》、《筆匯》等雜誌，開始進入文學的世界。因顧福生的鼓勵，找回自信，入東洋麗絨日商公司上班，很快學會日語。不久後轉行至廣告公司，「初戀的滋味——可爾必思」廣告詞即出自三毛之筆。

1962 年　　3 月　7 日，教育電視臺播出由邵幼軒介紹三毛的作畫經過，並示範以 15 分鐘完成畫作〈牡丹〉的節目。

8 日，畫作參加中美經濟協會「婦女書畫欣賞會」展覽。

以畫作〈牡丹〉參加臺灣省第 16 屆全省美術展覽會。

6 月　畫作〈花鳥〉、〈梅柿〉、〈桃鳥〉、〈玉蘭〉、〈燕子紫藤〉參加兩廣同鄉舉辦的「書畫展覽」義賣展出。

7 月　31 日，畫作〈靜物〉獲第一屆「藝林美展」銅牌獎。

12 月　20 日，顧福生將三毛的文章交給《現代文學》的主編白先勇，獲得採用，生平第一篇作品〈惑〉以本名陳平發表於《現代文學》第 15 期。

本年　在顧福生的介紹下，結識作家陳秀美（筆名陳若曦）。

1963 年　1 月　〈異鄉之戀〉發表於《中央日報・副刊》6 版。

8 月　短篇小說〈月河〉發表於《皇冠》第 114 期。

本年　因顧福生前往法國巴黎深造，轉師從韓湘寧、彭萬墀習畫。

1964 年　本年　在陳若曦的鼓勵下，寫信給中國文化學院（今中國文化大學）創辦人兼董事長張其昀，獲其特許為中國文化學院哲學系選讀生，於 10 月入學，選讀國文、英文、哲學倫理、理則學。

應邀擔任日本《東洋時報》臺北駐在員。

1965 年　3 月　畫作〈黑白〉於第三屆青文美展展出。

本年　於大一下學期初戀作家梁光明（筆名舒凡）。

大二選讀中國哲學史、西洋哲學史、倫理學、柏拉圖。

1966 年　1 月　29 日，〈極樂鳥〉發表於《徵信新聞報・人間副刊》6 版。

3 月　父親陳嗣慶的友人、任職於西班牙馬德里「中國飯店」的徐耀明邀請三毛前來馬德里擔任為期兩年的會計員。

9 月　〈雨季不再來〉發表於《出版月刊》第 16 期。

11 月　〈簡介舒凡〉發表於《自由青年》第 422 期。

本年　大三上學期選讀老莊、哲學名著選讀、知識論、歷史哲學。

1967 年　2 月　申請休學。

3 月　〈一個星期一的早晨〉發表於《出版月刊》第 22 期。

	5 月	應聘擔任西班牙馬德里「中國飯店」會計員，24 日出發，於 27 日抵達西班牙，暫住於外交部工作的親戚劉恩弟家中，後自行租屋。
	6 月	20 日，註冊語文學校一年級課程。
	9 月	遊歷西班牙南部。
	10 月	1 日，申請進入馬德里文哲學院就讀，搬入該校由修女主持的宿舍──「書院」。 選讀哲學、歷史、人文地理、藝術、語言、文學、修辭學。
	12 月	聖誕假期，常至徐耀明家作客，因此結識徐耀明之子的西班牙裔友人、未來的丈夫──荷西・馬利安・葛羅（José María Quero Y Ruíz）。
1968 年	3 月	中旬，遊歷西班牙南部四天，下旬再遊西班牙北部十天。
	5 月	獲馬德里文哲學院結業證書。
	6 月	與德籍男友 Jachim 同遊法國、德國、西班牙等地。 〈安東尼・我的安東尼〉發表於《幼獅文藝》第 174 期。
	7 月	於馬約卡島（Mallorca）打工，擔任西班牙遊客的導遊，至 8 月 3 日止，8 月 27 日返回馬德里。
	10 月	赴德國柏林，於 28 日入歌德語文學院，攻讀德文。
	12 月	13～23 日，於百貨公司香水化妝品部門打工。
	本年	因長期伏案念書，深受腰痛所苦。
1969 年	1 月	30 日，歌德語文學院考試初試及格。 苦讀之餘不斷生病，因水土不服，腰痛更為嚴重。
	3 月	升上歌德語文學院二年級，因通過考試，取得正式德語教師資格。
	5 月	因在德國適應不良，加上美國有親戚相邀，決定赴美。
	6 月	28 日，赴美國芝加哥，入伊利諾大學，主修陶瓷。
	秋	於伊利諾大學法律系圖書館負責英美法書籍分類工作。

1970 年　1 月　19 日，返回臺灣。

　　　　2 月　應中國文化院創辦人張其昀邀請，於中國文化學院德國語文學系、哲學系擔任教職，至 1973 年 7 月止。同時於政工幹校（今國防大學政治作戰學院）、實踐家政專科學校（今實踐大學）教授德語。

　　　　本年　經許博允引介，結識音樂家李泰祥。

1971 年　夏　遊歷花蓮、臺東、蘭嶼等地，於蘭嶼結識丁松青，後為其翻譯《蘭嶼之歌》、《清泉故事》、《剎那時光》三本著作。

　　　　本年　與 45 歲德裔男子相戀。

1972 年　本年　與德裔男子訂婚，結婚前夕，未婚夫猝死，三毛服藥自殺後獲救。

　　　　　　　舉家搬往臺北南京東路公寓。

1973 年　8 月　二度赴西班牙留學，暫住於徐耀明家中。

　　　　10 月　出席馬德里 1974 年春季服裝表演，手持國旗走伸展臺，對自己代表國家參加演出感到榮譽及驕傲。

　　　　11 月　1 日，搬出徐家，在外租屋，有室友三人。

　　　　　　　於西班牙修習語文、寫稿、參加酒會、替中華民國民間企業訪問團擔任翻譯工作等，生活充實。

　　　　　　　擔任《實業世界》雜誌歐洲特派員。

　　　　　　　〈赴歐旅途見聞錄〉發表於《實業世界》第 92 期。

　　　　12 月　聖誕節假期，前往塞哥維亞城（Segovia）尋訪好友夏米葉・葛羅，重遇荷西，在塞城生病期間，受荷西悉心照料。

　　　　　　　〈在馬德里訪問「遠東百貨公司」採購團〉發表於《實業世界》第 93 期。

1974 年　1 月　因居留證問題，在西班牙找不到事情可做，向荷西透露自己想前往撒哈拉沙漠，荷西於 1 月下旬申請至撒哈拉磷礦公司工作，先前往非洲並住在公司宿舍。

〈我從臺灣起飛〉發表於《實業世界》第 94 期。

4 月　22 日，前往西屬撒哈拉，住在小城阿雍（Laayoune），離荷西的宿舍有一百多公里。

因西班牙簽證護照在西班牙殖民地無法生效，努力爭取後方可續留三個月，為繼續留在非洲，三毛與荷西開始準備結婚所需文件。

〈翻船人看黃鶴樓〉發表於《實業世界》第 97 期。

7 月　9 日，與荷西於西屬撒哈拉結婚。

8 月　11 日，前往西班牙馬德里，陪同大伯父陳漢清遊西班牙。

24 日，寫信給時任《聯合報・副刊》主編平鑫濤，投稿〈中國飯店〉一文。

10 月　6 日，〈中國飯店〉、〈本文作者來信〉發表於《聯合報・副刊》12 版，開始使用筆名「三毛」。

11 月　26 日，〈結婚記〉發表於《聯合報・副刊》12 版。

12 月　〈平沙漠漠夜帶刀〉發表於《女性世界》第 3 期。

本年　兼任《女性世界》駐歐特派員。

1975 年　1 月　〈去年的冬天〉發表於《女性世界》第 4 期。

2 月　21 日，〈懸壺濟世〉發表於《聯合報・副刊》12 版。

夫婦存錢買下第一輛車，稱其為「白馬」，開始開車於北非各處遊歷。

3 月　26 日，〈娃娃新娘〉發表於《聯合報・副刊》12 版。

5 月　24 日，〈荒山之夜〉發表於《聯合報・副刊》12 版。

7 月　20 日，〈沙漠觀浴記〉發表於《聯合報・副刊》12 版。

8 月　26 日，〈愛的尋求〉發表於《聯合報・副刊》12 版。

10 月　10 日，〈芳鄰〉發表於《聯合報・副刊》12 版。

22 日，因政局不穩，摩洛哥發起軍事行動，與荷西先後離開西屬撒哈拉。

11 月　1～2 日，〈素人漁夫〉連載於《聯合報・副刊》12 版。

　　　21～22 日，〈死果〉連載於《聯合報・副刊》12 版。

　　　27 日，〈三毛的來信〉發表於《聯合報・副刊》12 版。

　　　與荷西於加那利群島團聚，移居大加那利島的拉斯帕爾馬斯
　　　（Las Palmas）。

12 月　19～20 日，〈天梯〉連載於《聯合報・副刊》12 版。

1976 年　1 月　遭逢車禍。

　　　2 月　18 日，〈工作是最大的快樂〉發表於《聯合報・副刊》12 版。

　　　　　25～28 日，〈白手成家〉連載於《聯合報・副刊》12 版。

　　　　　28 日，荷西失業。

　　　　　開始翻譯阿根廷漫畫家季諾（Quino）繪著的「瑪法達」系
　　　　　列漫畫（*Mafalda*）。

　　　3 月　18 日，〈有飯吃，唱歌；餓肚子，也唱歌。〉發表於《聯合
　　　　　報・副刊》12 版。

　　　　　22 日，〈三毛寫給讀者的信〉發表於《聯合報・副刊》12 版。

　　　4 月　20～21 日，〈啞奴〉連載於《聯合報・副刊》12 版。

　　　　　21 日，〈一個無名的耕耘者〉發表於《中國時報・人間副
　　　　　刊》12 版。

　　　　　29 日，〈娃娃看天下——瑪法達的世界〉發表於《聯合報・
　　　　　副刊》12 版。

　　　5 月　20 日，返臺探親並休養，停留在臺灣的兩個月期間，作家
　　　　　徐訏認三毛為乾女兒，並與各界朋友相會，參與詩人余光中
　　　　　發起的「讓現代詩與音樂結婚」民歌運動，寫出〈橄欖
　　　　　樹〉、〈一條日光大道〉、〈不要告別〉三首歌詞，交由李泰祥
　　　　　譜曲。

　　　　　25 日，〈做一個自由的人〉發表於《中國時報・人間副刊》
　　　　　12 版。

《撒哈拉的故事》由臺北皇冠出版社出版。

6 月　23 日，〈收魂記〉發表於《聯合報・副刊》12 版。

25 日，接授中華電視公司節目「家庭時間」訪談，講述在撒哈拉沙漠的生活經驗。

26 日，談話錄音由中國廣播公司節目「柔柔夜語」播出。

30 日，〈當三毛還是二毛的時候〉發表於《聯合報・副刊》12 版。

舟山同鄉會舉辦大會迎接返臺的三毛，並贈送「文壇新秀」牌匾，以其文學成就為榮。

7 月　5 日，出席《宇宙光》雜誌舉辦的「婚姻生活座談會」。

19 日，〈回鄉小箋〉發表於《聯合報・副刊》12 版。

30 日，返回大加那利島，受聘為《聯合報》特約記者。

《雨季不再來》由臺北皇冠出版社出版。

〈三毛的美麗風華〉（三毛來信）發表於《現代攝影》第 2 期。

8 月　30～31 日，〈沙巴軍曹〉連載於《聯合報・副刊》12 版。

「瑪法達」系列漫畫中譯本命名為《娃娃看天下——瑪法達的世界》，第 1～4 集由臺北遠流出版社出版。

9 月　22 日，〈生日禮物〉發表於《聯合報・副刊》12 版。

10 月　25～26 日，〈搭車客〉連載於《聯合報・副刊》12 版。

荷西於拉斯帕爾馬斯北方的一個荒涼島嶼工作，負責裝配海底電纜。

翻譯《娃娃看天下——瑪法達的世界》第 5～6 集，由臺北遠流出版社出版。

〈娃娃與我〉發表於《出版家》第 51 期。

11 月　5 日，〈大鬍子與我〉發表於《中華日報・副刊》。

12 月　8 日，〈張拓蕪傳奇〉發表於《聯合報・副刊》8 版，因此文

而結識張拓蕪，三毛稱自己與張拓蕪、杏林子三人為「文壇鐵三角」。

翻譯《娃娃看天下——瑪法達的世界》第 7～10 集，由臺北遠流出版社出版。

1977 年	1 月	23～29 日，〈哭泣的駱駝〉連載於《聯合報・副刊》12 版。

〈一個陌生人之死〉發表於《宇宙光》第 33 期。

2 月　荷西赴奈及利亞的德國潛水工程公司工作。

翻譯《娃娃看天下——瑪法達的世界》第 11～12 集，由臺北遠流出版社出版。

3 月　31 日～4 月 6 日，〈逍遙七島遊〉連載於《聯合報・萬象》9 版。

4 月　翻譯《娃娃看天下——瑪法達的世界》第 13～14 集，由臺北遠流出版社出版。

5 月　3 日，〈同在撒哈拉〉發表於《中國時報・人間副刊》12 版。

24 日，〈我進入另一個天地〉發表於《聯合報・副刊》12 版。

因荷西工作超時，且未領到薪水，三毛赴奈及利亞為其爭取薪水，前後共三次。

翻譯《娃娃看天下——瑪法達的世界》第 15～18 集，由臺北遠流出版社出版。

6 月　19～20 日，〈寂地〉連載於《聯合報・副刊》12 版。

《稻草人手記》由臺北皇冠出版社出版。

7 月　12～23 日，〈五月花〉連載於《聯合報・副刊》12 版。

翻譯《娃娃看天下——瑪法達的世界》第 19～20 集，由臺北遠流出版社出版，全套 20 集出版完畢。

8 月　7 日，〈塵緣——寫在父親節前〉發表於《聯合報・副刊》12 版。

《哭泣的駱駝》由臺北皇冠出版社出版。

	秋	荷西另找到海邊景觀工程工作，夫婦移居丹娜麗芙島十字港。
1978 年	1 月	22～23 日，〈瑪黛拉遊記〉連載於《聯合報・副刊》12 版。
	2 月	27～28 日，〈溫柔的夜〉連載於《聯合報・副刊》12 版。
	4 月	4 日，〈我的筆友張拓蕪〉發表於《聯合報・副刊》12 版。
	5 月	3 日，〈幼童・趕走了死神〉發表於《聯合報・萬象》9 版。
	6 月	11～12 日，〈石頭記〉連載於《聯合報・副刊》12 版。
		〈永遠的夏娃——開場白〉發表於《皇冠》第 292 期。
		《讀者文摘》中文版刊出〈沙漠中的飯店〉。
	7 月	〈永遠的夏娃之一——拾荒夢〉發表於《皇冠》第 293 期。
	8 月	〈永遠的夏娃之二——黃昏的故事〉發表於《皇冠》第 294 期。
	9 月	5 日，〈我與文亞〉發表於《聯合報・副刊》12 版。
		〈永遠的夏娃之三——巫人記〉發表於《皇冠》第 295 期。
	10 月	23～25 日，〈逃學為讀書〉連載於《中華日報・副刊》11 版。
	11 月	16～17 日，〈相遇的雲〉連載於《聯合報・副刊》12 版。
		〈永遠的夏娃之四——餃子大王〉發表於《皇冠》第 297 期。
	12 月	12～13 日，〈永遠的瑪莉亞〉連載於《聯合報・副刊》12 版。
		房屋租約到期，三毛返回大加那利島，荷西續留此地工作。
		〈永遠的夏娃之五：赤足天使——鞋子的故事〉發表於《皇冠》第 298 期。
	本年	於拉斯帕爾馬斯購置一棟小房子。
1979 年	1 月	1 日，搬回拉斯帕爾馬斯的家。
	2 月	17 日，〈今日是一張小小的明信片　明日是一卷厚厚的文學史〉發表於《聯合報》12 版「作家明信片 2」欄。
		《溫柔的夜》由臺北皇冠出版社出版。

《讀者文摘》中文版刊出〈撒哈拉沙漠〉。

〈永遠的夏娃之六——親不親，故鄉人〉發表於《皇冠》第
300 期。

〈浪跡天涯談買賣〉發表於《宇宙光》第 58 期。

3 月　荷西找到新工作，前往丹娜麗芙島。

〈過境英倫玩豬吃老虎〉發表於《旅遊觀光》第 13 卷第 3
期。

5 月　荷西被派往拉芭瑪島工作，為節省開支，三毛後搬往該島與
荷西同住。

8 月　父母來訪，三毛先前往西班牙陪同父母遊玩，9 月再與父母
一起回到加那利群島與荷西見面。

9 月　30 日，荷西於潛水時意外喪生，得年 28 歲，葬於拉芭瑪
島。

10 月　27 日，荷西喪禮結束後，隨父母返回臺灣。

12 月　11 日，〈永不消失的愛——寫給盧光舜大夫〉發表於《聯合
報・副刊》8 版。

應聘擔任中國文化學院中國文學系文藝組講師。

本年　《讀者文摘》中文版刊出〈一個中國女孩在沙漠中的故事〉
15 種語言版。

1980 年　1 月　19 日，獲選為《愛書人》倉頡獎十大作家。

2 月　26 日，應《聯合報》與耕莘青年寫作會邀請，赴臺北耕莘
文教院演講「我的寫作生活」。

28～29 日，〈我的寫作生活——二月二十六日耕莘文教院演
講紀錄〉連載於《聯合報・副刊》8 版。

譯作《娃娃看天下——瑪法達的世界》重新編排為六集，由
臺北皇冠出版社出版。

3 月　2 日，獲選為中國文化學院傑出校友。

9 日，獲聘擔任華岡筆會副會長

4 日，〈我們不要暴力——為林義雄家人被殺而寫〉發表於《中國時報·人間副刊》8 版。

10 日，〈我所認識的夏老師〉發表於《中華日報·副刊》。

18 日，〈背影〉發表於《聯合報·副刊》8 版。

26 日，〈追尋——寫張君默〉發表於《香港明報》13 版。

隨報社訪問東南亞。

《讀者文摘》中文版刊出〈撒哈拉的故事〉、〈哭泣的駱駝〉。

4 月　1 日，〈不死鳥〉發表於《愛書人旬刊》第 138 號。

3 日，與沈君山一同接受凌晨所主持的警察廣播電臺節目「平安夜」訪問，本節目為凌晨與《中國時報》共同策畫，由凌晨訪問、《中國時報》編輯部整理，對談主題有「飛碟與星象」、「愛情與婚姻」、「欣賞的異性」、「我的寫作觀」。

18～19 日，〈兩極對話〉（與沈君山對談）連載於《中國時報·人間副刊》8 版，廣播錄音於晚間 11 點 10 分至 12 點由警察廣播電臺播出。

29 日，〈不死鳥〉、〈明日又天涯〉發表於《聯合報·副刊》8 版。

出國旅行，後重返西班牙及加那利群島處理財產。

〈我的寫作生活〉轉載於《大成》第 77 期。

5 月　22 日，〈雲在青山月在天〉發表於《聯合報·副刊》8 版。

24 日，返回拉斯帕爾馬斯居住。

6 月　10 日，〈駱駝為什麼要哭泣——我文章題目的故事〉發表於《聯合報·副刊》8 版。

7 月　〈歸航〉發表於《皇冠》第 317 期。

8 月　31 日，〈夢裡夢外——迷航之一〉發表於《聯合報·副刊》

8 版。

9 月　15 日，〈不飛的天使——謎航之二〉發表於《聯合報‧副刊》8 版。

23～24 日，〈荒山之夜〉連載於《中國時報‧人間副刊》8 版。

購買新房、搬家。

12 月　《撒哈拉的故事》中的五篇文章被譯為英文，以 "SAHARA Story" 為題，刊載於《讀者文摘》英文版。

1981 年　1 月　《聯合報》編輯丘彥明前往加那利群島拜訪三毛。

4 月　18 日，〈似曾相識燕歸來——謎航之三〉發表於《聯合報‧副刊》8 版。

5 月　9 日，接受行政院新聞局邀請，返回臺灣擔任第 16 屆金鐘獎頒獎人。

9 日，〈離鄉回鄉〉發表於《聯合報‧副刊》8 版。

13～14 日，〈克里斯〉連載於《中國時報‧人間副刊》8 版。

16 日，出席第 16 屆金鐘獎頒獎典禮，擔任頒獎人。

23、24 日，分別與邵氏電影公司總管方逸華、影星蕭芳芳會面，商談拍攝電影《撒哈拉的故事》。

6 月　11 日，〈異域相逢〉發表於《中華日報‧副刊》。

19 日，〈三毛致阮壽榮先生函〉發表於《世界副刊》。

7 月　2、5 日，〈雨禪臺北〉發表於《南洋商報》。

11 日，〈週末〉發表於《中國時報‧人間副刊》8 版。

18 日，〈夢裡花落知多少——迷航完結篇〉發表於《聯合報》8 版。

升任中國文化大學中國文學系文藝組副教授兼西班牙語文學系籌備主任。

8 月　22 日,〈寧願鄉居〉發表於《臺灣新生報・副刊》。

《背影》、《夢裡花落知多少》由臺北皇冠出版社出版。

秋　　赴新竹清泉與丁松青神父見面,商談翻譯《蘭嶼之歌》之事。

9 月　15 日,因時報文化公司邀請顧福生返臺並召開個人畫展,三毛為感念恩師給自己帶來的改變,寫下〈驀然回首——寫我的恩師顧福生以及我的少年時代〉發表於《中國時報・人間副刊》8 版,並有〈顧福生、三毛師生闊別二十年對談〉刊載於《民生報》。

30 日,得到《聯合報》創辦人王惕吾的贊助,提出「萬水千山走遍」中南美洲 12 國採訪行程計畫大綱。

〈回娘家〉發表於《明道文藝》第 66 期。

10 月　17 日,〈《相聲集錦》序〉發表於《民族晚報》。

31 日,應《聯合報》之邀發表演講,講題為「明日之旅——燃燒是我不變的愛」。

11 月　2 日,應《聯合報》之邀發表演講,講題為「你們是誰」。

3 日,與攝影師米夏同行,赴中南美洲採訪,前往墨西哥、宏都拉斯、哥斯大黎加、巴拿馬、哥倫比亞、厄瓜多爾、祕魯、玻利維亞、智利、阿根廷等國。

4～5 日,〈明日之旅——燃燒是我不滅的愛〉連載於《聯合報・副刊》8 版。

〈徐訏先生與我〉發表於《大成》第 96 期。

〈中秋節〉發表於《東海文藝》創刊號。

12 月　21 日,〈大蜥蜴之夜——中南美紀行・墨西哥之一〉發表於《聯合報・副刊》8 版。

25 日,〈街頭巷尾——中南美紀行・墨西哥之二〉發表於《聯合報・副刊》8 版。

28 日,〈青鳥不到的地方——中南美紀行之三‧宏都拉斯〉發表於《聯合報‧副刊》8 版。

1982 年　1 月　3 日,〈說一個夢〉發表於《中國時報‧人間版》8 版。

4 日,翻譯丁松青〈蘭嶼之歌〉,發表於《聯合報‧副刊》8 版。

6 月,《背影》獲臺北市立圖書館推舉為年度十大好書。

14 日,〈中美洲的花園——哥斯達黎加紀行〉發表於《聯合報‧副刊》8 版。

18 日,〈美妮表妹——巴拿馬紀行〉發表於《聯合報‧副刊》8 版。

2 月　4 日,〈這兒是哥倫比亞——一個不按牌理出牌的地方——中南美紀行 6〉發表於《聯合報‧副刊》8 版。

17 日,〈藥師的孫女——前世——厄瓜多爾紀行之一〉發表於《聯合報‧副刊》8 版。

18～19 日,〈銀湖之濱——今生——厄瓜多爾紀行之二〉連載於《聯合報‧副刊》8 版。

3 月　15～16 日,〈索諾奇——雨原之一——祕魯紀行〉連載於《聯合報‧副刊》8 版。

20～21 日,〈夜戲——雨原之二——祕魯紀行〉連載於《聯合報‧副刊》8 版。

4 月　13 日,〈迷城——雨原之三——祕魯紀行〉發表於《聯合報‧副刊》8 版。

14 日,〈逃水——雨原之四——祕魯紀行〉發表於《聯合報‧副刊》8 版。

22 日,〈逃亡〉發表於《中國時報‧人間版》8 版。

5 月　9 日,結束中南美洲之行,返回臺灣,至各地巡迴演講,講題為「遠方的故事」,場場爆滿,受到熱烈歡迎。

11〜12 日,〈高原的百合花——玻利維亞紀行〉連載於《聯合報·副刊》8 版。

13 日,〈智利五日——智利紀行〉發表於《聯合報·副刊》8 版。

14 日,〈情人——阿根廷紀行〉發表於《聯合報·副刊》8 版。

《萬水千山走遍——中南美紀行·第一輯》由臺北聯合報社出版。

翻譯丁松青《蘭嶼之歌》,由臺北皇冠出版社出版。

6 月　3 日,〈有這麼一個人——記丁松青神父〉發表於《中國時報·人間版》8 版。

7 月　5〜8 日,〈遠方的故事〉連載於《聯合報·副刊》8 版。

12 日,〈驚夢三十年〉發表於《聯合報·副刊》8 版。

〈愛和信任〉發表於《皇冠》第 341 期。

赴西班牙探視公婆,並前往加那利群島祭拜荷西。

8 月　〈說說話〉發表於《皇冠》第 342 期。

9 月　〈簡單〉發表於《皇冠》第 343 期。

10 月　23 日,〈我所知、所愛的馬奎斯〉發表於《聯合報·副刊》8 版「中國作家看本屆諾貝爾文學獎」欄。

返回臺灣,續任中國文化大學教職,講授「文藝創作與小說研究」、「散文習作」。

〈說給自己聽〉發表於《皇冠》第 344 期。

11 月　〈什麼都快樂〉發表於《皇冠》第 345 期。

12 月　〈狼來了〉發表於《皇冠》第 346 期。

1983 年　1 月　8 日,〈夢裡不知身是客——這篇文章送給識與不識的知音〉發表於《聯合報·副刊》8 版。

15 日,〈往事如烟〉發表於《聯合報·副刊》8 版。

20 日,〈野火燒不盡〉發表於《聯合報・副刊》8 版。

30 日,〈不覺碧山暮　但聞萬壑松〉發表於《中國時報・人間版》8 版。

〈軌外的時間〉發表於《皇冠》第 347 期。

2 月　8 日,應伊甸殘障福利基金會邀請,於臺北中山堂演講「生之喜悅」。

11 日,〈不懂也算了──寫金庸〉發表於《中國時報・人間版》8 版,後收入 1984 年 8 月臺北遠景出版社出版的《諸子百家看金庸》。

18 日,〈你是我特別的天使〉發表於《聯合報・副刊》8 版。

〈ABCD 字型歌──唱給倪匡的兒歌〉發表於《皇冠》第 348 期。

3 月　於《明道文藝》開設「三毛信箱」專欄,接受讀者來信提問並撰文回覆、給予建議,至 1985 年 9 月止,後集結為《談心》一書。

〈忠厚傳家久〉、〈樂善最樂〉、〈燃燒,快樂〉、〈自己管自己吧〉、〈敬致江舉謙老師〉發表於《明道文藝》第 84 期。

4 月　8 日,〈朝陽為誰昇起〉發表於《聯合報・副刊》8 版。

26 日,〈一生的戰役〉發表於《聯合報・副刊》8 版。

〈自愛而不自憐〉、〈祝福中國〉、〈人生何處不相逢〉發表於《明道文藝》第 85 期。

〈天下本無事〉發表於《皇冠》第 350 期。

5 月　7 日,〈我是小器的〉發表於《聯合報・副刊》8 版。

〈隔離與溝通〉發表於《明道文藝》第 86 期。

〈送你一匹馬〉發表於《皇冠》第 351 期。

6 月　5 日,〈愛馬〉發表於《聯合報・副刊》8 版。

14 日,〈戀愛中的女人〉發表於《聯合報・副刊》8 版。

應丁松青神父的哥哥丁松筠神父之邀，協助拍攝光啟社製作的紀錄片《聞笛起舞》（陳耀圻導演）。

〈不滿、不滿、不滿〉、〈真聰明的好孩子〉發表於《明道文藝》第 87 期。

〈孤獨的長跑者——送高信疆〉，對談〈三毛・伊平——夜譚「子平」〉（凌晨記錄）發表於《皇冠》第 352 期。

7月　帶學生一同前往西班牙馬德里遊玩，後前往北非摩洛哥，再回到加那利群島清理房子、上墳。

《送你一匹馬》由臺北皇冠出版社出版。

〈無話〉發表於《皇冠》第 353 期。

〈沒有找呀〉、〈教書不是塔〉、〈最重要的是被愛嗎？〉、〈為什麼、為什麼？〉發表於《明道文藝》第 88 期。

8月　〈還給誰〉發表於《皇冠》第 354 期。

9月　返回臺灣。

《撒哈拉的故事》由北京中國友誼出版公司出版。

11月　3 日，〈匪兵甲與匪兵乙〉發表於《聯合報・副刊》8 版。

〈讀書與迷藏〉、〈不棄〉、〈不逃〉發表於《明道文藝》第 92 期。

〈一定要去海邊〉發表於《皇冠》第 357 期。

12月　〈其實都不是問題〉發表於《明道文藝》第 93 期。

〈六天〉發表於《皇冠》第 358 期。

1984 年　1月　〈不能給你快樂〉、〈寫作不難〉、〈我喜歡把快樂當傳染病〉發表於《明道文藝》第 94 期。

2月　農曆新年後，瑞士好友達尼埃與歌妮夫婦來臺，一起環島旅行，第一站前往新竹清泉部落探望丁松青神父，於清泉天主堂正對面處發現一幢紅磚房屋，大為喜愛，命名為「夢中之家」（今三毛故居），後由丁松青神父帶領年輕人一同修繕。

　　　　環島途中，於墾丁結識賴一輝、陳壽美夫婦以及他們的女兒依縵、依伶，開始往來通信。

　　　　〈獄外的天空也是你的〉、〈是美德還是懦弱〉、〈「喜歡」有千種風貌〉發表於《明道文藝》第 95 期。

　　　　〈他〉發表於《皇冠》第 360 期。

　　　　〈永遠的故鄉〉發表於《舟山鄉訊》第 9、10 期合刊。

　　　　〈放心〉發表於《林雲文化教育基金會會刊》。

3 月　　赴美國加州，並於聖地牙哥拜訪丁松筠、丁松青的母親。

　　　　翻譯丁松青《清泉故事》，由臺北皇冠出版社出版。

　　　　〈讀書不能只讀一個月〉、〈五個對話〉、〈如果是我的女兒〉發表於《明道文藝》第 96 期。

　　　　〈生活散記——膽小鬼〉發表於《幼獅少年》第 89 期。

4 月　　返回臺灣，辭去中國文化大學教職。

　　　　紀政等著《三毛的世界》由臺北江山出版社出版。

　　　　〈寫給「淚笑三年」的少年〉發表於《明道文藝》第 97 期，後收入 1985 年 6 月由臺北幼獅文化出版的《泥土・牛》。

5 月　　27 日，〈重建家園——將真誠的愛，在清泉流傳下去……〉發表於《聯合報》8 版，本文記述「夢屋」的修復過程，並開放大眾居住，吸引許多年輕人前往新竹清泉部落遊歷。

　　　　赴美國加州進行手術並調養，於 11 月返回臺灣。

　　　　〈如果我是妳〉、〈不要也罷〉、〈回不出的書信〉發表於《明道文藝》第 98 期。

　　　　〈寫給失去孩子的母親——未曾謀面的讀者朋友〉發表於《皇冠》第 363 期。

7 月　　〈小朋友好〉、〈不會忘記妳要的明信片〉、〈如果死得其所〉、〈不講了〉發表於《明道文藝》第 100 期。

　　　　〈化蝶〉發表於《皇冠》第 365 期。

8 月　〈十字架〉、〈別針〉、〈雙魚〉、〈老別針〉、〈項鍊〉發表於《俏》第 6 期。

9 月　《撒哈拉的故事》由北京中國友誼出版公司出版。

〈不打雙頭蛇〉、〈閃爍的並不是金子〉、〈二十九顆彩石〉發表於《俏》第 7 期。

10 月　〈紅心是我的〉、〈本來是一雙的〉、〈手上的光環〉、〈心愛的〉、〈刻進去的生命〉發表於《俏》第 8 期。

11 月　〈五更天〉、〈舊碗換新碗〉、〈閃亮的不全是金子〉發表於《俏》第 9 期。

12 月　24 日,〈一幅水禾田〉發表於《中國時報・人間》8 版。

〈鎖〉、〈還是鎖住了〉、〈秋水伊人〉發表於《俏》第 10 期。

1985 年　1 月　5 日,〈不負我心〉發表於《聯合報・副刊》8 版。

9 日,〈寫張拓蕪又一書〉發表於《聯合報・副刊》8 版。

29 日,〈傾城〉發表於《聯合報・副刊》8 版。

與瘂弦、余光中、鍾玲、劉紹銘、張系國、蕭乾、秦牧、姚雪垠共同前往新加坡參加第三屆國際華文文藝營。

〈十三隻龍蝦和伊地斯〉、〈守財奴〉發表於《俏》第 11 期。

2 月　7 日,〈約會〉發表於《聯合報・副刊》8 版。

25 日,〈一生的愛〉發表於《聯合報・副刊》8 版。

與王大空、司馬中原、席慕蓉、張曉風、趙寧應邀擔任皇冠文化集團於皇冠藝文中心舉辦的文藝冬令營指導老師。

〈說朋道友〉發表於《明道文藝》第 107 期。

〈放心〉發表於《皇冠》第 372 期。

〈大地之母〉、〈牛羊成群〉、〈織布〉發表於《俏》第 12 期。

3 月　4 日,〈唱隨之樂──寫小民、喜樂夫婦〉發表於《中華日報・副刊》。

8 日,〈紫衣〉發表於《聯合報・副刊》8 版。

《傾城》、《談心》、《隨想》由臺北皇冠出版社出版。

開始不定期於《聯合報・副刊》的「小語庫」名家邀請展發表簡短格言，後集結為《隨想》一書。

〈兩種批評〉發表於《明道文藝》第 108 期。

〈少年愁〉發表於《皇冠》第 373 期。

4 月　買下賴一輝、陳壽美夫婦於南京東路四段 120 巷的樓中樓，6 月遷入新居。

〈愛情與婚姻〉發表於《明道文藝》第 109 期。

〈吹兵〉發表於《皇冠》第 374 期。

〈初見蒙娜麗莎〉發表於《藝術家》第 119 期。

5 月　11 日，〈楊柳青青〉發表於《聯合報・副刊》8 版。

〈不是戲言〉發表於《明道文藝》第 110 期。

〈媽媽是天使〉、〈仙人掌的花園〉發表於《皇冠》第 375 期。

〈最快樂的教室〉發表於《藝術家》第 120 期。

〈夏日煙愁——1982 年的西班牙〉發表於《聯合文學》第 7 期。

6 月　3 日，〈去付出　去愛〉發表於《聯合報・副刊》8 版。

〈三毛（陳平）〉（三毛口述；鍾靈記錄）發表於《自由青年》第 670 期。

〈覆不願意透露姓名的朋友函〉發表於《明道文藝》第 111 期。

〈鄉愁〉發表於《藝術家》第 121 期。

7 月　回覆兩封讀者來信於《明道文藝》第 112 期。

〈我的三位老師〉發表於《藝術家》第 122 期。

8 月　〈覆邢淑麗函〉發表於《明道文藝》第 113 期。

　夏　前往新竹清泉觀看「夢屋」修復結果。

9 月　〈不嚴重的事〉、〈如幻〉發表於《明道文藝》第 114 期。

〈得獎的心情〉發表於《藝術家》第 124 期。

10 月　《雨季不再來》由北京中國友誼出版公司出版。

11 月　創作唱片專輯《回聲》，收錄三毛歌詞〈謎〉、〈今生〉、〈飛〉、〈曉夢蝴蝶〉、〈沙漠〉、〈今世〉、〈孀〉、〈說給自己聽〉、〈遠方〉、〈夢田〉、〈軌外〉共 11 首，其中〈軌外〉於歌詞送審時，被評為建議保留，不建議在廣播電視播放。

12 月　《稻草人手記》由北京中國友誼出版公司出版。

本年　戶籍由西班牙遷回臺北。

1986 年　1 月　4 日，赴美國西雅圖貝爾維學院（Bellevue College）進修，5 月中旬返回臺灣。於課堂上結識美籍英文老師艾琳，相關經歷後寫為「鬧學記」系列文章。

翻譯丁松青《剎那時光》，由臺北皇冠出版社出版。

7 月　與外甥女同遊西班牙馬德里，並赴加那利群島售屋、上墳。

9 月　返臺定居，與父母同住。

獲光統圖書公司舉辦的「我最喜愛的作家」票選第一名。

10 月　27～28 日，〈星石——遺愛之一〉連載於《聯合報·副刊》8 版。

11 月　29 日～12 月 3 日，〈重建家園〉連載於新加坡《聯合早報》。

12 月　4～5 日，〈吉屋出售——遺愛之二〉發表於《聯合報·副刊》8 版。

20 日，〈文人相重〉發表於《中國時報·人間版》8 版。

28 日，應許博允邀請，與張系國一同將小說《棋王》改編為音樂歌舞劇。

〈癡心石〉、〈結婚禮物〉、〈籠子裡的小丑〉、〈小丁神父的女人〉、〈蜜月麻將牌〉、〈廣東來的老茶壺〉、〈阿富汗人哈敏妻子的項鍊〉、〈幸福的盤子〉發表於《皇冠》第 394 期。

1987 年　1 月　6～7 日，〈隨風而去——遺愛之三〉連載於《聯合報·副

刊》8 版。

13 日，〈和李神父認識的那一天〉發表於《中國時報·人間版》8 版。

28 日，〈我的弟弟星宏〉發表於《中國時報·人間版》8 版「歲末懷人」欄。

獲《大專人》雜誌舉辦的「大專生心目中最欣賞的作家」問卷調查第一名。

〈腓尼基人的寶瓶〉、〈滄桑〉、〈藥瓶〉、〈日曆日曆掛在牆壁〉、〈我敬愛妳〉、〈PEPA 情人〉、〈夢幻騎士〉、〈來生再見〉、〈走不完的心路——蔡志忠加油〉發表於《皇冠》第 395 期。

〈繁華人生〉發表於《仕女雜誌》第 92 期。

2 月　7 日，〈暗室之燈——送別顧祝同將軍〉發表於《中國時報·人間版》8 版。

20 日，〈又見笨鳥〉發表於《中央日報·副刊》10 版。

《撒哈拉的故事》、《稻草人手記》由長沙湖南文藝出版社出版。

〈第一個彩陶〉、〈第一張床罩〉、〈第一串玫瑰念珠〉、〈第一條項鍊〉、〈第一次做小學生〉、〈第一個奴隸〉、〈第一匹白馬〉、〈第一套百科全書〉發表於《皇冠》第 396 期。

〈聽三毛說故事〉發表於《軍民一家》第 162 期。

3 月　4～5 日，〈ET 回家——遺愛之四〉連載於《聯合報·副刊》8 版。

12 日，〈呼喚童年——記憶裡的關渡〉發表於《中國時報·人間版》8 版「拯救淡水河」欄。

有聲書《三毛說書》由臺北皇冠有聲出版社出版。

〈娃娃國娃娃兵〉、〈時間的去處〉、〈橄欖樹〉、〈西雅圖的冬

天〉、〈亞當和夏娃〉、〈我要心形的〉、〈印地安人娃娃〉、〈在看妳一眼〉發表於《皇冠》第 397 期。

4 月　29 日，〈戲外之戲——為《棋王》戲劇公演而作〉發表於《中國時報・人間版》8 版「棋王新象」欄。

〈遺愛〉、〈受難的基督〉、〈小偷、小偷〉、〈洗臉盆〉、〈美濃狗碗〉、〈擦鞋童〉、〈小船 ECHO 號〉、〈鄰居的彩布〉發表於《皇冠》第 398 期。

〈音樂與舞蹈〉發表於《軍民一家》第 164 期。

5 月　2 日，《棋王》歌舞劇於臺北中華體育館首演，由李泰祥作曲，張艾嘉、齊秦主演。

2 日，參加在皇冠藝文中心舉辦的「作家藝展」，展出女紅「兩百條納被」。

3 日，為樹人殘障基金會籌募「木工職訓基金」，以〈媽媽是天使〉為題的五首童詩製作愛心卡義賣促銷。

9 日，〈媽媽是天使〉發表於《中華日報・副刊》。

10 日，〈永恆的母親〉發表於《臺灣日報・副刊》。

大加那利島鄰居張南施來臺灣拜訪三毛。

〈酒袋〉、〈媽媽的心〉、〈不向手工說再見〉、〈天衣無縫〉、〈停〉、〈你的那雙眼睛〉、〈鄉愁〉、〈血象牙〉發表於《皇冠》第 399 期。

〈三毛談心〉發表於《明道文藝》第 134 期。

〈更好的明天〉發表於《軍民一家》第 165 期。

6 月　18 日，〈《異鄉人》提要〉發表於《聯合報》8 版。

25 日，〈罪在哪裡？——《異鄉人》導讀〉發表於《聯合報》8 版。

27 日，應《聯合報》副刊邀請，前往臺北天母新學友書香園參加第九次聯副文學午餐會，演講「《異鄉人》的導讀」。

〈不約大醉俠〉、〈華陶窯〉、〈知音〉、〈銀器一大把〉、〈鼓椅〉、〈阿潘的盤子〉、〈讓我講個故事〉、〈糯米漿碗〉發表於《皇冠》第 400 期。

〈常存感激心〉發表於《軍民一家》第 166 期。

7 月　大伯父陳漢清逝世，後寫作〈他沒有交白卷——寫我的大伯父二三事〉一文，發表於同年 10 月《皇冠》第 404 期、《寧波同鄉》1987 年 10 月號。

《我的寶貝》由臺北皇冠出版社出版。

有聲書《流星雨》由臺北皇冠有聲出版社出版。

〈初見茅廬〉、〈三顧茅廬〉、〈印度手繡〉、〈飛鏢〉發表於《皇冠》第 401 期。

〈三毛談心〉發表於《明道文藝》第 136 期。

〈紅燈　紅燈〉發表於《軍民一家》第 167 期。

8 月　5 日，〈我在路邊大聲叫〉發表於《聯合報・副刊》8 版「諫與讚 1・諫飆車」欄。

〈行行出狀元〉發表於《軍民一家》第 168 期。

9 月　〈朋友〉發表於《軍民一家》第 169 期。

11 月　5 日，〈我的第一步〉發表於《聯合報・副刊》8 版。

12 月　〈借書最樂〉發表於《吾愛吾家》第 108 期。

1988 年　1 月　14 日，〈老兄，我醒著〉發表於《聯合報・繽紛》22 版，〈他和我們沒有距離——為蔣經國逝世而寫〉發表於《中央日報・副刊》。

《三毛、昨日、今日、明日》集結三毛舊作與評論三毛的文章數篇，由北京中國友誼公司出版。

2 月　23 日，〈超音波——素描倪匡〉發表於《中央日報・副刊》。

27 日，〈孤獨的長跑者——為臺北國際馬拉松熱身〉發表於

《聯合報・副刊》23 版。

29 日，〈我要回家〉發表於《聯合報・繽紛》22 版。

3 月　16 日，〈一生到此嗎？〉發表於《中時晚報・時代副刊》。

4 月　4 日，〈愛馬落水之夜〉發表於《聯合報・繽紛》22 版。

10～11 日，〈我的朋友──凌晨返鄉〉連載於《中國時報・大地》23 版。

18 日，〈你從哪裡來？──鬧學記之 1〉發表於《聯合報・副刊》23 版。

5 月　10 日，〈如果教室像遊樂場──鬧學記之 2〉發表於《聯合報・副刊》23 版。

20 日，〈夜深花睡〉發表於《中國時報・人間》18 版。

25 日，〈你們為什麼打我？〉發表於《聯合報・繽紛》16 版。
兩岸通郵，收到昔日律師事務所書記員倪竹青來信，三毛代表父親回覆長信，略述全家人來臺後的經歷與近況，並表達對倪竹青的深切掛懷。

〈我看凌晨大陸行〉發表於《皇冠》第 411 期「大陸返鄉探親系列」專題。

〈逃學為讀書〉發表於《講義》第 14 期。

　　春　因背痛住院，每天前往臺北榮總醫院進行物理治療。

6 月　7 日，〈春天不是讀書天──鬧學記之 3〉發表於《聯合報・副刊》21 版。

12 日，寫信致上海漫畫家張樂平（《三毛流浪記》作者），開啟兩人書信往返。

7 月　4 日，〈唯恐夜深花睡去〉發表於《中華日報・副刊》。

《鬧學記》由臺北皇冠出版社出版。

8 月　8 日，〈寫我的父親〉發表於《中華日報・副刊》。

〈讀書與戀愛〉收錄於皇冠編輯群聯合策畫《當我 20》，由

臺北皇冠出版社出版。

〈是否有一個超現實的世界——你相不相信有鬼〉發表於《皇冠》第 414 期。

9 月　13 日，應邀參加《聯合報》副刊於新竹「南園」舉辦的「大對談」活動，採一對一形式，交流中西方的文學理念、環境與生活。瘂弦主持，與會者有殷張蘭熙、彭歌、紀剛、薛柏谷、逢塵瑩、陳長房、張漢良、李昂、陳幸蕙。

〈我的第一次〉發表於《皇冠》第 415 期。

10 月　應汎達旅遊邀請，演講「印度、尼泊爾傳奇」。

15 日，〈旅者的心情〉發表於《中央日報》16 版。

12 月　12 日，與美籍老師艾琳一同參觀明道中學。

12 日，〈我們都沒有忘記陸正！——陸正父母與三毛的對話〉（田新彬、趙衛民、侯吉諒記錄）刊載於《聯合報·副刊》21 版。

14 日，應邀赴中國醫藥學院演講「待人接物之道」。

1989 年　1 月　陸續與大陸親戚成功聯繫，開始往來通信。

金石堂書局票選年度十大最具影響力書籍，三毛位居榜首。

3 月　上海華東師範大學舉行的「上海大學生最喜歡的臺灣作家」問卷調查，三毛及其作品位居榜首。

4 月　4 日，〈與孩子一般高〉發表於《中央日報·副刊》。

赴大陸探親尋根，拜訪張樂平，並前往蘇州、杭州、寧波等地，後前往浙江省舟山市定海區小沙鎮陳家村祭祖，與倪竹青及堂伯母會面，5 月返臺，並將故鄉的一把土與一瓶水帶回臺灣。

有聲書《閱讀大地》由臺北皇冠有聲出版社出版。

〈歡喜〉收錄於心岱主編《談色》，由臺北漢藝色研文化公司出版。

6 月　5 日，導演嚴浩與影星林青霞、秦漢邀請三毛撰寫電影劇本。

〈悲歡交織錄──三毛故鄉歸〉發表於《皇冠》第 424 期。

7 月　〈寫那不朽的小三毛以及張樂平大師〉發表於《皇冠》第 425 期。

〈三毛流浪記〉發表於《明道文藝》第 160 期。

8 月　於《講義》開設「親愛的三毛」專欄，至 1991 年 1 月止。

〈親愛的〉發表於《講義》第 29 期。

9 月　不慎摔下樓梯，跌斷肋骨數根，開始投入電影劇本《滾滾紅塵》的創作。

紀政等著《三毛的世界》由北京中國友誼出版公司出版。

〈我又多了一樣寶貝〉發表於《講義》第 30 期。

10 月　〈我最欣賞的一首歌〉發表於《講義》第 31 期。

11 月　〈愛，是人類唯一的救贖〉發表於《講義》第 32 期。

〈忠孝西路 P.M. 5:15 1986〉發表於《明道文藝》第 164 期。

〈補考定終生〉發表於《明道文藝》第 164 期。

12 月　〈滾滾紅塵舞天涯〉發表於《講義》第 33 期。

〈我的快樂天堂〉發表於《皇冠》第 430 期「我住過的房子」專題。

1990 年　1 月　〈迎接另一個新天地〉發表於《講義》第 34 期。

2 月　〈就從閱讀開始吧〉發表於《講義》第 35 期。

〈但有舊歡新怨──金陵記〉、〈寫給情人的話〉（「情人節特別專輯」）發表於《皇冠》第 432 期。

3 月　〈生活比夢更浪漫〉發表於《講義》第 36 期。

4 月　7 日，〈給柴玲的一封信──漂泊的路怎麼走？〉發表於《聯合報・副刊》29 版。

第二次大陸行，參加絲綢之路旅行團，至新疆、陝西、四川等地，並接受《明道文藝》主編陳憲仁之託，將稿費轉交給作曲家王洛賓。

〈夾心餅乾的滋味〉發表於《講義》第 37 期。

5 月　〈我字典中最重要的兩個字〉發表於《講義》第 38 期。

6 月　24 日，〈處處無家　處處家〉發表於《民生報‧家庭》24 版。

〈新疆女子的來信〉、〈你是我不及的夢〉發表於《講義》第 39 期。

7 月　〈不許向惡人妥協〉發表於《講義》第 40 期。

〈夜半踰城——敦煌記〉發表於《皇冠》第 437 期。

8 月　第三次大陸行，先前往北京為電影《滾滾紅塵》補寫旁白劇本，後轉赴新疆。

〈做一個鞦韆架上的小英雄〉發表於《講義》第 41 期。

9 月　前往北京為《滾滾紅塵》配樂，後前往四川成都、西藏，因強烈高山反應引起肺水腫、腦水腫而休克 14 小時，住院 5 日後，由拉薩返回成都，再前往武漢、杭州、上海、香港等地拜訪親戚。

〈如何面對婚外情〉、〈西北民歌大師王洛賓〉發表於《講義》第 42 期。

歌詞〈說時依舊〉由林慧萍重新演唱，收錄於同名唱片由臺北歌林唱片公司發行。

10 月　獲《中國時報》開卷版舉辦的「四十年來影響我們最深的書籍」票選活動前十名。

〈小時候的迷惘〉、〈希望之弦〉發表於《講義》第 43 期。

11 月　前往香港宣傳電影《滾滾紅塵》，與男女主角秦漢、林青霞出席首映會。

〈希望您別笑我傻〉發表於《講義》第 44 期。

12 月		15 日，電影《滾滾紅塵》獲第 27 屆金馬獎八項大獎，三毛所角逐的「最佳原作劇本」雖然得到提名，但未能獲獎。

劇本《滾滾紅塵》由臺北皇冠出版社出版。

〈讓痛苦往事隨風飄〉發表於《講義》第 45 期。

1991 年　1 月　2 日，因子宮內膜肥厚，入臺北榮民總醫院檢查治療。

3 日，進行檢驗性手術，判明為一般疾病。

4 日，於榮民總醫院病房逝世，享年 48 歲。

5 日，遺作〈加那利書簡——寫給一位女性好友的信〉刊載於《聯合報》26 版，〈假如還有來生——三毛最後的心聲〉刊載於《中國時報‧人間副刊》27 版。

各大報皆以大篇幅報導三毛逝世消息，震驚社會。

〈為人為己帶來快樂〉（三毛口述）收錄於陳艾妮主編《你可以說得更好》，由臺北方智出版公司出版。

〈跳一支舞也是很好的〉刊載於《講義》第 46 期。

《明道文藝》第 178 期推出「我們的懷念——三毛去世紀念特輯」，並收錄三毛〈明道緣〉。

〈本月特別話題——如果‧還有‧來生〉（三毛、林青霞、秦漢口述）刊載於《皇冠》第 443 期。

沈國亮《三毛之死》由北京團結出版社出版。

艾平《三毛‧三毛》由成都四川文藝出版社出版。

2 月　《皇冠》第 444 期推出特別文集「夢中的橄欖樹——心目中的三毛」。

山石《三毛　三毛》由北京作家出版社出版。

梅子涵《三毛悄悄對你說》由臺北小暢書房出版。

劉浪、孫聰、馬志剛編《三毛，我們想念你——海內外名士談三毛併精品欣賞》由北京中國國際廣播出版社出版。

〈兩則小故事〉刊載於《講義》第 47 期。

3 月　《撒哈拉的故事》日文版『サハァ物語』，由東京筑摩書房
　　　出版。（妹尾加代翻譯）
　　　辛力、鍾萍合著《謎樣的三毛世界》由廣西人民出版社出
　　　版。

4 月　周瑞珍、袁志群合著《不死的三毛──親人的敘說》由北京
　　　中國文史出版社出版。

5 月　《撒哈拉的故事》、《親愛的三毛》由臺北皇冠文化公司出
　　　版。
　　　劉志清《一個奇怪的女人──三毛》由瀋陽春風文藝出版社
　　　出版。
　　　敖林《嫵媚的花園──三毛傳》由北京中國華僑出版公司出
　　　版。

6 月　《稻草人手記》、《鬧學記》由臺北皇冠文化公司出版。
　　　古繼堂《評說三毛》由北京知識出版社出版。
　　　于祖範、張葵合著《詩意的回歸》由北京群眾出版社出版。

7 月　《哭泣的駱駝》、《背影》、《傾城》由臺北皇冠文化公司出
　　　版。

8 月　《雨季不再來》、《溫柔的夜》由臺北皇冠文化公司出版。

9 月　潘向黎《三毛傳》由福州海峽文藝出版社出版。

10 月　《夢裡花落知多少》由臺北皇冠文化公司出版。

11 月　《談心》由臺北皇冠文化公司出版。

12 月　《送你一匹馬》由臺北皇冠文化公司出版。

本年　皇冠出版公司集結三毛作品，陸續出版「三毛全集」系列叢
　　　書。

1992 年　1 月　潘向黎《閱讀大地的女人──三毛傳奇》由臺北業強出版社
　　　　　出版。

2 月　《我的寶貝》由臺北皇冠文化公司出版。

3 月　　《隨想》由臺北皇冠文化公司出版。

4 月　　李東《風中飄逝的女人——三毛的人生與藝術》由上海學林
　　　　出版社出版。

8 月　　譯作《蘭嶼之歌》，由臺北皇冠出版公司出版。

　　　　華言編《三毛：生命的絕唱》由南昌百花洲文藝出版社出
　　　　版。

11 月　　譯作《刹那時光》由臺北皇冠出版公司出版。

1993 年　1 月　　《我的快樂天堂》由臺北皇冠文化公司出版。

　　　　《三毛、昨日、今日、明日》由西安陝西旅游出版社出版。

6 月　　《萬水千山走遍》、《高原的百合花——萬水千山走遍續集》
　　　　由臺北皇冠文化公司出版。

7 月　　陸士清、楊幼力、孫永超合著《三毛傳》由臺中晨星出版社
　　　　出版。

9 月　　譯作《清泉故事》，由臺北皇冠出版公司出版。

11 月　　冉紅《三毛最後的戀情》由北京國際文化出版社出版。

1994 年　2 月　　冉紅《等待：三毛與王洛賓》由臺北躍昇出版社出版。

　　本年　　母親繆進蘭逝世。

1995 年　7 月　　崔建飛、趙珺合著《三毛傳》由北京文化藝術出版社出版。

1996 年　本年　　父親陳嗣慶逝世。

1997 年　2 月　　李東《三毛的夢與人生》由臺北知書房出版。

1998 年　2 月　　劇本《滾滾紅塵》由臺北皇冠出版社出版。

9 月　　馬中欣《三毛真相》由北京西苑出版社出版。

10 月　　屠茂芹《流浪歌者‧三毛》由濟南山東畫報出版社出版。

1999 年　6 月　　由陳憲仁策畫，明道中學於該校現代文學館舉辦「三毛文物
　　　　展」，展出三毛手稿、照片、證件、剪報等。

10 月　　「三毛文物展」移至彰化縣立文化中心展出。

　　　　敦煌文藝出版社編《三毛在哪裡？——三毛懷念集》由蘭州

敦煌文藝出版社出版。

2000 年　7 月　三毛遺物捐贈國立文化資產保存研究中心籌備處（今國立臺灣文學館）典藏。

12 月　位於浙江省定海區的家鄉為紀念三毛，由傅文偉、周晨夫婦籌畫，三毛堂兄陳懋文協助，重新修復「三毛祖居」，將五間正堂闢為「三毛作品陳列室」，分別以「充滿傳奇的一生」、「風靡世界的三毛作品」、「萬水千山走遍」、「親情、愛情、友情、鄉情」、「想念你！三毛」為主題，展出由三毛家屬提供的三毛遺物、作品、照片、手稿、畫作等，以及各界緬懷三毛的紀念文章，北廂房則撥出「三毛故鄉行」的錄影畫面。

2001 年　1 月　4 日，皇冠文化集團與三毛家人聯合舉辦「三毛逝世十週年紀念追思會」，並發表新書《我的靈魂騎在紙背上──三毛的書信札與私相簿》。

《明道文藝》第 298 期推出「三毛逝世十年紀念專輯」。

張景然《哭泣的百合：三毛死於謀殺？》由北京中國盲文出版社出版。

3 月　劉克敵、梁君梅合著《永遠流浪：三毛傳》由揚州江蘇文藝出版社出版。

8 月　馬中欣《三毛真相》由臺北華文網公司出版。

2002 年　11 月　費勇《這樣一個女子──三毛》由臺北雅書堂文化出版。

2003 年　1 月　睦澔平《你是我不及的夢》由臺北圓神出版社出版。

5 月　劉克敵、梁君梅合著《紅塵歲月：三毛的生命戀歌》由臺北大都會文化出版社出版。

2005 年　4 月　師永剛等編《三毛私家相冊》由北京中信出版社出版。

11 月　譯作《娃娃看天下──瑪法達的世界》40 週年紀念版再度重新編排為二集，由臺北皇冠文化公司出版。

2007 年	5 月	《撒哈拉的故事》、《溫柔的夜》由北京十月文藝出版社出版。
	6 月	《夢裡花落知多少》由北京十月文藝出版社出版。
	7 月	《雨季不再來》由北京十月文藝出版社出版。
2008 年	7 月	《撒哈拉的故事》韓文版《사하이야기》由首爾막내집게出版。（조은翻譯）
	11 月	丁松青《遇見三毛》由新竹 Tau Books 出版。
2009 年	3 月	《雨季不再來》、《撒哈拉的故事》、《稻草人手記》由北京十月文藝出版社出版。
	4 月	《溫柔的夢》、《夢裡花落知多少》、《萬水千山走遍》、《送你一匹馬》、《親愛的三毛》由北京十月文藝出版社出版。
	5 月	劇本《滾滾紅塵》由北京十月文藝出版社出版。
	6 月	《我的寶貝》、《流星雨》由北京十月文藝出版社出版。
	8 月	馬中欣《馬中欣‧三毛之謎》由臺北旗林文化出版社公司出版。
2010 年	10 月	《流浪的終站》、《把快樂當傳染病》、《奔走在日光大道》由臺北皇冠文化公司出版。
	11 月	《快樂鬧學去》、《永遠的寶貝》由臺北皇冠文化公司出版。
	12 月	《夢中的橄欖樹》、《心裏的夢田》由臺北皇冠文化公司出版。
	本年	皇冠出版公司集結三毛舊作，依照文章主題重新分類成冊，陸續出版「三毛典藏」系列叢書。
2011 年	1 月	4～30 日，皇冠文化集團與國立臺灣文學館共同主辦「夢中的橄欖樹——三毛逝世二十週年紀念特展」，於臺北皇冠藝文中心展出三毛的收藏、手稿、書畫作品、私相簿、個人用品等。
		4、11、18 日，《聯合報》副刊推出「永遠的三毛——三毛

逝世二十週年紀念專輯」。

8 日，皇冠文化集團與國立臺灣文學館於臺北市立圖書館總館舉辦「三毛逝世二十週年紀念講座」共三場，第一場「橄欖樹下的回聲——追憶三毛的二三事」，由楊照主持；蔡志忠、丁松青、陳田心主講。

15 日，「三毛逝世二十週年紀念講座」第二場「撒哈拉之心——三毛的文學風格及傳奇人生」，由楊照主持；郝譽翔主講。

22 日，「三毛逝世二十週年紀念講座」第三場「永遠的流浪者——跟著三毛一起去旅行」，由楊照主持；鍾文音主講。

《撒哈拉歲月》、《稻草人的微笑》由臺北皇冠文化公司出版。

3 月　「夢中的橄欖樹——三毛逝世二十週年紀念特展」移至臺南國立臺灣文學館展出，至 5 月底止。

4 月　《稻草人手記》韓文版《허수아비 일기》由首爾좋은 생각出版。(이지영翻譯)

7 月　有聲書《回響：閱讀大地‧流星雨‧三毛說書【三毛有聲書限量復刻版】》由臺北平安有聲出版品公司出版。

《雨季不再來》、《撒哈拉的故事》、《稻草人手記》、《溫柔的夜》、《夢裡花落知多少》、《萬水千山走遍》由北京十月文藝出版社出版。

9 月　《我的寶貝》、《送你一匹馬》、《親愛的三毛》、劇本《滾滾紅塵》、《流星雨》由北京十月文藝出版社出版。

2013 年　4 月　《思念的長河》由臺北皇冠文化公司出版。

8 月　劉蘭芳《閱讀經典女人：三毛》由臺北思行文化傳播公司出版。

2014 年　2 月　《你是我不及的夢》由北京十月文藝出版社出版。

4 月　書信集《請代我問候》由臺北皇冠文化公司出版。

12 月　27 日，位於浙江省定海區總府路的「舟山名人館」落成，三毛生平事跡列入展廳，並有三毛蠟像。

譯作《娃娃看天下——瑪法達的世界》50 週年紀念版（共二冊）由臺北皇冠文化公司出版。

2015 年　9 月　譯作《剎那時光》由北京十月文藝出版社出版。

本年　浙江省定海區政府開始籌備「三毛紀念館」，預計於 2017 年落成。

2016 年　10 月　26 日，定海區政府聯合《人民文學》雜誌、浙江省作家協會啟動首屆華語「三毛散文獎」，預計每兩年舉辦一次。

本年　《撒哈拉的故事》西班牙文版 *Diarios Del Sáhara* 由巴塞隆納 Enciclopèdia Catalana 出版。（Irene Tor Carroggio 翻譯）

參考資料：

・陸士清、楊幼力、孫永超，《三毛傳》，臺中：晨星出版社，1993 年 7 月。

・林倖儀，〈三毛傳記與異鄉書寫〉，東海大學中國文學系碩士論文，周芬伶教授指導，2012 年。

・謝吟芳，〈成為魔女：論三毛的教養、位移、角色扮演〉，中央大學中國文學系碩士論文，康來新教授指導，2014 年。

・網站：「【永遠的三毛】紀念官網」。最後瀏覽日期：2016 年 11 月 1 日。
http://author.crown.com.tw/echo/#b

輯三◎
研究綜述

三毛研究綜述

◎蔡振念

一、緒言

　　三毛在上世紀八十年代崛起臺灣文壇，其時臺灣社會尚在戒嚴之中，風氣壓抑、封閉、保守，國人可以出國的少數機會是透過留學，留學能為國人打開另一扇窗，所以展示異國風情的留學生文學曾經風行一時，留學生所到之處，大抵是歐美先進國家，因此當三毛從臺灣人罕至的西屬撒哈拉沙漠歸來，在臺灣報紙上發表一系列「沙漠傳奇[1]」的自傳性小說，就給臺灣年輕讀者帶來無限的好奇，三毛寫之不足，繼之以演講，所到之處，萬人空巷，聽眾往往擠爆演講廳。「三毛現象」也成了文壇討論的熱門話題，「三毛熱」延燒了十餘年，直到 1991 年元月三毛逝世，餘熱未減，且浸染大陸、港澳，兩地青年學子對臺灣嚴肅作家可能一無所聞，但對三毛則耳熟能詳。

　　三毛的文學現象到了本世紀並未歇止，相關專書、文章、學位論文汗牛充棟，討論的主題圍繞在三毛其人和其文上。做為一個現實生活中的社會人，三毛鮮明的個性和極端的自我在在引起爭議。而其自傳式的傳奇作品，也引發了文類屬性的問題，史家將如何歸類其作品？自傳乎？小說乎？散文乎？仁智互見，莫衷一是。本文延續前賢學者討論脈絡，綜述過去三十年來，華文世界對三毛其人其文的評論。

---

[1]三毛沙漠時期作品有：《撒哈拉的故事》（臺北：皇冠出版社，1976 年）；《稻草人手記》（臺北：皇冠出版社，1977 年）；《哭泣的駱駝》（臺北：皇冠出版社，1977 年）；《溫柔的夜》（臺北：皇冠出版社，1979 年）。

二、三毛其人

　　有關三毛傳記及作品的專書，迄今 2016 年為止，已有 12 種之多，其中由大陸作家編著者九種，臺灣作家編著者三種，形成了大陸熱臺灣冷的現象。這種情形也反映在學位論文的選題上，臺灣以三毛為題的學位論文不過十篇，大陸卻是臺灣的五、六倍之多。我們當然可以把兩岸出版社的數量及閱讀大眾的數量考量在內，但不管如何，一位臺灣作家能在大陸形成一股閱讀風潮，從文學社會學來看，總是值得研究的一種現象。

　　今天我們能夠看到的三毛傳記，全都是大陸作者完成的，顯示了自上世紀八十年代三毛作品被引進大陸之後，已在大陸出版界形成熱點，三毛在 1991 年過世之後，餘勢猶存，和瓊瑤的小說同為大陸最被廣泛閱讀的通俗文學作品，相應的研究專書、論文也就源源不絕。許多三毛的傳記在大陸出版後，又在臺灣以繁體字再版，這些傳記資料大同小異，作者大都不是近身觀察，而是從許多已出版的文章剪裁而得，比較有價值的地方，在於某些傳記作者對三毛作品的一些評述。以下筆者試著對這些傳記略作評論。

　　梅子涵《三毛悄悄對你說》1989 年先在大陸出版，兩年後三毛過世不久，隨即在臺灣再版。[2]嚴格來說，這不是一本傳記，而是一本對三毛其人其文的描述，全書少見作者自己的意見及評論，內容輕薄易讀，顯然是鎖定通俗的讀者群。書分 16 節，從第一節「從前的雨季」到末節「一句話結束語」，每節短則三千字，多則五千字，文中多引述三毛的文章，等於是從三毛的作品去為三毛造像，從三毛作品中想見其人，作者所認識的三毛，是從其文章而來。因此，這本書寫作的前提應是作者先有了文如其人的文學觀，進而從作品中去認識、評述作家。問題是作品固然常是作家的自敘傳，但文學理論也告訴我們：作者已死，作家在寫出作品之後，作品就有

---

[2]梅子涵，《三毛悄悄對你說》（臺北：小暢書房，1991 年）。

了獨立的生命，更遑論文學作品永遠離不開想像與作家獨特的世界觀與人生觀，因此無論作家如何宣稱客觀寫實，他都已經透過自己觀照世界的方式來呈現、描述一個主觀的故事或事件。如同在量子物理中，所有的物質都會受到觀察者的影響，以光為例，一般情形下光是粒子的方式存在，但當觀察者出現後，光卻是以波的方式存在。物質世界的無絕對客觀性，說明了宇宙的多重性，這帶我們回到了那句老話：每個人的出生就是一個世界的誕生。我們每個人都以自己獨特的方式觀照世界，文學作品是作家觀照世界結果的呈現，是絕對主觀的一種存在現象，要由文學作品中去客觀評論一個作家，不免會有元好問「心畫心聲總失真，文章寧復見為人，高情千古閑居賦，爭見安仁拜路塵」之嘆。

應該說，梅子涵大量引用了三毛作品中的文字，企圖讓三毛的文字去為自己塑像。三毛曾說：「命是由心造的，人生的悲劇或喜劇，不是取決於命運，而是取決於性格」。正是三毛極端的性格，決定了她如煙火一般璀璨鮮豔而又短暫的一生。

潘向黎《閱讀大地的女人》是另一本由大陸作家撰寫的三毛傳記。潘向黎在大學時代開始對三毛的作品著迷，讀碩士時，進而以三毛為研究課題，這本書應是在碩士論文的基礎上敷衍而成，全書剖析三毛的人生經歷、心路歷程、創作道路、作品特色等。書中的三毛，倔強、浪漫、脆弱、敏感，在西化的外表下有一顆中國文化浸染的心，歡喜安然的人際關係中又有悲涼感傷的自我，在三毛成功的光芒背後，作者看見了她人生的陰晴，看見她的衝動偏執以及沉緬於自我。這本書把三毛的一生經歷的描述和對其作品藝術風貌的描述交織在一起，可能受到少女時期閱讀三毛印象的影響，全書對三毛譽多於毀，欣賞多於批評，缺少了嚴肅文學評論應有的冷靜與客觀，對三毛傳記資料的蒐集也不夠全面，但書中有一段對三毛的個性、生活和作品的關係，卻十分中肯，值得引述：

　　三毛的作品反映了她重感情、重直覺的個性特徵。她在時空重點選擇、

詳略安排上都是以心靈為準，常常與眾不同。一件別人看來了不起的大事，她輕描淡寫甚至略而不談，瞬息之間的印象她卻大寫特寫。加上她的生花妙筆一渲染，那些奇遇便深深打動人心。可以說……傳奇在三毛的生活中，也在三毛的筆下。[3]

全書的尾聲，對三毛其人的評述，也有可觀之處：

> 三毛是一個不能用常規來解釋的人，因為她在這個世界上，向來不肯安分守己地做芸芸眾生裡的一分子，她常常跑出一般人生活的軌道，做出解釋不出原因的事情。……同時，三毛又是一個有血有肉、平常普通的女人。她有她的優點，也有她的弱點。正如哪裡有光就有陰影一樣，這是十分自然的，三毛似乎過於欣賞自己了，使得她有時在作品中重複自己。但哪個作家身上沒有弱點、沒有矛盾？。[4]

陸士清、孫永超、楊幼力三人合著的《三毛傳：三毛傳奇生命的完整傳述》[5]，如書名所示，確實是一本較為完整的傳記。陸士清是長期研究臺灣文學的學者，復旦大學中文系的教授，負責了這本書的統稿及部分章節的撰寫，其餘部分由孫、楊合力完成。書末附有〈三毛生平年表〉及〈三毛作品一覽〉，全書由三毛出生寫到死亡，穿插了對其作品的評述，內容分為 7 篇 22 章，每一章之前引述三毛作品中的一段話，章末附有數則三毛人生妙語錄，在平鋪直敘的傳記文字之中，增加了全書的可讀性，也使三毛在作家形象之外，多了些哲學家的睿智，讓我們看到了傳奇故事作者的三毛，其實有她對人生嚴肅的思考和獨特的處世智慧。

和陸士清等人較為嚴謹的《三毛傳》比較起來，李東《三毛的夢與人

---

[3] 潘向黎，《閱讀大地的女人》（臺北：業強出版社，1992 年），頁 67。
[4] 潘向黎，《閱讀大地的女人》，頁 191。
[5] 陸士清、楊幼力、孫永超著，《三毛傳：三毛傳奇生命的完整傳述》（臺北：晨星出版社，1993 年）。

生》就顯得草率而不負責。全書在鋪陳三毛生平的同時，又穿插附錄了三毛的演講紀錄、作品，即使是傳記文字，也有很大部分抄襲自潘向黎《閱讀大地的女人》一書，如〈風中飄逝的女人〉一章，大半文字出自潘書〈眾說紛紜話三毛〉一章，全書扣除附錄引錄三毛的談話及他人寫三毛的文字，其實沒有多少作者自己的觀點，只能說，這樣的書純粹是趕在三毛熱潮流中市場的考量而出版。[6]

也寫過洛夫評傳的的費勇，再為三毛作傳，就處處展現學者文章的嚴謹，他的《這樣一個女子──三毛》一書分為三個部分：「走過紅塵」綜述了三毛的一生，「激揚文字」評論了三毛的作品，「語詞深處」探討三毛的內心及感情世界。[7]這本書寫在 1996 年馬中欣的《三毛真相》[8]在《羊城晚報》連載之後，書中立一專章〈也說三毛真相〉，對馬中欣《三毛真相》一書出版引起的爭議有比較客觀的評論，也引述了不同的看法，這是目前所見三毛傳記中看不到的，也是費勇這本書極有價值的一部分。

劉克敏、梁君梅合著《紅塵歲月──三毛的生命戀歌》同樣出版在馬中欣的《三毛真相》之後，除了三毛生平的鋪寫，這本三毛傳記也評述了馬中欣帶來有關三毛的爭議。比較難得的是，和費勇一樣，作者也將較少為人知的三毛和王洛賓的一段戀情寫進了書中。三毛和王洛賓之戀，一直為三毛的家人所否認，畢竟兩人相遇之時，王洛賓已是七十九歲的老人，兩人相差了三十三歲，直到王洛賓公開了三毛寫給她的書信，這段戀情才漸為世人所知。[9]這段戀情，也成為冉紅《三毛最後的戀情》的題材。

冉紅《三毛最後的戀情》1993 年在大陸出版，隔年在臺灣以《等待：三毛與王洛賓》為書名出版繁體版，並註明由王洛賓校正，以取信讀者，如果這不是出版社的噱頭，那麼三毛自殺前不久和王洛賓的忘年之戀也就確有其事，只是愛情乎友情乎，存乎一心，各人解讀不同，《等待：三毛與

---

[6]李東，《三毛的夢與人生》（臺北：知書房，1997 年）。
[7]費勇，《這樣一個女子──三毛》（臺北：雅書堂文化，2002 年）。
[8]馬中欣，《三毛真相》（臺北：華文網公司，2001 年）。
[9]劉克敏、梁君梅合著，《紅塵歲月──三毛的生命戀歌》（臺北：大都會文化出版社，2003 年）。

王洛賓》一書也只是陳述了三毛和王洛賓往來的一些客觀事實，是否為男女之情，也還存在著很大的想像空間。[10]

　　眭澔平《你是我不及的夢——給三毛最後的禮物》雖說不是一本嚴謹定義下的三毛傳記，而是在眭澔平的遊記中穿插記錄了他與三毛互動的友情點滴，但這些點滴也幫助了讀者去認識三毛其人的某些面相，我們若將之視為三毛傳記的另一種補充，未嘗不可，如此一來，此書也就有了若干傳記價值。[11]

　　圍繞著三毛其人的爭議，在於三毛究竟是個什麼樣的人？善良、利他、熱情、浪漫？還是偽善、自我中心、造假、虛榮？還是兩者皆是，她其實是一個雙重人格，多重自我的身心症者。如前所言，每個人都透過自己獨特的視角來觀照世界，同一件事情，善者見其善，惡者見其惡，樂觀者在最惡劣的環境中仍可找到希望、悲觀者在並非最壞的情況下卻已經絕望，如同量子物理中，觀察者必定影響了被觀察物存在的實相，亦如《金剛經》所言：「所言法相者，即非法相，是名法相。」所謂實相，換一個角度，及非實相，而世界沒有真正的實相，才是唯一的實相。

　　以三毛的人格來說，圍繞在她身旁的朋友，大部分都看到一個良善、熱情、利他、無我的女子。張拓蕪和三毛素不相識，只因三毛讀了他的《代馬輸卒手記》在《聯合報・副刊》上發表了〈張拓蕪的傳奇〉對他的書推崇備至，此後兩人通信，三毛總在信中夾帶美金，接濟生活困窘，中風失能的張拓蕪，而她和荷西在加那利群島的生活並不好過，端靠三毛有限的版稅過日子，兩人捨不得吃牛排，常以生力麵、白麵包裹腹。在張拓蕪的〈恩人・摯友・死黨〉一文中，我們看到的是一個俠義心腸的三毛，只因為張拓蕪的住處太熱影響寫作，她二話不說為張家裝了冷氣。[12]

　　司馬中原在〈空靈的水墨〉中描寫三毛性格溫柔而流動，有時動如

[10]冉紅，《等待：三毛與王洛賓》（臺北：躍昇出版社，1994 年）。
[11]眭澔平，《你是我不及的夢》（臺北：圓神出版社，2003 年）。
[12]張拓蕪，〈恩人・摯友・死黨〉，收入紀政等著《三毛的世界》（臺北：江山出版社，1984 年），頁45～64。

風，有時靜如潭，但不變的是她的真，她的愛。[13]在丁松筠神父眼中，三毛是個只喜歡把錢奉獻給別人，而做事從不計較酬勞的人。[14]詩人瘂弦在〈百合的傳說——懷念三毛〉一文中，認為三毛有一種事事為別人，從不為己的奉獻的人生觀，一種只知道工作，不知道休息的人生觀。瘂弦舉了兩個三毛樂於助人的例子，一是前文已提及的張拓蕪，一是畫家席德進。席德進病故前一個月，瘦不成人形，全身發臭，三毛多次到病房為他按摩、擦洗、清理便溺，毫不嫌棄。其次，三毛對讀者來信是每信必回，而且信如文章，誠懇、感性、熱情，娓娓而談，不是應付了事的「電報體」。這麼一個樂觀奮進、充滿生命力的人，在作品和生活現實上都歌頌、鼓舞人生的人，最後怎麼可能自殺？瘂弦因此和三毛的母親繆進蘭一樣，認為三毛是體力透支、身心交瘁，因精神耗弱、長期失眠，服藥過量而致死的。[15]瘂弦如是說：

　　生死是人生大事，死亡是生命的結束，也是生命的最高完成。一般人的印象三毛的死，至今是個謎，我認為揭開這個謎，把真相原委弄個清楚，對三毛是非常重要的。因為太多人熱愛她的作品，太多人喜歡她的為人，三毛鼓勵過那麼多的人，而她竟然「自殺」了，這對很多人造成困擾、打擊甚至傷害，誤認為三毛所說的和所做的不一致；她要別人樂觀，但她自己反而尋短，這不是欺騙大家的感情嗎？這種懷疑，無形中損毀了三毛在很多人心目中的美好形象。所以我對三毛的媽媽說，把三毛的死解釋成自殺是對她的不公平，甚至是對她人格的一種汙辱，她也有同感。現在談這個問題並不是要追溯什麼責任，我只是想為我的老友討一個公道，還她一個正確的形象。我認為三毛的作品和人格是絕對一致的，把她的死解釋成自殺，是一種輕率不負責任的認定。我希望更多

---

[13]司馬中原，〈空靈的水墨〉，收入紀政等著《三毛的世界》，頁33～34。
[14]丁松筠，〈三毛最好的伴侶〉，《皇冠》第357期（1983年11月），頁68～73。
[15]繆進蘭，〈哭愛女三毛〉，《聯合報》，1991年1月5日，25版。

愛三毛的朋友、文學界人士甚至心理學家們一起來支持這個論點。要大
家知道，三毛是因為過於操勞而死的，是為了她的文學事業、她的朋
友、為了社會公益，心力交瘁而死！除此之外，沒有別的理由。[16]

　　瘂弦最後為我們指出一條研究三毛文學的途徑，那就是從人去理解其
作品，研究她特殊的寫作風格和美學品質，她強烈的藝術個性和內在生命
力，他認為如此才是了解三毛的主要途徑。換言之，在瘂弦看來，三毛是
一個文如其人的真誠作家。

　　在三毛另一些朋友看來，三毛是一個充滿矛盾和有著多重自我的人，
季季〈紅塵滾過生命〉一文，指出三毛一直想扮演溫柔、多情、仁慈、孝
順的角色，這角色在她生活中不斷自我切割，在作品中自我幻化，其終點
都是為了滿足他人。[17]登琨艷〈三毛的葬禮〉便看穿了三毛是活在一個用文
字自我編造的空間裡，因此勸她離開這樣的空間，去旅行，回來後再住在
嶄新的空間，活在真正的自我裡。[18]在心理學家黃國光眼中，三毛最後的自
殺，是多重自我造成的失落，他在〈三島與三毛：自我的追尋與逃避〉中
說：

　　三毛是一個很懂得隨機應變，適應各種不同情境的人。她說：她的人生
觀是「任何事情都是玩，不過要玩得高明」。「人生就是一個遊戲」，「但
要把它當真的來玩」。在眾目睽睽的臺前，人生固然像是一場繁繁華華的
遊戲，「跳一支舞也是很好的」，可是，在曲終人散、滿場淒清、燈光暗
灰之後又如何？回到後臺，三毛要不要面對真實的自我？這時候，多重
自我所造成的失落感便油然而生。[19]

---

[16]瘂弦，〈百合的傳說──懷念三毛〉，《明道文藝》第 209 期（1993 年 8 月），頁 4～15。
[17]季季，〈紅塵滾過生命〉，《中國時報》，1991 年 1 月 5 日，31 版。
[18]登琨艷，〈三毛的葬禮〉，《聯合報》，1991 年 1 月 5 日，25 版。
[19]黃光國，〈三島與三毛：自我的追尋與逃避〉，收入華言編《三毛：生命的絕唱》(南昌：百花洲
　文藝出版社，1992 年)，頁 282～283。

　　心理學家最多認為三毛只是多重人格的病例，但在其他人眼裡，三毛就是虛偽了，李敖在一篇〈三毛式偽善〉中寫道：

　　三毛很友善，但我對她印象欠佳。三毛說她「不是個喜歡把自己落在框子裡去說話的人」，我看卻正好相反，我看她整天在兜她的框框，這個框框就是她那個一再重複的愛情故事。……三毛現在整天以「悲泣的愛神」來來去去，我總覺得造型不對勁，她年紀越大，越不對勁。有一次我看到她以十七歲的髮型、七歲的娃娃裝出現，我真忍不住笑。……她跟我說：她去非洲沙漠，是要幫助那些黃沙中的黑人，他們需要她的幫助。她是基督徒，她佩服去非洲的史懷哲，所以，她也去非洲了。我說：「你說你幫助黃沙中的黑人，你為什麼不幫助黑暗中的黃人？你自己的同胞，更需要你的幫助啊！捨近而求遠，去親而就疏，這可有點不對勁吧？」……三毛所謂幫助黃沙中的黑人，其實是一種「秀」，其性質與影歌星等慈善演唱並無不同，他們做「秀」的成分大於一切，你絕不能認真。……所以，三毛的言行，無非白虎星式的剋夫，白雲鄉式的逃世，白血病式的國際路線，和白開水式的氾濫感情而已。她是偽善的，這種偽善，自成一家，可叫做「三毛式偽善」。[20]

李敖如此評論三毛，我們並不意外，從李敖帶有顏色的眼鏡看事情，一切善自然都是偽善了。

　　李敖尚且只認為三毛是偽善，馬中欣則走遍三毛行過的足跡，只為了證明三毛處處造假，無事不假。《三毛真相》一書基本上只有一個目的，那就是證明三毛本身就是一個虛妄的存在。1996 年 4 月開始，馬中欣從紐約出發到馬德里、加那利群島探訪三毛的夫家、朋友、鄰居，然後在《羊城晚報》發表其探訪稿，認為三毛的旅行、婚姻、創作充滿了誇張、渲染與

---

[20]轉引自潘向黎《閱讀大地的女人》，頁 189～190。

自戀情結。在他筆下，三毛的千里單騎到西班牙留學不是窮學生的留學，而是帶著大把美金的富家女遊學，她和荷西的婚戀，不是荷西深情的苦戀打動了三毛，而是三毛勾引了少不更事的荷西，她和荷西的婚姻不是濃情蜜意，真相是荷西為了逃避三毛的霸道專制，遠走他方獨居，終至下海捉魚溺斃。她和荷西不是貧窮夫妻，而是住著大洋房開著汽車的高貴一族。荷西死後，三毛並非如她作品中所寫，對夫家公婆的貪婪極盡退讓之能事，而是霸占了荷西家人應得的遺產。筆者對馬中欣一無認識，但《三毛真相》一書以揭露真相為名，充滿自戀式的自我吹噓，詆毀三毛不遺餘力，早已失去了中國文化中「修辭立其誠」及中國人為人處世與人為善的厚道精神了。

圍繞三毛其人的爭論，也許人各有一偏之好，不會有定論，也不必有定論。可以肯定的是：三毛也許是個性格極端，有些自戀、自閉傾向的人，心理上可能也有多重人格的傾向，但我們不能否定她對自我價值感的追求，這種追求使她樂於助人、勤於工作，但她內心的另一個自我，又使她在追求過程中精神耗弱，希望逃回自己的天地內，於是她依違在自我與社會之間，一生充滿矛盾和難解的謎。

三、三毛其文

三毛在許多場合和文章中都一再強調，她是一個比較自我的人，因此她只會寫真實的事，她的文章沒有虛構，她寫的是紀實的散文，而三毛吸引讀者的也正是那文章中大膽表現的自我，她的愛情傳奇，征服了兩岸三地及海外無數的華人，成了青年人心中幸福的象徵。我們從她文章中看到的，是一個熱情、勇敢、機智、多情的三毛。但誠如楊照在〈重讀三毛〉中所說的，三毛放下筆後，從來沒有能夠真正挪除那悲觀憂鬱的另一個自我，換言之，三毛是個「心畫心聲總失真」的作家，文並不如其人。[21]

---

[21]楊照，〈重讀三毛〉，《聯合報》，2011 年 1 月 11 日，D3 版。

　　不管如何，三毛的作品在上世紀八十年代造成一股風潮總是事實，那麼究竟三毛作品的藝術魅力何在？余秋雨在《藝術創造工程》書中的一段評語，多少說明了三毛作品的某種魅力：

> 臺灣女作家三毛自傳性散文作品為什麼那麼膾炙人口？也在於她不經意之間寫出了客觀世界和主體心靈的特殊強度。茫茫的撒哈拉大沙漠，荒涼、原始、險惡、古怪、神祕，它幾乎象徵著客觀世界的全部未開發性。然而主體心靈更是堅硬奮發，女作家以一個婉弱的東方女性，主動地選擇了這麼一個客觀環境來體驗自己對於世界和人類的熾烈熱情，它幾乎象徵著人——哪怕是從出身地域，從性別和形態，從所受教育和所染氣質來說都很雅馴秀潔的人，對於一種超越國別、超越文明界限的征戰精神。於是，舒卷的文筆也有了金剛鑽般的重量和光澤。[22]

陸士清等人在《三毛傳》中也分析了三毛熱持久不墜的原因，歸納出四點：第一，是三毛對「關切壓力」的叛逆。中國人都希望孩子好好讀書，從而成就事業，這種希望所構成的壓力，就是所謂「關切壓力」。三毛是壓力的反叛者，她拒絕父母和師長的引導，拒絕上學，她走出國門，漂流於異國他鄉。她的這種浪漫叛逆和勇於選擇並敢於承擔選擇後果的人生態度，對處在「關切壓力」下的少男少女有著極大的吸引力。第二，是三毛帶來的異域文化的衝擊。她去了許多中國人從來沒到過或很少有人到過的地方，特別是撒哈拉沙漠文化的天地，使這個遙遠的世界突然如此親近。滿足了夢想「萬水千山走遍」、探視外部世界者的好奇心。第三，是三毛講的是自己的故事。她的傳奇般的人生，她與荷西神話般的愛情，她的滄桑曲折，她的痛苦、眼淚和歡笑，全都化為文學作品，贏得了年青人的欣賞。第四，是三毛在藝術上確有特點。三毛寫人寫事，感情細膩，這對生

活在緊張競爭、人際關係隔膜的今日世界，確也能填補某些人的感情空虛。[23]

　　齊邦媛在〈閨怨之外──以實力分析臺灣女作家〉對三毛的作品同樣抱持肯定的態度，認為作品的題材和表現之間十分契合，語言的情趣配合細密的觀察和豐沛情感，證明了作者的才氣和苦心經營，三毛至少是一位介於遣興和嚴肅創作之間的作家。[24]司馬中原〈仰望一朵雲〉也說，三毛的作品，像開在荒漠裡的繁花，把生命高舉在塵俗之上，這需要靈明的智慧與極大的勇氣。[25]彭歌〈沙漠奇葩〉一文說三毛能把悽愴的際遇寫得生氣勃發，洒脫深厚，文章猶如沙漠之奇葩。[26]這些評論當然都說出了三毛作品部分的真實。筆者認為，錢虹在〈三毛的故事：閱讀的誤區〉中真正把三毛的作品之所以能吸引廣大讀者，作了精闢的分析，她說：

> 三毛作品的魅力正在這裡。無論敘事狀物、寫文描景，無一不滲透著作者濃濃的真摯感情，加之她閱歷豐富，見識廣博，語言表達流利自然，娓娓動聽，又較注重文字的通俗淺白，使人易讀易懂，不感到佶屈聱牙而狀同受刑一般，這樣，就使三毛的作品在讀者接受的過程中具備了數個不同的閱讀層面。」[27]

　　圍繞著三毛作品的另一個問題是：三毛的寫作究竟是小說？私小說？散文？還是傳記？這似乎是一個難解甚至無解的懸宕難題，范銘如在〈從列強到雜種──女性小說一世紀〉中將之歸於小說，但又時時把她撒哈拉

---

[23]陸士清、楊幼力、孫永超著，《三毛傳：三毛傳奇生命的完整傳述》，頁391～394。

[24]齊邦媛，〈閨怨之外──以實力論論臺灣女作家的小說〉《聯合文學》第5期（1985年3月），頁13。

[25]司馬中原，〈仰望一朵雲〉，收入三毛《溫柔的夜》。

[26]彭歌，〈沙漠奇葩〉，收入三毛《溫柔的夜》，頁4。

[27]錢虹，〈三毛的故事──閱讀的誤區〉，收入孟樊、林燿德編《流行天下》（臺北：時報文化出版公司，1992年），頁138。

之旅諸文視為自傳或散文，[28]胡錦媛在〈臺灣當代旅行文學〉中，認為三毛雖以第一人稱寫作，使讀者認為她是寫實的，但其實她筆下的人物、情節都已經過戲劇化了。[29]如此看來，三毛的寫實也是她的虛構，套用黑格爾的話說，三毛的作品已經是通過心靈且由心靈創造活動而產生出來的藝術作品了。她作品中的人物形象、事件、自我無一不是經過心靈的過濾、沉澱、提煉，因此如同任何文學作品，早已不同於私人日記、自傳、書信，文學作品中的我因此也不再是現實生活中的本我。因此，三毛可以宣稱自己寫的是真實的故事，讀者卻大可不必當真，更不必按圖索驥，索之不得，便指斥三毛偽善、欺騙，文學寫的本來就是人生的可能，而不是人生的現實，人生的現實應是新聞報導的範疇。這一點，費勇在《這樣一個女子——三毛》一書中有較通達的看法，他說：

「不錯，在三毛的作品中，有遊記散文、自傳性散文、「私小說」、敘事性散文。或者也可說，她的作品大都是敘事性散文。但這一文體概念，其廣義無所不包，顯得空泛而無意義；其狹義又無法涵蓋三毛的作品。但是，三毛的作品又無法用其中任何一個文體類型來概括。面對作家的多樣化和創作性的精神產品，我們為何要硬性規定一種模式去規範？我們何不調整一下自己的思路，去適應作家的作品？三毛是個不落窠臼，勇於創新的人，在文學創作上尤其如此。她嘗試了各式各樣的創作方式，寫出了不同類型的文學作品。對她的作品，很難用某一種體裁模式去規範。」[30]

錢虹在〈三毛的故事〉中也有很適切的闡述，她說：

---

[28]范銘如，《眾裡尋她：臺灣女性小說縱論》（臺北：麥田出版社，2002 年），頁 225～228。
[29]胡錦媛，〈繞著地球跑——當代臺灣旅行文學〉，《幼獅文藝》第 83 卷第 11 期（1998 年 12 月）。收入陳大為、鍾怡雯編《20 世紀臺灣文學專題 2：創作類型與主題》（臺北：萬卷樓圖書公司，2006 年），頁 178～180。
[30]費勇，《這樣一個女子——三毛》，頁 164～165。

我們可以覺察出三毛那些「自傳性的紀錄」中或隱或顯、或明或暗的自誇自詡的傾向，如〈搭車客〉、〈芳鄰〉、〈克里斯〉、〈相逢何必曾相識〉、〈溫柔的夜〉等篇，寫的都是「我」如何慷慨解囊、樂善好施、善解人意地對別人進行無私相助。而且越到後來，這種「名為自述，實為自贊」的毛病就越明顯，在〈傾城〉、〈鬧學記〉、〈遺愛〉諸篇中，無論是去德國的東柏林，還是在美國西雅圖，或是回加那利群島，「我」簡直成了一位到處「遺愛」於人間的「特別天使」！雖然我們相信三毛自己所說的「一定不是假的」，但一味炫耀「我」的無私也並不能使人相信這是一幅如同盧梭所說的「完全依照本來面目和全部事實描繪出來的人像」。並且，三毛的……人性場面，常常是經過了作品的過濾、提煉並有所取捨的，因而往往呈現在讀者面前是過於純淨、溫馨、美好、友善的一面，而那些醜惡、奸詐、殘酷、令人髮指的一面則被隱匿起來或略去不提。[31]

只不過，三毛作品中刻意去美好、良善的一面，而在現實生活中，她卻又屢次自陳自己多次自殺未遂，透露了她靈魂中痛苦、陰暗的面相，在鍾怡雯看來，三毛就成了一個「分裂的敘事主體」，她的作品也是她自我幻化的結果。[32]但我個人並不認同鍾怡雯「自我幻化」的看法，三毛文不如其人，和她「遊於藝」的文學觀密不可分，作家在創作之時，一定對作品有一定的想像，作品也展現出作家想表達的世界觀，三毛的遊於藝，不能說沒有以文學來緩解靈魂痛苦和現實醜陋的良善用心，遊於藝也並不表示輕忽文學創作，樊洛平《當代臺灣女性小說史論》中評三毛寫作態度的一段話，深得我心，她說：

---

[31]錢虹，〈三毛的故事──閱讀的誤區〉，收入孟樊、林燿德編《流行天下》，頁126。
[32]鍾怡雯，〈分裂的敘事主體──論三毛與「三毛」〉，發表於「2007海峽兩岸華文文學學術研討會」（桃園：中原大學通識教育中心、中國現代文學學會，2007年6月2～3日）。

事實上，寫作於她不僅僅是遊戲，那是一生的執著。浪跡天涯的同時，伴隨著單調、艱苦的沙漠人生；行雲流水、信手拈來的文章背後，是夜以繼日、嘔心瀝血的慘澹經營；彷彿天然自成的故事，卻用盡了敘事的苦心。敢於宣稱「遊於藝」，在自由自在的境界中縱情山水，放眼人生，揮灑筆墨，當真地演出生命中精采的「自我劇」，這也不失為一種聰明和達觀。[33]

「遊於藝」的精神就在於「不為無益之事，何以遣有涯之身」，用文學看似無益的不朽功業，排遣人生的無奈與悲苦。我於三毛亦如是觀。

最後，如果我們要檢討三毛作品在造成一代風潮之餘，有什麼值得我們省思之處？換言之，其作品有何不足？這一點，陸士清在〈透明的黃玫瑰──論三毛的散文創作〉有如下的分析：首先，三毛的作品，寫的就是她自己，在絕大多數情況下，作品中的角色和作者是合而為一的。她是個倔強、叛逆而又孝順的女孩；她是浪漫、漂泊、歷盡滄桑而勇於創造生活創造自己的奇特女子；是個多愁善感、溫柔體貼、深愛丈夫的妻子；是個熱情、大方甚至仁慈而善解人意、樂於付出的朋友；是能夠尊重、理解和接受異域文化的智者！然而，生活畢竟不是想像的文學作品，當年的撒哈拉時代已經過去了，還想再活出一個「撒哈拉」，實在是難之又難。為了維持「魅力」，滿足讀者，真實的三毛被切割了，幻化了。第二，三毛為自己設置了傳奇模式陷阱。三毛曾經有過傳奇般的人生，有過神話般的愛情，當她將之寫出，產生了傳奇效應，滿足了芸芸眾生對傳奇的需要。由於讀者對傳奇的渴望和三毛自己對傳奇效應的迷信，使得她不得不繼續編造傳奇，也為了賡續傳奇，她就潛入了靈異世界，以它的神祕和奇異，來讓讀者保持對三毛的興趣！第三，「愛」和「情」的陷阱。三毛一直以自己的戀愛故事來滿足讀者的白日夢，她沉浸在自己的戀愛故事中，以此來滿足讀

---

[33]樊洛平，《當代臺灣女性小說史論》，（臺北：商務印書館，2006 年），頁 323～324。

者，使得讀者直接消費她的生命經驗。這樣，一方面使她不能擺脫「情」
的世界去面對社會更為重大和嚴肅的問題，另一方面，隨著時空的變換、
浪漫的褪色，心境的老化，她在情的世界中已難以為續，這是三毛的悲
劇！[34]

　　儘管陸士清認為三毛作品有所不足，對眾多熱愛三毛的讀者來說，三
毛滿足了他們閱讀的心理需求，不同的讀者皆從三毛作品中看到了他們想
看的東西，並在閱讀過程中進行了再創造，因而有了不同的接受反應，這
點三毛其實是有自知之明的，在〈兩極對話──三毛與沈君山〉[35]及《三毛
昨日、今日、明日》一書中收錄的〈熱帶的港夜──三毛對話錄〉中，三
毛自陳：

> 「我認為文學是一種再創造」，所以「作家寫作，在作品完成的同時，他
> 的任務也完成了。至於爾後如何，那是讀者的再創造。」「一部作品的價
> 值，其實並不在於作者，更重要的是有賴於千萬讀者偉大的再創造，每
> 個讀者都可以從自己的再創造中去各得其樂，去提高一部作品，從而使
> 作者也連帶提高，所以，作品地位的肯定，最重要的還是在於讀者而非
> 作者」。[36]

　　誠哉，斯言。對於三毛作品的解讀及其對讀者的意義，三毛自己其實
已作了最好的說明。

---

[34]陸士清，〈透明的黃玫瑰──論三毛的散文創作〉，《臺灣文學新論》（上海：復旦大學出版社，
　　1993 年）。又見陸士清、楊幼力、孫永超著，《三毛傳：三毛傳奇生命的完整傳述》，頁 393～
　　395。
[35]沈君山、三毛，〈兩極對話──沈君山與三毛〉，《中國時報》，1980 年 4 月 18～19 日，8 版。
[36]〈熱帶的港夜──三毛對話錄〉，《三毛昨日、今日、明日》（北京：中國友誼出版公司，1988
　　年）。

四、結論：未來研究方向

　　三毛作品有其時空背景，隨著網路和全球化時代的到來，出國旅遊或尋奇已成司空見慣之事，今天的讀者應不會再閱讀傳奇的心理期待，三毛未來的研究，也就不必刻意強調其故事的傳奇性，而應將其作品放在社會背景和時代脈絡之下，省視其作品的時代意識和藝術特質，如此則傳奇退位，藝術登堂，從藝術文學的視角研究三毛，我們也才能給三毛的作品更客觀文學史定位。

輯四◎
重要評論文章選刊

我的女兒，大家的三毛

◎繆進蘭[*]

　　在別人看來，我的女兒很特殊；她走過那麼多國家，經歷那麼多事情，她的見識超過她的年齡。

　　在我這個做母親的眼中，她非常平凡，不過是我的孩子而已。

　　三毛是個純真的人，在她的世界裡，不能忍受虛假，或許就是這點求真的個性，使她踏踏實實的活著。也許她的生活、她的遭遇不夠完美，但是我們確知：她沒有逃避她的命運，她勇敢的面對人生。

　　三毛小時候極端敏感和神經質，學校的課業念到初二就不肯再去，我和她的父親只好讓她休學，負起教育她的責任。

　　三毛有她自己的看法和對書本的意見，所以我們盡量不去限制她，讓她自己選擇喜好，她喜歡看書，她父親就教她背唐詩宋詞，看《古文觀止》，讀英文小說；喜歡音樂，請了鋼琴老師來家裡教；愛畫畫，遍訪名師學藝，總之，我們順著三毛的性子讓她成長。

　　三毛個性偏執，四個小孩中，只有她不能按常軌走路，我們做父母的當然得多放點兒心思在她身上，守護著她的腳步一步一步踏穩了才放心。

　　三毛的表現，在我們現在做父母的眼中看來，感覺很欣慰，她努力的走在人生道上，不偷懶也不取巧，甚至不願父母多為她操心，什麼苦她都一個人承擔下來。

　　在我看來，三毛是個極端善良的人，她富愛心，又有正義感，對萬事萬物都感興趣，也都很熱忱的去做。

[*]繆進蘭（1920～1994），浙江定海人，三毛之母。

另一方面，她又是個做事果斷、不易屈服的人，不管周遭環境多麼複雜，她都盡力化為簡單，她不讓命運擊倒，凡是她下決定要做的事，再艱難，她都要做到。

對於這樣的女兒，我這個做母親的還能說什麼呢？除了愛心和耐心，我是無法再給她更多的東西了，因為她早已把自己的生活安排妥當。

三毛這次回國，我們母女再度相聚，對她的生活，由於朝夕相處，也有更深的了解，看著她從早忙到晚，我多麼希望自己能為她分擔一些兒工作。

三毛現在除了在文化大學中文系文藝組教書，每月有三個固定專欄要寫，興趣來時自己又要再寫七、八千字，然後每個月看完五十本書以上，剩下的時間，有排不完的演講和訪問，幾乎每天都要到清晨七點半才能入睡，早上十一點多又要起床開始另一天的忙碌，她的日子很艱難。

看到女兒無日無夜的忙，我心裡多麼不忍，總以為，她回家了，結束流浪生涯，離開那個充滿悲苦記憶的小島，三毛可以快樂的在自己土地上，說自己的語言，做自己喜歡的事，開始她的新生。

但是，三毛現在忙得沒有自己的時間去做她想做的事，她的時間，被太多外務分割了，常常吃不好、睡不好，而日子無止盡的過下去，不知哪一天這種忙碌才會停止。這是社會太愛她了，而我們實在受不了了。

和每一位為人父母的心態一樣，我希望三毛再婚，有個愛她的丈夫，享受快樂的家庭生活。

兒女能夠在身邊，固然很好，但我更喜歡她有自己的家，擁有完整而獨立的婚姻。

三毛是個孝順的女兒，對任何人她也都謙恭有禮，個性只用在自己身上，從不對別人發作。

我和她雖是母女，感情卻像好朋友，她無話不對我說，因此，我了解我的女兒，她實在是個心地善良、純潔，沒有一點兒壞心眼，處處為別人著想的人，也由於如此，她為別人忙得失去了自己，她成為大家的三毛，

而不只是我的女兒。有人說，忙碌是推得掉的，事實上這個社會不怕打擾人的人很多很多。

　　他們……唉。我怕我的女兒又要走了，她受不了。

　　小時候，我掛心她的孤僻性格，長大了，我擔心她單身在外的飲食起居，現在，我操心她的婚姻家庭。前面那些，該掛心、該擔心的都過去了，她總算安安全全、健健康康的回到身畔，現在就是缺一個陪她終生的伴侶，可是，這種事，再操心也等不來的，只有期盼她有這個好福氣，再遇到一個相愛的人，我這做母親的也就不必再操心了。

——選自三毛《送你一匹馬》

臺北：皇冠雜誌社，1984 年 2 月

我家老二——三小姐

◎陳嗣慶[*]

我的女兒陳平本來叫做陳懋平。「懋」是家譜上屬於她那一代的排行，「平」是因為在她出生那年烽火連天，做為父親的我期望這個世界再也沒有戰爭，而給了這個孩子「和平」的大使命。後來這個孩子開始學寫字，她無論如何都學不會如何寫那個「懋」字。每次寫名字時，都自作主張把中間那個字跳掉，偏叫自己陳平。不但如此，還把「陳」的左耳搬到隔壁去成為右耳，這麼弄下來，做父親的我只好投降，她給自己取了名字，當時才三歲。後來我把她弟弟們的「懋」字也都拿掉了。

有一年，她又自作主張，叫自己 ECHO，說：「這是符號，不是崇洋。」她做 ECHO 做了好多年。有一年，問也沒問我，就變成「三毛」了。變三毛也有理由，她說因為是家中老二。老二如何可能叫三毛，她沒有解釋。只說：「三毛裡面暗藏著一個易經的卦——所以。」我驚問取名字還卜卦嗎？她說：「不是，是先取了以後才又看《易經》意外發現的，自己也嚇了一跳。」

我聽說，每一家的老二跟其他孩子有些不一樣，三毛長大以後也很支持這種說法。她的道理是：「老二就像夾心餅乾，父母看見的總是上下那兩塊，夾在中間的其實可口，但是不容易受注意，所以常常會蹦出來搗蛋，以求關愛。」三毛一生向父母抱怨，說她備受家庭冷落，是掙扎成長的。這一點，我絕對不同意，但她十分堅持。其實，我們做父母的這一生才是被她折磨。她 19 歲半離家，一去 20 年，回國時總要罵我們吃得太好，也

[*]陳嗣慶（1913～1997），浙江定海人，三毛之父，曾任職律師。

常常責怪我們很少給她寫信。她不曉得，寫字這回事，在她是下筆千言，倚馬可待，在我們來說，寫一封信千難萬難。三毛的家書有時每日一封，什麼男朋友啦、新衣服啦、跟人去打架啦，甚至吃了一塊肉都來信報告。我們收到她的信當然很欣慰，可是她那種書信「大攻擊」20 年來不肯休戰。後來她花樣太多，我們受不了，回信都是哀求的，因為她會問：「你們怎麼樣？怎麼樣？怎麼吃、穿、住、愛、樂，最好寫來聽聽以解鄉愁。」我們回信都說：「我們平安，勿念。」她就抓住這種千篇一律的回信，說我們冷淡她。有一次回國，還大哭大叫一場，反正說我們 20 年通信太簡單，全得靠她的想像力才知家中情況。她要家人什麼事都放下，天天寫信給她。至於金錢，她倒是從來不要求。

三毛小時候很獨立，也很冷淡，她不玩任何女孩子的遊戲，她也不跟別的孩子玩。在她兩歲時，我們在重慶的住家附近有一座荒墳，別的小孩不敢過去，她總是去墳邊玩泥巴。對於年節時的殺羊，她最感興趣，從頭到尾盯住殺的過程，看完不動聲色，臉上有一種滿意的表情。

在重慶，每一家的大水缸都埋在廚房地裡，我們不許小孩靠近水缸，三毛偏偏絕不聽話。有一天大人在吃飯，突然聽到打水的聲音激烈，三毛當時不在桌上。等到我們衝到水缸邊去時，發現三毛頭朝下，腳在水面上拚命打水。水缸很深，這個小孩子居然用雙手撐在缸底，好使她高一點，這樣小腳才可打到水面出聲。當我們把她提著揪出來時，她也不哭，她說：「感謝耶穌基督。」然後吐一口水出來。

從那一次之後，三毛的小意外不斷的發生，她自己都能化解。有一次騎腳踏車不當心，掉到一口廢井裡去，那已是在臺灣了，她自己想辦法爬出來，雙膝跌得見骨頭，她說：「咦，爛肉裡的一層油原來就是脂肪，好看好看！」

三毛 13 歲時跟著家中幫忙的工人玉珍到屏東東港去，又坐漁船遠征小琉球。這不可怕，可怕的是：她在東港碰到一個軍校學生，居然騙人家是 16 歲！她交了今生第一個男朋友。

　　在她真的 16 歲時，她的各方男朋友開始不知那裡冒出來了。她很大方，在家中擺架子——每一個男朋友來接她，她都要向父母介紹，不來接她就不去。這一點，做為父親的我深以為榮，女兒有人欣賞是家門之光，我從不阻止她。

　　等到三毛進入文化大學哲學系去做選讀生時，她開始轟轟烈烈的去戀愛，捨命的去讀書，勤勞的去做家教、認真的開始寫她的《雨季不再來》。這一切，都是她常年休學之後的起跑。對於我女兒初戀的那位好青年，做為父親的我，一直感激在心。他激勵了我的女兒，在父母不能給予女兒的男女之情裡，我的女兒經由這位男友，發揮了愛情正面的意義。當然，那時候的她並不冷靜，她哭哭笑笑，神情恍惚，可是對於一個戀愛中的女孩而言，這不是相當正常嗎？那時候，她總是講一句話：「我不管這件事有沒有結局，過程就是結局，讓我盡情的去，一切後果，都是成長的經歷，讓我去——。」她沒有一失足成千古恨，這怎麼叫失足呢？她有勇氣，我放心。

　　我的二女兒，大學才念到三年級上學期，就要遠走他鄉。她堅持遠走，原因還是那位男朋友。三毛把人家死纏爛打苦愛，雙方都很受折磨，她放棄的原因是：不能纏死對方，而如果再住臺灣，情難自禁，還是走吧。

　　三毛離家那一天，口袋裡放了五塊美金現鈔，一張七百美金匯票單。就算是多年前，這也實在不多。我做父親的能力只夠如此，她收下，向我和她母親跪下來，磕了一個頭，沒有再說什麼。上機時，她反而沒有眼淚，笑笑的，深深看了全家人一眼，登機時我們擠在瞭望臺上看她，她走得很慢很慢，可是她不肯回頭。這時我強忍著淚水，心裡一片茫然，三毛的母親哭倒在欄杆上，她的女兒沒有轉過身來揮一揮手。

　　我猜想，那一刻，我的女兒，我眼中小小的女兒，她的心也碎了。後來她說，她沒碎，她死了，怕死的。

　　三毛在西班牙做了三個月的啞巴、聾子，半年中的來信，不說辛酸。

她拚命學語文了。

半年之後，三毛進入了馬德里大學，來信中追問初戀男友的消息——可見他們通信不勤。

一年之後的那個女孩子，來信不一樣了。她說，女生宿舍晚上西班牙男生「情歌隊」來窗外唱歌，最後一首一定特別指明是給她的。她不見得舊情難忘，可是尚算粗識時務——她開始新天新地，交起朋友來。學業方面，她很少說，只說在研讀中世紀神學家聖‧多瑪斯的著作。天曉得，以她那時的西班牙文程度怎能說出這種大話。後來她的來信內容對我們很遙遠，她去念「現代詩」、「藝術史」、「西班牙文學」、「人文地理」……我猜想她的確在念，可是字裡行間，又在咖啡館、跳舞、搭便車旅行、聽輕歌劇……這種蛛絲馬跡她不明說，也許是以為不用功對不起父母。其實我對她的懂得享受生命，內心暗喜。第二年，三毛跑到巴黎、慕尼黑、羅馬、阿姆斯特丹……她沒有向家中要旅費，她說：「很簡單，吃白麵包，喝自來水，夠活！」

有一天，女兒來了一封信，說：「爸爸媽媽，我對不起你們，從今以後，一定戒煙。」我們才知道她抽煙了。三毛至今對不起我們，她說：「會戒死。」我們不要她死，她就一直抽。

她的故事講不完，只有跳過很多。

三毛結婚，突然電報通知，收到時她已經結好婚了。我們全家在臺灣只有出去吃一頓飯，為北非的她祝福。這一回，我細觀女兒來信，她冷靜又快樂，物質上沒有一句抱怨，精神上活潑又沉潛。我們並沒有因為她事先不通知而怪責她。這個老二，作風獨特，並不是講一般形式的人——她連名字都自己取，你拿她怎麼辦？

20 年歲月匆匆，其中有五年半的時間女兒沒有回過家，理由是「飛機票太貴了」。等到她終於回來了，在第一天清晨醒來時，她向母親不自覺的講西班牙文，問說：「現在幾點鐘？」她講了三遍，母親聽不懂，這才打手勢，作刷牙狀。等她刷好牙，用國語說：「好了！腦筋轉出來了，可以講中

文。」那一陣，女兒刷牙很重要，她在轉方向，刷好之後一口國語便流出來。有一回，看見一隻蟑螂在廚房，她大叫：「有一隻蟲在地上走路！」我們說，那叫「爬」，她聽了大喜。

三毛後來怎麼敢用中文去投稿只有天曉得。她的別字在各報社都很出名，她也不害羞，居然去獎勵編輯朋友，說：「改一錯字，給一元台幣，謝謝！」她的西班牙文不好，可是講出來叫人笑叫人哭都隨她的意。

三毛一生最奇異的事就是她對金錢的態度，她很苦很窮過，可是絕對沒有數字觀念，也不肯為了金錢而工作。苦的那些年，她真的醬油拌飯，有錢的時候，她拚命買書、旅行。可是說她笨嘛，她又不笨，她每一個口袋裡都有忘掉的錢，偶爾一穿，摸到錢，就匆匆往書店奔去。她說，幸好愛看書，不然人生乏味。她最捨不得的就是吃，吃一點東西就要叫浪費。有人請她吃上好的館子，吃了回來總是說：「如果那個長輩不請我吃飯，把飯錢折現給我，我會更感謝他，可惜。」

女兒寫作時，非常投入，每一次進入情況，人便陷入「出神狀態」，不睡不講話絕對六親不認──她根本不認得了。但她必須大量喝水，這件事她知道。有一次，坐在地上沒有靠背的墊子上寫，七天七夜沒有躺下來過，寫完，倒下不動，說：「送醫院。」那一回，她眼角流出淚水，嘿嘿的笑，這才問母親：「今天幾號？」那些在別人看來不起眼的文章，而她投入生命的目的只為了──好玩。

出書以後，她再也不看，她又說：「過程就是結局。」她的書架，回國不滿一年半，已經超過兩千本，架上沒有存放一本自己的作品。

三毛的書，我們全家也不看，絕對不看。可是她的書，對於我們家的「外交」還是有效。三毛的大弟做生意，沒有新書，大弟就來拿去好多本──他不看姐姐，他愛古龍。大弟拿三毛的書去做「生意小贈品」。東送一本，西送一本。小弟的女兒很小就懂得看書，她也拒看小姑的書，可是她知道──小姑的書可以去當禮物送給老師。我們家的大女兒除了教鋼琴謀生之外，開了一家服飾店，當然，妹妹的書也就等於什麼「你買衣服，就

送精美小皮夾一只」一樣——附屬品。三毛的媽媽很慷慨，每當女兒有新書，媽媽如果見到人，就會略帶歉意的說：「馬上送來，馬上送來。」好似銷不出去的冬季牛奶，勉勉強強請人收下。

在這個家裡，三毛的作品很沒有地位，我們也不做假。三毛把別人的書看得很重，每讀好書一冊，那第二天她的話題就是某人如何好，如何精采，逼著家人去同看。這對於我們全家人來說真是苦事一樁，她對家人的親愛熱情，我們消受不了。她一天到晚講書，自以為舉足輕重，其實——。

我的外孫女很節儉，可是只要是張曉風、席慕蓉的書籍，她一定把它們買回來。有一回三毛出了新書，拿去請外甥女兒批評指教，那個女孩子盯住她的阿姨說了一聲：「妳？」三毛在這件事上稍受挫折。另外一個孫女更有趣，直到前天晚上，才知道三毛小姑嫁的居然不是中國人，當下大吃一驚。這一回三毛也大吃一驚，久久不說話。三毛在家人中受不受到看重，已經十分清楚。

目前我的女兒回國定居已經 16 個月了，她不但國語進步，閩南語也流暢起來，有時候還去客家朋友處拜訪住上兩天才回臺北。她的日子越來越通俗，認識的三教九流呀，全島都有。跑的路比一生住在島上的人還多——她開始導遊全家玩臺灣。什麼產業道路彎來彎去深山裡面她也找得出地方住，後來再去的時候，山胞就要收她做乾女兒了。在我們這條街上她可以有辦法口袋空空的去實踐一切柴米油鹽，過了一陣去付錢，商人還笑說：「不急，不急。」女兒跟同胞打成一片，和睦相處。我們這幢大廈的管理員一看她進門，就塞東西給她吃，她呢，半夜裡做好消夜一步一步托著盤子坐電梯下樓，找到管理員，就說：「快吃，是熱的，把窗關起來。」她忙得很起勁，大家樂的會頭是誰呀什麼的，只要問她。女兒雖然生活在臺北市，可是活得十分鄉土，她說逛百貨公司這種事太空虛，她是夜市裡站著喝愛玉冰的人。前兩天她把手指伸出來給和她母親看，戴的居然是枚金光閃閃的老方戒指，上面寫個大字『福』。她的母親問她：『妳不覺得這很

土嗎？』她說：『噯，這你們就不懂了。』

我想，三毛是一個終其一生堅持心神活潑的人，她的葉落歸根絕對沒有狹窄的民族意識，她說過：「中國太神祕太豐沃，就算不是身為中國人，也會很喜歡住在裡面。」她根本就是天生喜愛這個民族，跟她的出生無關。眼看我們的三小姐——她最喜歡人家這麼喊她，把自己一點一滴融進中國的生活藝術裡去，我的心裡充滿了複雜的喜悅。女兒正在品嘗這個社會裡一切光怪陸離的現象，不但不生氣，好似還相當享受雞兔同籠的滋味。她在臺北市開車，每次回家都會喊：「好玩，好玩，整個大臺北就像一架龐大的電動玩具，躲來躲去，訓練反應，增加韌性。」她最喜歡羅大佑的那首歌——〈超級市民〉，她唱的時候使任何人都會感到，臺北真是一個可敬可愛的大都市。有人一旦說起臺北市的人冷淡無情，三毛就會來一句：「哪裡？你自己不會先笑呀！還怪人家。」

我的女兒目前一點也不憤世，她對一切現象，都說：「很好，很合自然。」

三毛是有信仰的人，她非常贊同天主教的中國風俗化，看到聖母馬利亞面前放著香爐，她不但歡喜一大場，還說：「最好再燒些紙錢給她表示親愛。」

對於年輕的一代，她完全認同，她自己拒吃漢堡，她吃小籠包子。可是對於漢堡的那些孩子，她說：「當年什麼胡瓜、胡蘿蔔、狐仙還不都是外來貨？」我說狐仙是道地中國產，她說：「牠們變成人的時候都自稱是姓胡嗻！」

只有年輕的一代不看中國古典文學這一點，她有著一份憂傷，對於宣揚中國文學，她面露堅毅之色，說：「要有臺北教會那種傳福音的精神。」

口述到這裡，我的女兒在稿紙旁邊放了一盤寧波土菜「搶蟹」——就是以青蟹加酒和鹽浸泡成的，生吃。她吃一塊那種我這道地寧波人都不敢入口的東西。寫幾句我的話。

我看著這個越來越中國化的女兒，很難想像她曾經在這片土地上消失

過那麼久。現在的她相當自在，好似一輩子都生存在我們家這狹小的公寓裡一樣。我對她說：「妳的適應力很強，令人欽佩。」她笑著睨了我一眼，慢慢的說：「我還可以更強，明年改行去做會計給你看，必然又是一番新天新地。」

——選自三毛《鬧學記》

臺北，皇冠出版社，1988 年 7 月

我有話要說

◎繆進蘭

看見不久以前《中時晚報》作家司馬中原先生的夫人吳唯靜女士口中的丈夫那篇文章，我的心裡充滿了對於吳唯靜女士的了解和同情。這篇文章，真是說盡了做為一個家有寫書人這種親屬關係的感受。

我的丈夫一向沉默寡言，他的職業雖然不是寫作，可是有關法律事務所的訟訴，仍然離不開那支筆。他寫了一輩子。

我的二女兒在公共場所看起來很會說話，可是她在家中跟她父親一色一樣，除了寫字還是寫字，她不跟我講話。他們都不跟我講話。

我的日子很寂寞，每天煮一頓晚飯、擦擦地、洗洗衣服，生活在一般人眼中看來十分幸福。我也不是想抱怨，而是，好不容易盼到丈夫回家了，吃完晚飯，這個做父親的就把自己關到書房裡面去寫公事。那個女兒也回到她房間裡去寫字、寫字。

他們父女兩人很投緣——現在。得意的說；他們做的都是無本生意，不必金錢投資就可以賺錢謀生。他們忘了，如果不是我照顧他們的生活起居，他們連柴也沒得燒。

其實我就是三毛的本錢。當然她爸爸也是我。

以前她寫作，躲回自己的公寓裡去寫。我這媽媽每天就得去送「牢飯」。她那鐵門關緊緊的，不肯開，我就只好把飯盒放在門口，淒然而去。有時第二天、第三天去，那以前的飯還放在外面，我急得用力拍門，只差沒哭出來。她寫作起來等於生死不明。這種事情，在國外也罷了，眼不見為淨。在臺灣，她這麼折磨我，真是不應該。

說她不孝順嘛，也不是的，都是寫作害的。

人家司馬中原畢竟寫了那麼多書。我的女兒沒有寫什麼書，怎麼也是陷得跟司馬先生一樣深，這我就不懂了。

有很多時候她不寫書，可是她在「想怎麼寫書」。她每天都在想。問她什麼話，她就是用那種茫茫然的眼光來對付我。叫她回電話給人家，她口裡答得很清楚：「知道了。好。」可是她一會兒之後就忘掉了。夜間總是坐在房裡發呆，燈也不開。

最近她去旅行回來之後，生了一場病，肝功能很不好，反而突然又發痴了。我哀求她休息，她卻在一個半月裡寫了 17 篇文章。現在報紙張數那麼多，也沒看見刊出來，可是她變成了完全不講一句話的人。以前也不大跟朋友交往，現在除了稿紙之外，她連報紙也不看了。一天到晚寫了又寫。以前晚上熬夜寫，現在下午也寫。電話都不肯聽。她不講話叫人焦急，可是她文章裡都是對話。

她不像她爸爸口中說的對於金錢那麼沒有觀念，她問人家稿費多少毫不含糊。可是她又心軟，人家給她一千字兩百臺幣她先是生氣拒絕的，過一下想到那家雜誌社是理想青年開的，沒有資金，她又出爾反爾去給人支持。可是有些地方對她很客氣，稿費來了就多，她收到之後，亂塞。找不到時一口咬定親手交給我的，一定向我追討。她的確有時把錢交給我保管，但她不記帳，等錢沒有了，她就說：「我不過是買買書，怎麼就光了，奇怪！」

對於讀者來信，我的女兒百分之九十都回信。她一回，人家又回，她再回，人家再來，雪球越滾越大，她又多了工作，每天大概要回 17 封信以上。這都是寫字的事情，沉默的，她沒有時間跟我講話。可是碰到街坊鄰居，她偏偏講個不停。對外人，她是很親愛很有耐性的。

等到她終於開金口了，那也不是關心我，她在我身上找資料。什麼上海的街呀衖呀、舞廳呀、跑馬場呀、法租界英租界有多遠呀、梅蘭芳在哪裡唱戲呀……都要不厭其詳的問個不休。我隨便回答，她馬上抓住我的錯

誤。對於杜月笙那些人，她比我清楚。她這麼懷念那種老時光，看的書就極多，也不知拿我來考什麼？她甚至要問我洞房花燭夜是什麼心情，我哪裡記得。這種寫書的人，不一定寫那問的題材，可是又什麼都想知道。我真受不了。

我真的不知道，好好一個人，為什為放棄人生樂趣就鑽到寫字這種事情裡去。她不能忍受朝九晚五的上班族，可是她那顛顛倒倒的 24 小時不是比上班的人更苦？

我叫她不要寫了、不要寫了，她反問我：「那我用什麼療飢？」天曉得，她吃的飯都是我給她弄的，她從來沒有付過錢。她根本胡亂找個理由來搪塞我。有時候她也叫呀──「不寫了、不寫了。」這種話就如「狼來了！狼來了！」她不寫，很不快樂，叫了個一星期，把門砰一關，又去埋頭發燒。很複雜的人，我不懂。

對於外界的應酬，她不得已只好去。難得她過生日，全家人為了她訂了一桌菜，都快出門去餐館了，她突然說，她絕對不去，怕吵。這種不講理的事，她居然做得出來。我們只有去吃生日酒席──主角不出場。

這一陣她肌鍵發炎，背痛得坐也不是、站也不是，還哭了一次。醫生說：「從此不可伏案。」她說：「這種病，只有寫字可以使我忘掉令人發狂的痛。」她一字一痛的寫，一放筆就躺下沉默不語，說：『痛得不能專心看書了，只有寫，可以分散我的苦。』那一個半月 17 篇，就是痛出來的成績。

我的朋友們對我說：「妳的女兒搬回來跟你們同住，好福氣呀。」我現在恨不得講出來，她根本是個「紙人」。紙人不講話，紙人不睡覺，紙人食不知味，紙人文章裡什麼都看到，就是看不見她的媽媽。

我曉得，除非我飛到她的文章裡也去變成紙，她看見的還只是我的「背影」。

現在她有計畫的引誘她看中的一個小姪女──我的孫女陳天明。她送很深的書給小孩，鼓勵小孩寫作文，還問：「每當妳的作文得了甲上，或者

看了一本好書，是不是心裡有一種說不出來的滋味？」那種被洗腦的小孩拚命點頭。可恨的是，我的丈夫也拚命點頭。

等到這家族裡的上、中、下三代全部變成紙人，看他們不吃我煮的飯，活得成活不成。

——選自三毛《鬧學記》

臺北，皇冠出版社，1988 年 7 月

百合的傳說
懷念三毛

苦命的天才詩人楊喚，有一首膾炙人口的詩〈我是忙碌的〉：

我是忙碌的。

我是忙碌的。

我忙於搖醒火把，

我忙於雕塑自己；

我忙於擂動行進的鼓鈸，

我忙於吹響迎春的蘆笛；

我忙於拍發幸福的預報，

我忙於採訪真理的消息，

我忙於把生命的樹移植於戰鬥的叢林，

我忙於把發酵的血釀成愛的汁液。

直到有一天我死去，

像尾魚睡眠於微笑的池沼

我才會熄燈休息，

我，才有個美好的完成，

如一冊詩集；

*本名王慶麟，詩人、編輯家、評論家。曾任《聯合報・副刊》主任，發表文章時為《聯合文學》社長兼總編輯，現為加拿大華人文學學會主任委員兼《世界日報》「華章」文學專版主編。

而那覆蓋著我的大地，

就是那詩集的封皮。

我是忙碌的。

我是忙碌的。

　　可能是楊喚和三毛兩個人有太多類似的地方，三毛逝世後，我每次想
到她，就會想起這首詩來。雖然三毛的作品中沒有雄壯飛揚、慷慨赴戰的
意象，但兩個人在理想的執著、藝術的堅持、人生的期許上，卻是非常相
像的。把楊喚這首自悼意味的作品當作三毛的墓銘，最能象徵三毛為愛
（個人情愛和人類大愛）犧牲奉獻的精神。

　　縱觀三毛的一生，幾乎每一個日子她都在忙碌中度過。楊喚詩中歌吟
的「搖醒火把」、「雕塑自己」、「擂動行進的鼓鈸」、「吹響迎春的蘆笛」、
「拍發幸福的預報」、「採訪真理的消息」、「把生命的樹移植於戰鬥的叢
林」、「把發酵的血釀成愛的汁液」……，三毛不同形式、不同程度地都做
到了，而「把發酵的血釀成愛的汁液」這句詩，簡直就是三毛一生最恰切
的寫照！

　　楊喚和三毛，兩個人都有一種事事為別人、從不為自己的奉獻的人生
觀，一種只知道工作、不知道休息的忙碌的人生觀。他們好像是永不疲倦
的人。「直到有一天我死去……／我才會熄燈休息，／我，才有個美好的完
成。」他們一生追求的，是詩的生活與生活的詩，是文學的生命與生命的
文學。這樣拼搏奮鬥下的人生，死，乃是一種完成，一種壯美；「如一冊詩
集；／而那覆蓋著我的大地，／就是那詩集的封皮。」這些美麗意象，借
來獻給三毛，應是最恰當、最富深意的讚詞。

　　我與三毛相交相知十多年，對於她奉獻、忙碌的一生，我自認了解最
深。一般人對她的印象是三毛每天都在忙，但很少人知道她到底在忙些什
麼。當然，她是一個工作勤奮的作家，文學的閱讀和寫作花去了她最多的

時間，但很多人不知道，她更多的時間是花在幫助朋友和社會公益方面。事實上，三毛這個忙人，每天忙的都是一些事不關己的「別人的事」，一些「聰明人」絕對不去碰它、只有傻瓜才去做的事，一些可能對自己沒有好處甚至有害的事。三毛這熱腸子，她樂於助人的故事我知道太多了。這裡隨便提兩件事：畫家席德進病故前一個月，瘦得不成人形，全身發出臭味，三毛好幾次到病房去為他做全身按摩、擦洗，甚至為他清理便溺。老實講，像這一類的工作有時連病人家屬都不一定願意做，而三毛卻樂意為之。另外一位生病的作家張拓蕪，中風後左臂殘廢，生活非常困苦，三毛老遠跑去幫他忙，常常帶好多菜放在冰箱裡給吃；夏天天熱，三毛就買一臺冷氣機替他裝上。這些事使張拓蕪非常感動，而把她當成知己。這是關於文友方面的救助。另外，三毛關心、幫助的對象，更多的是文學、藝術界以外的人，窮苦無依的老人、失去雙親的孤兒、徬徨無助的流浪漢、來日無多的癌症病患、家庭破碎的傷心女子，乃至在牢獄中悔恨終日、試圖重建自我的囚人，都是三毛義務服務、安慰的對象。

　　一個知名度高的作家，免不了收到來自各地讀者的來信。三毛每天的收信量，恐怕超過任何一個臺灣的作家。通常這種情形多半的文人是一概不回信的，但是三毛卻不然，她是有信必回。這些來信的內容，對她的文學成就表示敬慕者有之，請教文學問題者有之，初學者寄上習作請她批改者有之，在人生方面有所困惑希望她指點迷津者有之，更有一些信是慈善機構希望她捐錢、困苦的人向她借錢的。對於這些來信，她都親自覆信。這樣一來，跟她書信來往的朋友人數就愈來愈多。有這方面經驗的人都知道，寫信是最麻煩的事情，一封信就是一件事，就是一個「負擔」，回信是很煩人的，但是三毛卻從不厭煩。對於眾人的所求，不管能否辦到，她都會詳細回答，想盡一切方法來滿足對方的要求。我知道她在聯副的稿費，有很大的數字捐給了慈善機構，有些是寄給一些窮苦的人，或失養的孩子。

　　三毛的信寫得又快又好，一天可以寫好多封。這些信還都不是三言兩

語應付了事的所謂「電報體」，每一封都有相當的內容，她的信，就像她的文章一樣誠懇、感性、熱情，娓娓而談，使得對方如見其人、如聞其聲，能夠直接感受到她的親和力。今天的一些作家、學者，當知名度到達某一個程度的時候，他們美其名曰「保衛自己的時間」，根本就不覆信給讀者。這種情況在西方更是如此，英美很多文壇名家從來不給人回信的。年輕人想拜見大師，事先得同他的祕書安排時間，面談要計時，還要按時收費。這種絕情的做法，咱中國文人也許一時還做不出來，不過將來說不定會發展到這一步。

但三毛可不是這樣！她永遠是有來有往，從不讓人失望，在這方面她使我想到俄國的作家高爾基和 1930 年代的作家魯迅，這兩位文豪在晚年時，幾乎大部分精神、時間都花在寫信鼓勵青年作家上面。自然，寫信太多難免會影響個人的創作生活，不過這兩位文豪後來都把跟青年談寫作的信件編印成書，成了他們另一種廣義的作品。而三毛寫信從沒有公開發表的想法，完全是針對每一個不同的對象所寫的私信，是不公開的。當然，三毛在文學上的成就不能和兩位大師相比，不過她勤於給青年朋友寫信的美德，卻有古人之風。我常想，如果把三毛散佈在世界各角落，寫給朋友的信收集起來，編成一部三毛書簡集，那該是多麼動人的作品！當然這是一個大工程，需要有心人去細心蒐集。

三毛一生究竟寫了多少信？給誰寫的信？無人知道，不過在一次《聯合報》副刊主辦的座談會上給我「見識」到了。記得有一次「聯副作家出外景」到花蓮演講，演講完畢後有好多聽眾到臺前跟三毛打招呼，有的請她簽名、有的問她文學問題，其中有好幾位都說收到三毛的信。一個小學六年級的小男生對三毛說：「我媽媽看到妳的信後，不再打我了！」另有一位六十多歲的老榮民走過來說：「謝謝妳送給我的偏方，我腰痛的毛病現在好多了。」還有一個小女生自己繡了一塊刺繡送給三毛，說這是為了答謝三毛送她《娃娃看天下》〈三毛譯的漫畫集〉。你想僅僅是花蓮一個地方，就有這麼多筆友，我真難想像三毛花了多少時間來處理這些信函。朋友們

也常說我是寫信最勤的一個人，但是要跟三毛比起來恐怕那還差了一大截呢。

　　我有時候想，三毛就像一個光源，她希望普照到每一個角落，一個熱源，她想把溫暖分給每一個需要溫暖的人，可是一個人的精力，畢竟是有限的，即使鐵打的身子，也禁不起長年體力、心力的過度勞動。她的忙，當然還不止寫信，信是語言，除了語言，她還加上實際行動。她除了寫作、寫信之外，大部分時間在外頭奔波。她是很多年輕人的大姐姐，也是很多孩子的乾媽，尤其是在學習上有障礙、或在生長期產生困惑的兒童和少年，她特別疼惜。她也是我女兒的乾媽。三毛出國時，每到一個地方總不忘寄一張明信片給我家孩子，記得有一張明信片上寫著：「等妳再長大兩年，乾媽就帶妳去流浪！但是要有好成績才可以喲！」興奮得小米（我女兒的名字）把成績好的考卷都留在那裡，等著乾媽來檢驗，為的是兩年以後「流浪的約會」！

　　這樣一個把時間、精神和感情都分給眾人的人，她的勞累可想而知。永遠不疲憊的三毛，恨不得自己變成一葉大海中的慈航，普渡眾生，恨不得自己有千手千眼，可以關愛到所有需要關愛的人。

　　三毛啊！妳真傻，難道妳不知道讓全天下都成為妳的朋友，那是不可能的。根據社會學家的分析，每一個人同一時期，最多只能維持 20 個朋友。而我甚至認為 20 個朋友都嫌太多。因為朋友也像花木一般，需要去關愛、注意、照料。詩人楊牧曾說過一句話，「好朋友就是互相麻煩」，不過那種麻煩是必要的麻煩，可愛的麻煩，心甘情願去承受的麻煩。楊牧說他不十分同意「君子之交淡如水」這句話，他認為這句話值得商榷，試想兩個朋友（我是指好朋友）同住一個城裡，隨時可以見面卻十年八年不來往，還說是好朋友，那恐怕是一句假話。他說好朋友就要常常窩在一起，膩在一起。總而言之一句話，要把你的心放在朋友身上才是真正的交友之道。楊牧的這一段趣談，我覺得也有幾分道理。而三毛，便是把自己的心放在朋友身上的人，她的時間、精力、情感統統給了朋友。用這樣對待朋

友的方式交往了那麼多的人，三毛，她怎能不累垮！？

　　廣泛的交遊接觸、時間精力的大量透支，使三毛心力交瘁。她逝世前一年，整個人陷入醫學上所謂「精神耗弱」狀態，她體力衰退、長期失眠，非靠安眠藥才睡得著，而每一次的藥量都在增加。她的猝逝，我一直認為跟吃過量安眠藥有關。三毛過世以後，太多人寫文章，大家根據不同角度去臆測三毛死亡的原因，但是，從沒有人提到服藥這一點。實際的情況是：她是吃了太多的藥才長眠不醒的，自殺的可能不大。不久之前，當我把這個看法告訴三毛的母親繆進蘭女士，繆女士跟我的想法完全一樣。也許有人會說，三毛已經過世那麼久了，追究她的死因除了徒增傷感之外，並沒有多大意義；不過我認為，給三毛的死一個正確的詮釋，也是很重要的。

　　試想，像她那麼一個樂觀奮進、充滿生命力的人，一個在作品和實際生活上歌頌、鼓舞人生意義的人，一個到處鼓勵別人勇敢活下去的人，怎麼可能用自殺的方式來結束她自己的生命？如果把她的死解釋成自殺，那麼此一尋短行為跟她的作品和她平日為人是不符合的。不錯，三毛作品裡常流露出一種衰颯的情緒，甚至有時會提到死亡，但我認為三毛的作品屬於浪漫文學，浪漫文學家是唯美的，死亡常常是他們美化、詩化的對象。不能說一件作品裡提到死亡，就認定作者的人生觀是悲觀的。另外一個值得注意的因素，是三毛作品常常流露一種孩氣，一種孩子般任性，老是把死亡掛在嘴邊，這是她的天真無邪，不是厭世。根據我的觀察，三毛過世前半年，她的人早已經從荷西之死的哀傷中站了起來，苦難的磨練，使她更成熟、更堅強，人生觀也更積極，這個階段，是她對寫作和生命最有信心的時候，也是她人道主義理想和熱情最昂揚的時候，雖然長期的勞累影響到她的健康──她失眠，但絕對影響不了她的意志。這個時候，她沒有理由自裁。

　　生死是人生大事，死亡是生命的結束，也是生命的最高完成。一般人的印象三毛的死，至今是個謎，我認為揭開這個謎，把真相原委弄個清

楚，對三毛是非常重要的。因為太多人熱愛她的作品，太多人喜歡她的為人，三毛鼓勵過那麼多的人，而她竟然「自殺」了，這對很多人造成困惑、打擊甚至傷害，誤認為三毛所說的和所做的不一致；她要別人樂觀，但她自己反而尋短，這不是欺騙大家的感情嗎？這種懷疑，無形中損毀了三毛在很多人心目中的美好形象。所以我對三毛的媽媽說，把三毛的死解釋成自殺是對她的不公平，甚至是對她人格的一種污辱，她也有同感。現在談這個問題並不是要追溯什麼責任，我只是想為我的老友討一個公道，還她一個正確的形象。我認為三毛的作品和人格是絕對一致的，把她的死解釋成自殺，是一種輕率不負責任的認定。我希望更多愛三毛的朋友、文學界人士甚至心理學家們一起來支持這個論點。要大家知道，三毛是因為過於操勞而死的，是為了她的文學事業、她的朋友、為了社會公益，心力交瘁而死！除此之外，沒有別的理由。

當我重讀三毛這部作品，她的音容笑貌便浮現在我眼前，一幕又一幕的往事，歷歷如昨。她的這批文章是在《聯合報》「三毛中南美洲之旅」支助計畫下寫成的，有些是遊記，有些可以稱之為報導文學，篇篇都是在充滿危險和困難的旅途之上寫成的，可以說是她血汗換來的成果。這些文章在聯副上發表時，我是第一個讀者。記得每篇文章刊出後，都曾得到讀者熱烈的回響，信件、電話不斷，有很多人到報社來求見作者，也有送鮮花向她致敬的。

從中南美回來之後，我按照報社計畫，為三毛設計一系列的演講活動，陪她到臺灣各地去演講，聽眾反應空前熱烈，場場爆滿。記得其中有一場地點在聯合報第一大樓九樓禮堂，八百個座位的場地，竟擠了一千五百多人，前邊擠滿了，後面（樓下電梯口）還有好幾百「向隅者」進不來，害得不少人敗興而歸。後來觀眾建議要我們乾脆到國父紀念館舉行，聯副循眾要求，在國父紀念館為三毛舉辦了一場規模更大的演講，不過擁擠的情況並沒有因場地廣大而有所改善，反而擠得更兇，觀眾除了將現場三千多個座位坐滿之外，連地毯走道上也坐滿了人，場子滿得好像真的要

爆了，但外頭的人還拼命往裡頭擠；廣場上至少有一、二千人進不來，一時間群眾情緒非常焦躁，有人開罵，罵承辦單位缺乏辦事經驗、沒有計畫。為了平靜大家的情緒，我們只好在廣場上加裝三個擴大器，把裡面的演講播放出來，按說那些人聽到三毛的聲音情緒應該安靜下來，但是不然，人們還在擠、罵，更多的人又湧了過來，紀念館的大門被擠得就像呼吸的肚皮一樣，沒辦法只好打電話請警方協助，雖然市警局動員了大批警力來維持秩序，情況還是紊亂。

　　我記得那天是晚上七點半的演講，下午四點不到群眾就開始在紀念館廣場排隊，長蛇陣繞了館前廣場好幾圈，由於人實在太多，連三毛進出場都成了問題，有人想了個辦法，讓三毛用帽子遮住臉，使人看不出是三毛，再由三位警察壯漢護送，費了好大力氣通過層層人牆才把她送到後臺去。七點鐘的時候，聽眾的情緒接近沸點，太多人進不了場，特別是一些從四、五點鐘開始排隊居然進不去的人特別火大，群情鼓譟，無法平息，為了安慰群眾，我只好用擴音器來向大家陪不是，請大家安靜下來，不要生氣，保證將在下週再辦一次三毛演講，讓沒有進場的人不致空跑一趟；我用擴音器播音，把嗓子都喊啞了，一身西裝全被汗水濕透。這樣近乎瘋狂的情況，真把我嚇壞了。我當時想，在此情況之下，三毛已經不是一個單純的作家，而變成一個社會的英雄，更誇張一點說，變成人群中的先知。我發現群眾對她的愛已經開始變質，變得怪怪的，好像埋藏著一種不祥的氣氛，這氣氛愈來愈濃，令人戰慄。此時的三毛已經不是一個單純的文學現象，而是一個複雜的社會現象；這現象是怎麼造成的呢？我回答不出來，那或許要心理學家、社會學家去解答了。對於群眾給她這份過了頭的熱情，作為三毛的好友，容我客觀的說，實在已經到了不正常，甚至病態的程度，那四面八方的掌聲和讚揚，實在超過三毛所應得。總之自從那次以後，我就開始害怕了，我心想，如果聯副繼續為她辦演講，照那樣情況發展下去，一定會出事。當群眾情緒最狂烈的時刻；如果三毛在人群裡出現，恐怕她全身的衣服會被撕成片片，每個人都要拿一片回家做紀念！

這太可怕了。我記得國父紀念館的那場，有一個中學女生被人群踩倒在地，受了傷，聯副同仁把她送往醫院急救，當這位被人擠得昏過去的女孩醒來，聯副的同仁問她「妳為什麼那麼喜歡三毛？」這女孩回答說：「你嫉妒！」從這件事便可知道當時的年輕人對三毛的喜歡已近乎「瘋狂」。

有一天，三毛來聯副看我，我送她到樓下，對她說：「三毛，不能再演講了，暫時停止吧，一定要降溫、冷卻，不要繼續演講了。我不是嚇妳，否則妳會像美國歌手藍儂那樣，被『愛死了他』的觀眾殺死，因為那些人太愛藍儂了，怕別人分享他們偶像的愛而殺死他！真的啊，三毛，停止吧！」三毛聽了我的勸告以後，很長一段時間不再公開演講，只有閉門看書寫作，社會上的「三毛熱」也因此冷卻了不少。

今天我重溫這些文章難免又想起當時，雖然事情已經過去那麼多年，但要想對那段往事賦予意義仍覺困難，如何以正確的觀點解釋當年的現象？是報刊上所謂的「三毛震撼」？還是電視上所稱的「三毛旋風」？不管怎麼說，三毛在中國文學史上，以一個寫作的人，不是政治家，也不是歌星，只是一個拿筆桿子寫文章的人，能引起這麼大的注意，產生這麼大的回響，恐怕從五四以後，沒有第二個人。據說當年魯迅、冰心演講曾轟動一時，但是，我想這兩位大師的演講情況，比起後來三毛的演講恐怕還要「略遜一籌」。當然，這樣的比較是不恰當的。三毛的文學成就，當然無法跟魯迅、冰心相比。詩人覃子豪先生告訴我，當年魯迅在北大演講，因為教室座位不夠坐，有人建議乾脆到大操場去講，於是聽眾都湧到大操場上，因為人太多大家看不到魯迅，便抬了一個吃飯的方桌，請魯迅站在方桌上講話。覃先生說，魯迅身穿大褂站在方桌上、衣袂飄飄的場面，使他永遠難忘。另外一位女詩人冰心剛從美國威爾斯利女子大學回國任教時，因她的詩寫得好，人長得漂亮，學問又好，講堂的大門都被擠破了，連窗子上爬的都是聽講者。這種情況，的確也是當時的盛事。

三毛過世的二天，全臺灣的報紙幾乎都以頭條新聞報導，一個作家的死，引起這麼大的震撼，我想，這種情形別說過去沒有，將來也不容易發

生的吧。作為一個人，來到世間，三毛愛過、哭過、笑過、擁有過、也創造過，可以說不虛此生。但是作為一個作家，她死得太早，她的文學事業剛剛開始，就像流星一樣劃過文學的夜空，永遠消逝了踪影，實在令人惋惜！

三毛逝世至今已快三個年頭了。我想紀念三毛最好的方式，不應該只是去說當年演講如何的盛況空前，那也許只是一種虛榮心理。我想，紀念三毛最好的方式，還是去研究她的作品，而正確地判斷她的死因，也應該是研究三毛文學的一個重要角度──從人去理解作品本來就是討論文學的方式之一。我想最重要的，就是大家應該拋開三毛的傳奇，拋開文學以外的因素，客觀、冷靜地面對她的作品，研究她特殊的寫作風格和美學品質，研究她強烈的藝術個性和內在生命力，才是了解三毛、詮釋三毛最重要的途徑。

對於那些愛過三毛的人，三毛是永恆的，無可取代。做為一個她的朋友的一員，我以三毛這位朋友為榮，如果說好朋友是我生命的一部分，那麼好友的死亡，就是我自己一部分生命的死亡。是啊，什麼都過去了，有時候，對三毛之死，我什麼也不願說、什麼也不願談，因為那是生命中永遠的痛！

常常，當我一個人走在路上，我喜歡低吟「不要問我從那裡來，我的故鄉在遠方……」，那一支最能代表三毛人生觀念的〈橄欖樹〉，唱著唱著，覺得好像什麼都過去了……留下的，是人們永遠糾纏不清的誤解，和那走了樣的傳說。所謂歷史，或許就是這樣的吧；歷史，也許只是一個影子，一聲嘆息！

此文以楊喚的小詩作開始，茲再摘錄另一首小詩為此文結束藉表對老友的懷念。這首詩是有位作家專訪前線時在碉堡的巖石上發現的〈題壁〉之作：

我走了，

像一發出膛的炮彈，
飛完了全部的射程。
給容納過我的空間，留下了什麼？
恐怕，

只有「轟」的一聲巨響！
我落到那裡並不重要，
重要的是，有過聲音、速度和光亮。

——選自瘂弦《聚繳花序 II》
臺北：洪範書店，2004 年 6 月

兩極對話
沈君山和三毛

◎沈君山[*]

三　毛

　　一個是科學家，一個是文學家；一個講分析、求實證，一個談感性、重直覺；沈君山和三毛像兩極天地裡的人物。

　　四年多以來，他們偶然在幾次餐會上相逢，彼此的興趣、觀念和思想方式，都顯現了很大的差異──他們連吃的口味竟也完全不同。──感性和知性真是兩種世界嗎？或者只是認識角度和層次的朦朧界域呢？於是他們決定找一個機會，挑幾個話題，談清楚！

　　您也許想像不到，他們的第一個話題竟然會是──飛碟。

話題一　飛碟與星象

　　「我不能說飛碟一定存在，但是我確實看見過『不明飛行物體』……」

──三毛

　　「您的經驗，沒有強烈的證據。飛碟只是星光下一個美麗的故事吧？」

──沈君山

　　飛碟？在這樣的一個名詞下面，勢必要加上一個問號吧？三毛和沈君山的論爭，大概也就在於這個問號的位置該如何安置了。

　　「我不能說飛碟一定存在，但是我確實看見過『不明飛行物體』。」三

[*]發表文章時為清華大學物理系教授、中國天文學會理事長，曾任清華大學理學院院長、清華大學校長、中國圍棋會副會長、中華民國橋牌協會名譽理事長等，現已退休。

毛這樣說：「我看見過兩次，一次是六年以前，一次是五年以前，在撒哈拉沙漠裡。」

「那是一個黃昏，大約六點鐘左右。當時我正在一個叫維亞西奈諾的小鎮上和荷西度蜜月。那個不明物體『來』的時候，我們並沒有發覺，它來得無聲無息。可是全鎮停電了，只好點上蠟燭。我們一直在屋裡枯坐到七、八點鐘，想到該出去走走，又發覺汽車發動不了。這個時候，我才抬頭看見天上有一個懸浮的球體——不像一般人所說的碟形——而是個圓球狀的透明體，顏色介於白色和灰色之間。我們也看不清裡面是什麼，它很大，靜靜地懸在大約二十層樓高的地方。我想那不會是氣球，因為沙漠裡的風勢不小，汽球沒法兒靜掙地懸著。但是我們並不怎麼害怕，全鎮的人都圍著它看了 45 分鐘。我看得幾乎不耐煩了，便對荷西說：『還是不要看了，我們走吧！』走了幾步，我回頭再看它一眼，它突然作一個直角式的飛行，一轉，就不見了。速度很快，但是沒有聲音。」

「它離開之後，電也來了，汽車也可以發動了。——當然我們並不覺得它有什麼可怕。——這是我親眼看到的一幕事實。」

天文物理學家沈君山教授很專心地聽完三毛的敘述，笑著說：「我不懷疑三毛小姐所看見的現象。但是也由於『眼見為信』這句話並不絕對正確，有許多反證的。我想可以把這段經歷『存疑』吧。人們對於各種靈異的現象都可能有不同的看法，飛碟事件也一樣，科學究竟不能『解決』所有的問題。但是在科學的範圍之內，仍然有是非真假的判斷區別。

「如果在幾年以前，我願意承認：飛碟問題是在科學能夠完全解決的範圍之外，但是近年來由於觀測證據的出現，多少已經否認了這個現象。四年半以前，我和三毛有過這方面的爭執；四年半之後，我更加堅定我的想法。」

「我第一個想說的是：很可能三毛看到的是海市蜃樓——」

「咦！」三毛喊了一聲。

「在沙漠裡，在沙漠裡。」沈君山重複了兩次：「也許您會看見天上有

座城市，裡面還有賣東西的，結果那是光線折射所導致的錯覺。我想重要的是：我們還可以從另外一方面來判斷這個問題——如果有直接的證據，比如說你抓住了一隻飛碟，擺在現場，那麼無論如何我們要接受這個事實。在科學的眼光之下，事實最重要，理論只是提供事實的解釋，如果沒有直接的證據，只是間接地以『目擊』為憑，也許並不可靠。

　　「目前各方面對於飛碟報告資料——包括剛才您以文學家的語氣所敘述的動人經歷——都沒有『實證』的根據。我們也就只有間接地判斷：是不是有可能？是不是有反證？」

　　三毛點點頭，算是同意了。

　　「我想從理論和實際觀察兩方面來看。」沈君山繼續讜論下去：「在天文學上，太陽系的九大行星之中已經沒有生命，這是一個不爭的事實。然而於此之外，在偌大的宇宙間，還有許多和太陽系相似的系統，我們無法否認：那裡可能有高等的生命。如果『它』們要通過太空，到達此間，要接受許多的挑戰和阻礙。至少就飛行物體本身而言，它不會像許多報告上所顯示的那樣簡單——像個碟子什麼的——當然，這只是理論上的檢討。

　　「就事實言：近年來由於美俄兩國的競爭，雙方都設有太空監聽站、人造衛星等等靈敏的觀測機構。其靈敏度絕對比人的眼睛——甚至三毛小姐這樣的眼睛——要來得高。如果真的發生『不明』的跡象，彼此一定會有報告，但是關於近年來人們所傳誦著的消息，這些靈敏的儀器卻並沒有任何紀錄。」

　　「這幾年來歐美各國無論政府或民間都花費了大批經費作飛碟的調查報告。其中大多數都可以解釋。前面所說的『海市蜃樓』就是一種可能。還有人做過實驗，『製造』出飛碟來。——在密西根湖邊的一個小村莊上，常有人看見飛碟。後來調查的人發現：原來是當車子開過附近公路時，燈光照上湖水，折射到天空中去的幻影。所以有一天黃昏，調查者就告訴全村的人：飛碟要來了。一輛卡車從對面開過，全村的人便『看見』一個飛碟降落了。

「我的看法是：您的經驗並沒有強烈的證據，而我們可以從理論和仔細的觀測上找到更確切的反證。」他稍稍停頓了一下：「當然，飛碟是星光下一個美麗的故事吧！」

「我同意您部分的說法。」三毛立刻接著說：「但是我看到了，卻無法解釋——關於停電或車子發動不起來等等——而且不止一次，是兩次。」

「在我的一生裡，我遭遇到很多很多科學無法解釋的事，『第六感』並非答案。而我始終認為：到今天為止，人類的科學知識還是很有限的。在另外的世界裡——即使不要擴大到太空，宇宙裡，也可能就在我們所處身的環境之中，存在著一個我們無法去實證的世界呢？」

靈異以及奇幻種種，是否皆屬未知呢？天文以及人事種種，又有多少結合的可能呢？長久以來，人們對於人和自然之間難以言喻的契合或呼應，往往顯示了廣泛的興趣，並加以探討。從星象、命運、占卜的歷史中，我們看到了複雜而巧妙的推理，成為大多數人時常關切的話題。於是話題便像飛碟一樣地凌空而降，從天文的玄宮中墜落到人和命運的迷徑之上。三毛和沈君山對於星象之學，也抱持著不同的觀點：

「我倒不排斥所謂靈異世界之說。到底科學也只能解釋那些可以觀測得到的事物。至於星象之學的確也提供了人們茶餘飯後的一些消遣，我不敢殺風景地反對。不過——」

「站在天文學的立場看，我們會知道：星球在天空運行，有它一定的軌道和規律；一定的力學原理。而人的生辰，到了今天，連醫生都可以決定：嬰兒可以提前或者延後出世，這又和命運有什麼關係呢？現在有很多人喜歡研究自己所屬的『星座』，看看星座、想想未來。要發財啦，愛情有問題啦……這些都是很有趣的。」他語鋒忽然一轉，鏡片後的目光是一聲「但是」：「這不能和科學混為一談。我們還是可以用欣賞的眼光把星座當成故事來談，但是如果認為天象和命運放在一塊兒，是很困難的。雖然這並不是說有星相興趣的人沒有知識，我們確實可以把科學和興趣分開來，那樣也很有意思，至於用詩意的眼光看科學，那就不妙了。」

　　三毛點頭復搖頭，一頭長髮清淡齊整，兼有詩意與科學的樣子：「紫微斗數，西洋星相這些東西，都已經流傳了幾千年。我的看法是：與其視之為迷信，毋寧以為那是統計。或許不值得盡信，然而我也發覺：往往同一個星座的人的個性，有著某種程度的類似。它有很多實際的例子為佐證。星相並不宜用迷信去批斷，也無法用科學去詮釋。就像血型一樣，在某些方面可以徵信。至少在我自己身上，應驗了很多事情。我不能評論什麼，但是很感興趣。」

　　沈君山的微笑等於懷疑吧？他冷靜的強調作為一個欣賞者的興趣；是否也暗示著欣賞者的「信實」精神總難度越於欣賞以外呢？但是當被問及：「如果有人能依據你的八字，正確地推算出你的命運，那麼，是不是會使你相信呢？」

　　他笑著說：「哎呀，我忘了自己的八字啊！——也許我能夠承認：看相、看氣色、甚至看風水等等。但是如果說一個人的生辰八字能夠推算出他的個性、命運、事業……，我倒是覺得非常——」

　　「不不，我的看法是：八字和個性有關。因為一個人命運的悲劇，恐怕也就是他個性的悲劇。」

　　「呃，我想，」他沉吟了一下：「三毛小姐是感性而直覺的；我則是理性而分析的。我想個人還是能夠接受您所說的很多事物，只要那份直覺不和用分析所獲致結果相衝突矛盾，我雖然不完全相信；至少還可以，呃，容忍。」

　　三毛大聲笑了起來。沈君山繼續說道：「但是您所說的如果和我們已有的知識、已證實的試驗不符合，我就不免要頂嘴了。有人真算對了我的命，我會很佩服的。但是——科學精神很重要的一點是：不能因為結果湊合了，就去相信。我們還必須去知道那個推理和實驗的方法、過程。過程怕要比結果來得更重要。而且——也許會得罪一些算命先生，先抱歉了。——我們不能忘記，愈是精於命相之術的，愈善於察言觀色——」

　　「如果不面對面呢？」三毛追問下去。

「好的，以後有機會試一試。」

話題二 愛情與婚姻

「愛情就如在銀行裡存一筆錢，能欣賞對方的優點，這是補充收入；容忍缺點，這是節制支出。」

——沈君山

「愛情有若佛家的禪——不可說，不可說，一說就是錯。」

——三毛

命運果真為何事呢？生死之間的一切縱橫起伏，莫非此物。是人去選擇？還是人被選擇了呢？沈君山和三毛的人生選擇又顯示出迴然的趣味。接著他們選擇了下面這個話題，——愛情與婚姻。這樣的事真難有結論——歸諸命運，還是信心？

「對於婚姻，我還是有信心的。」三毛閃一閃她的眼睛：「雖然我的婚姻關係已經結束了，而且是被迫結束的。可是我認為：愛情有若佛家的禪——不可說，不可說，一說就是錯。婚姻和愛情的模式在世界有千萬種，我的看法：女人是一架鋼琴，遇到一位名家來彈，奏出來的是一支名曲。如果是一個普通人來彈，也許會奏出一條流行曲；要是碰上了不會彈琴的人，恐怕就不成歌了。婚姻的比喻大致如此，我無法清楚地歸類，但是我有信心。」

「另一方面，我是一個新女性，又不是一般所標榜的『新女性』——新女性也許會認為婚姻是『兩』架鋼琴的合奏吧？」

「您的看法和比喻還是相當感性而富有詩意的。」沈君山緩緩地說著，扶一扶眼鏡：「如果從一個一般的觀點來看：我想愛情的婚姻應該是以感性開花，以理性結果的。這好像銀行存款一樣：愛情就是在銀行裡存上一筆錢。然而當兩個人共同生活的時候，事情往往是很庸俗的。除了『美』之外，還有日常生活的許多摩擦，摩擦就是存款的支出。如果沒有

繼續不斷的收入，存款總會用完的。如果在婚姻關係裡，夫妻都能夠容忍對方的缺點、欣賞其優點，欣賞優點就是補充收入；容忍缺點也就是節制支出。

「我想也可以這麼說：婚姻總是一個 bondage──」

「bondage？你是說『枷鎖』？」三毛驚笑起來：「看看，這位說話這樣不同！」

「好，不說枷鎖，說責任好了。──婚姻這個形式有時是外加而來。往往由於對家庭的責任或個人的名譽等原因，人們願意投身其間而且不跳出來。中國古代的女人一輩子嫁雞隨雞，嫁狗隨狗，也多出於一個外在的約束，而不是自覺自發的。這樣的傳統之下，婚姻也許比較穩固，人也不會意識到這個約束有什麼痛苦，因為在承諾之初已經賦予婚姻一個強烈的價值觀念：女人屬於丈夫。夫妻的關係既不平等，家庭也只是一個『職命』（institution）。」

「而今天的女性，逐漸擁有自己的使命、自己的興趣，不願意聽命於外來的束縛。尤其是愈出色的男性和愈出色的女性在一起，必須從對方身上找到一個他人所不能取代的吸引力；這點內在的連結是非常重要的。我想舉一個例子：也就是現代許多新男性新女性的祖師爺；已經在日前去世的法國存在主義哲學家沙特和波娃的故事。」

「沙特和波娃的關係是絕對開放的。他們可以各自去結交各種朋友。但是他們在知識上的溝通與智慧的吸引，則沒有人能夠介入或取代，他們對智慧層次的要求如此強烈，而後能夠維持一個穩定的結合。婚姻的形式本身已經沒有意義了。──當然，這是一個特殊的例子。」

「這就是我強調，『理性的結果』的緣故。婚姻究竟不是一件出入自如的事。感情方面，多少需要一些節制──啊，三毛已經在搖頭了。」

「我開始的時候同意您的意見──以感情為主──但是，我分析自己的感情，這份付出一定是有代價的。這時在潛意識中感情已經包括了深刻的理智。我不太同意將感情和理智作一個二分。以女孩子來說，把感情分析

開，剩下理智——」三毛停了停接著說：「那麼我的解釋是：那種理智是在檢視對方的『條件』。它可能是個性是否相合？人品如何？是否門當戶對？可是在我的感情之中，已經包含了這些，而後我自然地付出。

「以我的經驗來說，婚姻並不是枷鎖！愛本身是一種能力。像我們的母親愛我們，她並不自覺到是在盡一份責任。而我呢，是一個『比較』老派的新女性，我不太同意離婚。小小的摩擦如果以離婚做後盾的話，往往造成更大的破壞。結婚時的承諾應該是感情，也是理智的。結婚是一紙生命的合約，簽下了，就要守信用。小小的摩擦，應該視而不見！拿我自己來說：六年前我結婚的時候，曾經對自己說過：『我作了這個選擇，就要做全部的付出，而且沒有退路，我不退！』一旦想到沒有退路，我就只有一個觀念：把它做得最好。

「也許我的婚姻環境和大臺北不一樣吧。這裡的一切，我想可以稱之為『紅塵』，許多引誘，許多煩惱。過去，我也是紅塵裡的一分子，後來自己淨化了一陣，去適應我的丈夫——荷西。我發覺那樣沒有什麼來臺北後所聽到的煩惱。雖然我所舉的是一些外來的因素，但是我仍然相信『境由心造』。」

沈君山緊接著點頭緊接著說：「是的。您這種『沒有退路』的態度是頗有古風的。但是我想妳剛才提到的環境問題也很重要。態度是一回事，環境又是一回事。往往人們會感應到『紅塵』裡的誘惑；那麼，男女雙方必須要加強彼此的和諧，調劑相互的感應。剛才您提到『條件』，我想也是必要的。我把它分成『理智的』、『感性的』、『體性的』三種。

「所謂『智性』，雙方對知識、藝術或者文學，能否建立起一種溝通，這是夫妻互相『淨化』的一個重要關鍵，柴米油鹽之外，雙方要有這種intellectual 的交往。

「『感性的』問題：雙方都能夠互相付出，願意互相接受，這也有天賦的不同，有的人能付出得多，有些人則付出得少，如果有一個人能付出，能接納；而對方比較理智、或比較冷淡，那麼——」

「那麼我不去愛他！」三毛接道。

「的確，這是條件的一部分。第三，『體性的』（physical）方面的吸引力，我也認為很重要。每個人對於這三者都有不同的要求和秉賦，所以人們會側重、會選擇。只要雙方能互相牽合，發自內心，便成就了好姻緣。——我想我們兩個人的看法沒有什麼不同，大概只是著重點不一致罷了。」

「對，」三毛恢復了低沉柔緩的語氣：「我是採取自然主義的方式，很少對自己做比較明確的分析。因為人哪，分析得太清楚就沒什麼意思了——」

「對，思想太多的人行動就遲緩，也是這個道理。至少從今天的這個對話裡，我們會發現：不能勉強每個人，甚至自己對愛情或婚姻去抱持什麼態度。我們要知道自己是什麼，有什麼天賦的個性，再去尋找，這是自然！」

話題三　欣賞的異性

「我欣賞的男性素質中，智慧應該占第一位。可是在另外幾方面我的要求絕對嚴格：那就是道德和勇氣。」

——三毛

「我倒不一定強調本行的學習經驗，但是我覺得廣泛的了解和欣賞是必須的。聰明的女性總對我有較大的吸引力。」

——沈君山

自然而然，他們開始提到各人所欣賞的異性，這裡的爭論就比較少了，不甚關乎婚姻、愛情的嚴肅問題，沈君山侃侃而談，表示了他對所接觸過幾位傑出女性的欽佩和欣賞。

「在我所提及的智性、感性和體性三者當中，我個人以為智性的溝通毋寧是比較重要一點。也許是我的興趣比較廣泛。我倒不一定強調本行的

學習經驗，但是我覺得廣泛的了解和欣賞是必須的。聰明的女性總對我有較大的吸引力。」

那麼三毛呢？

「問我欣賞什麼樣的男性。或許我能夠羅列出很多條件，也幾乎和沈先生所說的一致。我看過一些外在條件不錯的男孩子，但是他們不能開口，一開口就令人失望了。所以我欣賞的男性素質中，智慧應該占第一位。可是在另外幾方面我的要求絕對嚴格：那就是道德和勇氣。我也曾經遇到過很多優秀的男孩，他們卻有一個缺點：對於幸福的追求，沒有勇氣一試，對於一件當仁不讓、唾手可得的幸福，如果不敢放手一試，往往是一個完美主義者──我並不欣賞。我倒欣賞那種能放開一切，試著追求一些什麼的人。即使不成功，也不至於空白！

「至於彼此的吸引力，這是條件以外的事。我遇見過許多朋友，他們『什麼都對了』──就像電腦裡出來的人物，然而一相處，就又什麼都不對了。有的人從小就對自己說：要找個如何如何的丈夫。於是來了這樣的一個人，然後你不要了。又有一天，出現了另一個人，然後妳會說：就是他──『那人卻在燈火闌珊處』！我不相信一見鍾情，但是就某種程度上看，感情並不是只是『培養』即成的吧？換句話說：我的欣賞和選擇條件，也許正是無條件呢！」

「我完全同意三毛的看法。」沈君山抬掌比了一個出牌的手勢：「但是還有一點補充。或許我想應該先把欣賞和婚姻視作兩件事。而您提到了智慧的溝通問題，這是維持雙方關係的重要環節。對我來說，一個女子最大的魅力還是在她的人格或個性，而不只是道德。」他揚眉一笑：「當然，美貌仍然是重要，也是調和兩性情緒的緩衝劑。」

「那麼您所謂的美貌是外在的？形體的？」

「在兩性初見時，美貌是最直接而唯一的吸引力，且會持續下去。但是我相信沈三白所強調的那個『韻』字。人的年紀愈長，恐怕也就對這個『韻味』愈加講究了。」

三毛一手支頤，淺皺蛾眉：「我的解釋——外在美是內在美的鏡子，那不只是五官的勻稱而已，我不願意把內在外在分析得那麼仔細。在我的選擇裡，它們是一體的。」

沈君山接下去說道：「這 Appeal 並非指靈魂如何。我所說的美，包括從男性來看女性的美。我把它歸類為內在人格與外在相結合的美。」

話題逐漸從智性達到感性的高潮，兩位都是文壇上的斲輪老手，在文學成就上，三毛小姐迷離動人的作品風靡了許多讀者，沈君山先生以科學家的筆觸形成獨特的風格；不同的出發點，造就了作品中相異的風貌。此時他們開始討論作品的風格問題。

話題四　我的寫作觀

「我寫作有三原則：信、達、趣。『信』是講真話，『達』是文字要清晰，還有就是要『趣味』。」

——沈君山

「我的文章是身教，不是言教。印度詩哲泰戈爾有句散文詩：『天空沒有翅膀的痕跡，而我已飛過。』這是對我最好的解釋。」

——三毛

三毛說：「我常看沈先生的文章。（沈君山笑著：謝謝！謝謝！）我比較喜歡看跟自己風格不同的作品，記得沈先生曾提過宇宙黑洞的問題。當然，沈先生的文章不僅止於天文學方面，我想我不能做評論……」

沈君山說：「我想大家都很希望您談談自己寫作的情形。您的作品擁有廣大的讀者群。——啊，我想起最近那篇〈背影〉，相當感人。」

三毛略一沉思，然後說：「我嗎？我寫的就是我。」

「我認為作家有兩種：一種是完全憑想像的，譬如寫武俠小說的金庸先生，我非常欽佩他。我通常沒有多餘的時間看武俠小說，但金庸的作品每一部都看。在創作上，他和我是完全不同的。他寫的東西都是無中生

有，卻又非常真實動人，形式上是武俠小說。

「我曾對金庸先生說：你豈止是寫武俠小說呢？你寫的包含了人類最大的，古往今來最不能解決的，使人類可以上天堂也可以入地獄的一個字，也就是『情』字。

「我跟金庸先生的作品雖然不同，就這點來說，本質是一樣的，就是寫一『情』字。中國人不太講這個字，因為講起來總覺得有點露骨吧？

「我是一個『我執』比較重的寫作者，要我不寫自己而去寫別人的話，沒有辦法。我的五本書中，沒有一篇文章是第三人稱的。有一次我試著寫第三人稱的文章，我就想：我不是『他』，怎麼知道『他』在想什麼？所以我又回過頭來，還是寫『我』。」

「至於要分析我自己文章的內容，是如何醞釀出來的，我想我不能——」

沈君山立刻接著說：「就是您寫文章前的一段經歷，是不是一個意念要醞釀很久才寫得出來呢？」

三毛似乎透露了夢裡的消息：「有一個故事已經埋藏了九年還沒有寫出來，但它總是跑不掉，常常會回來麻煩我。這是一部長篇，我想可能到死都不會完成，可是它一直在我心裡醞釀，就是不能動筆。我希望有一天，覺得時間到了，坐下來，它就出來了。所以說，寫作的技巧不很重要，你的心才是重要的，對我來說靈感是不太存在的。」

看起來我的作品相當感性，事實上它是很理智的。如果我過分有感觸的時候，甚至對自己有點害怕。像這半年來，我只發表一篇較長的文章——〈背影〉。」

「在幾個月前，報社的朋友常常跟我說：這是你最適合寫作的時候，我總是跟他們說：你們還是等，因為我在等待一件事情，就是『沉澱』。我也的確把自己『沉澱』了下來，才發表了〈背影〉。」

〈背影〉好像也被選入《讀者文摘》中文版。什麼時候可以推出，是大家關心的問題。於是三毛就這一點加以說明：「〈背影〉雖然入選，刊出

日期未定，因為他們要做很多的考證，很重視真實性。

「我的看法呢，一個藝術到了極致的時候，到底是真的或假的，根本就不重要了。但是《讀者文摘》要對它的讀者負責，認為刊登的作品必須是真實的。」

「『每月書摘』把我的作品翻譯成 15 國的語言，不過，我並不很看重它被翻譯成幾國的文字，因為我看得懂的也很少。我認為作家寫作，在作品完成的同時，他的任務也完成了。至於爾後如何，那是讀者的再創造。」

「最近回臺北來，碰到一個困擾的問題：就是參加座談會時，很多人對我說：『妳和我想像中的並不相同。』我覺得這也很好，於是跟他們說：『不必與想像中的我相同，因為你看我文章的時候，已經是你個人的再創造了，就像這麼多人看紅樓夢，每一個人看出來的林黛玉都是不同的。』這是更有趣的事——再創造。所以每一個有水準的讀者，實在他自己也創造了一個新的人物。你同意我的說法嗎？」

沈君山這時說道：「我不曉得您對金庸的小說也很有興趣，在這方面我有一點補充意見。」

「金庸先生後期的小說裡面有太多的 message（信息）。我比較喜歡他早期的作品，像《碧血劍》、《書劍恩仇錄》，現在有修訂本《書劍江山》，不過修訂本沒有原來的好；原本一開始描寫陸菲青騎著驢在官道上，吟詩而行，既蒼涼又豪邁，那意境我讀過了 20 年還記得，現在可惜刪了。金庸早期的作品描述的是更廣泛的人類與生俱來的情。後期的小說，技術上雖然進步，可是他把政治上的意念擺了進去，反而有局限了。

「像三毛所寫的都是人的本性、感覺等等，每個人都具有的。可是金庸如果把太多的信息投入其中，有時可以傳達得很成功，有時會把武俠小說本身的價值貶低了。因為我一直在看他的小說，從《天龍八部》到《笑傲江湖》，大部分對大陸上的政治加以諷刺。像《天龍八部》中的丁春秋，一天到晚吹牛，他可能在諷刺毛澤東。這是我個人的看法。」

　　三毛接著說：「所以我認為文學是一種再創造。同樣的金庸先生，你我之間的看法有那樣大的不同。」

　　沈君山立刻接道：「剛才您談您的寫作，我就想起兩句詩：『無可奈何花落去，似曾相識燕歸來。』這是文學的一個高境界，人一生有許多矛盾和衝突，這種無可奈何的情境就是文學最好的題材，從希臘悲劇以來最好的文學，都是如此──人與環境的衝突，人與人的衝突，人與自己的衝突，沒有絕對的喜惡，但卻得犧牲，這是人生最大的悲劇，好的文學就要把這種悲劇表達出來，這就是『無可奈何花落去』的意境。」

　　「第二句『似曾相識燕歸來』，就是有共鳴感，如果只是不相識的燕子，就不會有這種味道，似曾相識的燕子，才會更有『無可奈何』的感覺。

　　「最近看的電影，如《現代啟示錄》、《克拉瑪對克拉瑪》，覺得後一部電影更好，就是因為後者能引起更大的共鳴感。雖然啟示錄也許更具『信息』的使命。」

　　「因為您寫的是基本的人性，每一個人都有『似曾相識』的感覺，而且所寫的又是很『無可奈何』的事情。這是我對您作品所補充的兩句話。還有，我覺得中國小說裡白先勇的《臺北人》最具有這兩句詩的味道。」

　　三毛解釋：「我過去的文章裡『無可奈何』的情緒比較少，現在比較不同，所以一種對於生命莫可奈何的妥協比較多，看〈背影〉這篇文章的時候，我發覺自己不一樣了，是由於生活的痕跡所致，也有點悲涼。我多麼願意做過去的我，而不願做現在的我。但是沒有辦法，也不願加以掩飾（聲音漸微弱）。」

　　沈君山用慰藉的口氣，「這是給人的一種衝擊。您覺得──」

　　三毛聲音低沉若寂：「比較蒼涼一點吧，現在……」

　　三毛訴說完她的柔韌而又剛強的文學旅程，聲音漸杳，此時無聲勝有聲。沈君山接下去說道：

　　「我偶爾也寫點散文，但不像您的文章那樣膾炙人口。目前主要寫的

是政論性、科學性或觀念性的文章。」

「我在國內寫通俗科學性的文章，就常想：這篇文章寫出來以後，普通讀者是否能夠接受？於是我立了三個原則：信、達、趣。」

「『信』是講真話，這一點對像我這樣受過長期科學訓練的人，比較容易做到，不會講錯。『達』是文字表達要清晰。還有就是要有趣味，因為這些文章並不是給專家看的，而是要吸引一般讀者。話說回來，」沈教授綻開笑容說：「在副刊上要吸引人，實在很難和三毛小姐的文章相競爭的。」

三毛微笑著繼續聽沈君山說：「至於政論性的文章，可能是更難寫，因為它會影響很多人。剛才說科學性的文章要信、達、趣。那麼政論性的文章就要把『趣』字改成『慎』字。

「事實上我所寫的三種不同類型的文章：像普通的散文棋橋之類，因為屬於自己的樂趣，自然水到渠成，輕鬆愉快。科學是本行，所以寫這類文章也還好，只要把它清楚準確地表現出來就可以了。至於政論，最耗時費力。大致上寫一篇政論性文章，所花時間精力，可寫五篇科學性文章，或十篇棋橋類文章。

「每個人都有他應盡的責任，而我在思想及科學上都曾受過一點訓練，在這種情形下，我應該把我所知道的寫出來。這是我對自己寫這三類文章的不同看法。」

三毛很仔細地聽完沈君山的話，接著說：「我要說的是，我的文章是身教，不是言教。而且實在分析不出自己的文章，因為今天坐在沈先生的旁邊，我要用一句話做為結束，印度詩哲泰戈爾有句散文詩：『天空沒有翅膀的痕跡，而我已飛過。』這句話對於那個叫做三毛的人來說，是一個最好的解釋。因為你要說三毛是什麼？她實在說不出來。我再重複一次：『天空沒有翅膀的痕跡，而我已飛過。』」

在柔和而富磁性的餘音之中，倏然迸出沈君山清亮的聲音：「這是羚羊掛角，不著痕跡。」

他們結束了這次生動的對話，雖然觀點不一致，見解頗有別，然而由

於兩人都富有傳奇的色彩，有與眾不同的經驗和理想，這樣的智慧撞擊如星火浪花，即使沒有軌痕翼跡，卻襲人歷歷，縈旋不去了。

──選自《中國時報》，1980 年 4 月 18～19 日，8 版

三毛的生與死

兼談她的精神世界

◎司馬中原[*]

　　多年前，國內文壇上初初出現三毛這陌生的名字，不禁使人想起早年《三毛流浪記》漫畫裡的男童。她以行雲流水的文字，自然抒寫出生活在異國的經歷和感受，她的文風真率灑脫，盡展性靈，更由於她身處遙遠的異國，讀者對其生活背景茫然無知。誠如俗話所說：「遙遠就是浪漫」，她作品中所展現的想像空間便更為廣闊，常使人脫出文字之外，掩卷思懷。

　　三毛之所以能迅速崛起，實由於當時國內文壇上，極缺少如此類型的作品：在淡墨中蘊蓄濃情，溫婉處使人心醉，空靈處懸如夢影。就作品的表現言，三毛筆下所展現的風格，正是她生命的風華。她常從現實的泥淖中躍起，抒發她浪漫的情懷，卻又在尋美覓夢的同時，追懷既往所經歷的生活現實；她靈動的筆鋒，經常擺盪在現實與浪漫之間，於交錯掩映中，顯現出特殊迷人的情致。

　　就作品的內涵看，三毛具有她獨特的、不苟同社會流俗的稟性，而這正是重要的文學品格；她出身於一個平常家庭，擁有諧和美滿的倫理親情，按常理而言，只要她平俗順命，她一樣可以安然的生活一輩子，但她童年期就懷有激湧如噴泉的彩夢，她生命的本質就具有極強的挑戰性，這使她像展翅離巢的幻鳥，要朝向遠方長翔。她想融入太多陌生的事物，在挫折與歷練中汲取智慧，豐滿她精神的羽毛。她的作品，受到報刊和出版界的重視，更能擁有極廣大的讀者群，絕非是偶然的。

---

[*]本名吳延玫，作家、著名小說家，著有《荒原》、《狂風沙》、《狼煙》、《靈河》等數十部小說，曾主持廣播、電視節目《午夜奇譚》、《今夜鬼未眠》、《驚夜嚇嚇叫》等。

　　真實說來，在海內外文壇上，最看重三毛、了解三毛的，首推名作家徐訏先生；徐訏先生文名籍籍，著作等身，《風蕭蕭》一書享譽文壇，歷久不衰，他為什麼特別鍾愛三毛和她的作品呢？早在三毛還沒回國定居之前，徐訏先生每次由港來臺，都會和他當年在巴黎留學時結識的老友鈕先銘老將軍把晤，我們少數幾個朋友，常相聚小飲，徐訏先生是一位深具歷史素養、文化素養的先進作家，他所經歷的，是中國艱危亂離的年代，他在創作的最高意念上，始終堅守著民族文化的本位，但他留學歐陸，也深受歐陸文化的感染和激盪，在民族艱危處境中，他一心想以中西糅融的觀點顯示於作品中，寄望國族振興與富強。由於國共之間撕裂性矛盾而點燃的戰火，使他流寓香江，他處身兩大的夾縫當中，有很長的一段時間，雙方都把他看成「異類」，他的處境，和歷史上忠誠憂國的文人，因開罪帝王權貴而被放逐蠻荒的悲劇毫無二致，他心情的悶鬱，可想而知。

　　徐先生特別看重三毛，是認為她本質純良寬厚，對萬事萬物，滿懷愛心。她溫純卻又狂野，敢愛敢恨，敢作敢當！在這方面，我和她所見略同，也因此，我們也就談得相當的深入。三毛所面對的最大挑戰，就是心靈的釋放。她必須打破無數重層層圍繞的、社會傳統意識的無形禁錮，使心靈直飛六合；她遠離親友家人，孤獨的負笈異邦，正基於她這種打破框框的人生理念，而她最大的執著，表現在她的愛情和婚姻方面算是最為強烈。

　　不論時代如何快速的演進，中國民間的保守性仍極強韌，一本黃曆本子，千百年就是扔不掉，婚姻嫁娶、上樑立柱，都得講求黃道黑道，一個孩子誕生，也得記下出生的日月時辰，看他是金命水命，什麼屬相，好用來算命打卦，看是主貴主賤，更用以合婚，品斷吉凶，許多代的人，一生都拖帶著生辰八字的鎖鍊，愈是位高爵顯的人物，對這些愈為敏感，趨吉避凶的心理雖說舉世都有，但我們的民間特重。

　　除了迷信的宿命鎖鍊，另一條功利現實的鎖鍊，也衍化出更多的禁忌與教條，把人綑得像一串串硬邦邦的粽子，上一代人被捆成悲劇後，非但

不自覺，還拿著它再去捆緊下一代，表現在人生大事——婚姻方面尤其如此。有個記者問來華留學的美國青年，問他對中國現代婚姻的看法，並且頗為自得的說起：古老的媒妁之言，早已廢棄了，如今我們一樣講究「自由戀愛」了！那美國青年笑笑說：「在我們那兒，結婚通常只是一個人對一個人的事情，在你們這兒，結婚好像一群人要嫁給另外一群人！三親六故都會為門當不當？戶對不對？嘮叨不休，賸下來的一點自由才是當事人的。」

　　三毛生長在這樣重重禁錮的「文明古國」，以她天賦的才情與智慧，在沿襲宋明各教和理學的教育體制當中，她所能得到的品價是可以想見的，稱許她有三分鬼靈精的，算是超一等的老師，說她調皮搗蛋愛促狹的，還算較能寬容的老師，直認她是頑劣怪胎的，怕也大有人在，其實問題極為簡單，只是她跟旁人不一樣而已。

　　沒有人會像徐訏先生一樣，一眼就能看出她是「扛鼎時代」的反抗天才。三毛與荷西，幾乎是三毛早期作品中重要的主題，她所描述的信念：真摯的愛情，足可化貧窮為富有，化荒漠為綠洲，她與荷西的結合，在保守人士的眼裡，無異是一種「膽大包天」的冒險，是一宗豪華而狂野的下注，但在那幾乎沒開化的西班牙所屬的荒漠上，她與荷西這一對甘於流浪的寶貝，所過的卻是沒有國族、沒有人種、沒有財富與地位，甚至沒有門戶與年齡的神仙生活，它的美豔、它的境界，是舉世豪門富戶連一天也沒有享受過的，有什麼樣的人夠資格品斷別人靈魂的感受呢？在烈日炎炎的漠地，她享受了極高度的、心靈自由的展放，正像一朵盛放的仙人掌花。

　　要愛，就愛成一團烈火，愛得徹底而瘋狂，歐美不是有部電影叫《上帝也瘋狂》嗎？為真、善、美而瘋狂，怎能算是異類？算是怪胎？只要不惡意的損害旁人，「只要我喜歡，有什麼不可以。」幾乎可成為跨世紀的名言，但前提是：上升的追求而非是頹唐的掙扎，三毛的追求，已成為一種超世紀的典範。

　　我自承是一個冥頑愚劣的人，我五歲酗酒、七歲抽煙，曾被目不識丁

卻自認是鄉野先知的老者判過死刑，他們基於「三歲看八十」的傳統老話，判定我「聰明反被聰明誤」、「此子日後，成則為王，敗則為寇」。而我這輩子，膽小如鼠，寫字不出格，做人從不敢犯大錯，為王則從沒敢妄求，為寇根本沒那個膽，和三毛一比，根本就被她給比沒了，我對三毛這個大丫頭，不景仰成嗎！？

　　一路讀三毛的作品，景之仰之，讚之嘆之，我根本不需要到西班牙，去查證什麼，考據什麼，文學作品，講究的是：「以一點證諸多面」的宏化功能，而文學作家，具有「化殊象為共象」的創造權利，這是所以從事筆耕的人，一致公認的、最基本的法則。有人用我早期作品《荒原》，去查證那片「臨湖」的荒地，更翻閱新舊地圖，去查考《狂風沙》裡鄉鎮的名稱，把文學和新聞報導混雜不分，那是世上最大的愚蠢！我所寫的關八爺關東山，可能是影射蔣中正，你不必去查考事實，而是先要查考我的靈魂！這些受縛於現實的人，是典型的緣木求魚，刻舟求劍的豬腦袋，隨便你說：「阿彌陀佛」或是「哈利露牙」，只有不計較他們就好了。

　　我對三毛的敬佩和景仰，建立在她先天即具的特殊氣質上，她具有古今中外大藝術家共有的氣質，像我國歷史上大詩人李白的猖狂，大文學家蘇東坡的浩瀚，詞人兼書法家黃庭堅的奔放，書法家徐文長的耿介，像歐洲大音樂家貝多芬的不卑不亢，鋼琴家李斯特的執著，大畫家高更和塞尚的孤絕，三毛是謙虛的人，她絕不肯承認她有任何超乎尋常之處，而她也許並不自覺，她實已縮合了前代藝文大家的心靈，為久已痲痺的民族心靈「扛鼎」。這些也許在若干保守人士看來，根本不倫不類的概念，早在我和三毛相識和相處之前，就已透過和徐訏先生的深度研討而確立了。

　　我從不懊悔這種憑藉文學理念而建立的先期預設，在我初會三毛之後，徐訏先生已經作古，單憑我和三毛推心置腹相處的這些年，我自承我的推斷確是屬於「歪打正著」的先知。

　　事實上，任何和三毛相處過的人，都會喜歡她，敬重她，因為她懂得尊敬所有的人，在人多的場合，她通常只是個沉默的聽眾，只有在少數人

促膝談天時，才聽得見她的誠懇的傾訴，她泉水般爽活的笑聲。她毫不隱諱幼年時的貪玩，對各種陌生事物的好奇與探究，她極不願意一本正經的念死書，她喜歡揹著行囊到處去念生活，在這些成長的心路歷程上，我們竟然是一個國度的，她還有個初中的學歷，而我連一張幼稚園的證書也沒有。

我們跟老蓋仙夏元瑜聊天，他講科學，我們講靈學，爭得不亦樂乎，我們和胡金銓導演聚會，在他多病寂寞的時刻，聽他講述對未來中國電影的抱負，三毛把一心的感動都寫在臉上。不久我就發現，聽三毛講話，就像聽松風、聽泉水一樣，使人獲得舒爽寧和的享受，她講貓咪、狗狗、娃娃、古老的器物、一棵樹、一塊石頭，卻從來不講「子曰」如何，她經常說的口語是「愛死了」、「太美了」，她愛人間、愛自然，凡佛家所稱的有情世界，她都願化身其中，古人「與萬物同春」的觀念，她是真正的體現者。

有一年我去香港，聽到由大陸流寓到香港的女作家夏婕說起：她在新疆下放時期，曾跟音樂家王洛賓共處過很長的一段日子，王洛賓早歲命運悲淒，先被國民政府關過六年，後來又被中共政府關過十多年，好不容易出獄結婚，太太又病歿了，他孤伶伶的死守在美麗的新疆，仍然不斷的採集歌謠，每天黃昏，他都坐在門前看夕陽，天黑後，總要對著懸在古舊牆壁上的太太遺像，彈一首曲子給她聽……夏婕離開新疆前，王曾把他的新著交託給她，請她設法在海外出版。

我十分感動於這個悲涼的故事，回到台北，立刻講給三毛聽，還沒講完，她就哭紅了兩眼，她說：「這個老人太淒涼太可愛了，我要寫信安慰他，我恨不得立刻飛到新疆去看望他。」三毛給王洛賓寫信，真的去新疆和王洛賓會面，始作俑者是夏婕，傳敘者是我，做了傻瓜的卻是三毛。她去大陸之前，我們在「客中作」茶藝館整整聊了一個下午，那時正是她從樓梯上摔下、跌斷肋骨還沒痊癒的時候，她先說起她斷肋後治療的情況，雖然過了很久，但每次呼吸就痛一次；她說起自從荷西死後，她的心經常

像浸在冰水裡，就有那麼寒冷；也常在夢裡見到荷西，求她早點和他會合。我很直率的勸她，不要那麼悲觀，應該好好安排爾後的生活，如果遇上適合的，不妨再論嫁娶。

她輕輕嘆口氣，又寂寂的搖搖頭說：

「在東南亞，也有商界的朋友向我表示過，我並沒有看輕那些腰懷多金的企業界人士，你知道我不願意做金絲雀，教人放在籠子裡養著，在上海，有位從事電影工作的朋友，我們倒談得來，但離婚嫁還有一段距離。」

接著，她說起這次去大陸，先想到東北，那邊有部她寫的電影在拍，她描述那部電影的故事，暫定名叫「再世緣」，她又覺這名字不滿意，要我幫她另想一個，我說：「叫『紅塵滾滾』如何？」她點點頭，想想說：「如果把它顛倒一下，叫『滾滾紅塵』，是否更好？」——《滾滾紅塵》這部電影的名字，算是我們共取的。

在她旅行計畫中，她說最要去的兩個地方，一個是她的家鄉浙江，一個是她久久嚮往的新疆，她也提到要去看看王洛賓。我擔心她的身體情況，能否支持得了長途旅行的勞頓？她表示趁她還能走得動，想早些了卻壓在心上的宿願，萬一太累，就找個小旅館休息，並示意我放心，她會遇到貴人的。

她是在深秋飛去大陸的，原先預定要去四、五個月，但因種種因素，不到原定時間的一半，在耶誕節前就飛回來了，她一回來就掛電話給我，開口就說：

「我這次去看王洛賓，他並不像你所說的那樣，我去他家，一屋子媒體人物和當地幹部，我有被耍的感覺，我原本只是想和他單獨聊聊的。」

這倒是出乎我意料之外的，我為這事鄭重抱歉，當時我非常忙碌，也顧慮她行裝甫卸的勞累，就說等耶誕節後再找時間和她見面詳談，並說要好好的請她吃頓飯。神差鬼使的一拖再拖，拖到元月二號，我請劇作家林齡齡吃飯，才想起應該一併請三毛來的，誰知她已經住了院，電話根本沒

人接，過後她就自殺了，使我這一輩子都欠她一頓飯。

　　後來我經常自責，在「客中作」她談話時，分明隱隱的透露出厭世之意，我怎麼如此呆滯，等她死後才恍然呢？她的義父徐訏先生死後，我就成為她傾訴心聲的忘年交之一，她經常打電話給我，一談就是老半天，她到南美洲，問我想要什麼禮物，我說：越古老越原始的越好，結果她送我兩樣寶貝，一個是東加帝國時期古玉製成的箭鏃，她買了兩個，較大的她留著，較小的給了我，一個是的的喀喀湖上一位土著老人吹的方笛，那老人19歲就帶在身邊幾十年，笛口都是齒印了，她討了來送給我，我就用它作成紙鎮，經常放在手邊。

　　三毛不是善於理財的人，她有一點錢，就買了許多古舊的鄉土藝品，她從不喜歡昂貴的珠寶，而喜歡越古越舊，越土越拙的，她喜歡不同民族深具文化質感的東西，而且確有不同凡響的品鑑能力，有一次，我們在香港逛摩羅街，從早上一直逛到晚上，幾乎逛遍了所有的古物店，她一口氣買了三把清代的大銅壺，那都是如假包換的真古物，而且價錢公道，讓一個女孩子歪著肩膀揹幾垂地的銅壺實在不雅，我就成了揹壺老童。

　　三毛走了，她賺走了太多人的眼淚，但世上不了解她為人的人仍然很多，誤解她說話和寫信原意的人，也不在少數，三毛寫信常用「親愛的」、「最愛的」字眼，更把「愛死了」當成掛在嘴邊的口語，王洛賓顯然是會錯意表錯情了，把她的博愛當成愛情，試想一個早想和荷西在另一個世界會合的人，會在死前「求嫁」嗎？三毛死後，那位賓老利用和三毛在一起的媒體報導，大上電視，來臺北、到日本、赴美國、移往北京，還在電視上夸夸其言，指三毛愛他，要嫁給他，這是很不厚道的，為這事，我曾寫長信給夏婕，要她一定要出面澄清。

　　三毛對人間，像天女散花般的灑出「博愛」，在私人感情上，她只愛荷西，她絕不至「亂愛」，至於荷西家人，尤其是他母親，對這個她茫然無知的東方女性分走了她的孩子，感到憤懣與與無奈，她的心情是可以理解的，更何況荷西意外死亡了，不單是她，換是普天下的母親，也都會有相

似的自然反應。她嫁給荷西有罪嗎？真愛是沒有罪過的，前年十月，我到過上海附近的風景區周莊，坐過「三毛茶館」，茶館門口竟然放置著一幀王洛賓的放大相片，我太太氣得發昏，就一五一十的數說茶館老闆一頓，當時就把那幀照片拿掉，後來也沒再掛上了。

三毛死後，那種奇奇怪怪的流言蜚語不斷出籠，甚至有人還懷疑荷西究竟有無其人？有人說荷西沒死，是蹺家逃避三毛去了，有人硬指三毛在西班牙生活豪華，有人曲解了三毛的浪漫，這些烏煙瘴氣的傳聞，都不值識者一笑，但卻嚴重損害了三毛人格的尊嚴。

有一些人，浮面品價了三毛作品，說她的作品多從她個人的生活影廓和異國風貌著筆，和民族整體生存處境較少關聯，在文學質素上缺乏一定的重量。但這種刻板型的觀點，我很難苟同，她處理生活和愛情的態度，一樣可以當成處理國族事務的縮影，此種理論模式，不是也有人拿來用在名作家張愛玲的身上嗎？——硬要女作家去耍關公青龍偃月刀，那太苛求了，公孫大娘舞劍，不是更有看頭？

總的來說，在宋儒理學籠罩當時之際，最先舉起反抗大旗的蘇東坡，一生都受壓迫，他的大名上了「姦黨碑」，隨同他反抗的黃庭堅，也在「姦黨碑」上留名，蘇軾半輩子都過著放逐的生活，三毛是個清純的弱女子，她只是藉著她的作品，寫出一些生命深處幽微的經驗，揭現她的夢想，獻出她的愛，她追求生存理想的方式，像在怒海中衝浪，別人不敢的，她敢，別人駭懼的，她無畏，透過她的作品，她釋放了太多久被禁錮的心靈。文學作品所反映的是「現實」而非事實，事實是確曾發生的事，現實是可能發生的事，要不然，交給記者去寫人、時、事、地、物俱備的邊欄好了，還要作家何用？！三毛生前給我們，已經夠多了，我們何忍在她死後，以「缺席裁判」的方式來栽誣她呢？讓她的靈魂安靜的回歸自然罷。

好的作品是永遠不會寂寞的。

——選自《中國時報》，1997 年 5 月 31 日、6 月 1 日，27 版

恩人・摯友・死黨
寫我所熟識的三毛

◎張拓蕪[*]

　　和三毛交朋友，應該有五、六年了；原先我們並不認識，我只在《皇冠》雜誌以及《實業世界》月刊讀到她幾篇文章，我深深地折服了她的行雲流水的文筆，那麼溫柔地、浪漫地拆七寶樓臺似地，把我們所陌生的沙漠風光、沙漠人性呈顯於我們的眼底、腦際。原來，距我們萬里之外的一些從地理書上沒有讀到過的游牧民族──也有和我們一樣的人性，一樣的喜、怒、哀、樂、愛、憎和憂戚！

　　但是基於我一貫的「男女有別」的疏離個性，卻沒有著意去打聽此人是何人也。只知道她是位女作家。

　　那時我家尚未訂閱任何報紙，不下雨，我天天去北投公園的圖書館──看盡所有的免費的報。那一天，取下《聯合報》，先溜溜副刊，眼珠子突然一亮！本人大名居然出現在聯副上，我從未投過聯副的稿，怎會出現我的姓名來的？再仔細一看，原來是別人寫我的，題目叫做「張拓蕪的傳奇」，作者署名三毛。這倒要仔細的拜讀一番。

　　文章是一篇評介──一篇很別致的評介，說我的《手記》是如何的使她一夜讀到天亮，如何使她讀得笑了又哭了，哭了又笑了……把我捧上了九霄雲！

　　一個作者的作品能獲得別人的欣賞和謬讚，那是最高興的事，尤其她說的：「任旁人看他看到哭了，而他卻像唱小調似的一路下去，並不當一回

[*]本名張時雄，詩人、散文家，散文著作《代馬輸卒手記》於1976年出版後引起巨大迴響，陸續寫成《續記》、《餘記》、《補記》、《外記》等「代馬五書」。

事的在唱著逝去的歲月。」這幾句話，直如一把匕首刺進了要害，刺得我既痛又酸，似麻又癢地那般使我歇斯底里地想笑又想哭……

我與此人素昧平生，她怎的知我如此之深？放下報，忙不迭的撥電話給隱地，打聽這個人的地址。

公用電話在中央北路的路邊，車水馬龍的聽不清楚，可能隱地既顧慮到我一手拿話筒，就沒法子記地址，他更可能考慮到我「陰溝不流水」，那麼一大串洋文，半天也說不清楚。「下班後，我到七虎新村來看你。」

我寫了一封信給住在加那利群島十字港的三毛（是隱地翻譯給我的），說我如何的感激和高興。半個月後接到她的回信，說我的字太潦草，一邊看，一邊猜，一邊又翻譯給荷西聽，她說她夫婦都極願結交我這個朋友。她又說：「儘管潦草的信邊讀邊猜的過程也是很刺激的。」

她來信都是郵簡，黏得牢（裡面夾帶了美金、馬克的），我一隻手要想把它完整無缺的拆開來，幾乎不可能；用牙齒幫忙也拆得亂七八糟；她的話又說不完，正面寫完了再寫背面，並且有邊款，又再加 P.S，整封信密密麻麻，因此一封信總有幾行讀不到，或從斷續的幾個字中去猜測也猜不透。

她的字體很清秀，斜斜的，有些像司馬中原的風格。

她每次在信中夾錢，有些說了「給小旌買玩具」，有時根本不提，待把信箋抖開，一張美金或馬克飄然而下，教人既羞愧又感激，更難過！有幾次信也弄丟了，尚幸還未遭到郵局的處罰，下回信中才提及，已是鴻飛冥冥了。

我沒有統計她究竟寄了多少錢給我，反正不少就是了。她不是個有錢人，她的生活過得並不比我寬裕多少，荷西經常失業，為人又極其老實忠厚，一趟工程，往往半文沒拿到，還倒貼辭工回家的飛機票。我用她的錢，內心的愧疚和難過無法形容！而那段時間，我的兩本書的銷路很好，平均每月要收到一次版稅，每次隱地親自送版稅來，晚上就給她寫信：「今晚又收到版稅，一萬二千元，折算美金也是不算少，我比妳有錢多了，生

活過得富足而愜意，千萬別再寄錢來，再寄就退回去！」但她還是照寄不誤，最後一次我退了回去，也是夾在信裡，她收到後立即回信表示不滿，並說我傷害了她和荷西，說朋友有通財之義，不接受錢就表示不接受她們夫婦的友誼！

　　她是位好妻子，荷西長時期失業，家用全仗她的版稅和稿費，但她怕有傷荷西的自尊，跟他說：「下次你賺了大錢請我上館子吃次大餐。」又說：「你賺大錢，我賺小錢，賺大錢難，別急，等你賺到大錢，我們好好豪華一次。」當荷西領到一筆薪資，就開車上街進館子，一看價目表，心裡一緊：兩客大餐要三十多美金，算算西幣，算算新臺幣，實在捨不得，便說：「你會相信我，我的『漢堡』做得比他們的牛排高明多了，回家去，我做給你吃個飽！」平常他們只吃冷凍的碎牛肉，新鮮肉從來沒買過，太貴了！

　　窮的時候，她們對坐著吃生力麵。我告訴她，生力麵沒什麼營養，味精多，且有防腐劑，寧可吃白麵包。她來信說：「有防腐劑才妙呢，將來死了會成為自然的木乃伊，教千萬年後的考古學家去傷腦筋！」

　　那一年，她的流年不利，在國內，她母親為她收集的版稅、稿費搭會，借出去生點兒利息，以作為第二年她和荷西回國省親的旅費之用，卻不料給倒了賬；據說還有些親戚關係，既是要也要不回來，就不必鬧的破臉，只得吃啞巴虧，吭都不便吭。荷西在奈及利亞做工程，拿到一筆薪資，拜託一位也住在加那利島上的同事、同胞帶給三毛，卻給這位荷西的黑心同胞給吞沒了！大概吞沒的不只荷西一家，數目很大，就偷偷地逃到德國去了。幾個月後才知道，直把三毛氣得七竅生煙，肉痛，氣急引起了心絞痛、胃痛、脊椎痛一齊發作，她不僅氣這個黑心的西班牙人，也氣自己，更氣荷西。她發了誓，見到荷西的第一件「禮物」是「兩個大耳括子」！但當荷西羞澀地踏進家門，她卻半句責備的話也說不出來了。（荷西做了兩季（半年）就只拿到頭一個月的薪資）

　　那當時，她們夫婦的銀行存款只有三百元美金，舉目前途，一片茫

茫。情緒壞，一個字也寫不出來，她這段困窘連爸媽都不敢說，怕老人家內疚和傷感，她只告訴劉俠和我。這光景，我的收入空前的好，郵局已存了近 20 萬，剛好又收到一筆，趕緊給她寄了去濟燃眉之急，算不得還債，利息都不夠；只是叫她們夫婦安心而已。

濟急自是越快越好，我用電匯，電匯兩三天就會到加那利，但她兩個月還沒收到。寄錢的事我沒提，她來信也沒說，通信兩三年，已了解她的個性和為人，她收到錢一定哇哇大叫。

普通匯也該早到，怎的電匯還沒收到，我到臺灣銀行總行去查詢，那位先生說：「我們查遍世界所有的國名，也沒先生你寫的這個國名，連地名也沒有。我們正要通知你來核對一下。」我把三毛的信封拿出來給他看，他「啊」了一聲：「原來先生你把尾巴寫錯了哪！」

這是個大笑話，羞得我臉上赧赧然！原來那天我正填那匯票單子，一位老太太請我幫忙給她寫，她要寄錢給她在美國讀書的女兒，我跟她說：

「我也不會寫洋文。」

「你不是正在寫嗎？」

「我是照葫蘆畫瓢，只是照著樣子描。」

「那就請你先生也給我描一描吧。」

櫃檯小姐正在替另一個人寫，忙不開，又快到下班時間，我也就勉力替老太太描了一份，卻不料我自己描的一份，把下半截描成她女兒的地址了，這就錯到地球上還沒創立的一個新國度去，難怪臺灣銀行寄不出去了。

也怪那位辦結匯的先生急著要下班，每一張表都該查核一遍，中國人不會洋文的絕不止我一個，照著葫蘆畫瓢也會畫得不大像的，他要是多問一聲：「寄哪裡？」也不會出這個荒天下之大唐的差錯。

我自己寫錯了也就罷了，只不知道我替那位老太太描的是否描對了。如果也描錯了，豈不該被人罵死？豈不該打五百大板再充軍發配！

十幾天後收到三毛的信，發了一頓脾氣之後又忙不迭的一大堆感激涕

零的話，教我好難以為情。以前收到她寄來的錢，只略略說一聲：「錢收到，謝謝！」這兩三年她寄來的錢不在少數，每次收到她的錢，我就告訴鄉長羊令野兄，並且拜託他找亞汀兄兌換。

我退過她兩次錢，叫她知難而退，因為我的經濟情況越來越有轉機，比她還富裕，我豈能一而再、再而三、四、五、六、七地接受！她為此頗為不快，我跟她說：幫助人也應適可而止，再說，我那時已訂了一戶鴿子籠。已經有錢訂房子了，豈能白接受朋友的支援！

我寄錢給她，不是還債，她的債這輩子還不了。幫助要在節骨眼上，飢餓時的一飯之恩，直到嚥最後一口氣也念念難忘。而這種恩德，也不僅僅在金錢上，最重要的是精神上的鼓勵、認同和肯定。

我這一生都自卑，寫作尤其不敢提它。但她一再打氣、督促和鼓勵，要我一直堅持寫下去，直到倒下去閉了眼為止，一定會寫出點名堂來。

寫了這些年，仍然寫不出個名堂來，但我還在繼續寫，有沒有名堂那是天分才情問題，我強求不來；但努力是自己的，我不能辜負朋友們的鼓勵、肯定和期望。

朋友中，鼓勵我的不少，如亮軒、一夫、康寧、醒夫、菩提、篤弘、季野、商禽、洛夫、愛亞等等，不時的把泵浦皮管接通：噗、噗、噗的打氣過來。我告訴自己：你是人啊，豈可置這些鼓勵於不顧。要寫，不停地寫，寫不寫得出名堂來，那不是我的事。他們要是失望，是他（她）們看走了眼，怪得誰來！我只須思考，冥想和刷刷刷地耕耘。

最主要的力量還是三毛和劉俠，她們的鼓勵是另一種方式，勸將帶激將，三毛說：「我們三個人是死黨，是鐵三角。」

三毛每個月的郵資消耗也是她沉重的負擔，從西班牙寄一封航郵回國，起碼是新臺幣 35 元，平均總在一萬新臺幣出頭。有些讀者追蹤到加那利，她嘴裡雖說：「我不回信了，請原諒。」但還是狠不下心，照回不誤。為了這筆龐大的開支，她只得用郵簡。她給劉俠和我的信，常常通用，信給劉俠的，邊上註了：傳閱拓蕪，給我的傳閱劉俠。因為我們三個人之間

幾乎沒有祕密，可以「同拆同觀」的。

三毛的心既細又軟，對朋友，任何朋友，她都是盡其可能的幫助、鼓勵和給予，而且專橫得只准她給予，不准別人付出。真是豈有此理得很！

今年她回國，我們才見著。她喪夫未久，心情不好，不願見人。我與內人一道去看她，我最不會安慰人，她卻反過來勸慰桂香（以前的賤內，現在的下堂妻），因為她早知我們的夫妻關很惡劣，已至水火不容的地步，六年前就要離異而未果。三毛極力的拉攏撮合，不時的寄小禮物，寄郵票給桂香，告訴她如何去愛她的丈夫，愛這個艱難建立起來的家，無奈她白費心機，回天乏力。

我們終於離婚，這不是件光彩的事，所以知道的人很少，其中反對最激烈的是三毛和劉俠，後來得知阻撓勸解都已嫌晚，便也無計可施。兩個人每天來電話，關心我的高血壓和殘軀，怕我經不住沉重的打擊。其實我放下這付「枷」的束縛，心情反而好轉起來，一個人雖然寂寞，卻也清靜，比那種漠不關心，什至怒目相向，度日如年的日子好過得多；因之血壓也趨正常，心情寬鬆能坐下來寫了。

去年八月初搬來新居，劉俠和三毛都要送我家具，我說一切都計畫妥當，除了家的不安，其他一概不缺。搬來不到一星期，劉媽媽（劉俠的母親）特地下山到后山居視察一番，一杯水沒喝就走了，一個小時以後，劉媽媽又來了，這次後面卻跟了部小貨車，拉來一張嶄新的單人床。劉媽媽說：「我到你家一看，果然什麼都不缺，家具全是新的，就只你那張鐵床太舊了些，特地給你買了張床。」床一架好，又旋風似的走了。

那張新床一定不便宜，還另加一個床頭櫃。原先劉俠問我需要什麼，我告訴她真的什麼都不缺，該換的都換了，該添的也都添了，我買家具的錢也未動搖我的根本，是拆七虎新村違建的補償費，還剩一點零頭。

去年夏天三毛就一再問我何時搬家，她要送我一套餐桌餐椅，我說：「你一定要送，不送不甘心，那就送我一幅你的畫。」

我知道三毛早年學過西畫，曾參加過「五月畫會」。我正是四壁蕭條，

需要一幅畫來充充場面。

那天陳伯父、伯母聯袂來后山居，是專程送畫的，順便來視察視察我缺什麼家私，我告訴陳伯母：「你看我缺什麼啊，餐桌餐椅是全新的，沙發茶几也是新的，電鍋電燈也是剛買的，什麼都不缺。」

「三毛一心要送你，你卻自己先買了，我不好向三毛交代啊！」

「有這幅畫，比什麼禮物都貴重。」三毛的這幅畫不是西畫，而是國畫，一幅牡丹，富貴喜氣之花卉也，我不在乎貴，但希望能討一個好彩頭，能富一點。陳伯父說，這是三毛 14 歲時畫的，後來才改習西畫，這就更珍貴非常了。

今年二月到九月，我的情緒不好，幾乎沒有寫作。一個依賴稿費收入維持生活的職業投稿者，沒有寫作就沒有收入，好在尚有前幾年積存的老本可吃。老友一夫和她最為焦急，而寫作又是急不來的事，說寫不出就硬生生的一個字也寫不出。她們都以為房子太熱，影響情緒，事實上房子還不太熱，比起北投的又矮又擠的違建來，好了百倍不止；三毛叫我裝臺冷氣，我期期以為不可；而且固執地認為情緒不佳是人的因素，與天氣無關。她曾數次表示要送我一臺冷氣機，為我所堅拒；我告訴她，冷氣我還裝得起，但我出身貧寒，不應太過享受！

某一天她來電話，叫我下午別外出，裝冷氣的要來，我大吃一驚，跟她說，寫作與冷氣無關。從前沒有冷氣，可是別人是怎樣寫作的，而且我住北投時，桌椅都燙人，我卻寫了四五本書，心靜就會自然涼，請她不要以為我是個嬌生慣養的公子哥兒。她說我太過苛待自己，年紀老了，天氣熱，血壓又高，為什麼人活在 20 世紀而拒絕 20 世紀的文明？也是一種矯情。她是無限關懷我的病體和寫作。我們爭執不下，她閣下火了：「我不跟你吵了，我找另外一位跟你說。」她把電話交給了陳伯母。老人家在電話中說：「你們別吵，我來做個和事佬，你不接受 Echo 送，我送可以接受吧，長輩送的不接受就不禮貌了！道理你是懂的。」我說明天再裝可以嗎？陳伯母說：「你當了一輩子軍人，現在怎麼婆婆媽媽的不乾脆，工人馬

上就來，你在家別出去。」

　　她沒辦法說服我，搬請長輩出來，我就啞口了。陳伯父、伯母待我如子侄，長者賜、不敢辭。我要是太過堅持就未免不識大體，不懂禮數了。但如上午說，我還可去郵局提款，那時已四五點，提款非得到明天不可，而工人馬上就到，我急得團團打轉，不知如何是好。而兒子一聽說要裝冷氣，高興得直拍手叫好。

　　晚上九點才裝好，兒子等不及地開了再說。我在無限感激、感動之餘，就平靜地在書桌前坐了下來。人家送我冷氣機，是讓我寫作，我若不寫，太對不起人了！當晚，我寫了兩篇短稿（〈OT 室日記〉），這是半年來唯一的產品。明天電話報喜：冷氣真是管用。

　　有一次我們上山看劉俠回臺北，三毛問我欠不欠債，我說我不欠錢，但欠大宗的恩德和人情，錢的債可以還得清，而恩德卻永遠償還不了，這是最沉重的負荷。三毛說為什麼要當成一種恩德和負荷，「你這人到這把年紀還放不開，真教人失望！」

　　這不是我放不開，任何人對他的救命恩人的感激都會念念在茲的放不開，在極端困窘時，別人的一飯之恩他便永誌不忘，何況經常的接濟！

　　有人曾捐助過三、五百元給我，就以此為要挾，並且在公眾場所，當著面大罵我，誣我拿他們捐的錢去花天酒地，我當時氣得天旋地轉，欲哭無淚，真想一頭撞死！我恨自己，為什麼要接受人家的救助，（事實上我當時在病床上昏迷不醒，連拒絕的能力都沒有！）所以我在玻璃板上放上張條子：餓死也別接受人家的施捨！

　　三毛卻不同；她不承認當初接濟我是什麼恩德，只是「朋友有通財之義」而已。她還固執地否認這件事，我收到寄來的錢，自然要道謝一番，她卻說：「你又傷害了我，這點錢算得什麼幫助，教我羞愧！下次別提，只說錢收到了就好。」

　　她對我最大的恩德還不在此。

　　我的《手記》第一次印了六千本，賣了三、四個月還沒賣完兩千，但

自從她那篇：〈張拓蕪的傳奇〉一文在聯副刊出後，一個月之內六千冊賣光，還不夠，趕緊加印。這以後，個把月後就收到一筆版稅，《餘記》、《續記》出版，更是財源滾滾，日進斗金！

這樁事我原不知，爾雅的主人隱地從未向我提及，還是他接受書評書目訪問時才吐露出這一段祕辛。

隱地根據他搞出版事業的經驗，任何一本書出版一個月、兩個月還「熱」不起來，那麼這本書也就該在倉庫中塵封了，那等於死了！死而能復活的書大概絕無僅有，而我的《手記》居然是僅有中的僅有，這完全歸功於三毛的那篇文章！

一個寫作的人出一本書，說他不屑於成為一本暢銷書，世上大概沒這種人。雖然大家嘴裡都說「暢銷書沒有好書」心裡卻渴望著能暢銷起來。

感謝三毛，她的那篇文章救了我一命，使我的幾本書一直銷路不錯，使我郵局裡的存款數字成水銀柱般持續地上升，使我無虞生活，能上國軍文藝中心三樓泡杯茶；使我上榮總偶爾豪華一下坐坐計程車；使我有能力能實現在這棟鴿子籠；我內心裡喊著：「三毛，妳是我的救命大恩人！」

如今，我們成了好朋友，死黨，鐵三角，但我對於她不幸的遭遇卻絲毫幫不上忙。荷西去世的消息是桂文亞寫限時信告訴我的，我焦急通知劉俠，劉俠說：「我們除了虔誠的禱告，懇求耶穌基督，我們只有等待進一步的消息。」

一天半之內我寄了三封航空信去慰問，但朋友們皮痛肉不痛的慰問對她有什麼幫助呢？我跟劉俠說：「我們太無能了！」

常常遇到識與不識的人問我：「你怎會認識三毛的？」我只答：「三毛是我的救命恩人！」如今恩人遭此傷痛，我卻盡不到棉薄之力，只有乾著急、在室內團團轉圈的份兒，實在痛恨自己的低能！古人說：「受人涓滴之恩，自當湧泉以報」，但是我能報答什麼呢？！自然，在三毛是不需要報的，她或許早忘了常常濟助我的事；她更不知道她的一篇千把字的評介，竟拯救了我一家的生活；她當然也不會料到她的評介會有如此的魔力！

　　她這次回國半年多，日程卻被人情排得密密麻麻的，想請她閣下吃頓便飯，還真不容易；但還是給我請到了三次，每次都約請了我的一群好友作陪，我不是向朋友們炫耀我認識這麼個名家，我只是告訴他們，三毛是我的恩人！

——選自張拓蕪《左殘閒話》

臺北：洪範書店，1983 年 1 月

浪漫激情　沉潛執著
我說三毛的人和文

◎張拓蕪

楔子

打從民國 64 年，以一篇〈中國飯店〉在聯合副刊刊出後，三毛，這個筆畫很少又土土的名字，就一直成為中國文壇最響亮、最熠耀、最風靡的名字。從此之後，三毛的書是國內以及港、澳、星、馬、歐、美華文通用地區所爭相傳誦的暢銷書。

迄今為止，七年來她共寫了九部創作（三毛自己常說她是個說故事的人。）以及她翻譯的兩本漫畫集《娃娃看天下》。她原本是位堅守家的城堡的家庭主婦，如今卻是位勤奮又用功的作家。

她的書本本暢銷，暢銷得讓許多男女作家眼紅，至於她的書究竟怎樣的暢銷，銷售了多少版、多少本？卻是皇冠出版社的一個高度的機密。因為皇冠的書，版權頁上只印第一版和「這一版」，「這一版」究竟又是哪一版，那就只有皇冠老闆自己知道了。不過以她僕僕風塵於西班牙加那利群島和臺北之間的機票旅費以及為她丈夫荷西處理喪事的用費，及在那個島上購置的臨海房屋，這些年來的生活費用等等，可以想見她的版稅收入非常可觀。

她的人

三毛寫的十本書的故事非常傳奇；她的經歷傳奇，她的讀書生活更是傳奇；她是個傳奇的綜合體。

　　三毛本名陳平，從幼稚園到小學畢業，一直是老師心目中的好學生，父母眼裡的乖女兒，但自從初中一年後的某天的數學課以後，她就變了樣，不言不語、不肯上學、不接納任何人的怪孩子——她患了病，一種被羞辱、被驚嚇所造成的自閉症——一位沒有愛心的數學老師所加諸於一個13歲孩子身上的絕大傷害！

　　這場病，她害了整整六、七年，三毛的父母，想盡了辦法，把全部的愛傾注在她的身上、心上，逐漸使病情減輕，加上一位美術老師——畫家顧福生先生的循循善誘，使她緊閉的心靈慢慢開啟，開始接納這個世界，接納來自各方面的友愛、關注，接受藝術和文學；三毛，這個被自我禁錮了六、七年的心囚，終於釋放。以同等學歷的身份，做了文化大學哲學系一年級的旁聽生，後轉入德文系，從此開始了一個正常的但並不活潑的少女生活，她被囚禁得太久了，她幾乎沒有度過一天少女的生活。然後，她遠渡重洋，單槍匹馬的成為西班牙馬德里大學的留學生。

　　然後，嫁給比她小六歲的西班牙青年，成了荷西太太，然後，去西非撒哈拉沙漠，把貧苦、落後、燠熱、偏狹的沙漠之家，打扮成皇宮；然後，她成為中國文壇上一顆熠熠閃耀的巨星。

　　她的傳奇尚不止於此，她去德國讀書，整整九個月幾乎足不履地，成天成夜的侷在閣樓裡 K 書苦讀，皇天不負苦心人，她考取了連德國青年都視為畏途的德國語文教師資格。

　　真正說起來，她的正式學歷只是小學畢業，然後是西班牙國立馬德里大學畢業。文學評論家沈謙說她的人生路過的是「軌道外的日子」，卻走出了屬於自己的、嶄新的軌道。

　　這是不是異數呢？異數也是有正面有負面的，三毛在寫作上的成功是這正面的成功，但也有負面的，雖然不是她的錯。

　　朋友的女兒丫丫是個三毛迷，三毛的每本書，每篇文章，每篇訪問記，每場演講的紀錄她都仔細研讀、剪貼，她立志要做個女作家，立志以三毛為奮鬥的標的，並誇下豪語：1990 年代是她丫丫的年代，她將取代三

毛如今的地位。

她從此蹺課、逃學、鬼混，在同學間她以才女自居，她是校刊上偶然出現的小作家。她的父母為她焦灼、憂愁、操心，甚至憤怒——為了女兒誤解了三毛的書而遷怒到三毛的頭上，朋友跟我發牢騷，我覺得可憐復可笑，剛好他寶貝女兒在家，我說要看看她的作品，她高高興興地拿出一本精緻的剪貼簿，要請我這位伯伯指教一下。

其實平庸得很，在一般高中生文藝程度中，也只能得個乙，我很不客氣地說：「你的作文很普通，頂多達到通順而已，你要比三毛？十年以後要取代她的位置？十年以後可能有青年作家取代三毛，但絕對不是你丫丫，非但三毛的邊都碰不到，即使想達到你張伯伯這個樣子也是很困難的呢！」

朋友夫婦和丫丫都氣得臉似豬肝，但我裝著沒看見，繼續地批判下去：「搞文學藝術要點兒才情，丫丫，讀你的這幾篇校刊文章，絲毫看不出來，從事寫作也要有恆心、毅力，你啥都沒有，你崇拜的三毛只是崇拜她的名，而不是她的文章，她的刻苦奮鬥的精神。你們崇拜她像崇拜明星、歌星一樣，是一陣風的時麾，也是虛榮而不是她們的演技和歌藝！」

朋友的太太不服氣了：

「就說三毛初中都沒畢業，我家丫丫可是高中生，三毛能成為名作家，就看準了我女兒不行？」

「作家任何人都可以做，只是，做作家必須具備幾個必要條件，努力、恆心、毅力、學力和才情都缺一不可。你想你家丫丫具備了幾項？知女莫若母，你是最清楚的了。

三毛的確初中沒有讀完，高中沒有讀，她在文化大學當旁聽生也是以同等學力的身分。但她休學的五、六年間，沒有一天中斷過讀書，K 盡了所有能看到的世界文學名著的中文譯本，K 盡了她所能看到的中國古典文學名著，她學國畫、西畫，父親每晚教她、陪她研讀英文，那六、七年，除了去老師處學畫，幾乎沒有朋友，七年中，她忘記了西門町、電影街是

什麼樣子，忘記了她是個應該蹦蹦跳跳無憂無慮的十七、八歲的少女，這六、七年中，她不錯過任何時間的一分一秒。那段期間，她過的是苦行僧的生活！

有道是有志竟成，三毛學習寫作的孤心苦詣，終於有了回報，她的第一篇作品投寄當時頗有地位的文學刊物《現代文學》，那個刊物選稿極嚴，她居然第一次投稿就中，足見她的寫作成績已經獲得肯定，而，大嫂，你的丫丫卻只能在班刊校刊上刊載。

你家丫丫比當年的三毛大，到如今還沒有正式開始寫作，三毛在你家丫丫這個年紀，不但在《現代文學》發表作品，而且飽學得很，所以她能做文化學院哲學系的旁聽生，能成為西班牙馬德里大學的留學生，而你家千金啥都不做，啥書也不碰，只是痴心妄想成為女作家，成為有名的女作家。天下哪有這種事？要是天下有這種事，那就沒有天理了！」

「你是說我們丫丫不可能成為名作家了？」

「希望渺茫，簡直不可能！」

「有什麼希罕，我讓我們丫丫當歌星去！」

「當歌星得具備一付好嗓子，像姚蘇蓉、鄧麗君、鳳飛飛、黃鶯鶯她們，全是憑真本領打天下。」

「不見得罷，張先生，這一行你就沒有我清楚了，好多歌星的嗓子並不好，可是名氣很大，價碼很高，秀約不斷呢！」

「那還是八九流，沒有一付好嗓子，怎能算是歌星，歌是唱出來啊！你家丫丫的歌喉怎樣？」

「還可以啦，不過她的舞跳得更好，將來走動感歌星的路子。」

「預祝成功，但不可能是第一流的歌星。」

「為什麼？」「歌是唱出來的，不是扭出來、跳出來的。令媛的名字為甚麼叫丫丫，想來走動感的路子比較穩當，但是，天下沒有白吃的午餐，即使動感，也得勤練舞蹈，用舞來彌補歌藝的不足。」

人們習慣於只看別人的成名、成功和風光，而不願去探索那人成功和

風光的基本要素；那背後，堆積著多少艱苦、辛酸、多少汗水淚水？那背後，又隱藏了多少掙扎、奮鬥、盼望和無奈啊！

這位朋友家我再沒去過。朋友的太太和女兒把我恨得直咬牙，因為我的直言判決了丫丫尚未開始的文學生命。我的話是武斷了些，但我絕對無意破壞、傷害她。事實上，我是用一種無可奈何的嚇阻法，免得朋友的女兒誤入「歧途」而已。我首先使用天分、才情這類字眼，她們肯定她家丫丫的天才多多；跟著我強調做個作家是既辛苦而「投資報酬率」又幾乎等於零的一門很沒有把握的事業，一百個作家九十九個半窮困潦倒終生，那半個幸運者也好不到那兒去。他們夫婦也不接受，認為有錢人可以用錢堆出一個明星、歌星，以他們的財力也可堆出一個作家來。我在無法可想之下才斷然地「判決」她們家丫丫實在沒有天分，沒有才情，絕對不是塊寫作的料！

從事文學藝術，天分和才情應占重要地位；但天才不可恃，如果有天分而又肯認真努力，那當然會有成就；如果自恃天分才情而不肯下苦功夫，那是糟蹋，如果沒有才情天分而執著地要搞這一行，那一定事倍功半，得不償失，浪費青春！

有位前輩作家強調百分之九十九的努力加一份才情就可成功，立意雖佳，但卻害苦了一些人，我就是受害者之一。因此我堅信天分應是一半的一半。以此來證明三毛以及其他成功的作家們的實例，足可徵信。

三毛用起功來，幾乎命都不要，就三毛的母親繆進蘭女士說：她 K 書的時候，飯都不吃，她忘了！她寫作也是這個毛病，她正要去吃飯，轉過身就忘了個乾淨。她在加那利島上時，常常三餐不吃，肚子有些餓意，又不記得是否早上吃過，問自己問不出個名堂來，便去請教垃圾桶，翻一翻看到牛奶盒和麵包屑，她就笑著安慰自己：原來吃過了！天知道那「吃過了」是今天的早上、中午，還是昨天的早上或中午！所以她一直是瘦骨嶙峋！

三毛的寫作、進修是這樣，她教書，準備課程，批改作業，都是全生命的投入，不留餘地！批改作業經常熬夜到第二天清晨，弄得眼冒金星，脊

椎骨、腰痛、貧血、婦女病統統來襲,弄得舊病復發,不得不出國去醫療!

有關她為何千里迢迢地到國外去醫療宿疾,有些她的朋友不太了解,出國前劉俠為她餞行,她才說出原委,她在國內既無公保亦無勞保,醫療費用是全額支付,她不是富婆,這筆龐大費用實在拿不出來。她早在西班牙投保醫療保險,是世界性的,在美國、加拿大、歐洲各國就醫都是全額免費。她不得不打這個經濟算盤。

她的文

三毛作品的風靡,往往在某一階層的讀者造致誤導,上面所舉的即是一例;但這絕不是三毛之過,更不是三毛所能想像的所願見到的。她的言行、風采在讀者中成為流行,也並非是她所願望的,因為這種肯定是個負面,是任何作家所不願的。作家究竟是作家,不是影星、歌星。但仍有人把三毛歸納到瓊瑤一類,說三毛把瓊瑤的讀者群搶過來了,已經取瓊瑤而代之了等等。那意味著:這群讀者全是膚淺沒水準的少男少女,工廠裡的作業員、小弟、小妹們,愛做夢、幻想、海市蜃樓的那一群。……去年《益世》月刊曾針對此舉辦了一次三毛瓊瑤作品討論會,女作家李昂就認為兩者品第層次,不可相提並論(手邊無書,不能舉證)而許多位高層次的讀者雖然角度不同,肯定卻是一致的。請看:

> 如果生命是一朵雲,它的絢麗、她的光澤、它的變幻和飄流,都是很自然的,因為它是一朵雲。三毛就是這樣,用她雲一般的生命,舒展成隨心所欲的形象,無論生命的感受,是甜蜜或是悲淒,她都無意矯飾,行間字裡,處處是無聲的歌吟,我們用心靈可以聽見那種歌聲,美如天籟。被文明綑綁著的人,多慣於世俗的繁瑣,迷失而不自知,讀三毛的作品,發現一個由生命所創造的世界,像開在荒漠裡的繁花,她把生命高舉在塵俗之上,這是需要靈明的智慧和極大勇氣的。
>
> ——司馬中原〈仰望一朵雲〉

我認為三毛作品之所以動人，不在文字的表面，不在故事的機趣，也不在作者特殊的生活經驗，而是在這一切背後所蘊藏的作者的那顆愛心。我喜歡她對她所見到的悲苦小人物的那種感同身受的入微觀察，我更欣賞她路見不平拔刀相助時對人性惡的一面的鞭笞。這是我們現代散文中所少見的，很少有作品能夠給我這樣的感受。

——瘂弦〈穿裙子的尤里息斯〉

十幾年過去，她雖不落地，卻也生了根，她變成了一個女子，能烤蛋糕，能洗衣服，能在沙漠中把陋室住成行宮，能在海角上把石頭繪成萬象，她仍浪漫，卻被人間煙火燻成斑爛動人的古褐色。

三毛的流行說明了什麼？它說明我們都曾愛飄逸的雲，但終於我們愛上了雨，低低地，把自己貼向大地貼向人生的落了實的一滴雨。

——曉風〈落實的雨滴〉

我也很喜歡三毛的作品。說是「也」，因為實在是有很多人都有同好的緣故。

但大家喜歡的理由可能不盡相同。我喜歡的是她那種爽朗的性格，好像很柔弱，其實卻很剛強。她把很多悽愴的際遇都能寫得生氣勃發，灑脫渾厚，她不是不知憂愁傷感，但在生命裡還有比傷感更強的東西。我想，應該說，她的文章好，她的心更好；到了天涯異城就更磨礪生光，沙漠裡也有奇葩。

——彭歌〈沙漠奇葩〉

雖然她自謙英文不行，但無損於閱讀英文作品。……她不僅看書過目不忘，她對看過的東西、吃過的東西，在那裡吃，跟誰一起吃的，以及價錢多少，都有很好的記性。……她的西班牙語和德語都說得很好，她的聰明活潑透過語言發散，讓人如沐春風。任何人跟三毛聊過五分鐘，一定會念念不忘。她講話就像玫瑰吐露芬芳。……

——米夏〈飛越納斯加之線〉

三毛讀萬卷書，行萬里路，處處留意，萬方有情，既有浪漫與激情，兼

具沉潛與執著的一面。仔細研究，三毛的魅力其來有自，她寫作上的成功，絕非偶然。

——沈謙〈三毛的魅力〉

看過三毛文章的人一定都知道三毛會講故事，她不極具說話技巧，表情也很豐富，我完全被她吸引住了。……和她促膝談心的時候，三毛是極真極純的，但是有時候又帶幾分神祕性，像是虛幻的人物，讓我看不清楚。說實在的，對三毛，我只能說希望能真的擁有她，虛的去幻想她。

——紀政〈擁有三毛、幻想三毛〉

大家都喜歡三毛，喜歡她的生活化，也喜歡她那生活化上又加了一層哲思的耐人尋味。三毛的故事訴說著永遠是她自己的故事，平凡的柴米油鹽的日子，和大家的生活是那麼貼切，但卻又那麼不同，同樣簡單的生活，在她手中添加了許多色彩，一切彷彿活了起來，她走進了每個人的夢想世界。日子在她是生活，在別人眼中卻看似奇蹟，她是那麼神奇，能把沙漠變成綠洲，能把石頭點化成人間解語的花。……

——方可人〈三毛的世界〉

所有人性的弱點她都有，然而這些人性的弱點又同時地在她身上煥發光華。

——姬秀雲〈她〉

上面所引錄的對三毛作品的評論片斷，作者們不是名作家，就是名詩人，不是名評論家，就是名編輯，該是最具水準、層次的讀者了罷。評論的角度容或不同，但對三毛作品的喜愛卻是殊途同歸的。由此證明，三毛作品的魅力和成功，應是毋庸置疑的了。

文章、文章，文字功夫應為寫作者最基本的功夫，雖然有的謀句，有的謀篇，但沒有閃耀智慧光芒的精美句型，怎可能串綴成完整優美的篇章？

三毛作品的迷人魅力，文字功夫盡功厥偉。評論家沈謙說她的人浪漫

激情、沉潛執著，人如其文，文亦如其人，她的文字修養不但涵括了這八個字，更不時閃爍著機趣和佻達，不時跳躍著耐人咀嚼的禪味以及超現實的哲思。

在三毛目前的十幾本書中，要在其中找出些金言美句來，可說俯拾皆是，毫無困難，但請容筆者偷個懶，僅就沈謙先生的評文中摘錄數則，提供各位參考。

1.夜，像一張毯子，溫柔的向我覆蓋上來。(〈溫柔的夜〉)

2.大方是花斑大老虎兼小氣鬼，發起脾氣來老是咬人的腳，我一旦偷他還了得嗎？(〈汪洋大盜〉)

3.不知何時開始，它已經成了大西洋上七顆閃亮的鑽石，航海的人，北歐的避冬旅客，將這群島點綴得更加誘人了。(〈逍遙七島遊〉)

4.沒有變化的生活，就像織布機上的經緯，一匹一匹的歲月都織出來，而花色卻是一個樣子的單調。(〈搭車客〉)

5.人們說，卡那利群島是海和火山愛情的結晶……夾著深藍色的平原，在無窮的穹蒼下，靜如一個沉睡的老人，以它近乎厲裂的美，向你吹著竭柔的氣息。(〈逍遙七島遊〉)

6.他是寧為玉碎不為瓦全，情願買一樣貴的好東西，也不肯要便宜貨。我本想為這事生氣，後來把這種習慣轉到他娶太太的事情上去想，倒覺得他是抬舉了我，才把我這塊好玉撿來了。(〈大鬍子與我〉)

7.家庭問題是盒不安全火柴，最好不要隨便去擦它吧！〈五月花〉)

8.把畢卡索叫去做油漆匠，不識貨。哈！(〈五月花〉)

9.在三毛進入父母家中不到兩日，荷西貼著花花綠綠郵票的信，已經埋伏在她家信箱裡。(〈警告逃妻〉)

10.對於大卡利島的印象，沒有個性，吵雜不堪，也談不上什麼文化。(〈逍遙七島遊〉)

語言的生動鮮活，是使文章生動鮮活的基本因素，要是文字呆滯，語言僵硬，那篇文章你怎讀得下去！

當代許多位名作家們對三毛作品的評論都表豔羨讚嘆，但我仍以沈謙先生評《撒哈拉》一書中的八個字來做題目，這八個字可以概括三毛作品以及她做人的貼切寫照，那真是浪漫激情、沉潛執著。

後記

筆者向未受過正統的嚴格的文字及邏輯訓練教育，讀書曾偶有小得，但從不敢成之為文。即使那本被讀過的書已讀得滾瓜爛熟；即使要被我介紹的作家熟得不能再熟亦不敢下筆。《文訊》編輯電話邀稿，執意要我素描素描好朋友（三毛是救過我一命的大恩人，後來才成為忘年的朋友）。但是後來發覺，越是熟朋友好朋友越是難以下筆，踟躕不前者達兩個月，後來得悉「華視新聞雜誌」有評論家沈謙先生評三毛《撒哈拉的故事》大文，求之於趙寧先生，趙先生影印了寄來，拜讀之餘，越發不敢下筆了！後來該影印稿借給劉俠，劉俠以為我已讀過用過，隨手不知塞到何處去了。數月後，拼拼湊湊拓蕪前文寫妥，檢視再三，猶豫再三，因為我未能收三毛的精神，特色表達於萬一。愧對三毛，愧對讀者，愧對編者，但限時已屆，也只好閉起眼睛封郵了。

民國 73 年 9 月 26 日晨五時后山居

——選自《文訊》第 15 期，1984 年 12 月

殞落了，沙漠之星
三毛的生與死

◎陸士清*

「出生是最明確的一場旅行，死亡難道不是另一場出發？」三毛不但把死亡說得瀟灑而富有詩意，而且真的瀟灑得連手都不揚一揚就走向了另一個「世界」。自此，她可以不必當永恆的偶像了，不必說得體、智慧而幽默的話語了，不必笑得開朗豪邁了，也可以不必在流浪的長途中備嘗獨行的辛酸了！然而，血肉之軀的親友和讀者，卻仍然感到震驚、哀傷和遺憾。他們不願意三毛就這樣離去。他們懷著惋惜和同情在探尋她自尋短見的原因，以便在合理的解說中獲得心理平衡與安慰。當然，他們已不能像參加記者招待會、座談會或促膝談心時那樣，直接向三毛發問了，而只能憑自己的了解、見識、經驗和想像來推測、破譯三毛捧下的人生之謎。三毛為什麼要這樣結束生命，推測是多種多樣的：

一、三毛自殺是因為身患絕症：

　　——可能她覺得自己得了癌症。

　　——病痛無可選擇，但最後之路總可以自己決定。

二、《滾滾紅塵》受到最佳編劇獎落選等連串壓力：

　　——《滾滾紅塵》獲金馬八項大獎，而唯獨編劇落選，三毛當場哭了，她為這部電影付了太大的代價。

三、事業上再無進展：

　　——她在事業上已沒有什麼困難，但也再沒有進展，這時，對作家來

---

*復旦大學中國語言文學系教授、中國作家協會會員。發表文章時為復旦大學臺灣香港文化研究所副所長，現為中國世界華文文學學會名譽副會長、香港世界華文文學聯會副監事長。

說，死亡總是一種誘惑。

四、挫折感導致她選擇死亡：

——當她發現現實生活中並沒有她期待的驚奇與美麗，生命的驚喜不再有時，選擇死亡是當然的。

五、人生不完美、感情無寄託：

——她也想找一個關心自己，可以談心及工作的伴侶，可惜一直沒有找到。

——她沒有家庭、沒有子女、沒有愛情，以致於沒有掛慮，可能因此而自殺。

——人生不完美，再「捱」下去沒有意思。

——情關難渡，不無輕生之念。

六、靈魂深處的空虛和寂寞

——三毛的自殺，與肉身的病痛無關，最大的可能是來自靈魂深處的空虛和寂寞，失去了愛與被愛的力量。

七、紅塵滾過生命：

——讀者的熱情是可以「謀殺」作家的，三毛努力想昂首走過紅塵世界，最後仍在紅塵裡伏首了。

八、另有其他原因……

親朋議論，眾說紛紜。雖屬推測，卻是知人之見。但是我們不能滿足於此。我們想沿著三毛的生存足跡，尋找我們自己的答案。

三毛說：「回想記錄在紙上的生活，大概每十年算做一大格，變動總會出現。這使我想到席慕蓉的一首詩，大意是這樣的：你不必跟我說再見，再見的時候，我已不是當年的我了。」三毛所說的變動，是指人生角色的轉換。在不到 50 年的人生歷程中，三毛轉換了多少次？

13 歲前，她是一個歡快的小小女生；

13 歲後，她成了害怕世界的「自閉」的女孩；

19 歲，她心鎖開啟，隨後走進雨季，成了擁有初戀的大學生；

24 歲，為了把握初戀，成了浪跡天涯的留學生，初戀也因時空的距離而褪了色；

29 歲，與德籍男子相戀，結婚前夕，未婚夫猝死，成了心碎的悲情女子，懷著哀傷再赴西班牙；

30 歲，投入等待了她六年的荷西的懷抱，婚後，成了沙漠神仙眷；

35 歲，《撒哈拉的故事》、《哭泣的駱駝》等創作風靡一時，突顯了沙漠俠女的風采；

36 歲，浪漫傳奇的愛情悲劇，使其成為悲苦孀婦，更將其推到了哀憐少年的偶像地位；

40 歲，到臺灣文化大學執教，跟仰慕者「談心」，成了臺北的名女人；

44 歲，收拾完荷西墓地，回臺北定居，承歡於雙親膝下，做盡孝的人子；

47 歲，回大陸探親，尋根訪祖，名滿神州。

48 歲，生命的樂章畫上了永恆的休止符：崩斷琴弦的樂師、落馬的騎手、折劍的勇士……

這就是三毛的人生！48 年，12 次人生轉換。一次轉換一次血淚，三毛生命運行的軌跡是血淚交織而成。

三毛的一生，始終搖擺於出走與回歸之間。

第一次，從學校、從現實世界中逃往獨居的幽室，將小小的心靈閉鎖於文學著作中；

第二次，初戀不成，有情天地中的傷心人，自我放逐歐洲。

第三次，未婚夫猝死懷中，多情的三毛肝腸寸斷，臺北成了傷心地，再次放逐異鄉成了別無選擇的選擇。

第四次，荷西歸去，三毛萬念俱灰，獨居西非海島，空寂難耐，不得不告別九泉之下的荷西，飛回臺北。

第五次，是最後一次的逃亡，是從生到死的逃亡，是永無回歸的逃亡。

三毛從少年時代起，就徘徊在自毀與重建之間，自毀將其導向死亡，重建促其創造。13 歲時，數學老師一次侮辱性的體罰，造成了她對世界的恐懼，構成了自毀的誘因，三毛切腕自殺，雖搶救及時，挽回了生命，但從此自閉數年。她心靈的開啟，是顧福生的引導，誘發了她在繪畫和文學上的創造性。她創作的小說〈惑〉，經白先勇之手在《現代文學》雜誌上發表了，嘗試創作的成功，驅除了三毛的自卑感，她終於走出了幽閉自己的暗室，走進學校——上學、讀書、開始轟轟烈烈的初戀，重建了生存的信心。即使初戀不成，也未能動搖它。29 歲時，德籍未婚夫猝死於結婚前夕，渴望開始新婚生活的欣喜變成了錐心的痛苦，重建起來的愛情交給了死神，自毀的誘因又一次出現，三毛吞下了一瓶安眠藥，幸好她又被救起。此後，她再赴西班牙療傷，是荷西的手和情，縫合了三毛的傷口。與荷西前緣再續，在撒哈拉結為沙漠伉儷後，三毛又重建了生活，重建了愛情，從而創造了風行一時的「三毛文學」，也創造了沙漠神仙眷的「三毛」。這時的三毛，有的是快樂，有的是幸福，有的是青春的風采和創造的活力，以及這一切所帶給她的平靜和驚喜。雖然也偶有不祥的預感，但那是她不願見到的，至於自毀，當然早已躲到沙漠遙遠的角落了。但是自毀的意念並未根絕，它總是隨著變故的發生而出現在三毛的腦海裡。突然，大海帶走了荷西，沙漠生長的愛情奇葩被魔鬼折斷了，白手創建起來的家坍塌了，三毛又一次想要去死。要不是父母的死搶硬拖，要不是朋友的急電勸慰和徹夜相陪，要不是她在親情和友情的逼迫下立過「不去尋死」的誓言，說不定，早在 1979 年，三毛已屍沉大西洋了！總算天地有情，劫後餘生，三毛又一次擺脫死亡的誘惑，開始了艱難的生活重建。不過這次自毀之念並未遠離，而是始終緊隨著她。她不斷地說著「我正年輕呢！」「人生七十才開始。」「人到中年，想想還有很長的路要去……」，這些話是說給別人聽，更是說給她自己聽。不斷地表白生的欲望，也反證了她感到一

片擺脫不了的死的陰影。事實上，自荷西死後，自毀的意念一直在與她重建生活的渴望較量、拔河。終於，在 1991 年 1 月 4 日凌晨 2 時，自毀之手將絲襪編成死亡之圈套進了她的生命之鏈。自毀成了現實，「撒哈拉之心」停止了跳動。

「撒哈拉之心」，是荷西稱呼三毛的私語，荷西曾捧著三毛的臉，低聲對她說：「不要哭，我的——撒哈拉之心。」荷西死後，三毛心沉撒哈拉，直到停止跳動。

三毛的名字是與撒哈拉聯繫在一起的。撒哈拉使三毛得到了荷西，得到了婚姻，得到了幸福。撒哈拉將三毛這個悲情放逐的女人，塑造成了沙漠俠女。由俠女與荷西的愛情神話、奇特的沙漠景觀和異域人文、三毛的善良、愛心、情趣所構成的「三毛文學」，迸發了「撒哈拉魅力」，造成了華文文化圈的「三毛熱」，使三毛享盡了崇拜者的掌聲。但是荷西死了，刻骨銘心的愛情遭到天劫，風雲變色，天昏地暗，三毛如何自處？在被親情挽留之後，她收拾心靈的碎片，悼念、回憶、宣洩，將荷西死前的種種預感和預感引發的夜半私語、山盟海誓，一一寫來。三毛與荷西的沙漠戀情神話更加了一層光亮而神祕的色彩，「撒哈拉魅力」也又升高了一層。但是，三毛沒有想到，她給自己鑄就了一副「手銬」。

三毛是感情豐富的血肉之軀，她有為人之妻為人之母的欲望，有在孤獨的人生之旅中找伴的需要。儘管她愛荷西，想著荷西魂之來歸，陰陽相會，但荷西畢竟不會死而復生，三毛也畢竟不能與之依偎談心、攜手散步了。三毛所需的人間溫暖，荷西已不能給予了。三毛需要另有所愛。她對自己的老師說：「老師：我今天唯一希望只想和真心相愛的人結婚。我希望到廚房煮菜，希望共同品嚐佳餚，然後依偎談天、攜手散步。」在成都的記者招待會上，她甚至主動提出自己的再婚問題，希望有個歸宿。可是，被她描寫和神化的三毛與荷西之戀，成了她追求新生活的桎梏。她到處留情，也到處斷情。捧給了人家的「情」，人家還來不及收拾，她就走了，順便也把人家的心帶去。她在朋友和讀者面前隱忍自己脆弱的一面，使自己

顯得堅強、熱情、快樂、健康、有愛、有夢。使得人家「看不出她是一個憂愁不滿足的女人」，覺得她「同任何人都不能實實在在的親近，因為她的靈魂的全部已有了去處。」她迷失於那種「無須互相遷就，無須互相尊重，兩個人就是一個人」的沙漠戀情的浪漫，而不能用自己智慧的手縫補破碎的人生，重建家庭而享受一個正常女人應該享受的家庭生活，以至於午夜夢迴，心靈空虛，感情空白，猶如置身荒漠大野之中。這對一個散發了如此熱情和愛心而又歷盡坎坷的女人來說，僅此一點，就足以使她折斷自己的生命了。

荷西死後，三毛曾孤身孀居於加那利群島，思念荷西幾成瘋狂。「相思，像蟲一樣的慢慢啃著我的身體，直到我成為一個空空茫茫的大洞。」她握著愛情留下的苦杯，堅守著那麼長、那麼黑的夜。她覺得自己痛苦，但是假如這樣痛苦的是荷西，她更是不忍，她甚至在心裡自語：「感謝上天，今日活著的是我，痛苦的也是我，如果叫荷西來忍受這一分又一分鐘的長夜，那我是萬萬不肯的，幸好這些都沒有輪到他，要是他像我這樣活下去，那麼我拚了命也要跟上帝爭了回來換他。」如此她覺得「青春結伴，我已有過，是感恩，是滿足，沒有遺憾。」她「不再去看黑夜裡滿天的繁星了。」「因為我知道，在任何一個星座上，都找不到我心裡呼叫的名字。」但是獨守的「甜蜜的家庭」畢竟並不甜蜜，對逝者的冥想畢竟抵擋不住親情友情的召喚。終於她空鎖島居的小樓，回到了臺北的滾滾紅塵中。她抹去遺孀的憂鬱，顯示出樂觀的豪氣，走上講壇傳道授業，拚命地趕場子講演、寫信，為有求於她的怨女們解惑，瘋狂地參與慈善活動，接受媒體採訪，顯得溫柔、多情、仁慈。燃燒著自己以滿足他人，殘酷地消耗著自己的身體。對此，她雖然感到了某種滿足，魅力升高的滿足，但又不是心甘情願，以致於她要「殺死三毛」，她要在電話裡向對方大叫：「告訴你一件事情，你要找的三毛已經死啦！真的，昨天晚上死掉的，倒下去的時候還拖斷了書桌臺燈的電線呢！」「見你的鬼！見你的鬼！見你的鬼！」她想拒絕別人，但又捨不得拒絕，貪得無厭地想拿去太多人的愛，

留住每一份情。因此，她承受了願望和欲望分裂的矛盾和折磨，同時，又陷入了知行相悖、前後不一的雙重人格的痛苦。她說：「關心朋友不可過分，那是母親的專職。不要做『朋友的母親』，弄混了界限。批評朋友，除識人知情，不然，不如不說。」可是，在《談心》中，她有時則扮演了「母親」的角色，給予「自私」的孩子以批評和勸勉。對於這樣的人生角色的修正，浪漫如三毛者，可能也不無遺憾的吧。

　　荷西死後，三毛痛不欲生。在深夜裡，她對父母說：「如果選擇了自己結束生命的這條路，你們也要想得明白，因為在我，那將是一個更幸福的歸宿。」這話大大刺傷了父母，從而引起她深深的自責：「讓我的父母在辛苦了半生之後，付出了他們的全部之後，再叫他們失去愛女，那麼他們的慰藉和幸福也將完全喪失了，這樣尖銳的打擊，不可以由他們來承受。那是太殘酷也太不公平了。」她要活著，因為「在這世上有三個與我個人死亡牢牢相連的生命，那便是父親、母親，還有荷西。如果他們其中的任何一個在世上還活著一日，我便不可以死，連神也不能將我拿去。」她回到臺北的時候，默默地下決心，要承歡於雙親膝下，做一個孝順的女兒，使年邁的雙親享受天倫之樂，也彌補一下先前的盡人倫之不足。她努力去做，盡量要使雙親快樂。可是父母畢竟是父母，三毛也畢竟是三毛。三毛不能分擔父母的憂愁，父母也不能分享三毛的快樂。雖然三毛搬到了父母的住所，在一個房頂下起居，但他們都感到，在精神上隔得更遠了。於是三毛會偶爾搬回自己的公寓，但不幾天總會搬回父母家中。與此同時，她來到大陸，看望她心儀已久的「三毛爸爸」，她熱情、愉快，給張樂平夫婦留下了一份濃濃的親情，使張樂平覺得「這倒真幾分像我筆下的三毛」。然後歷經蘇杭返歸故鄉尋根訪祖，淚灑故鄉的土地，生為人子的三毛感到了擔承倫理之責的快樂與榮耀，她帶著故鄉的芬芳的泥土和清冽的井水回到臺灣，將之呈獻在父母膝下，說：「這可是我今生唯一可以對你陳家的報答了。」也許三毛等待父母像她一樣地動情痛哭吧，但年邁的父母未能如她期待的那樣，手足們也沒有前來看她帶回的照片。她失望了，並從此搬進

了自己的公寓，再不回到父母的家中，並且告訴年邁的爸爸和已患癌症晚景艱難的母親，「從今後就當沒有我。」三毛這種自絕於家庭的出走，使得慈愛善良的陳嗣慶急得直叫：「平兒，平兒，你何苦要那白茫茫大地真乾淨。」儘管如此，父親並沒有去找她，也沒有使三毛改變她思考了三年才做出的決定，而只是寫了一封長長的陳情信，丟進了三毛木屋的信箱。在〈一生的戰役〉中三毛說過：「不聽你的話，是我反抗人生最直接而又最容易的方式——它，就代表你，只因為你是我的源頭。那個生命的源。」年事既長的三毛力圖改變自己的反抗形象，可是她卻像旋轉的圓規；旋回到了出發的地方。父母不愛她嗎？不是。她不愛父母嗎？也不是。但是愛的願望並不能代替理解，沒有理解的愛，比不愛使彼此更痛苦。期望做人倫中孝女形象的三毛大概不懂得、也不理解這一點，所以只能痛苦地出走了吧！當然，出走不等於決裂，然而孤身一人的三毛，面對親情中的芥蒂，也不能不感到疚痛和遺憾吧！

三毛的「撒哈拉魅力」，是為了生活而無意中形成的，所謂「無心栽柳柳成行」。自然，真誠而了無造作的痕跡。正如她自己所說的：「印度詩哲泰戈爾有句散文詩：『天空沒有翅膀的痕跡，而我已飛過。』」可惜的是，只求簡單的三毛對這位詩哲的詩理解得過於簡單。它指的不只是文學的風格，也還有人生。如果在她的「撒哈拉魅力」達到頂峰的時候，在她用這句詩比喻自己文章的時候，能想一想，「天空沒有翅膀的痕跡，而我已飛過」對人生意義的話，那又會出現怎樣的境界呢？可惜的是三毛沒有，她掉進了自我設計的追求和現代傳播媒體塑造的魅力共同構成的「陷阱」中了。她以自己的神話傳奇誘發了讀者大眾對她的執著興趣以後，想要回過頭來不傳奇不神話也不行了。原來，她以傳奇色彩的生活寫成傳奇的文學。在撒哈拉時代已經過去，荷西生前死後的情話一掏再掏，幾乎枯竭以後，為了聽取讀者掌聲的召喚，維繫她的魅力，她就只得將自己割裂開來，將一部分抽離真實的人生，像故事一樣生活，然後再將故事寫出來給讀者分享。然而荷西已去，「撒哈拉」已是傷心地。無奈，三毛只能轉換空

間，付諸新的尋找。她去南美是旅行需要，萬水千山走遍，攝取異域的奇聞奇事，奇人奇趣，以致於有了 74 歲老人馬背獵愛的奇遇，給讀者一次南美風光的享受。她去美國西雅圖等待華盛頓州的春天，進行精神療養，她到語言班學習，別創一個春天，借助自己反叛循規蹈矩的本領，將美國大學的自由自在發揮得淋漓盡致。她回歸中國大陸，尋根訪祖追蹤祖國文化，這既是自身的需要，也是為了將親歷的大陸經驗告訴等待著窺視她的讀者。她要見人之未見，遇人之未遇，發人之未發。實在見不到，或見到的都已為別人聽介紹的時候，她就借來靈異世界，跟神對話。當然我們絕不是對她進行道德的責難，說她說謊，因為我們誰也不能證明她的荷西沒有來過，敦煌的菩薩沒有跟她講過悄悄話，何況她說，凡寫出來的，都不是假的。但是她如此地陷進自設的故事中，雖然仍然部分地滿足某些崇拜的願望，卻不免太累人了。所以她向季季傾訴：「太累了。」她在生前的最後的一封信中對倪竹青說，再也寫不下去了。她要以自己為「唯一」的素材來維持「撒哈拉魅力」，從體力上和精力上已不勝負荷，在藝術上也做不到。實際上，後「撒哈拉」的作品已失去了那份真誠和感動。重複著的奇聞奇事（指「奇」的意蘊上）也都是浮光掠影而已。像《鬧學記》刻意的戲劇化，也讓人感到了做作。

三毛在創作上墜入了自設的陷阱，她已經嘗到了這一份相當沉重的苦惱！她想休息了，甚至說六年以後要當出家人了，不巧的是她從樓梯上摔下，跌斷了肋骨，又被友情和衝出創作困頓的欲望牽進了《滾滾紅塵》！

三毛是一個「我執」比較重的寫作者，她說：「要我不寫自己而寫別人的話，沒有辦法。」「我的文章幾乎全部都是傳記文學式的。」可是，《滾滾紅塵》的創作，卻大大打破了「我執」的慣例，寫起了別人，寫起了三毛完全沒有經過的時代。為什麼？是三毛所謂的「游於藝」，是「好玩」嗎？回答是否定的。不管三毛自覺或是不自覺，承認或是不承認，實際上，《滾滾紅塵》的創作，都是她新嘗試、新追求的開始。成功了，不但能產生另一個「撒哈拉魅力」，而且必將為她的創作開闢出新的天地，進入新

的境界。所以，她特別的熱情、特別的認真、特別的投入。她抱著必欲成功的希望，帶病執筆、不吃不睡、如痴如醉，可以說把命都撲上去了。但是功敗垂成，期望落空。

她的編劇水準受到責難。《滾滾紅塵》上演後，臺港一些報紙以「草包編劇」、「外行編劇」為題對她進行批評。興論褒貶不一，影片票房收入也受到影響。

影片內容引起爭議。從 11 月中旬坭，某專欄作家連續撰文批評該片，一些報紙也群起攻擊。說《滾滾紅塵》的男女主角「以汪偽中宣部副部長胡蘭成和女作家張愛玲為模特兒」，是「歌頌漢奸」，「替豺狼抹粉，嘩眾取寵，是非不分」，「為漢奸樹碑立傳」。在三毛說該片取材於「蔣碧薇、徐悲鴻、張道藩的故事」後，徐悲鴻之子音樂評論家徐伯陽立即怒斥三毛：「誹謗中傷，是無天理」，並聘請臺北著名律師，準備與三毛對簿公堂。更為激烈的是臺灣某「立法委員」說《滾滾紅塵》是「刻意歌頌中共、肆意攻擊政府、醜化國軍、切合中共統戰要求。」顯然，這就不僅僅是「影片意識不良、歪曲歷史、美化漢奸」的問題了。

金馬獎最佳編劇獎落選。1990 年臺灣電影金馬獎評選提名時，《滾滾紅塵》獲包括最佳編劇獎在內的 12 項提名，可以說大獲全勝。這對受到批評和攻擊的三毛來說，是莫大的安慰。也許她覺得世間「慧眼猶存」，「公道自在人心」。所以，三毛對獲獎仍抱有希望。授獎儀式舉行時，她盛裝赴會，準備接受得獎榮譽。可是，在來自臺灣的政治壓力下，《滾滾紅塵》評審團在最後投票時，將最佳編劇獎淘汰出局了。八項獲獎中有「最佳影片獎」，卻偏偏沒有最佳編劇獎！如果沒有最佳編劇，何來最佳影片（影片投資人徐楓語）？

青少年時代的遭遇，使三毛產生了很深的自卑感。她說：「我的自卑感很深，一生都沒有辦法克服。」在以往的生活裡。她對自我價值的肯定，常常不是求證於自己，而是求證於他人。所以，他人的觀感如何，對三毛自信的建立起著極其重要的作用。創作《滾滾紅塵》，是她希望它能體現對

自己的超越，催生出一個新的「撒哈拉魅力」。結果呢？雖然寫了他人的事，題材上有所突破，但所表現的愛情觀卻仍在原地。用這樣的愛情觀寫自己猶可，還能贏得讚揚；可寫別人，剛一探頭，就灰塵蒙面，新的「撒哈拉魅力」效應更無從談起！她的讀者希望她月兒天天圓，花兒歲歲紅，不斷推出新創造，新的「撒哈拉」，可是她做得到嗎？她還能超越自我嗎？身心俱疲的她深深懷疑了，重建和創造自我的信心也動搖了，或許，自毀之念也是因此而萌生的吧。13 歲時的那場體罰，使三毛感到世界缺乏愛，人生不安全，從而孤獨「自閉」，甚至自殺。是恩師的關懷使她走出了「雨季」，她顯得開朗、瀟灑，甚至豪邁。然而，她的內心仍然是脆弱的。她覺得人間需要愛。所以在以後的日子裡，她總以「至善至愛」去厚待他人，包括自己的親友。她不惜時間、精力和金錢，到處伸出溫暖的手，或幫助朋友擺脫困境，或引導年輕的孩子們走出悶局。她為男人辯護，為風評不佳的臺北警察辯護，幫助街頭的乞丐一起討錢……甚至對於荒野中的一堆石子，也會賜予滿腔溫情。是真誠的抑或是表演？即使是表演也是真誠的。「撒向人間都是愛。」可以說，這就是她的人生哲學。所以她能獲得朋友，獲得關愛，獲得讚許和數以百萬計的讀者的掌聲。然而，這次推出了她以生命來創作《滾滾紅塵》後，她贏得的不是這些。

　　基本上，三毛是個政治意識薄弱的人。「我的人生目標模糊，愛國嘛，不愛，我愛土地，我更愛男人，愛那種精神與心靈與我相契合的男人。」過去，三毛創作的沙漠傳奇及其他，所表現的多半是這種愛情觀和人生觀。對此，輿論界除了一味的捧場外，很少有過嚴肅認真的批評。這次創作《滾滾紅塵》，所表現的也基本上是這種愛情觀和人生觀。像過去一樣，三毛也期望觀眾的掌聲和輿論界的熱烈呼應。三毛沒有想到，她竟誤踏了雷區！不得獎也罷了還迎來了當頭棒喝。這種批評，不是當年數學老師在課堂上對之體罰的重演嗎？所以，震撼之餘，三毛在心理上又回到了世界可怕、人生不安全的陰影中，「人基本的心志是很沒有安全感也很孤獨的，人很可憐。人很愚昧又自以為聰明，人的痛苦大半是自我找的。」活著就

是為了自找痛苦嗎？那活著還有什麼意義？自毀的誘因再次出現，她實現了從生到死的逃亡。《滾滾紅塵》為三毛的藝術生涯揭開了新的一頁，也帶來了她生命的終結。

　　三毛走了，無言地告別了親人，告別了她的讀者，告別了滾滾紅塵。她的死，是她無法跳出逃亡與回歸的宿命，她的死也是她自毀與重建徘徊的終結。對於人生目標模糊的她，無論愛情，人倫、人生、事業挫折中的任何一條，都足以驅使其走上自毀之路，只不過她選擇了此時此地而已！求生，是人的本能。自殺者也總是在求生不能的時候才選擇死的。而且在日常生活中，沒有一個求死者沒有遺憾的。三毛有過轟轟烈烈的愛情，有過臺灣作家中少有的名利；但仔細分析，就可以看到她有太多的遺憾，也有人所不了解的寂寞和痛苦，她是帶著這些缺憾的痛苦結束人生的。是無可奈何花落去。將三毛死的詩化，將之譽為最後光彩的創作：「壯哉三毛！」實在是不了解或不願了解三毛！

——選自陸士清《臺灣文學新論》
上海：復旦大學出版社，1993 年 6 月

加那利記事

◎丘彥明*

1980 年 11 月上旬接到三毛的信。

彥明：

忘記臺北的你們何曾容易。

現在方知為何在西班牙有些苦修院中的修女，在入院之後終生不可再見
親人——凡心一動萬事皆休。

日本有一個久米仙人，修道已可飛行，有一日飛過溪畔，看見下面有一
女人在水邊浣腳，足踝甚美，這一動心，墮了下來⋯⋯。

在此搬了一個家，原住的房子不能再住，一來是已布置好了，太完全
了，除了清掃之外也不忍去動一釘一鉤荷西所釘的東西，點點滴滴全是
他的手痕，住在裡面人會死的。搬了家，是一個大洞，從糊牆、磨地、
粉刷、起牆、搬東西都是自己在運建材和做，除了砌牆實在無法之外，
什麼都自己來，過去荷西做的我來，我做的也我來，電線都自己接，有
時我因太累太累，也會在空空的房中哭起來，喊叫著：「荷西，荷西，
我再不能了。」

前天漆了三個門一個窗，後來一坐下來便睡著了。有一陣因洗地（我們
此地是一種米白色大理石地上面再鋪草地）手腫得夜間痛醒，我將手泡
在油裡面給它軟⋯⋯。

*發表文章時為《聯合報・副刊》編輯，現為自由寫作者。

看完信，我立刻撥電話給三毛的母親：Echo（三毛的英文名字，我們都這麼叫她）一個人在與北非一水之隔的西班牙領土加那利群島上，過的是怎樣孤獨無依的日子啊！

11 月 15 日我飛到了美國洛杉磯，第二天找到西班牙領事館辦理簽證——不論距離多遠多難，我決定去探望她——三毛。

一九八一年一月三日　星期六

從紐約搭五小時飛機到馬德里機場，轉國內航線，六小時之後，飛機在加那利群島的 Las Palma 機場降落了。

三毛飛揚著披肩的長髮，一身白衣褲，衝過來抱住我：「你終於來了，這些日子鄰居的朋友每天問：『故鄉的朋友來了沒？』我說：『不會來的，一定是騙我的。』真的不能相信，彥明終於來了。」三毛瘦了。

出了機場，一輛福特白色跑車違規停在大門前，三毛說：「不管那麼多，你這麼瘦小怎麼能扛大行李？車子當然得停在大門口，開罰單就罰吧！」

上了車，她笑吟吟問：「累不累？」 接道：「今天是星期六，鎮上有鄉下人趕集，去那兒替你買一大束花，再回家。」車往鎮上開去。

小鎮，一幢平房接一幢平房挨著，都漆白牆，房子的門很多，窗也很多；街道是狹狹窄窄的石板路，十字路口看不見紅紅綠綠的交通燈。只見三毛猛踩油門，猛按喇叭，前、後的車子也都喇叭猛響，彼此還從車窗探出頭來打招呼，高聲說西班牙語，亂哄哄的好不熱鬧，像人和車和房子都在跳舞似的。「小鎮沒紅綠燈的，那些人問：『故鄉來的朋友，給看？』我說：『不給看。』」三毛眼睛裡閃著頑皮的神采。來探望 Echo 她是真真的高興，我也有說不盡的開心。

三毛牽著我穿過趕集市場的地攤：賣瓜的、賣香腸的、賣布的、賣草藥的、賣草鞋的，來到鮮花攤前，她彎下腰去捧起兩大叢白色的花束，遞了過來：「帶回去給你布置房間。」我把花往懷裡一捧，花朵立刻遮住了整

個臉、整片胸，散發出淡淡的香氣。我大叫：「Echo，碩大就是美！」有了花，人像是從畫片裡走出來的。

　　回到家，走進深褐色的門，低頭穿過綠葉濃郁的相思樹，客廳——一片落地窗，藍色海就在眼前。一把深褐色的搖椅，孤獨的面對著海，這就是三毛坐著拿起口琴吹奏〈甜蜜的家庭〉的搖椅。我坐了下來，望向那好高好藍的天，好寬好遠的海，落入了沉思。這時，身後輕輕飄過來沉靜的聲音，「彥明，海的那一邊就是撒哈拉。」哦！是嘛！我的眼光跨越了海面過去；唉，誰能忘懷那《哭泣的駱駝》？

　　我們靜靜地看海，我們知道荷西也會從背後牆上的照片裡走出來，和我們一起看海。

一月四日　星期日

　　「今天天氣好，我們往北部去吧！」三毛說她要讓我玩得值回票價。其實，看到她仍平安，一切已值得了。

　　車子沿著海邊慢慢行進，經過一家「淡水工廠」，三毛指著直沖上天的煙囪說：「工廠一直想把它漆成白色。那年荷西失業，他們願意給荷西很多錢請他漆，我大吼：『不准去，你會跌死的。』可是荷西還是死了。」

　　說及荷西，三毛一臉哀愁。她生命裡有那麼多奇妙的日子，是她和荷西一起編串起來的，記憶怎能不永新而常在？

　　她說起來到加那利的故事：

　　三年前我和荷西在撒哈拉，碰到沙漠大風沙，空氣裡到處都是黃沙，吸得肺都痛了。荷西把氧氣筒拔開也沒有用，我眼淚直流跟荷西說：「你把工作的假期提前，我們到對面的加那利去吧！」

　　那是我和荷西第一次來到這個島，我們一看到綠草，想：讓沙漠裡的羊來這裡，他們會瘋掉，因為在沙漠裡牠們只能吃紙盒子。然後我們打開水龍頭，立刻看到水流了出來，荷西高興得抱著我轉，我們就那麼心滿意足的讓水一直流、一直流，我們要聽那水流的聲音，那是全世界最美的音樂。

說著，車子繞過了北部小鎮 Terror。這裡的房子大多是二層樓，陽臺全是木雕欄杆，做工細緻且具風味，陽臺上種滿了各色鮮豔的草花，難怪西班牙情人總愛在窗臺下唱歌。

一路的杏花樹，有些已等不及春天就綻放了花朵。三毛說，三月裡是滿山滿谷的杏花哩！我不禁憶起唐詩「借問酒家何處有，牧童遙指杏花村」句，應是這樣恬靜悠然的景致吧！

突然，她興起的轉身問我：「記不記得我在〈荒山之夜〉裡寫的木匠 Ramon？走，我們找他去。」

經過十幾畦綠油油的農田，來到了 Ramon 家。敲門不應，Echo 說：「人不在，我們自己去園子裡拔些藥草，把它曬乾煮肉吃。」拔了一把藥草，又摘了滿手菊花，有著「偷竊」的喜悅，笑咯咯的正要離去，門突然拉開了，Ramon 睡眼惺忪的露出了臉。

Ramon 和其他加那利群島的男孩子一樣，打十幾歲就自己買一小塊地，開始慢慢的蓋房子。房子蓋好之後，就可以找女朋友了。Ramon 已經造好了新房，木門、木桌、木櫃、樓梯全出他自己的手，都是用上好木材，木頭刨得特別平，亮光漆漆得特別勻稱，卻還沒找到中意的新娘子。三毛笑說：「Ramon 是這裡女孩子的理想丈夫呢！」Ramom 紅著臉，傻乎乎的咧著嘴。

拉著我的手，三毛說：「到陽臺上看 Ramon 養的鴿子！」上了陽臺，卻連一隻鴿子的影子也沒有。

「Ramon！鴿子呢？」

「練習飛靶打光了。」Ramon 是當地的飛靶射擊冠軍，一桌子的獎牌。

「Ramon！那是你自己養的鴿子啊！」

「我知道啊！」Ramon 一臉無辜。

「你怎麼可以這樣殘忍？」三毛氣急敗壞，Ramon 茫茫然——在他心中練飛靶打鴿子，天經地義的事啊！

傍晚，回程一路青山，三毛高聲唸：「我見青山多嫵媚，料青山見我應如是。」

山巔水湄，田野鄉人，難怪三毛不歸了。

一月五日　星期一

一出門，路口的石頭上坐了個衣衫襤褸、神色哀戚的孤寂老人。

三毛立刻踩剎車，把車子停下來問：「要不要送您一程？」老人默默地搖了搖頭。

老人在視線裡逐漸遠去，卻揮不掉他那孤獨的寂寞。「就是那老人，我可以寫一個很好的故事叫『哀愁的海灘』。」三毛說。

原來老人的孩子不肯養他，他又不肯去養老院，寧可每天從垃圾堆裡撿別人丟掉的麵包，用刀把外面硬皮刮掉了吃。晚上他拿一根木棍，在最靠近海灘的住宅區走來走去，說幫忙守夜，累了就抱著一隻也是流浪的狗在海灘上睡了。

整天我們想著這個海灘的老人，究竟他對人生的眷戀是什麼呢？人生的悲歡離合他已看盡了，還期望些什麼呢？

燈光昏黃，窗外已不見海，只聽得海浪擊岸的節奏。Echo 坐在搖椅上，答錄機重複又重複的放著一首歌："Morir Al Lado De Mi Amor"。

漸漸的，她神情幽遠，已不復白日的嬉笑，似乎靈魂已游離於蒼茫的海上。我一聲不響的坐在她的腳邊，聽著海聲、聽著歌聲、聽著她順口譯出歌詞：

如果我必須死去

期望你在我身邊

因為我知道

那麼多的愛情

會幫助我跨越到那邊

然後

說——再見，

沒有懼怕，也沒有疼痛。

這麼多年的幸福

支持我將來無你的孤獨。

我凝望著你，然後睡去

過去的時光我們從未分離

這分回憶凝聚在我心深處。

我只要你的凝視

你的芬芳圍繞著我。

我要在我的愛人身邊死去

凝望著你，然後睡去。

穿過雲層

我不再期望任何事情

只期望在你的身邊死去

凝望著你，然後睡去。

一整夜，就這樣重複著這首歌，但願白日不再。

一月六日　星期二

車子油箱的汽油只剩了半桶，開車去南部回來的油不夠呢！今天是「三王朝聖節」不賣油，三毛說：「管它呢！去了再說。」

從 Santa Lucia 上山，望出去，滿山滿谷的仙人掌，遠山峭壁，像是美國「大峽谷」的縮影。經過 Silencio 山谷——寧靜谷，停下了車。

關閉油門，立刻有叮叮噹當的清脆羊鈴聲響自山腳傳過來。「此音只應天上有」，我們很自然的屏息細聽，生怕那一點呼吸也要擾了這天地間的音樂呢！

到達 Maspalomas，以為往海邊去，突然被眼前的景致震驚住了；我抓住三毛的手：「是撒哈拉？」一望無垠的起伏沙丘，無止無盡。她笑了：「是從撒哈拉吹過來的沙形成的小撒哈拉，你看，那沙漠的曲線是否像極了女人的軀體？柔和極了！彥明，去吧！去感覺什麼是沙漠。」

走過一個沙丘又一個沙丘，太陽逐漸西沉，氣溫突然急降了下來，身穿駝毛外套仍冷得發抖，牙齒直打顫；四周除了起伏的沙，什麼都看不見。我焦急的要往回走，想三毛在那兒等著我，可是怎麼走也走不到似的，怎麼走依然是在沙中。我想哭，想我會死──只要我一停下腳來，明天已被埋在沙底深處了。

不知走了多長時間，眼睛是沙、鼻子是沙、耳朵是沙，連眼淚也都是沙，終於看到熟悉的身影。天已灰暗了下來，她大聲喊我，把我拉進車子，替我拍掉一身的沙，梳理糾結的頭髮，說：「我坐車上老見不到你的影子，怕你回不來了。耳邊像有人一直喊著 Echo、Echo，真不應該讓你獨自走進沙漠裡的。」

才走一個下午的沙丘，我已瀕臨崩潰。三毛，在撒哈拉那麼長的日子，她是怎麼堅強過來的？是荷西的呼喚嗎？！

一月七日　星期三

一大清早，三毛穿著睡袍赤著腳跑下樓來，躺在我身邊另一張床上，跟我說她奇怪的夢。

她的眼睛睜得大大的，瞪著天花板：「我生了個小孩，可是沒有給他牛奶喝就出去了，到姐姐家。姐姐說，小孩呢？我說，放家裡。姐姐說，不行啊，不喝牛奶會死的。我笑笑的回答，剛生出來一天沒吃不會死的。然後我回到了家──孩子死了。」

這夢如何解釋呢？

怎麼老做夢死亡，而且如此怪誕。

在家中，尤其是安靜的夜晚，我們選擇常常不說話，因為白天累了。

有時她離我遠遠的坐著，沉默的面對丈夫荷西與乾爹徐訏先生的遺照。從她凝神靜坐的姿態，我猜測透過神祕的感應，她正在與另一個世界的親人，做每日必有的交會。

三毛常常這麼一個人，在偌大的房子裡，找來荷西，兩個人說話；可見她是有祕密的。

我腦子裡幻想他們之間的對話：

「荷西，你是荷西？」

「Echo，我愛。」

「在天上見到祖父母沒？」

「擦身而過，沒有說話。」

「荷西，你在那裡好嗎？有沒有受苦？」

「我在天上很好。」

「荷西，你帶我去好嗎？」

「現在不行，到時間我會來接你。」

「什麼時候？我們能一起在天上？」

「這是天堂的祕密。但，我們終會在一起的。」

等待另一個死亡的約會，三毛如何安靜下自己的心，渴望著、等待著未來。

一月八日　星期四

三毛家的院子很大。

從房屋樓上開後門出外，有一個泥土墊高而成的寬闊院子。除了種植一棵大相思樹，其餘為草地，九重葛伏牆攀藤，開滿新鮮明媚的橘紅色花朵。樓下也有一個大後院，也種了一棵相思樹；大約長年受海風吹襲的緣故，傾斜往屋牆方向生長，矮蹲蹲的垂著濃密的葉子，反倒有種厚實知命的神態。

院子裡相思樹蔭遮不住的地方，闢出一塊菜園，撒下菜種，也見冒出

了些許新芽。另蓋了一小間玻璃綠房，裡面種植四季豆，豆苗已經細膩地依著為它們準備好的小木竿，慢慢地往上爬著。

我說：「今天不出門，替你整理花園，替花兒澆水吧！」

沿著樓梯的一大塊地種著落花生根類的草花；肥肥厚厚的小拇指般長寬的針葉，開著紅色花瓣黃花蕊像瑪格麗特花型的小花，濃濃密密的長滿了一地，像給樓梯繡花邊似的。

於是她在樓上，我在樓下，各拿著水管，把牛仔褲卷到膝蓋上，赤著腳開始澆花、澆菜。水流經過水管，從手指間噴出來，那種「大珠、小珠落花園」的洗禮，除了花兒、葉兒、菜苗兒，連我都發癡了。

島上的水全是鹹水變淡水而來的，總略略帶些鹹味兒，我問道：「每天洗澡，像是每天醃一次鹹肉似的，拿這樣的水澆花兒，花兒可是鹹的？將來菜苗長大，會不會變成鹹菜呢？」

三毛笑彎了腰：「真是傻孩子，快把腳上的泥沖乾淨，煮了麵條給你吃，你不是一直念著想吃麵嗎？」

在樓上院子門前沿著牆，三毛自己買了細竿搭出了涼棚，又釘上兩卷竹簾子，太陽大時把簾子放下來遮陽，沒太陽時則卷起來賞園景，我們就赤著足坐在涼棚裡的草編椅上吃麵。

涼棚懸了幾盆長青藤，另外的兩面牆上釘著兩個石輪，幾串大大小小的牛鈴，牆腳還放著一個電影裡海盜劫來的珠寶箱，三毛躺在涼棚另一邊的吊床說：「這些都是荷西從海底撈起來的東西。一到水裡荷西就高興，如果他知道自己一輩子會待在水裡，也許會多留一些時間和我在一起。」

一月九日　星期五

今天，我們提了個竹籃子到海邊撿石頭。三毛把頭髮鬆鬆的繫在腦後，穿了件淺藍色的阿拉伯式連身衣褲，淡淡雅雅的像一隻停棲在海邊的白鷗。

一會兒她叫：「彥明，我撿到了個俄國娃娃！」一會兒我叫：「Echo，

我撿到一顆心！」「我撿到了座杏花村！」「我撿到一青山的羊！」專心撿石頭，無意中彼此越離越遠，喊的聲音就越大，海灘上曬太陽的男男女女，好奇的回轉過頭來，不知道這兩個講外國話的東方女孩做什麼；甚至有人走過來瞧，更是丈二金剛摸不著頭——那兒來的娃娃？心？杏花村？和一山的羊群？

我和三毛一人一隻手，「分擔」一大籃大大小小的石頭，滿足的離開了。遠遠地還依稀聽得：「她們做什麼呀？」

三毛從車房裡拿出廣告顏料、水彩筆、毛筆和甘油、亮光漆。坐在涼棚下，我們開始畫石頭。

瘦長的石頭，畫出了蘇俄娃娃、西班牙娃娃、日本娃娃。

心形的石頭，以各種顏色畫上一層又一層的心，還在心裡頭畫上長青樹、在心裡頭畫出一對跳舞的新郎和新娘。

方形的石頭，畫出了西班牙的小屋——有著白牆和木雕的陽臺。

還畫了海灘、畫了一山的羊、畫了熱鬧的鬥牛場、川流不息的汽車……

越畫想像越多，色彩越豐富，石頭畫也越精緻了起來。

畫彎了背不覺得酸痛，甚至忘了吃飯，忘了睡眠。

三毛說：「彥明，別回去了，我們就在這裡畫石頭過日子吧！我們還可以做蠟染，學做皮雕，我們一定可以過日子。」

我開始興奮起來：「看過《失落的地平線》那部電影沒？我們現在就像在那國度裡，妳說是不是？」

她笑開了：「可不是嗎？這些日子我們不開電視，也不看報紙的，心在世界之外呢！」

說著，她衝進屋裡，又衝出來，手裡多了張大被單，是一小塊一小塊碎花布接縫製成的，縫工很精細，花色圖案配得很雅致。她攤平被面讓我細看，說：「這是我在撒哈拉收集別人家的碎布，一針一線縫出來的，這叫百衲被吧！」

三毛有雙精巧的手，只要經過她一轉念，平淡無奇的廢物能化腐朽為神奇。她是個藝術家。

一月十日　星期六

Las Palma 這個小島，雖然只是個 200 平方公里的小島，卻有各種不同的風景：見過沙漠，也見了「大峽谷」，現在該去看看像瑞士的綠色山野；三毛這樣安排。

車子沿著山路蜿蜒而上，走在高聳的林木中，遠觀是一村又一村的白色小屋和綠色的山谷交織，三毛說：「今天太清了，該撿煙雨濛濛的日子來。記得上回我來是個雨天，雨從樹枝間垂掛下來，無言無助的落著，我的眼淚再也擋不住的落下來。」

接著又說：「你來遲了，該撿荷西在的時候來的。今天若荷西與我們一起，看到這風景會把你扛在肩上又喊又跑的。荷西就是這麼可愛的人，如你看到荷西，你一定會喜歡他的。」

經過一樹白色的玫瑰，我們把車停下來；向山中的老婦借了剪刀，剪了好幾朵花，嗅聞竟有蘋果的芬芳。不禁訝然，在這到處充滿空氣污染的地球上，竟會有一塊人間淨土，綻開蘋果香的玫瑰，而三毛則是這塊土地上另外的一個神祕。

一月十一日　星期日

島上的天空一直是又高又藍，今天卻轉為灰沉繼而風起雲湧。天氣一變，我開始咳嗽，呼吸不順氣喘起來，喘得十分厲害，只能躺在客廳的長沙發上休息。

三毛急得像熱鍋螞蟻，拿來枕頭又拿來被子替我蓋上，再衝進廚房去弄壺熱水，裝了個熱水袋讓我敷著，然後沖出一杯她「特製」的草藥；弄不清她加了什麼奇奇怪怪的藥草，她卻很有信心：「喝下去，很快就會好的。」扶起我的頭，讓我慢慢地把藥喝下去。

　　一陣忙碌之後，她坐到我身邊，替我在額頭上、胸口上擦抹薄荷膏。我閉著眼喘息，只聽得輕輕的聲音：「彥明，你不要死，千萬別死。」

　　靜靜的睡了過去又醒過來，望了望牆上盧梭的複製畫，再望了望從天花板上垂下的掛燈——棉紙糊的中國圓燈籠罩。暈黃的燈光下，三毛把長髮挽成髻，坐在旁邊的沙發上替我縫裙子；見我睜開眼，挪過身來摸摸我的額頭：「彥明，你這裙子太長了，替你縫短些，穿起來比較活潑。」

　　不讓我起身，她接著說：「躺著吧！明早你會發現自己從藍色的海裡升起來。」想了想又說：「現在睡不著？我拿照片給你看。」

　　她從房間裡捧出一疊舊照片：荷西兩歲時穿海軍服的照片，上學的照片，當兵時的照片，到他們在沙漠裡的照片。邊翻看照片，三毛邊講故事，嘆息一聲：「你看，荷西是不是真神氣？」荷西去世之後，曾有位追求者不斷前來騷擾；最後三毛忍受不了，把他拉到荷西的照片前，氣急敗壞道：「你比比，你比比，荷西是什麼樣子，你是什麼樣子！」

　　說著，說著，她突然靜默下來。時間過去許久，她緩緩站立起來，在屋裡繞走一圈，口中喃喃：「唉！唉！人生如夢！人生如夢！」轉了個身向我，笑了一句：「春夢無痕！」

　　聽窗外滴滴答答，竟下起了雨，海濤急轉為洶湧的聲浪。明天，明天，只怕我不是從藍色的海中升起，而是從黑色的浪潮裡浮現。

一月十四日　星期三

　　西班牙觀光簽證 1 月 16 日就到期了。三毛嚷著說，不行啊！還沒開始看西班牙呢！於是我們到城裡的警察局去辦理加簽。

　　為了加簽之事，到達加那利的第二天，已經去過警察局詢問可能性。得到的答案是沒問題，到期的前一天再跑一趟警察局，辦理延期就可以了。

　　站在辦理窗口前，排了一個小時隊伍，好不容易輪到我們，把資料交給負責的小姐，她看過後搖搖頭把東西退回來：「不能延期。」

　　三毛急如星火，17 日飛馬德里的機票已經訂好，接下來幾天的行程也安排妥當了，如果 16 日非得出境，豈不遺憾？於是，她耐心的跟小姐解釋，我們是問過可以延期才安排旅遊的；同時把機票遞給她，證明不會趁機留在西班牙，因為 21 日飛紐約的機票已買妥。但是，承辦小姐充耳不聞。我們求了許久，她依然無動於衷。

　　我想算了，走就走吧！多一個星期少一個星期總歸要走的，不是嗎？三毛卻不服，她生氣了，兩只眼睛瞪得大大的：「你們明明說加簽沒問題的！」她食指朝向小姐說：「我發誓就是你告訴我的，我以我母親的生命起誓（西班牙最嚴重的誓言），就是你答應我延期的。怎麼變卦了呢？我要告你！我父親是律師。」眼見小姐被洶洶的氣勢嚇呆了，待三毛一口氣說完，她竟改變態度：「你先略略等等。」然後，她轉進去和警察局長指指點點說了半天，回過身來換了和氣的口吻：「就替你們延一個星期吧！把資料留下，明天再來取簽證。」我們懸著的心終於放下。三毛笑了，再度轉換成往常輕柔甜美的語氣，向小姐道歉說她不是真凶，實在是太著急了，因為我跑了那麼遠的路來探望她，她不願讓我失望。小姐理解的笑了笑，我們興高采烈的離開了。

　　出了警察局，我們笑到腰彎了，笑得眼淚流出來。三毛的父親是貨真價實的律師，可是他人在臺灣不在西班牙呀！笑過一陣，我們的心情卻沉重了起來，這個故事的背後是多少的辛酸和對人性的失望啊！

一月十五日　星期四

　　清晨六點半，搭飛機去加那利群島的另一座小島──Lanzarote。

　　Lanzarote 島上有個西班牙的國家公園，這裡的死火山加起來大約超過 344 個，山或呈綠色、或呈紅色、褐色、藍色，蔚為奇觀。

　　整個島由 Sesa Manriga 規畫設計，他在當地出生，後來成為世界著名的景觀設計家。他的設計構想成為這裡的法規──所有房屋外牆漆白色，若真想油漆別種顏色，只能選漆綠色和黃褐色。門、窗一律維持木頭原

色。房子高度最高不能超過六層樓。所以島上全是一幢幢小白屋,加上院子裡鮮紅色的洋海棠花,橘色、紫色的九重葛花,顯出統一的優美且別具風格。

三毛帶我來這個島上,一路介紹各種景觀,說:「妳回去一定要寫一篇報導,讓政府知道別人究竟是如何做觀光事業的,臺灣自然景觀破壞得太厲害了。」

雖然長年居住國外,她對臺灣依舊極度關切。

三毛帶我到這個島上還有一項重要的事,如她昨天跟鄰居所說:「我要讓這孩子騎騎駱駝。」

這裡的每只駱駝都有名字,三毛騎的駱駝叫「海棠花」,我騎的叫「小松樹」。我們騎著駱駝,她前我後翻過了一座山。三毛騎得自在,在前面比畫著:「彥明,右邊是拍攝《大法師》電影的地方。」「彥明,你看左旁像不像月球的寧靜海?」而我,一隻手揪住駝峰,另一隻手揪住駱駝尾巴,迅速用眼睛瞄看一下指向,又戰戰兢兢地立即回視前方,生怕摔了下去;她見我緊張的模樣,不停的笑。

和我們一路旅行的是一批來自巴塞隆納的年輕人,其中一位坐在三毛身邊,問:「結婚沒?」三毛:「結婚了。」「為什麼先生沒來?」三毛答:「工作忙嘛!」然後回過頭來對我說:「我不願告訴別人我是孀居,這麼一說,氣氛可能尷尬,何必呢!」

同行有一位患小兒麻痺的年輕人,拄著拐杖,兩條細腿凌空搖擺,但不論大夥兒去什麼地方他一定跟著走、跟著玩。連爬五、六十階樓梯毫不落後,爬樓梯至中途時,淌著汗水笑說:「好多樓梯哦!」繼續邁力往上爬。

回程在車上,他開始大聲唱歌,聲音實在沙啞難聽;但當整車人被逗出熱情,紛紛跟隨時,竟不覺他歌聲難以入耳了。歌詞真有趣:「……我們大家來說謊,有一大群鯊魚在山頂跑;在軍隊餓了六星期出來,看見黃瓜長在蘋果樹上;要買肥豬肉到藥店去……。」再唱:「……不會喝酒的人是

動物，會喝酒的人是好漢……。」又唱：「一隻小船在港裡出不了港，等了
一天、兩天、三天……等了一個月、兩個月……等了一年、兩年、三
年……。」大家怎能不跟著唱，快樂的忘我呢？

　　下車了，他大吼一聲：「再會了，直到你下一次受洗的時候！」這不等
於永別嗎？倒很乾脆利落。

　　回到 Las Palma 機場，我們停下來找「停車單」，小兒麻痺男孩快速的
走過來跟我們說：「祝好運！」又拄著拐杖飛快趕上他的同伴走了。他的臉
充滿著樂觀自信、他的背很挺很寬很直。

　　晚上我們坐在客廳裡，三毛問：「今天你最難忘的是什麼？」然後她與
我兩人竟異口同聲：「那個拄拐杖的男孩。」是的，他並不曾殘廢，殘廢的
其實是我們的心。

一月十六日　星期五

　　今晚飛馬德里。可是白天一聽說對門的瑞典老先生 Fritz 犯心臟病住
院，三毛立刻放下手中正在整理的行李說：「走，我們到醫院去。」

　　先經過市場買了一大束黃色、紅色的太陽花，再前往醫院。

　　老先生獨自躺在病床上，沉默無神的凝望窗外海港的點點漁帆；等見
到來人，感動得眼淚在眼眶中打轉，聲音也沙啞了。

　　三毛替他把花整理好插在水杯裡，握緊他的手安慰好好養病：「我去馬
德里，盡快回來看你。」老先生眼睛盯著她的臉不放，猛點頭。

　　Fritz 84 歲了，獨自住在三毛家對門。他每天唯一的事，就是從二樓窗
戶望向她家的院子。三毛跟他打招呼的聲音，常常是他一天之中僅有的談
話；寂寞與孤獨天天蠶蝕這位老人，醫院的豪華豈能彌補他空虛的心靈？

　　飛抵馬德里已是凌晨二時。三毛的西班牙女友瑪麗莎來接機，一看到
三毛一把抱住她，眼淚擋也擋不住。

　　去年三毛回臺灣，瑪麗莎送機，哭道：「你不會回去嫁中國人吧！那我
就看不見你了。」「我是中國人啊！」瑪麗莎驚訝的望著她：「可是我從認

識你的時候，就一直覺得你是西班牙人呀！」

我想，今天的 Fritz 老先生心中，三毛可能與他同是瑞典人吧！

奇怪，三毛怎麼像是個世界人呢？

一月二十一日　星期三

在馬德里住了五天，去了西班牙廣場、皇宮、太陽門、西比流士廣場、美術館、舊貨市場，進小酒吧吃點心，去看了弗朗明哥舞，曾搭巴士去了 Tolado，趕火車到 Segovia……。

儘管傳說馬德里「大廣場」夜裡治安不好，早已是不可去的地方，我們依然無視的每夜去靜靜逛一圈才回旅館。

中午的飛機離開西班牙。三毛一直警告我不可以哭，我答應了。進了機場，驗關之後，三毛叫著跟我說再見，我只是一直舉著手搖著，沒敢再回頭。我答應絕不哭的，我不能拭淚，不能回頭讓她看見我滿面的淚水。

飛機起飛了，庇里牛斯山在視野裡逐漸消失。來了又走了，如痴如夢。

三毛還要在馬德里停留三、四天才回加那利。我知道這幾天夜裡，她依然會獨自走到大廣場去，因為那是荷西和她最常去的地方。她曾說：「彥明，與你夜遊大廣場時，每踏一步心中都是淚，什麼樣的回憶都在大步大步的踏碎，像把心放在腳下踩一般。」

踩碎的夢，充塞著空間，是怎麼樣的世界？

不敢想也不能想。

二月四日　星期三

彥明：

過去一個月的日子真是幌如一夢，你走的那天我並沒有從機場回旅館去，我去了街上，一直逛到下午六點多才回去躺下來。

換了旅館房間，換了方向，馬德里的落日血也似的染著老舊灰色的建

築，真是恐怖而悽豔。想到你突然不見了，就如來時突然而來一樣的不可思議，可是你的確來過的，桌上留著你的橡皮筋還有那一朵壓乾的玫瑰花，可見你是來過的，又去了。這份感覺真是一場生死，而我心裡竟沒有淚。到現在我才懂了一點，卡繆的那本《異鄉人》裡一開始說：男主角的母親在養老院中死了，他得到了消息之後，去看了一場滑稽電影，然後帶了一個女友上床，後來因為這一個因素，使他槍殺了一個阿拉伯人之後判了絞刑。我現在是真的明白了這種漠然的心情。

你走了，我跑去坐公共汽車逛城，然後馬上去買那件早晨我們看中意的襯衫，一點也不肯悲傷。直到昨天，看見了燈火下的加那利群島，下飛機，進自己的家，回想馬德里的五光十色，車水馬龍，不是一個紛亂繽紛的夢嗎？那時眼淚突然流了出來，方知 Las Palma 的日子，不是什麼好日子；一個人，也不是真快樂，而這又如何呢？你來，徒增離別的悵然，吹皺一池死水，又有什麼好？

四月五日　星期日

彥明：

3 月 26 日是我的生日，24 日我便開始很不對勁，一直發癲，往年荷西一年一個小禮物，不是為了我生日，而是他疼我。一樣一樣過去的禮物：一隻小熊、一個小木船、一隻手錶……物在人亡。

五月五日

電話接通了，那邊三毛的聲音：「彥明！我要回來了，新聞局請我回來。」

「真要回來了！那一天？買一大束花去接你。」

放下電話，奔相走告每一位好友：「Echo 要回來了！Echo 要回來了！」各個人眉開眼笑：「早該回來了，那麼遠又一個人，多叫人掛心？我們來勸她，回來就不要再走了。」

　　我想，我該把書房清理清理，騰出個房間，讓三毛多個隨心所欲的歇腳處。

　　三毛的母親已在包水餃和雲吞，她說：「做多一點冰起來，Echo 愛吃，Echo 的朋友也可以吃。」她也忙著重新整理房子，摸著米色的牆，陳媽媽歎氣：「Echo 喜歡白牆，可惜時間來不及重新刷漆了。」

　　5 月 9 日，趕在母親節前一天，三毛回來了。

　　1981 年 5 月 12、13 日《聯合報‧副刊》刊載，2014 年 6 月修訂

──選自丘彥明《人情之美》
臺北：允晨文化公司，2015 年 4 月

三毛的人格與風格

◎沈謙[*]

梭羅在《湖濱散記》中說得好：

> 一個湖是風景中最美麗、最有表情的景色，他是大地的眼睛；望著它的
> 人可以量出自己的天性的深淺。

同樣的道理，我們也可以說：

> 三毛是文壇上最迷人、最具傳奇性的人物；讀他的人可以撥動內心深處
> 的某一根弦，激發出天性中的浪漫與激情，探險與獵奇，敢愛敢恨的俠
> 骨柔情……。

　　謎樣的作家三毛，自從民國 63 年 10 月在聯副發表〈中國飯店〉之後，立即成為臺灣文壇上的風雲人物，在廣大的讀者群中激起了陣陣漣漪，從《撒哈拉的故事》到中南美洲紀行的《萬水千山走遍》，乃至於重歸故國的〈悲歡交織錄〉、〈敦煌記〉、〈金陵記〉，一位現代的中國女子，「渡重洋，履荒漠，以中國人特有的廣博的同情，任俠的精神，以東方女性不常見的瀟灑和詼諧，生動地記述了她壯闊的世界之旅的見聞與感受。」
　　三毛的文章，充滿了迷人的異國風情、驚奇有趣的故事、複雜多變的

[*]沈謙（1947～2006），筆名思兼，江蘇東臺人。散文家、評論家。曾任《幼獅月刊》主編、中興大學中國文學系系主任、東吳大學中國文學系教授等，發表文章時為空中大學人文學系主任兼黎明文化公司總編輯。

人性，令人無限嚮往。她的寫作速度不算快，可是引人入勝的程度與令人矚目的速度都出乎意料。其風靡讀者的情況，令人聯想起《聯合報》「包可華專欄」的名言：「電動玩具在全球各國流行的速度，比跳躍的雷射光更快！」

三毛的魅力，風靡文壇 15 年，直到民國 80 年 1 月 4 日結束了浪漫傳奇的一生，儘管有人認為「三毛的作品充滿幻想而不切實際，只有喜歡做夢的人才愛讀」，有人乾脆說「三毛就是瓊瑤」，甚至有「庸俗的三毛熱」之說，但是三毛之影響廣遠，卻是不爭的事實。筆者無意在此「蓋棺論定」評三毛，而是基於探討「作品的光輝與心靈的異采」的立場，試圖從文章批評的角度，進窺其人格與風格。

軌道外的日子

三毛，本名陳平，謎樣的筆名，傳奇性的人物，一生所經歷，都是軌道外的日子。如果要想探觸其內心的奧祕，有兩件機緣頗耐人尋味：

一、三毛流浪記。

二、小丑的夢。

「三毛」，這個筆名，頗令人好奇，許多讀者都會問：

「為什麼取個筆名叫『三毛』呢？」

三毛曾經在回答馮秀華的訪問時說：「當年的三毛，那還叫陳平的時代，在馬德里結識了荷西，二人攜手在撒哈拉困苦的沙漠中共創天地。貧窮的三毛，將她到沙漠後的第一篇文章，遠涉重洋地投寄給《聯合報》副刊，稿子寫完時，順手摸摸自己的口袋，只有三毛錢，就這樣在一念之間寫下了『三毛』的筆名。」

其實，1940 年代張樂平在上海《大公報》連載的《三毛流浪記》的主角「三毛」──一個惹人憐愛的苦孩子，歷盡人世的辛酸，是當年上海市民最熟稔的人物，一直活在三毛的心目中。《三毛流浪記》於民國 39 年初曾結集出版，相隔三十餘年，才又由北京人民美術出版社印行，而原作發

表四十年後，三毛回到上海，特地去看望原作者張樂平先生，並且拜他為義父。

三毛家客廳，懸著一個朱紅色的鳥籠，裡面沒有鳥，關著一個身著黑白對比服裝的小丑，伸展著四肢，面向敞開的籠門坐著。

「那是誰？」

「是你和我，是人類，人類永遠被樊籠囚桎著。我們看那小丑，同情他身陷囹圄的痛苦，但是，再細想你我整日為環境、習慣、道德、名利所拘囿，我不知道我們與那小丑有什麼不同？」

三毛說要將鳥籠和小丑送給我，但是卻一直沒有去拿，東西在何處又有何妨？在感覺上，小丑「伸展著四肢，面向敞開的籠門坐著」，三毛替小丑開了門。

尋味這兩件機緣，應當對三毛的心境與寫作的動機略有體會。

在現實生活上，三毛人生的經歷、作品，迥異於常人，帶著濃厚的傳奇性色彩，三毛之令人嚮往，三毛作品之受人歡迎，一言以蔽之，那就是「軌道外的日子」。她比「拒絕聯考的小子」更浪漫，甚至連初中都沒有畢業，就因為不喜歡學校的壓力，輟學在家。其實，拒絕上學，並非不愛唸書，逃學並不等於曠學。三毛離開中學的教室，是自由自在地唸更多可愛的書，同時隨著邵幼軒、顧福生兩位大師習畫，並且由做律師的父親親授英文。在明星中學的升學氣氛下，她說她最不愛唸書了。可是，後來她的書架上，洋洋大觀，無奇不有，天文地理、妖魔鬼怪、偵探言情、動物、園藝、食譜、漫畫、電影、語文、哲學，乃至於中藥祕方、變戲法、催眠術……。米夏在〈飛越納斯加之線〉說：

「雖然她自謙英文不行，但無損於閱讀英文作品。三毛不僅看書，而且過目不忘。……她對看過的東西，吃過的東西，在那裡吃，跟誰一起吃的，以及價錢多少，都有很好的記性。……她的西班牙語和德語都說得很好，她的聰明活潑會透過語言發散出來，讓人如沐春風，任何人如果跟三毛聊過五分鐘，一定會念念不忘。她講話就像玫瑰在吐露芬芳。……」

在求學的路上，三毛沒有中學畢業證書，後來以同等學歷到文化學院選讀哲學，憑著沒有學籍的成績單，進入馬德里大學。她沒有文化學院的學生證，後來卻應聘在文化大學中文系文藝創作組教書。她當然不是循規蹈矩、按部就班的「乖」孩子、「好學生」，甚至令父母師長頭痛、傷腦筋，在人生的路上，她過的是軌道外的日子，卻走出了屬於自己的，嶄新的軌道。令我們聯想起西方的名諺：

「生活像磨石，究竟它能把你磨亮？或是把你磨碎？要看你的質料而定。」

我們雖然欣賞三毛，卻從不鼓勵年輕朋友走三毛的路，因為各人有各人的路，被「磨碎」的下場是很悽慘的。傅東華的名言：「古典主義是垂眉的菩薩，浪漫主義是怒目的金剛。」我始終認為，無論做人做事做學問，最好是「古典之中有活力，浪漫之中有節制。」如此才能兼具「寶相莊嚴」與「熱情澎湃」。

令人嚮往的探險獵奇

三毛，走的是另一條路，過的是另一種生活，充滿神奇與幻想，從臺灣到美國，從德國到西班牙，從撒哈拉沙漠到加那利群島，乃至於中南美洲的墨西哥、宏都拉斯、祕魯⋯⋯。好像古代歐洲的行吟詩人，到處流浪、吟唱。「大地啊，我來到你岸上時原是一個陌生人，住在你房子裡時原是一個旅客，今我離開你的門時卻是一個朋友了。」泰戈爾《漂鳥集》中的這一段話，正是三毛的寫照與心聲，隱地〈難得看到的好戲〉說的好：

三毛豈僅是一個奇女子？三毛是山，其倔強堅硬，令人肅然起敬。三毛是水，飄流過大江南北，許多國家。三毛是一幅山水畫，閒雲野鶴，悠哉游哉。三毛當然更是一本書，只要你展讀，就能渾然忘我，憂愁煩惱一掃而空，彷彿自己已告別『俗世』，走進了一個趣味盎然的『卡通世界』和『漫畫王國』，所以三毛自然也是一齣戲，人生中的一齣難得看到

的好戲。

三毛的文章，有的是遊記，有的是報導文章，有的像小說，其實都是三毛親身經歷所見所聞所言所感所想的實錄。她的早期代表作：1.《撒哈拉的故事》──三毛流浪記之一，2.《稻草人手記》──三毛流浪記之二，3.《哭泣的駱駝》──三毛流浪記之三，都是以撒哈拉的故事為主要題材，至於中南美紀行的《萬水千山走遍》，雖然也有看頭，但正如三毛自己的坦率直言：「體會出有心栽花花不發的懊惱，不曾寫下令自己滿意的文章。」

人性是喜歡探險獵奇的，三毛的作品，在題材上開拓了前所罕聞的領域，沙漠風光、異國風情、新穎別緻的人和物，透過她生動的描述，令讀者大開眼界。例如〈荒山之夜〉中，迷宮山美人救英雄的驚險、緊張、懸疑；〈沙漠觀浴記〉中的好奇、精采、刺激；〈收魂記〉中的照相攝魂；〈逍遙七島遊〉中的口哨傳音……。三毛的生活經驗，太迷人了，使我們這些喜歡探險獵奇而又無緣身歷其境的人感覺慰情聊勝於無，而又為之心嚮神往。

三毛與沙漠結緣，是偶然翻閱一本美國的《國家地理雜誌》，正好在介紹撒哈拉，一見鍾情，不能解釋的屬於前世回憶似的鄉愁，就莫名其妙毫無保留地交給了那一片陌生的大地。〈白手成家〉說：

撒哈拉沙漠，在我內心的深處，多年來是我夢裡的情人啊！

我常常說，我要去沙漠走一趟，卻沒有人當我是在說真的。……他們又將我的嚮往沙漠，解釋成看破紅塵，自我放逐，一去不返也。

只有一個朋友，他不笑話我，也不阻止我，更不拖累我。默默的收拾了行李，先去沙漠的磷礦公司找到了事，安定下來，等我單獨去非洲時好照顧我。……在這個人為了愛情去沙漠裡受苦時，我心裡已經決定要跟

他天涯海角一輩子流浪下去了。

沙漠和荷西，就是三毛流浪記中的主角。令人驚奇的，沙漠還有顏色：

> 沙漠，有黑色的，有白色的，有土黃色的，也有紅色的。我偏愛黑色的沙漠，因為它雄壯，荷西喜歡白色的沙漠，他說那是烈日下細緻的雪景。

沙漠的那一頭是山，知道什麼地方有小烏龜和貝殼的化石，荷西下班到家門口，只留在車上按喇叭，一聲吆喝，就興沖沖地出發了。兩個活人，住在鎮外的墳場區，向建材店要來棺材的外箱做家具，白手成家，添了羊皮鼓、羊皮水袋、皮風箱、水煙壺、沙漠人手織的彩色大床罩、石像——偉大無名氏的藝術品、奇形怪狀風沙聚臺的石頭——沙漠的玫瑰，跟荷西夜晚爬過總督家的矮牆，用四隻手偷挖花……，將從撒哈威人租來的陋室變成畫報裡的美麗。

室內成為沙漠中的行宮，室外除了沙漠、山，還有無際的大海。在〈素人漁夫〉中，三毛和荷西到海邊度週末，夜間紮營在崖上：

> 沒有沙灘的岩岸有許多好處，用繩子吊下崖去很方便，海潮退了時岩石上露出附著的九孔，夾縫裡有螃蟹，水塘裡有章魚，有蛇一樣的花斑鰻，有圓盤子似的電人魚，還有成千上萬的黑貝殼豎長在石頭上，我認得出牠們是一種海鮮叫淡菜，再有肥肥的海帶可以曬乾做湯，漂流木是現代雕塑，小花石頭撿回來貼在硬紙板上又是圖畫……。

還有〈逍遙七島遊〉中，在拉加西奧沙潛水：

「三毛，水底有個地道，一直通到深海，進了地道裡，只見陽光穿過飄浮的海藻，化成千紅萬紫亮如寶石的色彩，那個美如仙境的地方，可惜妳不能去同享，我再去一次好嗎？」

三毛的生活與經歷，充滿了探險獵奇的精神，自由自在，上山下海。她的性格率性灑脫而又詭譎，文字也俏皮瀟灑，活潑爽朗。而且精神世界與現實世界同樣地絢爛神奇。經常翻空立奇，異想天開。〈沙漠中的飯店〉記載弄粉絲給荷西吃。頭一回是「粉絲煮雞湯」。荷西問：「咦，什麼東西？中國細麵嗎？」用筷子挑起一根粉絲：「這個啊，是春天下的第一場雨，下在高山上，被一根根凍住了，山胞紮好了背到山下來一束一束賣了換了米酒喝，不容易買到哦！」第二次吃粉絲是「螞蟻上樹」，荷西咬了一大口粉絲：「什麼東西？好像是白色的毛線，又好像是塑膠的？」「都不是，是你釣魚的那種尼龍線，中國人加工變成白白軟軟的了。」

背著布袋走遍天涯海角的三毛，其作品是生活的實錄，人格與風格的契合。許多人夢寐以求的幻境，在三毛的經歷中活活生地演出，又在三毛的筆下一幕幕地呈現，播映到讀者面前，有身歷其境的臨場感。在過去的文學傳統裡，我們也常讀到異域歷險的作品：荷馬的《奧狄賽》、吳承恩的《西遊記》、史威福特的《格列佛遊記》……。固然可以滿足探險獵奇的人性，可是其中多係出自想像虛構，距離比較遙遠。而三毛，除了同樣搜奇歷險的精神之外，她就活在我們同一時代的同一國度，三毛就站在大家面前。三毛流浪記——現代的西遊記，又豈能不更加感覺親切而又引人入勝哩！

敢愛敢恨的浪漫與激情

三毛天真率性，不受拘束，敢愛敢恨，充滿了浪漫與激情。「望雲不慚高鳥，臨水無愧游魚」，沒有塵網的籠罩，也不受世俗的繫絆。這原本是人人內心深處的渴望，卻在三毛的經歷中活生生地演出。荷西稱她為「異鄉

人」，常常跑出一般人生的軌道，做出難以解釋的事。她曾經借了別人的機車，把自己假想成史堤夫麥昆主演《第三集中營》大逃亡，深夜飛馳馬德里大街。曾經為了撿鵝卵石回家畫像，差一點命喪海灘。她的作品就像是多稜角的水晶球，從不同的角度煥發出異樣的光輝。詩人瘂弦〈穿裙子的尤里息斯〉說：

> 我認為三毛作品之所以動人，不在文字的表面，不在故事的機趣，也不在作者特殊的生活經驗，而是在這一切背後所蘊藏的作者的那顆愛心。我喜歡她對她所見到的悲苦小人物的那種感同身受的入微觀察，我更欣賞她路見不平拔刀相助時對人性惡的一面的鞭笞。

散文家張曉風〈落實的雨滴〉說：

> 十幾年過去，她雖不落地，卻也生了根，她變成了一個女子，能烤蛋糕，能洗衣服，能在沙漠中把陋室住成行宮，能在海角上把石頭繪成萬象。她仍浪漫，卻被人間煙火燻成斑斕動人的古褐色。

> 三毛的流行說明了什麼？它說明我們都曾愛飄逸的雲，但終於我們愛上了雨，低低地，把自己貼向大地貼向人生的落了實的一滴雨。

小說家司馬中原〈仰望一朵雲〉說：

> 如果生命是一朵雲，它的絢麗，它的光燦，它的變幻和飄流，都是很自然的，只因它是一朵雲。三毛就是這樣，用她雲一般的生命，舒展成隨心所欲的形象。無論生命的感受，是甜蜜或是悲淒，她都無意矯飾，行間字裡，處處是無聲的歌吟，我們用心靈可以聽見那種歌聲，美如天籟。被文明綑綁著的人，多慣於世俗的煩瑣，迷失而不自知，讀三毛的

作品，發現一個由生命所創造的世界，像開在荒漠裡的繁花，她把生命高舉在塵俗之上，這是需要靈明的智慧和極大的勇氣的。

評論家彭歌〈沙漠奇葩〉說：

我也很喜歡三毛的作品，說是「也」，因為實在是有很多人都有同好的緣故。

但大家喜歡的理由可能不盡相同。我喜歡的是她那種爽朗的性格，好像很柔弱，其實卻很剛強。她把很多悽愴的際遇，都能寫得生氣勃發，灑脫渾厚。她不是不知憂愁傷感，但在生命裡還有比傷感更強的東西。我想，應該說，她的文章好，她的心更好；到了天涯異域，就能磨礪生光，沙漠裡也有奇葩。

　　三毛是敢愛敢恨的，愛其所當愛，恨其所當恨。正由於愛恨分明，適足以使其充分顯現了浪漫與激情。潑辣得淋漓盡致，正是不姑息養奸的道德良知與勇氣，所以連溫柔敦厚的詩人瘂弦都要「更欣賞她路見不平拔刀相助時對人性惡的一面的鞭笞」，我最欣賞她對付〈西風不識相〉裡那些不識相的洋妞，以及〈賣花女〉中那個極端可惡而又極厲害的老太婆。「是這些外國人有意要欺辱我，還是我自己太柔順的性格，太放不開的民族謙讓的觀念，無意間縱容了他們；是我先做了不抵抗的城市，外人才能長驅而入啊！……但願在不是自己的國度裡，化做一隻弄風白額大虎，變成跳澗金睛猛獸，在洋鬼子的不識相的西風裡，做一個真正黃帝的子孫。」真是令人擊桌稱快！

　　三毛是中國現代文壇上的一朵奇葩，她童心未泯，率性天真，一點兒也不世故；她溫柔細膩，觀察入微，具有高度的敏感；她古道熱腸，敢作敢為，兼具俠骨與柔情；她見義勇為，快人快語，好打抱不平；她俏皮活潑，反應奇準，常能轉危為安。從獵奇探險的精神到敢愛敢恨的浪漫與激

情，使在塵網籠罩下的讀者，從世俗束縛與現實環境壓力下得到解脫，感同身受！

複雜的人性與廣大的同情

三毛的文章，除了題材上的奇風異俗引人入勝，探險搜奇令人嚮往，浪漫激情令人稱快之外，在人性的洞察上，尤能刻畫入微。不但顯現了複雜奧妙的人性，更流露了廣大的同情與深厚的愛心。「三毛雖然是個小人物，卻有一顆寬闊的心，在她的心裡，容得下世界上每一個她所愛的人。」三毛筆下的人物，一個個活現在紙上，成為讀者熟稔的朋友。

〈芳鄰〉中描述沙哈拉威人：「在公用天臺上，所有的女人都用我的紅藥水塗滿了臉和雙手，正在扭來扭去的唱歌跳舞，狀極愉快，看見紅藥水有這樣奇特的功效，我也不能生氣了。」有一個在醫院做男助手的沙哈拉威人，受到文明洗禮之後，拒絕與家人同樣的用手吃飯，每天飯前，他的兒子就來敲門：「我爸爸要吃飯了，我來拿刀叉。」每天來借刀叉，不勝其煩的三毛，乾脆買了一套送他。沒想到兩天後，小孩又來了：「我媽媽說那套刀叉是新的，要收起來。現在我爸爸要吃飯──。」……三毛居然感謝這些鄰居，沙漠的日子被她們弄得五光十色，再也不知寂寞的滋味了。

〈士為知己者死〉中荷西的好友米蓋，三毛蠻同情他的，他在婚後短短的時間，一顆年輕自由飛揚的心，變成一個老氣橫秋，凡事怕錯，低聲下氣，口袋裡拿不出一分錢的好丈夫。三毛感慨地說：

> 一個做太太的，先拿了丈夫的心，再拿他的薪水，控制他的胃，再將他的腳綁上一條細細的長線放在她視力所及的地方走走；她以愛心做理由，像蜘蛛一樣的織好了一張甜蜜的網，她要丈夫在她的網裡面唯命是從；她的家也就是她的城堡，而城堡對外面的那座吊橋，卻再也不肯放下來了。

　　愛情與婚姻固然是人類莫大的幸福，有時卻變成最大的負擔與束縛，成家就是戴上了「枷」，足以扼殺一個傑出的人才。米蓋這樣的實例並非常態，卻不乏其例。三毛的諷刺，真是入骨。相對地，她在〈大鬍子與我〉中寫荷西，就更耐人咀嚼了：

> 他是寧為玉碎不為瓦全，情願買一樣貴的好東西，也不肯要便宜貨。我本想為這事生氣，後來把這習慣轉到娶太太的事情上去想，倒覺得他是抬舉了我，才把我這塊好玉撿來了。

　　還有〈巨人〉中的小達尼埃，加那利島上那些樂天知命的可愛的老人，丹納麗芙嘉年華會中可愛的居民。「這樣懂得享受他們熱愛的生命，這樣坦誠的開放著他們的心靈，在歡樂的時候，著彩衣，唱高歌，手舞之，足蹈之，不覺羞恥，無視人群。在我的解釋裡，這不是幼稚，這是赤子之心。我以前，總將人性的光輝，視為人對於大苦難無盡的忍耐和犧牲。而今，在歡樂裡，我一樣看見了人性另一面動人而瑰麗的色彩。」

　　三毛筆下的人物，有赤子之心，有感傷，有愛恨，有詭譎，有癡迷，有灑脫。最可憐的是〈哭泣的駱駝〉悲劇中的女主角沙伊達。這個潔白高雅，麗如春花，具高度文明散發的可愛女了，卻被暴民公然蹂躪慘死，在醜陋的人性的陰影籠罩之下，不僅是三毛的噩夢，也使所有讀者經歷了一場噩夢。最耐人尋味的是沙漠軍團的沙巴軍曹──奧地利的唐璜，紋身刺花、大鬍子、眼光看人時帶著幾分霸氣而又嫌過分的專注，胸膛前的上衣扣一直開到第三個，三毛曾經在他醉倒路旁時護送他回營，卻對三毛說：「對沙哈拉威人的朋友，我沒有名字。」他的弟弟和全營的袍澤被沙哈拉威人殺光。這個被仇恨啃嚙了 16 年的人，卻在最危急的時候，用自己的生命撲向死亡，去換取幾個沙哈拉威孩子的生命。

天涯倦客的歸鄉

三毛最後作品是三篇大陸行的返鄉文章。

第一篇〈悲歡交織錄〉，這是若干返鄉人的共同經驗，名副其實的悲喜交集，情緒激動，不能自已。

第二篇是〈敦煌記〉，從嘉峪關的長城，到敦煌的莫高窟，從狹義的江南家鄉，到廣義的西北之鄉，使三毛流浪記補上最後的缺憾。

第三篇是〈金陵記〉，這應該是三毛最後的代表作，與早期成名的《撒哈拉的故事》相映成輝，而且採意識流的手法，時空交錯，鏡頭變換，回憶、現實、幻想、童情、家庭、國事，交叉映現，流露了複雜深刻的摯情。最主要的是在探尋自己的根。

三毛的家，在南京、鼓樓、頭條巷四號。

前院種了梧桐樹、桑樹和芭蕉。那分隔前後院的籬笆成了一面花的牆——爬牆玫瑰。一切客人來時，視線中望去，並沒有生活的痕跡，只能看見大樹、草地這種東西，而我的遊蹤，卻是滿屋子轉著。我酷愛後院那鮮明活潑的生活——大師傅炒菜、江媽納鞋底、吳媽燙衣服、小趙洗車子、蘭瑛打她的孩子，門房老婆打蘭瑛。一到了夏天，堂哥們興趣大，弄來了個「手搖機器」開始自製冰淇淋。

三毛童年生活的世界，當然不只是這樣，別有洞天的是二樓的圖書室。常常躲在書架跟牆縫的角落裡看小人書。就在那個快樂天堂裡，她曾發現唯一的堂姐明珠，坐在床沿，生氣般的垂著頭，而三舅的一位男同學，正在向她下跪。「那好幾天，我魂不守舍，一直臉上發熱，我親眼看見了一件比耶穌基督、飛蛾更神祕的東西——愛情。就在南京圖書室那個下跪男人的反光眼鏡裡。」

三毛在破壞了人家的「好事」時，手中正拿著一本漫畫書——《三毛

從軍記》，其實，這也是三毛精神上的返鄉與尋根：

> 四十年之後的初春，我下了中國民航，在大上海的夜裡，上了汽車往一
> 個人直奔而去。我奔向歸鄉第一站的第一個人——他——八十二歲——他
> ——站在寂靜的閣堂中被兒女攙扶著迎接我——我——緊張得跑了起來，
> 我們同時張開了手臂，我這天涯倦客，輕輕抱住了——三毛的創作者——
> 張樂平大師。一時裡我哭了。方才知道，浮生若夢，只要還是眼底有
> 淚，又何曾捨得夢覺。

　　三毛的歸鄉，有現實層面，也有精神層面——心靈的故鄉。民國 38 年
冬季，她離開南京之前的景象，像一幕幕動態的畫面，播映到讀者面前：

> 我看見哥哥們理書包、丟書。我看見家中人來人往，我聽見姐姐的同學
> 們向她說再見。我發覺母親不許我跟馬蹄子搶一隻玩具熊，她對說：「妳
> 不許搶，留下來給他，統統給他。」在這些不合一般生活秩序中最使我
> 懼怕的卻是一種「分離的意識」；明珠姐姐要跟父親分開。舅舅們可能被
> 一種力量捉去。母親在選擇弟弟和我。姐姐的小朋友不再上學。代表行
> 動的箱子一口一口出現，哥哥寶愛的蠶被倒在樹上。……

　　三毛是一個很重視生活的人，隨緣寫作，真性情流露，「寫作只是我喜
歡玩的遊戲之一，就像辦家家酒一樣，使我樂而不疲。……不要用稿紙正
襟危坐地去雕琢，倒不如用張白紙隨意塗抹，反而奔放自如。」（林芝〈三
毛是一齣精采的戲〉）〈金陵記〉不但是她最後的代表作，在近三年來風起
雲湧的返鄉探親文學中，更是別致的代表作。她在文字上並不刻意琢雕，
也不是典雅溫厚的那一類風格，卻是生動傳神，十足鮮活，真是既穩且準
又狠！
　　在啟程「遨遊天國」之前，三毛一再勸告年輕朋友「惜生」，但是她的

行為卻違背了自己信誓旦旦的宣言：

> 我仍跟時間競走，我仍把自己的生命好好地發揮。我不眠不休地寫，隨
> 處奔赴到需要我的地方，我不僅要為自己活，還要為荷西那一份活，直
> 到時間要我歸去的時候。
>
> ——〈人生，考考我吧！〉

> 生命真是美麗，讓我們珍惜每一個朝陽再起的明天！
>
> ——〈惜生〉

　　三毛的歸去，當然令人感覺遺憾、迷惑，寧非「言與行反」的反諷？
我想三毛唯一的缺憾就是在多重的性格下，在浪漫與激情的生命投射中，
少了一份安恬寧靜的自得，隨緣隨遇。然而再一思量，人世間如此的安恬
自得，又豈只是生命而已，如此的缺憾又豈止是三毛獨具的缺憾，三毛已
經用「軌道外的魅力」風靡了讀者，又用她的生命作了令人遺憾的反諷，
難怪她說：

> 每一粒沙地裡的石子，我尚且知道珍愛它，每一次日出和日落，我都捨
> 不得忘懷，更何況，這一張張活生生的臉孔，我又如何能在回憶裡抹去
> 他們。
>
> ——〈搭車客〉

　　三毛的人格與風格，令人聯想起「但使有情皆滿願，更從何處著思
量！」想起儒家的安心立命，想起「浪漫之中有節制」！

——選自《明道文藝》第 190 期，1992 年 1 月

縱浪大化中

◎林明德*

我與已故三毛小姐的文學因緣,大概有十年之久。然而,其間的往來不過三次。

第一次,在 1981 年 8 月,當時,我擔任《益世雜誌》總編輯,企畫了「瓊瑤‧三毛震撼的探索」座談會。就我所知,將三毛提到學術層次來討論的,這恐怕是國內外唯一僅有的。

我的開場白是:「二十年來,瓊瑤像長青一樣,歷久不衰。三毛這幾年文壇崛起後,影響也很大,1980 年代社會興起一股漂泊意識似與她有關。不論社會過去對她們的褒貶如何?我們今天座談的目的希望以嚴肅的態度來看她們的影響和文藝價值,所以我們請來各方面的專家,透過大眾文學、當代社會心理學、美學的觀點,必能有較客觀、全面、深刻的探討與了解。」

三毛看到朋友轉寫的座談會緣起時,表示受到「傷害」,不願受訪,經編輯去信解釋,始答應於座談會後接受訪問。後來,終因三毛身體狀況欠佳而作罷。

據悉,三毛曾聽了當天座談會全程錄音。

‧

第二次,在 1983 年 11 月。當時,我在輔大中文系講授「新文藝習作」,規畫了「新文藝專題講座」,特別透過張拓蕪兄邀請三毛擔任講座。

*民俗藝術研究者、飲食文化專家。發表文章時為輔仁大學中國文學系教授,曾任彰化師範大學臺灣文學研究所教授兼副校長,現為中華民俗藝術基金會董事長。

「沒問題，她是我們的死黨，三殘（杏林子、三毛與張拓蕪）之一，我馬上幫你聯絡去。」張兄在電話中很有把握地說。

就這樣，我與三毛約好時間在臺北火車站見面，同上輔園。

那天，屬於凜冽的 12 月，三毛的形象是：不長不短的黑髮，亮紅衣服，長統靴子。

散文經驗的對話，由我（代表大家的意見與個人的看法）與三毛面對面的來談。共分三個單元：1.三毛看散文；2.散文入門：(1)鑑賞，(2)創作；3.三毛答客問。

其中有段精彩的對話是這樣：

三毛以為自己筆名、文章題目粗俗。

「不會不會，如果你能體驗三毛的意義，就知道你不粗俗，因為你能『出俗』而超越出來。」我說。

「通俗不庸俗！」三毛自己說。

「但通俗裡面會讓你感到是她開發出來的。」

我的對話結論是：

1970 年代以來的年輕讀者之所以喜歡三毛作品，就我們的了解，不外下面五種原因：1.三毛提供一個新奇的世界，讓讀者從狹隘的島國抒脫出來，過一種形而上的「流浪」。2.三十年來報章雜誌的留學生文化污染，潛移默化了年輕人的心靈，馴至不明就裡的崇拜，三毛的出現（從遠方帶來文化、社會等消息），給讀者一種酣暢的滿足。3.三毛作品蘊涵人間世的愛，她對先生、弱者、老年人、陌生人所表現的情感，很能引起純潔青年的共鳴。4.三毛作品以第一人稱的方式來敘述，容易使人視為真實事件，也是造成讀者喜愛的原因之一。5.三毛作品的一大特色，是反禮俗、反社會的規範，又能肯定自我的意義與追求的目標。在社會的傳統與現代還未完全轉型的今天，每個年輕人面對聽父母教訓，聽我自己判斷的抉擇中，三毛不啻提供了一個強有力的實例。

那天，三毛忘了帶資料，在毫無依傍的情況下，卻相當靈動的對話了

三小時。

·

第三次，在 1990 年 11 月，當時，我替臺中縣立文化中心設計散文文藝營，為邀請三毛參與，電話聊了將近三十分鐘，她興會淋漓，無所不談，對於她的人生哲學有具體而微的呈示。這裡略述二三印象。

一、在中一代女性散文家，三毛的震撼可以說是最具特色了。1970 年代，三毛以「撒哈拉沙漠經驗」崛起文壇，廣受年輕朋友的喜愛；1980 年代，社會興起一股漂泊意識似乎與她有某種程度的關係。不過，她最近的《鬧學記》卻充分說明了旅人的回歸意識，（「一個人能夠認路回家，卻是多麼幸福的事。」）以及在新天新地重建家園的抉擇。

她聽完我的分析之後，朗朗大笑，說：「這次，我真的回家了。儘管有人說臺北又擠又亂，但是，我以為不擠不像臺北，亂中卻有秩序。我喜歡這裡的人事物！」

二、編完《滾滾紅塵》之後，我精疲力竭，突然決定進人中國旅遊一個月。我故意與外面隔絕，自我放逐；行其所當行，止其所當止。一切隨緣，臨機應變。或荒村或都會，或水陸或航空，體會王維「興來每獨往，勝事空自知」的經驗。

三毛如是說。

三、有次，陪一位老人家旅遊大陸，夜搭軟臥火車。三更半夜，闖進一個惡客，搶劫模樣。我輕聲說：「不要驚醒老人家。來，抽根洋菸。要錢，可以，我除了留下旅遊的需要外，其餘的統統給你。」那人抽著煙，拿了錢，一聲不吭，轉身離去。

「妳沒被嚇壞？」我急問道。

「林明德，怎麼會。我什麼場面沒看過。他要的是錢，錢財，要就給，只要生命平安，何必計較！」她得意的回答。

據說，事情過後，不久三毛便在搖晃的夜車上，進入了夢鄉。

．

在此，我覺得我第二次與她的散文經驗對話，最足以表現她的文學態度，雖事隔八年，仍有重新回顧的價值，故摘錄部分附錄如下：

三毛看散文

我個人喜歡引用張愛玲的一句話：「一個文學的理論，是出在作品之後的，一個作家在寫作的時候，如果想到寫作原理的話，寫出來的東西可能工整，但是沒有靈魂。」這是張愛玲說的，我絕對同意，我也喜歡說：「一篇文章的定義不是作者的事，而是評論家的事。」當我們心有所感、醞釀到某一個程度的時候，文章不出來也不行。說的時候，不能給自己下一個框框，說：「我這分在心裡上的震動，（或者說，我心裡要寫出來的一個故事，）我要用散文或者用小說或者用詩寫出來。」我從不跟自己說這樣的話，因為如果我將自己先限定一個框框，說：「你寫的是散文，現在注意哦！不要寫出散文以外的文體。」，那麼在我的文章裡，我什麼都不敢，五花大綁得不能發揮。我是一個絕對的自然主義者。

我的文章不是天馬行空。也許各位看起來，是胡言亂語。其實，故事的經營與表達，往往要經過好幾個月醞釀，才寫得出一篇不算太好的文字。在我自己寫作的時候，很少跟自己說：『三毛，你寫的是散文，注意：散文、散文……』在這個情形下，對於散文，在我本人的作品裡，沒有定義可言。那麼，散文是不是沒有定義呢？不是，剛才所回答的，是我個人寫作的問題。我認為，散文在形式上，它還是肯定的。在中文裡它叫散文，英文叫 essay。所以，散文在中文裡，已經告訴你了：是散散地來。散文之美，就在於它的閒散、和它的自由自在。我們曉得，散文在中國、歐美，題材往往是生活上，一些小小的感想、心得，寫出的隨筆。

在散文的定義中，我認為它比小說有更多的空白。好讓讀者在欣賞的時候，心靈上不會覺得緊迫、沒有強烈的情節、它是一種閒散生活的品味，但，我還是可以絕對肯定它的藝術價值。

散文入門

鑑賞方面

　　首先我要對這兩字做一個區分，鑑和賞，事實上並不是完全相同。文化大學的學生們曾問我：「老師！你上課的時候，為什麼常常要分析作品？」我個人的看法是：我看了一本好書，我說不出它有什麼好？但是當我感動了，我就認定是一本好書。我說這是賞，而非鑑，這是一種感性的領悟。至於鑑呢？一本書的好壞在那裡？你為何欣賞它？這才是鑑的問題，換句話說，這是知性的分析。總之，我的看法是：鑑賞視知性的分析，賞則是感性的領悟，缺一不可。當今有許多紅學家，因為酷愛《紅樓夢》，而走上了版本派，走上了考證派。這就是「鑑」，甚至鑑到這本書以外的事情上去了，我個人對這些沒有意見。但我認為如果你只去鑑，而一再的分析，這本書這裡寫得好，那裡寫得好，反而就違背了作者的本義。而且，賞是不可缺的一個字，這裡面的美，我們跟它同哭同笑，一同感慨，而它好的地方，我也知道。這兩個字融會起來，就成了一個最好的詞：「鑑賞」。清代有位評論家，我認為他真正作到了鑑賞——那就是金聖歎。各位只要看看金聖歎所批的《水滸傳》就可知道，什麼是鑑、賞了。

　　我 15 歲時，看過國內一位作家的作品，感動得不得了，我受了啟示。當時，是怎樣的一個社會呢？男女關係非常封閉，父子之間幾乎不能交談。在那種情況下，看到那樣的文章，我之所以受到感動，有它的時代背景。可是在今天，我把當年受到感動的那篇文章，拿到班上去，同學們反而問我：「老師當時為什麼那樣感動？為什麼為了一個男孩子，這樣的一場戀愛，會使你這樣感動呢？」時代不同了，這一部作品，也沒有經過時代的考驗。然而看看《紅樓夢》，寫的是貴族家庭的事情、公子小姐的戀愛，它怎麼依舊如此感人呢？再看看那些世界名著，它們不正經過了時代的考驗嗎？我認為鑑賞的入門，不要浪費時間，不要看輕自己。從世界名著著手，而非一些當代作品。（因為它們還沒有經過時代考驗，哪些要傳世很難

說。）中國的六大小說，大家一定要看：《三國演義》、《西遊記》、《金瓶梅》、《水滸傳》、還有《紅樓夢》、《儒林外史》。我們可以從《三國》、《西遊》以至於《紅樓》了解中國小說的發展，在技巧上，在境界上，在精神上的突破。這六本古典小說，中國人不能不看。那些世界名著，第一次接觸或許枯燥些，看到後來，你可能會入迷的。總而言之，從世界名著開始鑑賞，這些世界名著是不會辜負我們的。

　　剛才講到鑑賞的問題，我要補充一下，鑑賞到一個最高境界，就是再創造。我個人最近再看了《水滸傳》，看到一段魯智深上五臺山文殊院做和尚。這樣四、五個月，把一位奇俠關在那，四、五個月後，他下山了，經過了一個亭子，就是當初智真和尚出來帶領他的那個亭子。他說了一句粗話，相當於今日的「他媽的」，於我心裡有了一個再創造，他為什麼在這個亭上才講呢？四、五個月以前，我是這樣的一個人，穿著一個武人的衣服，進這個亭子做了和尚。四、五個月後我出來，還是這一個亭子，這一下，如夢初醒。然後那個賣酒的來了。他唱了一首歌：「九里山前作戰場，牧童拾得舊刀槍，順風吹動烏江水，好似虞姬別霸王。」賣酒的為什麼要唱這歌呢？為什麼恰似虞姬別霸王呢？往事如煙啊！我們這位花和尚魯智深，就開了戒，喝起酒來了，這一段水滸是我的再創造。「看出來」了，真是痛快啊！這些意義作者不說，由讀者去創造。今天談到創作，我認為鑑賞的最高境界，是千千萬萬的讀者賦予作品的再創造，所以鑑賞也是一種創作，讀者的創作，這也就是 1982 年諾貝爾文學獎得主馬奎斯所說的，「偉大的是讀者。」我寫得再好，讀者不能再創造的話，我的文章也失去了意義。所以他那本文字感人的故事，絕對不肯拍成電影。為什麼？因為文字的美是在任何人的背景不同，能夠再創造。拍了電影，落了形象以後，像寶玉就是林青霞、黛玉就是張艾嘉，就完蛋了。但如果你愛黛玉的話，經由再創作，能夠造成你心目中的夢裡情人，曹雪芹造黛玉，不敢講她的五官，只敢講她的神情、體態，所以我認為鑑賞就是再創作。

創作方面

　　說到創作，不能忘記三個要素，肌理、紋理和神理。拿蓋房子來說，肌理就是那些材料。紋理就是那些樓梯，讓你上去了。神理是一位偉大的建築師配合了前面兩項，設計出了這幢偉大的建築。神理這東西我認為有點因素，努力只能達到某一個程度的境界，努力是可以的，我這房子蓋得堅固，蓋得也不難看，這是肌理和紋理的工作，我文筆很流暢，神理這件事同學聽了很氣餒，除非命中坐了文昌文曲星，也就是說它是一種天賦神力的東西，不能強求，所以這三項最難的是神理。前兩個也可比，但前兩個培養到一個深厚的根基，它也不是壞文章，寫出來的東西也滿紮實的，滿厚的。例如：吳晟，我認為他寫出了鄉村的味道。鍾理和也寫出了鄉村的味道，但是白先勇的東西有神理，張愛玲的東西有神理。曹雪芹別說了，他是中國的文學之神，（這是我個人的看法）所以在創作上儲備的工作固然重要，醞釀的工作也很重要。絕對不能說靈感來了，一氣呵成。我不同意，靈感來了，一氣呵成還是你的大綱，如果激動，好高興哦！一直寫一直寫，在這個時候我們比較失去了理智，寫好之後不要急。你不如出去散一個步，放在抽屜裡三、五天，等平靜了，有距離了再去看『它』。你會發覺許多地方不對，然後修修改改……我不相信和你的原稿一樣。不要忽視自己的潛能，努力，要多寫、多看。當你胸有成竹的時候，竹子容易畫出來。我最喜歡的是跟自己講故事，我如何在心裡，把它組織起來？記得海明威在寫《戰地春夢》的結局——那個女人死掉的時候——他改寫了 23 到 26 遍。一代宗師海明威尚且如此，何況我們這些初學的人？我認為創作的時候，一定要冷靜，也許人家看起你是很熱烈，如無名氏先生：我，一篇八百字的東西可能要看上一個禮拜，還不敢寄出去。寄出去變成鉛字，有種視覺上的反射。自己甚至要後悔，一段為什麼要分得這樣短，這個句號用了個逗號。因為視覺上看來就不一樣。創作上醞釀很重要，反省也很重要，然而更重要的是，對自己要有信心。但這個自信不是盲目的自傲。創作最忌人云亦云，風花雪月，如果你沒有功力，請你不要寫獨白式的東

西，因為它太虛，講你的心情，讀者很難起共鳴，這種叫意識流的東西，除非你是一代大家，最好不要去碰它，海明威有句名言，「寫作要像冰山」，作者讓讀者看到的是冰山的頂，只有百分之二十，百分之八十留給讀者再創造，如此，文章才有餘味，使人一讀再讀不厭，我個人非常反對在文章裡說理，我曾當面告訴過黃春明，我不喜歡他寫批判性的小說，例如《莎喲娜啦，再見》、《蘋果的滋味》，我喜歡他的《兒子的大玩偶》、《看海的日子》。他說他也有同感，我也覺得各位同學可能會有個毛病，故事講很好，收尾的時候，他理虧了。寫篇戀愛故事，最後還要說理一番，使自己不再心虛，用一個社會的道理作結束。而讀者最不喜歡的就是你直接的講一個原則，一個道理，因為他也知道，用不著你去講。中國人講求的是「不聽老人言，吃虧在眼前」，老人家一天到晚跟你說理，不讓你去體會人生；而創作不同，真正的文學在一個故事結束後，背後隱藏了有這個故事真正的靈魂、藝術和內涵。各位創作的時候，不要寫跟自己經驗不熟悉的事情，不要寫虛假的東西，不要用第三人稱，人物的安排不要太多，人物出場時不要同時，讓讀者看得亂七八糟，不要忘了出場的時候，用伏筆，看看《水滸傳》，武松經過賣人肉包子的十字坡時，菜園仔張青並沒有出來，但是看見一個樵夫，擔著一擔柴走過來，武松問他這是什麼地方？他說「十字坡」，母夜叉才出來了，然後張青才出來。再看，潘金蓮有個乾娘一起謀殺武大，這個乾娘，不是「話說如何如何有個乾娘」而是武松跟武大一起喝酒，潘金蓮不肯煮酒，武大說不如找隔壁王乾娘來給我們煮酒吧！這就是伏筆。

題目設計

我有次在書裡讀到一位美國作家講的話，獲益良多。他說：「永遠不要在題目裡透露文章的祕密。」舉例說明：《紅樓夢》。紅是顏色，樓是建築，夢是空。一個色，一個相，一個空，它沒有告訴你裡面寫什麼，但是它還有四個名字，叫「金陵十二金釵」、「情僧錄」、「風月寶鑑」、「石頭記」。五個名字裡，我喜歡「石頭記」但最喜歡「紅樓夢」，在這個題目

裡，我們知道曹雪芹沒有透露文章祕密。至於「金陵十二金釵」就已經透露是講 12 個女孩的事。西方的《查泰萊夫人的情人》，請問它講什麼？也不過是「查──泰──萊──夫──人──的──情──人。」而已。

　　像寫〈哭泣的駱駝〉時，我本來要用「撒哈拉最後的探戈」，因為當時正流行《巴黎最後探戈》，取這個名字是因為那些敵人是跳著來的。但我想這是一個悲劇，這是一個游擊隊的事情，這是沙漠整個撤退的事情。到底是誰在哭呢？這樣的悲劇讓第三者來為你哭泣。另外還有個題目叫〈五月花〉，講一個奈及利亞人，整篇裡沒有看到五月的花。我用的是反比，我們是五月去工作的，我們充滿夢想而去，結果是這個結果。所以用的題目，你不要用悲痛的，用的是一種憧憬，你會有一個聯想，當年英國人坐船到美洲，坐的是五月花，五月花給你的是一種夢想，而沒有看到五月的花，只有一句，是我對我先生說：「你睡吧！只有在夢裡才看得到五月的繁花。」而且沒有五月，輕輕地一點，意思留在其中。

　　上個禮拜我被我的好朋友心岱逼稿，說三天之內要寫出跟動物有關的，我說：「心岱，我不喜歡動物，我喜歡花草。」可是「你幫忙，一定要寫。」好了，只好寫一篇我跟一隻鳥的故事。真的有，可是我是沒有辦法才寫的，寫得不妙，寫完我自己很生氣，取個題目叫「鳥」，上面只寫了一個鳥，後來想一想，那個鳥跟我相處了六天，從生到死，所以改了一個題目叫〈六天〉，六天裡發生的事，請你來看，我不講。這是很重要的一點。

　　再如白先勇，他專門用人物的，因為他人物刻畫的最成功。我檢討我自己的書：《撒哈拉的故事》、《哭泣的駱駝》、《溫柔的夜》。各位有沒有發覺它有語病，都是的、的、的，後來就沒有了，我們不要用太多的虛字。反觀西方流行歌曲，鮑布狄倫，披頭四他們唱的都是故事，我們的唐詩、宋詞講的是一個境界。有首西班牙歌：「未婚的是金，已婚的是銀，那些那些小寡婦啊！破銅爛鐵。」我最喜歡這首歌。

散文的結構

　　剛才提到，散文就散，此散非彼散。道可道，非常道。名可名，非常

名。有人說三毛穿衣服亂七八糟的……。

　　這個亂七八糟裡，有它的城府和精明。舉個例子來說，法國人穿衣服好閒散，一雙平底鞋。有人說法國人衣著很隨便，不，那是故意的，看起來閒閒散散的。我們的散文，乍看，天女散花，東一朵，西一朵。但是散文最重要的東西是它的結構，散文東一句西一句的話，氣會被堵住，散文最重要的是結構，結構連貫像唱歌一樣，中國人所謂的氣就通了。我個人認為，我最漂亮的一篇散文就是〈夢裡不知身是客〉，它是一個節奏、一個節奏的來，一環扣一環，它講的又閒散，又緊湊，而你乍一看，散散的，散文的結構非常重要，散文的緊湊，不要讓人看見。我認為琦君是位散文大將。琦君，寫的都是她童年的故事。各位要曉得，作白居居易可不容易，難道他不會寫深的嗎？作沈從文也不容易，他寫得好淺白，如《邊城》那本書。你問如何結構？我說這不能講，你問如何如何，可是我的經驗，轉化到你們身上能夠成功嗎？不能！我認為散文的結構是有的，散文的經營，扣得很緊，要不然，拿什麼吸引你。還有一點我認為很重要，即散文的見解。梁實秋的《雅舍小品》為什麼好，因為有見解。張愛玲的散文為什麼好？因為她不人云亦云，而且大膽。你們說得什麼文藝獎的作者都要有個健康的主題，文以載道，人性的光輝。張愛玲她就敢寫，她有見解，勇敢而且特殊，所以藝術性高。像有些小學生的：「我們去郊遊回來，已是萬家燈火了。」、「我要好好讀書，不辜負老師父母對我的期望。」這都是人云亦云的句子。當你寫作時，請考慮一下，一句話可以有二十種說法，別人都這樣說，我就不要這樣說。散文的經營，我是不太行，但我勸各位要多看梁實秋、張愛玲、看《湖濱散記》。

──選自《明道文藝》第 190 期，1992 年 1 月

三島與三毛：自我的追尋與逃避

◎黃光國*

流行文學作家三毛突然自殺身亡，引起了海內外華人社會相當大的震撼。由於三毛之死，並未留下任何遺書，社會大眾對她的死因，也有種種揣測，蜚短流長，莫衷一是。

我在臺大心理學研究所講授「社會心理學」，日前在課堂上討論中國人的自我與價值觀時，有位研究生提出了「三毛現象」，居然引起了熱烈的討論。我和三毛有數面之緣，聽過她全神貫注地描述她通靈的事迹，也斷斷續續看過她的一些作品，覺得她一生的故事很能夠反映現代中國女性典型的自我和價值觀，頗值得我們從心理學的角度，來作進一步的分析。

不能相提並論

三毛死後，有人拿她和海明威、三島由紀夫、川端康成之死相提並論，說他們都是「對自我要求太高，面對無法突破情境時，只好選擇在自己最美、成就最高的時候，尋求解脫。」在我看來，這根本是皮相之論。三毛和這幾位作家的對比，正好突顯出中國人性格的特色：從海明威、三島由紀夫、川端康成的作品中，我們可以很清楚地看出一個作家對生命的質疑，和他們「生死與之」的恆久追求；從三毛的作品裡，我們卻只能看

*發表文章時為臺灣大學心理學系教授、國家科學委員會特約研究員，現為臺灣大學心理學系特聘
教授、教育部國家講座教授。

到中國人「隨境而轉」的「情境中心」性格。

　　海明威的精神世界隸屬西方，和我們心理上的距離太過遙遠，在此暫且不論。先拿我比較熟悉的三島由紀夫來說。日本文學批評家松村剛指出，貫串三島作品中的一個核心主題是：「在虛妄的人生之上，怎樣才能開出美麗燦爛的花朵呢？」其實這也是西方哲學家們長久思索的一個問題：在人類感官所能觸及的現實世界裡，怎樣才能追求到超越性的永恆價值？

三島的美和生存對立

　　三島和川端康成一樣，他們作品中的主人翁都不斷地在追求「美」的永恆價值。然而，在三島看來，「美」這種東西卻是十分可怕的，其可怕之處，猶在於「美」經常和人的生存處於對立的地位：人的生活和大地的變化一樣，是持續的一再重複，其中的一切行為，大多只有相對的價值。「美」則主張「唯一性」（uniqueness），真正的「美」，應當具有絕對價值。譬如藝術家所創造出來的作品，必然要要求具有獨一無二的絕對之「美」，否則便無價值。

　　三島的作品裡，經常突顯出來的主題之一，是精神愛（Eros）之美與性的對立。性是為了生殖，是任何一種生物為了種族的綿延都會作出的行為，而人們卻企圖在性的行為中追尋唯一的、永恆的精神愛之美。要使精神之愛化為永恆，唯一的方法就是死。殉情的情侶，往往伴隨有以死求取永恆之愛的念頭；三島的作品，也經常描述精神之愛與死亡的結合。譬如，在他的長篇小說《愛的飢渴》中，女主角悅子在丈夫罹患傷寒瀕臨死亡而躺在床上時，才嘗到結婚以後前所未有的幸福。為了貪圖這種幸福的感覺，她不斷地祈求丈夫：「趕快死吧！趕快死吧！」最後又親吻了丈夫因發高燒而不斷喘氣的枯燥的嘴唇。丈夫死後，她委身於年老的公公，心中卻暗戀著年輕俊美的園丁。可是，當園丁向她求歡時，她卻揮舞鐵鍬把他打死了。對她而言，精神愛之美是與死亡結合在一起的，生與死不可能合一，精神愛跟性也不可能結合，最後只好殺死他以拒絕虛妄的幸福，而代

之以一剎那的絕對的快樂。

「死亡」是最難打敗的敵人

在《金閣寺》中，三島所描述的金閣寺之美，也是獨一無二的美。「凡是有生者，就不會有像金閣那樣的唯一性，人類接受自然的諸般屬性之一，就是用盡各種方法，使其繁殖，使其留傳。」「像人類這樣會死亡的東西是根絕不了的。像金閣寺那種不朽的東西，是能夠使之消滅的。」因此，金閣寺的主角問道：

「在遙遠的過去，我確曾在什麼地方見過無比壯麗的夕陽。以後所見的夕陽，或多或少好像褪了顏色。這難道是我的過錯嗎？」

他想向生的世界追求永恆之美，但金閣寺的存在卻阻擋著他。這種絕望感深深壓迫著他，最後只有縱火將金閣寺焚毀！

三島由紀夫之死，基本上也是出自於絕對之美和生命之間無可妥協的對立性。他在《太陽與鐵》中寫道：「18 歲的時候，我曾憧憬夭折。一方面則感到自己不宜於夭折，因為我欠缺等待適應戲劇性死亡的筋肉。」因此，他每天晚上固定寫作至第二天早晨的六時或七時，每周又要練習劍道、武術。三島有強烈的自戀傾向，在他看來，肉體是屬於生的層次，是平凡而與一般生物沒有兩樣的。文學可以使他追求自我的永恆之美，肉體的鍛煉則是要幫助他追求這自我的永恆。然而，練習劍術是以打敗敵人為目的。最難打敗的敵人卻是「死亡」。「『文』事，在培育不朽之花；『武』事，如花之凋零。」於是，三島在 1970 年 11 月，寫完《豐饒之海》後，便在他文名最盛，文學生命達到高峰，在「虛妄」之上開出燦爛美麗花朵的時候，以 45 歲的壯盛之年，切腹自殺，「戰勝」了死亡。

川端康成追求唯一性的美

同樣的，在川端康成的作品裡，我們也能看到他對於唯美的追求。他以優美的文字，建構出一個淒美、神祕，而又詭異的文學世界。他在 1968

年獲得諾貝爾文學獎時，以《美麗日本之我》為題，發表領獎演說。當時
他曾提到芥川龍之介在 35 歲自殺時遺書上的一段話：

「現今我生活的世界，是一個像冰一般透明的，又像病態一般神經質
的世界……我什麼時候能夠毅然自殺呢？這是個疑問。唯有大自然比持這
種看法的我更美。也許你會笑我，既然熱愛自然的美而又想要自殺，這樣
自相矛盾。然而，所謂自然的美，是在我『臨死的眼』裡映現出來的。」

川端康成表示：對於芥川龍之介的自殺，他既不讚賞，也不同情。然
而，一個追求超越性絕對價值的人，能不正視生與死的問題嗎？他在演說
中又提到一休禪師自殺的故事。一休禪師曾經為人生的根本問題而陷入苦
惱。他一度想要投湖自殺，說道：「倘有神明，就來救我。倘若無神，即沉
我湖底，以葬魚腹！」這不是追求超越性絕對價值的人，經常面臨的困境
嗎？

東方的「虛空」和「無」

在演說結束之前，他又引到明惠上人所說的一段話：

西行法師說我詠的歌「完全異乎尋常。雖是寄興於花、杜鵑、月、雪，
以及一切萬物，但我大多把這些東西看成是虛妄的，所詠的詩句都不是
真摯的。雖然歌頌的是花，但實際上並不覺得它是花；儘管詠月，實際
上也不認為它是月。只是當席盡興去吟頌罷了。像一道彩虹懸在虛空，
五彩繽紛；又似月光當空輝照，光芒萬丈。然而，虛空本來是無光，又
是無色的。我就是在類似虛空的心，著上種種風趣的色彩，然而卻沒有
留下一絲痕跡。這種詩歌就是如來真正的形體。」

川端康成認為：西行這段話把日本或東方的「虛空」或「無」，都說得恰到
好處。然而，西行的這段話和三島所說的「在『虛妄』之上開出燦爛美麗的
花朵」，豈不是異曲同工嗎？川端雖然譴責芥川的自殺，他在 69 歲獲得諾貝

爾文學獎，2 年後川島切腹，再過 2 年，他還是走了上自殺之途。

　　不管是三島由紀夫、芥川龍之介，或是川端康成，他們的自殺都突顯出一個共同的主題，那就是追求「美」的超越性絕對價值。這樣的主題尤其在三島由紀夫的故事中看得最清楚。他一部部的雕琢自己的作品，一步步地追求唯一的「美」，最後終於走上切腹之路。他的人格，他的作品和他人生追求的目標是一致的，我們只要詳讀他的作品，我們便不難了解他自殺的原因，也不難明白他為什麼會是那樣的結局。

三毛故事的體會

　　相形之下，三毛一生的故事卻是十分的「中國」，研究中國民族性的人大都了解：對中國人價值觀影響最大的是儒家思想。儒家思想最大的特色，是不追求超越性的絕對價值。儒家講究的是具有所謂「內在超越」之特性的「仁」，是對「今生今世」、「滾滾紅塵」的愛。由於中國人追求的不是超越性的絕對價值，中國人的「人格」也經常隨情境而轉，顯現出多樣性和多面性：他愛的對象不一樣，愛的表達方式也不一樣，單看他在某一情境中的作為，並不容易察覺到他的不一致性（Inconsistency）；跨越幾個不同的情境來看他，就會覺得他撲朔迷離，「深邃難測」。

　　從這個角度來看三毛的作品，我們便不難了解：為什麼大家對三毛之死會揣測紛紜，莫衷一是。三毛的最愛，當然是她的丈夫荷西。荷西生前和死後，三毛用她的生花妙筆建構出一段段「愛的故事」，寫出了許多動人的浪漫作品。像《撒哈拉的故事》、《夢裡花落知多少》、《哭泣的駱駝》等等，賺取了無數少男、少女的歡笑和眼淚。在中國人的價值體系裡，「愛」和「生」本來就不是對立的，「情」跟「死」當然更無須結合；相反的，我們相信，只要有「刻骨銘心」、「永恆不渝」的「真誠」之愛，必然可以「感動天地」，亡者的靈魂也可以永存不朽。

發展出通靈本事

三毛跟荷西的愛既屬毋庸置疑，荷西死後，三毛也理所當然的「發展」出通靈的本事，能夠跟荷西持續溝通。她對和荷西共同生活時期的回憶，也變成她永不枯竭的創造泉源。三毛自殺之後，文藝界流傳著一種耳語，指稱荷西其實未死，只是因為和三毛不合而離開，弄得三毛的家人和學生「悲憤」不已，先後招待記者忙著澄清和三毛有關的各種「不實傳聞」，他們拿出了許多證據，希望證明「三毛書中所說的一切絕非虛構，而是確有其事」。我認為：這些製造傳言的人，真是庸人自擾。既然連三毛本人都沒有置疑過「受、想、行、識」的虛妄性，你們又何必在這上面大打筆墨官司呢？

然而，在比較三毛和三島之死的時候，我卻不能不指出：三毛的悲劇，正是出自於她不曾質疑過人在今生今世「受、想、行、識」的虛妄性。由於她和荷西的愛情故事十分浪漫，也十分「真實」，在一個根本不懂得什麼叫做超越性絕對價值的文化裡，她的作品當然風靡了無數受聯考制度煎熬而又渴望獲得「愛情」的青少年。他們愛三毛，三毛也愛他們，為了回報他們對三毛的愛，她必須不停地寫。

寫作靈感來自回憶和遊歷

寫作的靈感從哪裡來呢？除了和荷西「通靈」之外，除了回憶她的〈逃學記〉、《鬧學記》之外，除了一樣一樣的描述她四處收藏來的《我的寶貝》之外，她的寫作靈感主要來自於四處旅遊，四處和人「溝通」。在《一本女人寫給女人的書》中，她寫道：

> 許多人問我：「三毛，你一個人東奔西跑的，又沒個伴，日子想來會荒涼的囉？」我總也被人問得茫茫然的，老是回答：「沒有啊！不會耶！」
> 後來我省視了一下自己的個性，不禁笑了起來；我發覺，自己很愛說

話，尤其愛跟路上的、機上的、車上的、一批一批所謂「過客」去搭
訕。

有時候我有事去臺中或臺南，長途車上我坐不住，就想去找身邊的陌生
人說話，如果對方理了我，那麼，難耐的旅程就會變得有趣而快速。不
但如此，無論聽誰講話，我總可以由這場對話中汲取更多間接的經歷，
它們因而豐富了我的人生。

這種到處跑跑，到處找人說說話的習慣讓她感覺自己能夠從一些「生活小
事」上，「得到一場繁繁華華的人生」。在她走遍「千山萬水」之後，她的
一本本遊記也源源而出，在「滾滾紅塵」裡掀起一陣陣繁繁華華的滾滾熱
潮。這種創作和寫作的方式，和持續以理性思索超越性絕對之美的三島由
紀夫和川端康成有著明顯的不同。三島不論在任何場合都要求自己是強
者，他毫不掩飾他對大眾社會的厭棄。川端康成說他最喜歡逛窮街陋巷，
看雜耍馬戲，思索人生百態。然而，他在逛街的時候，「只是一個勁兒逛。
沒有結識流氓。沒有同流浪者攀談。也沒有步入過大眾食堂。看了三十多
個演出團體，作了筆記，只是在觀眾席上觀賞，而不是同藝人述談。」

捲入滾滾紅塵的寫作方式

這種「冷眼覷紅塵」的理性寫作態度，和三毛捲入「滾滾紅塵」以汲
取靈感的寫作方式當然是截然不同的。三毛是屬於讀者的，她必須和讀者
群「打成一片」。因此，她馬不停蹄地到處演講、上電視、開座談會、和青
少年「談心」，發表「隨想」。她在 1991 年 1 月 4 日自殺，但是她的行事曆
已經安排到明年 3、4 月。她很忙，她也很了解：青少年們都需要愛，需要
鼓勵，因此，她也毫不吝惜地到處付出她未經質疑的愛和鼓勵。在今年元
月份出版最新一期的《講義》月刊中，她在「親愛的三毛」專欄裡，甚至
還以「跳一支舞也是很好的」為題目，告訴讀者：「對於這全新的西元
1991 年，我的心裡充滿著迎接的喜悅，但願各位朋友也有同樣的心情。」

她要讀者「自己選擇、分析，再看看自己是如何對待時間——也就是我們的生命」。「既然過去的已經過去了，那麼現在來跳一支舞也是很好的。」最後，三毛的結論是「生命真是美麗，讓我們珍惜每一個朝陽再起的明天。」

多重自我造成的失落感

顯然，三毛是一個很懂得「隨機應變」，適應各種不同情境的人。她說：她的人生觀是「任何事情都是玩，不過要玩得高明」。「人生就是一個遊戲」，「但要把它當真的來玩」。在眾目睽睽的臺前，人生固然像是一場繁繁華華的遊戲，「跳一支舞也是很好的」，可是，在曲終人散、滿場淒清、燈光暗滅之後又如何？回到後臺，三毛要不要面對真實的自我？這時候，多重自我所造成的失落感便油然而生。三毛不止一次地承認：其實她很孤僻，「會教別人對生命抱著熱愛和希望，自己卻一天到晚想跳樓」，事實上，她也不止一次地企圖自殺。在《夢裡花落知多少》一書第一篇〈不死鳥〉中，她對父母說：「如果選擇了自己結束生命的這條路，你們也要想得明白，因為在我，那將是一個更幸福的歸宿」。即使如此，她對「滾滾紅塵」之愛仍然牽扯著她，讓她不敢選擇走上這條路。「一個有責任的人，是沒有死亡的權利的」；「雖然預知死期是我喜歡的一種生命結束方式，可是我仍然拒絕死亡」；「我的死亡將帶給我父母及丈夫的大痛苦、大劫難，每想起來，便是不忍，不忍，不忍又不忍」。

心中的矛盾和煎熬

三毛心中的矛盾和煎熬當然逃不過明眼人的「法眼」。她的朋友季季說得好：三毛「一直想扮演溫柔、多情、仁慈、孝順」的角色。這角色在她的作品裡不斷地作多角度的「幻化」，在真實生活裡也不斷地「被切割」或「自我切割」。三毛身心的長期疲勞，形之於外的肇因是參與各種活動，形之於內的即是在作品中不斷的自我幻化；這二者的終點都是為了

「滿足他人」。

　　登琨豔更看穿三毛是活在一個用文字「自我編造的空間」裡，因此勸她離開現在的空間，去旅行，回來後再住進一個嶄新的空間，活在真正的自我裡。去年底，他在上海寫了一篇〈三毛的葬禮〉希望那個浪漫得幾近不真實的「作家三毛」，終由一場儀式後死去，然後重新創造一個「嶄新的陳平（三毛的本名）」。不料文章於 12 月 28 日寄給三毛後，1 月 4 日，三毛竟自殺了。消息傳出後，登琨豔難過地表示：他準備為三毛著手籌辦一場真正的「葬禮」。其實登琨豔根本不必多此一舉，因為「三毛」沒死，死的是陳平！更清楚地說，三毛之死和三島之死有一點根本的不同：三島的自殺，是自我生命的完成，三毛的自殺卻是在逃避真實的自我。試問：將用文字營造出來的「三毛軀殼」砸碎後，誰是陳平？陳平是誰？誰知道陳平是誰？

　　三毛並沒有死。更精確地說，三毛用文字營造出來的那個「軀殼」，仍然鮮蹦活跳地活在我們社會的各個角落裡，仍然活在千千萬萬青少年的憧憬裡。即使有一天，三毛的作品不再流行，請放心，在我們這個不講究追求超越性絕對價值的文化裡，在這個「商品文藝」盛行的時代裡，仍然有許多出版商會營造出一個又一個浪漫多情的三毛。請不要傷心，請不必哭泣，三毛沒死，三毛精神永垂不朽！

臺灣　黃國光　1991 年 1 月 26 日

──選自華言編《三毛：生命的絕唱》
南昌：百花洲文藝出版社，1992 年 8 月

三毛的真實與虛構

◎蔡振念[*]

　　三毛（1943～1991）逝世距今已有 18 年了，對於五、六年級的一代來說，三毛是他們青春時期經驗的一部分，他們苦悶的情緒出口和崇拜的偶像，1975 年前後，三毛以一系列撒哈拉沙漠的故事寫下她流浪天涯的旅跡，她和荷西浪漫傳奇的戀愛故事為那一代的年輕人填補了愛情想像的蒼白，她冒險的異國遊蹤為解嚴前閉鎖的臺灣社會打開了一扇窗，她的自傳性小說成為書市的暢銷書。荷西逝世之後，三毛回到臺灣，成為最受歡迎的作家，演講場場爆滿，邀約不斷，就在她文學事業的高峰之際，她為自己的生命畫下了句點，用自己的死亡帶給讀者另一次驚奇，但她的故事未完，許多有關她的傳說留給人們心中無數的問號，有人追索三毛生前的足跡，把她走過的路再走一遍，還原所謂的「三毛真相」。

　　讀者的疑問可以理解，三毛本身就是謎樣的人物，她實際幹練卻又充滿幻想，熱愛人們卻又離群索居，她在自殺前不久出版了《閱讀大地》有聲書，告訴聽眾，生活如何美好，但不到半年，她就以一條絲襪，讓讀者夢碎。從她身上，我們看到了人類最大的矛盾以及理智與感情的悖逆。三毛一生戲劇性的落幕其實有跡可尋，一切要從她的童年細說起。

真有荷西這個人嗎？

　　三毛出生於抗戰時的陪都重慶，本名陳懋平，執業律師的父親陳嗣慶與母親繆進蘭育有二女一子，三毛排行老二。她從小敏感而有自閉

發表文章時為中山大學中國文學系教授，現為中山大學中國文學系教授兼系主任。

（autism）的傾向，初中二年級時，因數學考試被懷疑作弊遭到老師處罰，從此拒絕上學，在家自修，並向顧祝同將軍之子顧福生學畫。在家中，她閱讀了許多中外文學名著和金庸的武俠小說，這是她文學上的啟蒙。1962年，她的第一篇小說刊登在白先勇主編的《現代文學》雜誌上，數年之間，《皇冠》、《中央日報》、《幼獅文藝》都有她的作品，這時她不過二十歲上下。進入中國文化學院哲學系旁聽後，和後來也是作家的舒凡戀愛，分手之後，為療情傷遠走西班牙，在馬德里大學念書，初識後來的丈夫荷西，接著又到西德歌德學院學德文，轉赴美國伊利諾大學修習陶瓷，再度旅居西班牙時，和荷西結婚，並遠至非洲撒哈拉沙漠工作，在西屬馬達加斯加島居住。在她 48 年的生命中，三毛走過 59 個國家，她渴望家庭與安定，但又不由自主地一再出走，或由於逃避生命中的困境，或由於內在的驅力，都顯示了她靈魂中的躁鬱與性格中的不安定。

　　1974 年，三毛發表了 22 歲以後的第一篇作品〈中國飯店〉，敘述她婚後如何以中國烹飪，捉弄她西班牙籍的丈夫荷西，使他喜歡上中國菜。從此以後，她的文章風靡了中文世界的讀者，此後如《稻草人手記》、《哭泣的駱駝》、《溫柔的夜》等無不情節奇詭，如真似幻，儘管三毛說：「我沒有虛構的故事，因為我這個人不能作假，奇怪的是有些作家假得那麼真實，也許妳叫我寫別人的事，八成寫得不真實，因此，我相信這一輩子都只能寫自己的事。」照三毛的說法，她的作品只能是紀實的散文或自傳小說，故事本身是真人真事，但真是如此嗎？荷西死後，三毛一再宣稱她仍能與荷西在另一層時空溝通、對話，在一次警察廣播電臺凌晨主持的對談節目中，三毛談了許多靈異現象並表示深信，但這些現象一一為對談人沈君山教授以科學原理來作成解釋、破譯。是三毛想像力太豐富了？還是科學尚不足以理解另一存在的時空？這點我們可以存而不論，但對於有自閉傾向的人來說，真實和想像之間的界線本來就是模糊不清的。三毛的故事一再受到質疑，有人甚至認為荷西並不存在，是三毛虛構的人物，這種懷疑也許太過極端，但和三毛的故事超越常人的想像，超越現實合理的存在不無關係。

真有這麼多奇特遭遇？

　　而三毛本來就非常人，她活在一個常人不易進入的世界，因此她是寂寞的。她一生追求美好的生活與愛情，卻往往落空，生活陷入困境，她就一走了之，以逃避來遠離心中的痛苦。大學時和舒凡戀愛，以激烈方式逼婚，失敗後遠走西班牙。後來回到臺灣任教，和志趣相投的畫家相戀，發出結婚請帖後才發現那人已婚，三毛在朋友家吞安眠藥自殺未遂。再遇到互相心儀的中年男子，又在結婚前夕對方死於心臟病，三毛再度離開讓她傷心的故鄉。在西班牙，她奇蹟似的和荷西重逢，看到睽別六年，荷西的房間仍掛滿她照片，感動之下，三毛嫁給比她年輕許多、認識無多的異國男子，度過了六年美滿的婚姻生活。光是她的愛情故事，就比小說還要精采，但這一切仍不免讓人懷疑，有多少是真實的？我們常說：一個人的出生就是一個世界的誕生。我們都用自己的心眼創造了一個自我的世界，不同人眼中同樣一件事實卻可能有極不同的解釋，也就形成了我們各自不同的世界觀。日本作家芥川龍之介的小說《竹籔中》（後來被黑澤明改編為電影《羅生門》）描寫一對夫妻在竹林中遇盜匪，妻被殺，但對事情的經過，在場數人卻各有不同的說法，各為主觀的偏見所蔽，可見真實的定義其實是飄移不居的。

　　三毛有一篇文章〈星石〉，她在馬德里和一位在美國念物理博士的希臘人之間的奇緣，對方父母也是律師，對她一見鍾情，兩人似曾相識，同去看了電影《遠離非洲》，巧的是兩人都是第三次看。三天相聚，臨分別，對方以父親遺物藍寶石絆扣相贈，互相真情告白，三毛說：「愛過一個人，就應該感激，不管是三天，還是三十年。」三毛還有一篇文章，寫她在柏林遇到東德的軍官，同樣對她迷戀不已。這樣的愛情故事，我們在三毛的文章中見多了，如果三毛如她所說寫不來虛構的事情，那麼就無怪乎有人要問：為什麼這麼奇特的事，都給三毛遇上了？會不會其中有許多其實只是幻覺？三毛在《傾城》一書中說：「那時的我，是一個美麗的女人我知道，

我笑，便如春花，必能感動人——任他是誰。」但外人並不以為然，李敖
最能作為代表，他說：「如果三毛是個美人，也許她可以以不斷的風浪韻事
傳世，因為這算是美人的特權，但三毛顯然不是，所以，她『美麗的』愛
情故事，是她真人不勝負荷的。」旨哉斯言。

——選自《幼獅文藝》第 663 期，2009 年 3 月

三毛之死
臺灣女性問題省思的一個起點

◎呂正惠[*]

　　民國初年的大學者王國維意外的投水自沉，引起中國知識界的震驚，許多人紛紛揣測他自殺的原因，諸如他支持宣統皇帝溥儀的遺老心態，他和羅振玉之間的複雜恩怨，以及他對即將到達北京的國民革命軍潛藏的恐懼，都被人談到了。但是，比他年輕一代的史學家陳寅恪卻從更廣泛的角度討論了中國舊文化之面臨淪亡命運，及作為這一文化之最後代表者王國維之自沉，兩者之間的微妙關係。從一般的意義上來說，陳寅恪似乎並未正面回答「王國維為何自殺」的問題，但更深刻的看，陳寅恪卻比一般人把握到王國維的心理危機。

　　三毛是完全不同類型的人物。她是臺灣社會最著名的流行作家之一，不管你喜不喜歡，誰都不能否認十多年來她對臺灣一般讀者，特別是年輕女性讀者的廣泛影響。在她自殺之後，各大報（特別是兩大報）無不以最顯著的標題，最巨大的篇幅來加以報導。這就足以證明，她在一般人心目中的分量。不過，對於她的自殺，有一些人似乎還想從具體的事情上去尋找原因，而另一些人則因找不到這種答案而頗感困惑。也許，我們可以效法陳寅恪的作法，從較大的角度來思考這一事件所隱藏的不尋常的社會意義。至少，三毛的自殺引發我想說出我個人對臺灣女性問題及其所牽涉到的一般社會問題一些更坦白的看法，算是我對臺灣社會某一側面的省思的起點。

---

[*]發表文章時為清華大學中國語文學系（現中國文學系）教授，現為淡江大學中國文學系榮譽教授。

　　三毛的自殺「行動」最令人驚訝的是她的「勇敢而堅決」的方式。她的自縊不同於傳統的上吊。一般的上吊,把繩子掛在高處,自殺者踢掉墊腳的椅子後即使想後悔都來不及。但是,在三毛自殺的浴室裡,懸掛絲襪的點滴掛鈎並不高,要後悔也來得及。由此可以看出,除非三毛當時的心理特別「異常」,不然就只能說,她自殺的「意志」非常「果決」。

　　當然,我們可以說,這也是三毛式的結束生命的一種浪漫方式。問題是,這種「浪漫」和三毛作品中那種浪漫的懷想是多麼不同啊。李昂說:「怎麼會選擇這麼難看的方式尋死?」這種批評背後所隱藏的「浪漫心態」最足以反襯三毛的尋死是非常「現實」的。這種赤裸裸的現實和三毛的作品世界的巨大差距明顯到任何人也無法否認,所以,有一位記者才會說:對許多「三毛迷」而言,無疑是一聲驚雷,一個慘重的打擊。

　　因此,三毛一些比較熟悉的朋友就說了實話,他們談到三毛內心其實是頗為空虛、寂寞的。季季說的更有意思,她說,三毛的作品,一向被讀者認為是「坦誠相見」。許多讀者也許永遠不知道,三毛作品的「坦誠相見」,有一大部分是出自於「自我幻化」。三毛身心的長期疲勞,形之於外的肇因是參與各種活動,形之於內的即是在作品中不斷的自我幻化;這二者的終點都是為了「滿足他人」。我很想在季季的感想之後再加上這一句:更重要的是為了「滿足自己」;當她最後發現,這些都不再能滿足自己以後,她就選擇了死亡;在這個時候,她結束了「自我幻化」,直接而勇敢的面對了「現實」。

　　講得更坦白,我的意思是這樣:三毛先是以她的作品,後來再加上參與各種活動,提供了讀者最佳的逃避現實的服務。三毛的自殺,讓我們意外的看到,更重要的是,她也在自我服務。她的自殺說明了,她的「自我幻化」已不再能為自己服務;同時也說明了,她一向對讀者所提供的服務,只是「望梅止渴」,並不是真正的服務。不過,她為此付出自己的生命,我們應該尊敬她,因為她是真誠的「自我幻化」,也因為她的死亡可以讓我們的社會真正了解到,我們再也不能停止在各種形式的「自我幻化」

上，我們必須開始面對現實。

　　現實當然有各種層面，不過，跟三毛的死最有直接關係，應該是臺灣當前的女性問題。我的基本看法是：由於臺灣嚴重而不引人注意的女性問題，才促成了三毛式的「自我幻化」的出現與流行。

　　關於這方面的問題，我們可分成三個範圍來加以考察。首先談到十八歲左右到二十八歲左右的年輕女性。在這個階段，女性最主要的問題是戀愛，戀愛雖然是「自由」的，但在臺灣目前的社會裡，男女交往的機會一方面不是很多，一方面交往起來「心理上」還不是很「自然」；也就是說，男女不容易在頻繁而自然的交往中，從眾多的異性朋友裡面，和其中一個「不知不覺」的產生感情。因此，一般的「自由戀愛」大都是女性等待男性來「追」。即使女性採取某種主動，總還是隱含在被動的狀態中，因為最後的主動權還是掌握在男性手中。在這種情況下，等不到男性來追，或者等不到她喜歡的男性來追的女性的窘境就出現了。這種女性通常比較內向，或者相貌、條件比較平常。即使我們的社會目前各方面已經比較進步，但是，像這種類型的「等待」愛情的女性一定還不在少數。

　　年輕女性的另一個重要問題是：性。在跟異性的交往中，女性時時會面臨這方面的誘惑。如果她為了感情的迸發和自然的反應而「妥協」了，她就要隨時承受萬一這一次愛情終止以後她自己如何自處，以及她將如何面對下一次的戀愛對象的問題。坦白說，我們的社會始終對此「沉默」不言，我們始終不願公開承認，性行為是戀愛過程中的「一環」。也就是說，傳統的「守貞」觀念在現代的求偶過程中會造成女性極大的「困惑」。在這方面，我們的社會始終沒有形成一個「開放而合理」的「規範」，以便讓女性有真正的自主權。我們似乎默許女性可以跟已「固定」對象較「自由」行動；但我們忘了，是否已「固定」，主動權並不在女性這邊。我們把這方面的責任推給女性，最後又有「權」批評她「活該自作自受」。

　　臺灣女性問題的第二個範圍是三十歲以上，逐漸成為、或者實際已經成為「單身貴族」的女性。這個問題其實是上一個問題的延長。由於「戀

愛」這種現代式的求偶方式的「不順暢」，臺灣「被迫」成為「單身貴族」的女性似乎逐漸在增加。每一個人都可以從他生活中所知道的女性印證到這一點，但社會始終沒有較正式的統計，更始終沒有承認，這已經造成一種表面無波的「社會問題」。中國人的「大同」理想裡面是有「男有分、女有歸」這一條的，由此可見，當女性的「單身貴族」逐漸「被迫」增加的時候，我們決不能說，我們的社會已經很「進步」。更糟糕的是，我們居然很少人想到這是一個社會應負起責任的問題。

除了許許多多的問題之外，單身女性當然也有「性」的問題，我曾經在報紙的生活版讀到一篇談論單身女性的性生活的文章，作者見解之通達令我相當佩服。問題是「果於行動」的女性究竟是少數，大多數的女性由於個性內向、習慣於遵循傳統規範而不知不覺成為單身貴族，當然她們也會因為這種個性而「循規蹈矩」。這也就是說，我們的社會對嚴格遵守它的規範的溫馴女性的「懲罰」可能是最為嚴厲的，這豈是「公平」的現象？在這種情況下，我們根本無權去批評報紙曾經喧騰一時的「午妻」現象。

臺灣女性問題的第三個大範圍牽涉到中年女性的精神生活。已婚的女性，由於現在已經定型的少生子女的影響，通常在子女進入小學以後，就會獲得遠比傳統女性所擁有的更多空間與自由。那也就是說，「相夫教子」已經不足以填滿女性生活的全部。這是現代社會非常重大的進步，因為這是女性在男性的生活之外獲得自主性的必不可少的一環。問題是，在女性得到這些「形式上」的「自由」之後，她們要以什麼「實質」內容去加以填補。換句話說，如果我們認為，現代的女性的角色責任不再只是「相夫教子」，那麼，她應如何重新把自己加以「定位」。

我們可以從另一個角度來呈現這一問題。最近報紙報導了胡茵夢「閉關」半年的消息，又說某一女星（名字已忘）正在學瑜珈。三毛自殺以後，報紙也談到她的「通靈」現象。在這種種的行為背後，多少都透露了某種內心生活的「空虛」。為什麼在獲得了大「明星」或名「作家」的頭銜之後，她們在自我定位上還有困難呢？

　　也許有人會說，正因為她們沒有「相夫教子」。如果正是如此，那就更足以證明，我們的社會到目前還只給予女性「形式」的自由，還沒有承認女性在傳統角色之外的自主權。在這種情況下，我們就不得不承認，已婚女性在孩子已經上學、丈夫忙於事業之後所可能隱藏的角色認同問題。

　　在社會的轉型過程中，社會問題或者以有形的方式加以呈現，或者以無形的方式表現出來。前者如勞工問題、無住屋問題、賭風問題，後者如老人問題、女性問題。中國的女性，由長遠傳統所培養的溫馴個性，正默默的承受社會轉型所帶來的「時代命運」。我們不能因為他們的「沉默」，就說問題根本不存在。我們也不能因為諸如三毛、胡茵夢等人的「突出個性」，就說這只是他們個別的問題（要不然別人怎麼不如此？）。要不是她們個性的「特異」，她們怎麼會把問題顯現出來？她們的「特殊性」恰恰足以反映沉默的多數女性所隱藏的問題。

　　證據是，三毛的「自我幻化」不但「自我滿足」，還讓許許多多的沉默的女性得到暫時的「滿足」。所以，三毛自己雖然以自殺來結束她的「自我幻化」，問題並沒有解決。她只是讓她自己得到「解脫」，可以永遠「休息」，但在她的「自我幻化」中得到某種安慰的女性，她們所默默承受的問題還在那邊，等待我們的社會睜開眼睛來加以注視。

《自立早報‧副刊》，1991 年 1 月 11～12 日

——選自呂正惠《戰後臺灣文學經驗》
臺北：新地文學出版社，1992 年 12 月

三毛：浪跡天涯的人生傳奇

◎樊洛平[*]

「不要問我從哪裡來，我的故鄉在遠方，為什麼流浪，流浪遠方……」

每當《橄欖樹》的旋律萬千鄉愁地響起來，一個風塵僕僕、獨闖世界的天涯浪女形象就會浮現在我們面前。身著牛仔褲、背著行囊上路的三毛[1]。從南極到北極，從非洲的撒哈拉大沙漠到歐美的豪華城市，她遊歷過 59 個國家，走遍了萬水千山，並以自己的心血生命孕育出 23 部作品。在當代臺灣，三毛與荷西的愛情神話和令人扼腕的生命終結，三毛的人生流浪與文壇轟動，都無異於一部女性的人生傳奇。

廣大讀者對三毛的接納，首先是生活的三毛，傳奇的三毛。三毛的作品和她浪跡天涯的故事那般親密無間地融合在一起，以至於人們無法把她的人生從作品中分離出來。

〈我是三毛〉的簡歷這樣寫道：

---

[*]鄭州大學文學院二級教授，中國作家協會會員，碩士研究生導師，中國世界華文文學學會女性文學工作委員會主任委員，河南省文藝評論家協會副主席，河南省臺灣研究會副會長。

[1]三毛，本名陳平，浙江省定海縣人，1943 年出生於四川重慶，1991 年 1 月 4 日辭世，享年 48歲。1964 年進入中國文化大學哲學系當旁聽生，1967 年赴西班牙留學。回臺後曾任教於中國文化大學德文系、哲學系、中文系文藝組。1973 年，再度出國流浪的三毛與西班牙潛水師荷西結婚，並定居西屬撒哈拉那利群島，即以當地生活或四處旅行的觀感為寫作素材，作品風靡 20 世紀70 年代臺灣文壇。1979 年荷西不幸遇難，1981 年三毛結束流浪生活返臺，以寫作、演講為生活重心，直到走完生命歷程。三毛一生出版 23 種著作，多由皇冠出版社印行。主要作品有：《撒哈拉沙漠》（1976 年）、《雨季不再來》（1976 年）、《稻草人手記》（1977 年）、《哭泣的駱駝》（1977年）、《溫柔的夜》（1979 年）、《背影》（1981 年）、《夢裡花落知多少》（1981 年）、《送你一匹馬》（1983 年）、《清泉故事》（1984 年）、《傾城》（1985 年）、《談心》（1985 年）、《隨想》（1986年）、《我的寶貝》（1987 年）、《鬧學記》（1988 年）；劇本《滾滾紅塵》。並有《三毛說書》（1987年）、《流星雨》（1988 年）、《閱讀大地》（1988 年）等有聲書。

姓名，陳平，英文名叫 Echo，筆名三毛。籍貫：浙江寧波。學歷，6 歲入學，13 歲休學，16 歲從顧福生習國畫，17 歲發表第一篇文章〈惑〉，刊於《現代文學》，20 歲入臺灣「中國文化大學」德文系攻讀，於是赴西班牙留學。愛好：讀書、寫作和大自然相伴。喜歡白色的一切，喜歡吃母親做的零食，更喜歡穿涼鞋，讀《紅樓夢》，玩布娃娃和「拾破爛」。

　　構成獨立不羈、個性鮮明的三毛形象的，可以有許多內容，但其中最重要的，是從一個文學女人的心性出發，對讀書的痴迷，對浪跡天涯的鍾情，對愛情追求的執著，以及對筆耕生活的無怨無悔。三毛最能吸引讀者的地方，是她的人生創作、個性風采與人格力量的高度融合互為見證。而這一切，又是通過她的筆耕道路來實現的。

　　檢視三毛的筆耕理想，她並非出於那種嚴肅的創作使命感，而是源起「遊於藝」。三毛明確宣稱：「寫作只是我的遊戲之一，用最白話的字來說是玩。」[2]這裡所強調的並非狹義的人生玩耍，而是興之所至，即成文章；一切率性而為，並非刻意追求。三毛對自己的創作有著清醒的認識，她說：「我承認我的作品並不是什麼偉大的巨著，可是，我覺得三毛還有她清朗、勇敢、真誠的一面，起碼能給讀者，特別是層次較低的讀者較清新的一面，不能老叫他們在情和愛的小圈子裡糾纏不清。」[3]

　　「遊於藝」寫作觀的形成，基於三毛獨特的生命經驗。曾經失落在孤獨、敏感、偏執的自閉年代，年輕時不知道如何遊戲人間，成長自我，動輒痛不欲生，生命對她來說是狹窄的暗角。後來經過千山萬水的流浪，目睹了色彩斑駁的人生世相，又身歷了悲歡離合的情感心路，漸漸徹悟了一己悲歡之外的大千世界，體味到個體生命與時間的有限，開始懂得了珍惜生活和享受生命。從偏執人生到遊戲人生，三毛做了自己過去的叛徒，萬

---

[2]三毛，〈我的寫作生活〉，《夢裡花落知多少》（北京：中國友誼出版公司，1984 年 8 月版），頁 107。
[3]〈熱帶的港夜──三毛對話錄〉，《三毛昨日、今日、明日》（北京：中國友誼出版公司，1988 年 1 月版），頁 73。

水千山之中走出了曠達、灑脫的三毛，她開始有情有致地去愛人，有滋有味地享受生命，有真有實地遊戲人生，於是有了筆下〈沙漠中的飯店〉、〈結婚記〉、〈懸壺濟世〉這一系列趣味盎然的生命故事。

需要指出的是，「遊於藝」作為三毛的一種文學觀，包含了她對文學的功能和價值、寫作的動機與姿態等問題的自我理解，它並非不負責任的創作玩世，也不是隨心所欲的文學塗鴉。事實上，寫作於她不僅僅是遊戲，那是一生的執著。浪跡天涯的同時，伴隨著單調、艱苦的沙漠人生；行雲流水、信手拈來的文章背後，是夜以繼日、嘔心瀝血的慘澹經營；彷彿天然自成的故事，卻用盡了敘事的苦心。敢於宣稱「遊於藝」，在自由自在的境界中縱情山水，放眼人生，揮灑筆墨，當真地演出生命中精彩的「自我劇」，這也不失為一種聰明和達觀。

一個主張「遊於藝」的作家，她的作品既然不以描寫大眾人生、揭露社會問題為己任，那麼，對於自我人生的抒寫，就很容易成為三毛創作的核心。三毛一再強調：「我的文章就是我的生活，我寫的其實只是一個女人的自傳」，「迄今我的作品都是以事實為根據的」[4]；「我的寫作生活，就是我的愛情生活；我的人生觀，就是我的愛情觀」[5]。

事實上，三毛呈現給讀者的，其實是她自己的生命，而不是想像編織的傳奇故事。正像臺灣作家、評論家楊照所指出的那樣：「三毛講求寫真實，寫自己的習慣，使她成為我們這一代最透明的人。她周遭的一切、她有過的最深刻到最瑣碎的情緒，都一一化為文字、化為作品，變成大眾的公共財產。」「三毛這種以生命真我去創造傳奇，再撰寫傳奇經歷的模式，確實是獨一無二的。」[6]

從三毛作品到自述，可見其創作最重要的個性化特色：一是紀實色彩，二是抒寫自我。就前者而言，三毛沒有走虛構小說的路子，她從生活

---

[4]〈熱帶的港夜——三毛對話錄〉，《三毛昨日、今日、明日》，頁67。
[5]三毛，〈我的寫作生活〉，《夢裡花落知多少》，頁111。
[6]楊照，〈四十年臺灣大眾文學小史〉，《文學、社會與歷史想像——戰後文學史散論》（臺北：聯合文學出版社，1984年10月版），頁58。

本身得到啟發，不去編故事，只去寫生活，而她自身奇特、浪漫、鮮活的
人生經歷，恰恰構成生活中最真實不過的故事，以至於讀者無法區分它是
文學作品，還是生活本身。融紀實性與文學性於一體，借天涯人生抒發個
人志趣，三毛成功地運用了寫實手法。就後者而言，三毛只寫自己的故
事，篇篇有作者之「我」，作為作品敘述者的三毛，與作品中的三毛，以及
現實生活中的三毛三位一體，使讀者在閱讀過程中對作品人物興趣盎然，
並把閱讀評價直接導向作者本人。正是這種寫非虛構的、作者自我的真
實，帶來了三毛對「私小說」文體形式的選擇。它為三毛傳奇經歷的實
錄，自我個性的張揚，女性生命意識的表現，以及自戀情結的釋放，找到
了最合適的表達方式。

　　三毛的私小說創作裡，自我是一個無處不在的靈魂。「我」——三毛
——Echo，構成三位一體的形象：她既是作者本人，又是作品的敘述者，
同時也是小說表現的主角。三毛說：「我是一個『我執』比較重的寫作者，
要我不寫自己而去寫別人的話，沒有辦法，我的五本書中，沒有一篇文章
是第三人稱的，有一次我試著寫第三人稱的文章，我就想：我不是『他』，
怎麼知道『他』在想什麼？所以我又回過頭來，還是寫『我』。」[7]

　　正是由於這種「我執」，三毛作品構成了奇特的人生風景。就作品內容
而言，「我」所敘述的一切，是三毛複雜的生命旅程和情感心路，是三毛塑
造的自我形象。從自閉的少女到〈夏日第一朵玫瑰〉，三毛呈現的是感傷的
雨季人生；從撒哈拉沙漠的定居到萬水千山走遍的流浪，三毛的傳奇人生
引人入勝；從處處留情的青春萌動到矢志不移的神仙伴侶，三毛的愛情人
生令人感懷；從〈懸壺濟世〉到〈溫柔的夜〉，人們讀出了三毛的博愛人
生；透過《撒哈拉的故事》、《雨季不再來》、《稻草人手記》、《哭泣的駱
駝》、《溫柔的夜》、《夢裡花落知多少》、《背影》、《萬水千山走遍》、《送你
一匹馬》等一長串作品集子，三毛的筆耕人生清晰可鑑。三毛的心向讀者

---

[7]〈兩極對話——沈君山與三毛〉，《夢裡花落知多少》，頁181。

洞開，她在作品中真實地袒露著自己的一切：世系、家庭、性格、嗜好、信仰、思想、心態、修養、成長過程乃至隱密的感情生活。讀其文，如見其人，如觀其心。

從作品的主題發掘來看，執著於寫「我」，三毛的眼睛掠過了重大社會矛盾的捕捉，她更著意從自我的經驗世界裡感悟人生的底蘊，情感的價值，以及人性的層次；更側重於表現大自然中的「我」，多元文化景觀中的「我」，且具有一種哲理深度和文化品位。透過作品的構成關係可知，人與人的關係，人與物的關係，人與自然的關係，均繫於「我」一身。彷彿所有的人物、事件、物體乃至風景，都是為了三毛這個東方的奇女子而顯形。由此帶來的作品魅力，當然是自敘傳記的真實和親切，自我個性的鮮明與生動。

在三位一體的角度下，根據「我」的位置，三毛作品的寫作路線又可分為兩種主要情形。

一類是以「我」為主角的作品。《撒哈拉的故事》、《夢裡花落知多少》等集子中的大部分篇什，當屬這種情形。作品寫的是三毛自己的故事，袒露的是私人性的生活體驗。「我」在沙漠中開飯店，「我」為沙哈拉威人「懸壺濟世」，「我」在荒山之夜遇險，「我」與荷西締結愛情，「我」看沙漠洗浴風俗，「我」與沙漠芳鄰相處……這裡，不僅篇篇有「我」，而且一切的故事皆因「我」而生髮，圍繞「我」去表現。在「我」的身歷中，活潑的個性飛揚著，悲歡離合的情感沉浮著，作品講述的是各種各樣的人生故事，從中貫穿和最後凸顯的則是作者鮮明可感的自我形象。

另一類是以「我」為次要角色的作品，如〈娃娃新娘〉、〈士為知己者死〉、〈巨人〉、〈賣花女〉、〈永遠的瑪麗亞〉、〈啞奴〉、〈沙巴軍曹〉、〈哭泣的駱駝〉等篇什。在這些故事中，三毛雖然退居到次要位置，但她並非生活中冷漠的看客；作者無法不動聲色地寫這個「自我」，她在作品中留下了濃重的創作主體的投影，正如三毛自己所說的那樣：「就像〈哭泣的駱駝〉，我的確是和這些人共生死、同患難，雖然我是過了很久才動筆把它寫

下來，但我還是不能很冷靜地把他們玩偶般地在我筆下任意擺布，我只能把自己完全投入其中，去把它記錄下來。」[8]「我」與作品中的主人公，或是命運背景相關，如〈哭泣的駱駝〉所涉及的西屬撒哈拉面臨瓜分的政治騷動；或是往來密切，情感相通，如與姑卡、達尼埃、米蓋、啞奴、沙伊達、魯阿這些人的交往；或是發生著生活的碰撞與矛盾，如與賣花女、瑪麗亞的相遇。一旦主人公的命運或性格發生演變，「我」不可能無動於衷，漠然處之，「我」勢必對這一切做出情感反應和價值判斷，「我」的性格也會在生活的各種碰撞中迸發出火花。所以，主人公的命運往往成為觸發三毛思想感情變化的催化劑。〈士為知己者死〉寫的是米蓋無奈的世俗婚姻，折射的是三毛追求人格平等的愛情觀；〈沙巴軍曹〉、〈哭泣的駱駝〉塑造的是異國特殊政治背景下的悲劇性的人物，袒露的是三毛悲天憫人的人道主義情懷；〈賣花女〉、〈永遠的瑪麗亞〉揭露的是世間自私、欺詐、無恥的行為，反襯的則是三毛夫婦的善良、淳厚。作者著力刻畫的是主人公的一切，但最後的停泊地仍然是三毛的心靈世界。從「我」這個次要角色身上，照樣散發出自我的主體精神與人格光輝，這實際上是從另一角度完成了三毛形象的自我塑造。

在三毛自我經驗的世界裡，最引人矚目的是作家講述的撒哈拉故事。在撒哈拉大沙漠這片空曠、陌生的土地上，三毛經歷了生命之旅的美好極致，她被世人所傳誦的人生流浪、愛情童話以及寫作奇蹟，都從這裡走向輝煌。三毛的大漠俠女形象離不開撒哈拉的塑造，撒哈拉也一如三毛用生命擁抱的夢中情人。通過東方民族的文化觀照和現代文化眼光的檢視，來透視撒哈拉的沙漠風情和沙漠人生，並由此表現三毛的異鄉人形象，便成為三毛撒哈拉故事的著眼點。具體而言，三毛主要從四種角度來抒寫她心中的撒哈拉故事。

第一，作品以濃郁的真情，展示了撒哈拉的大自然魅力與沙漠民族的

---

[8]〈熱帶的港夜──三毛對話錄〉，《三毛昨日、今日、明日》，第 68 頁。

生態環境。

　　三毛對於單純的景致，一向不感興趣；她所關注的，是與人生融合的大自然，是刻有文化印跡的生命景觀。一個經歷千山萬水奔撒哈拉而來的人，她不可能在大漠風景前無動於衷，因為這其中蘊含著她極力探尋的沙漠民族的生存背景，也寄寓著她的情感傾向。正如三毛所說的那樣，「世界上再沒有第二個撒哈拉了。也只有對愛它的人，它才向你呈現它的美麗和溫柔，將你的愛情，用它亙古不變的大地和天空，默默地回報著你，靜靜地承諾著對你的保證，但願你的子子孫孫，都誕生在它的懷抱裡」[9]。

　　以一懷深情去看沙漠，撒哈拉不再僅僅是荒涼、空寂的不毛之地，它同樣擁有著大自然的生命與美。〈收魂記〉寫三毛一架照相機在手，四處奔波拍攝沙漠風景的經歷。單調荒涼的大沙漠在三毛筆下變得五彩繽紛，充滿了豐富的意蘊。「沙漠，有黑色的，有白色的，有土黃色的，也有紅色的。我偏愛黑色的沙漠，因為它雄壯，荷西喜歡白色的沙漠，他說那是烈日下細緻的雪景。」更令人驚異的是，竟有上萬隻紅鶴翩翩飛來，落在靠近海洋的純白色沙灘上，鋪展開一幅落日的霞光。如此絢麗神奇的自然景象，以它無法覆現的瞬間達到了美的極玫。當然，撒哈拉最酷烈最粗糙的景象，還是那些「迎面如風雨似的狂風沙，焦裂的大地，向天空伸長著手臂呼喚嘶叫的仙人掌，千萬年前枯乾了的河床，黑色的山巒，深藍到凍住了的長空，布滿亂石的荒野……」它常常給人以強烈的心靈震撼。三毛在這裡，與其說是展示撒哈拉的自然風景，倒不如說是在表現大沙漠的獨特風貌與生命魅力。三毛從這無垠的天地中，找到了自我個性與沙漠性格的共鳴之處，也找到人生之情與自然之景的和諧美。

　　第二，作品既以多元文化的視角，來涉獵沙漠民族的奇風異俗和生存景觀，多方面表現出三毛在陌生的生活秩序面前的「文化驚駭」；也以強烈的生命意識和人間關懷，來表達作者對沙漠民族的理解體認。

---

[9]三毛，〈哭泣的駱駝〉，《哭泣的駱駝》（長沙：湖南文藝出版社，1987年2月版），頁76。

　　在一片陌生的土地上生存，不同民族之間巨大的文化落差，特定生存背景所孕育的人文景觀，強烈地吸引和震撼著三毛，使她由此產生極度的「文化驚駭」。三毛作品多從沙漠民族的政治制度、價值觀念、物質生活、風俗習慣等層面展開描寫，這種「文化驚駭」的內容就具有了撒哈拉文化的整體景觀。對於異族風俗習慣、生存景觀的涉獵，構成三毛「文化驚駭」的重要內容。從沙漠民族的飲食起居，到婚喪嫁娶以及各種禮儀，三毛對於風俗不再是一種好奇的觀察，而是將文化與人生結合起來的一種品味。〈娃娃新娘〉在演示撒哈拉古樸、奇異的婚俗的同時，也寫盡了在傳統迫力下未成年新娘無助又無奈的命運悲哀；〈沙漠觀浴記〉中，沙哈拉威女人奇特的外浴和內浴的風俗背後，是沙漠人幾年才能洗一回澡的生存境遇；生存在世界盡頭的游牧民族，因為太多的「沒有見過」，在照相機和鏡子面前竟然驚恐萬狀，誤以為靈魂已被收走（〈收魂記〉）。其他方面，例如這個民族愛穿藍色布料，愛用刺鼻的香精塗身的生活習俗，是與以帳篷為家，淡水奇缺的游牧生活聯繫在一起的；而沙漠女人長年戴著面妙、沒有社會地位的情形，又與回教徒傳統的文化習俗分不開。由此種種，三毛展示出異族文化的一個落伍角落，並從驚愕交加的文化震撼和油然而生的悲憫情懷中，呈現出不同背景上的文化內容與物質生存景觀的巨大落差。

　　初到沙漠，三毛震驚於沙哈拉威人近乎原始的生存方式，嚴峻的現實與她昔日的浪漫情懷相去甚遠。但她很快調整了自己的生活心態，並在與沙哈拉威人的相處中發現了生命的真諦。三毛一向認為：「撒哈拉沙漠是世界最美麗的土地之一。那裡除了沙漠之外，還隱藏了很多東西。其實，它是大自然的神奇造化，對我們人生有很大的啟示。」[10]在〈收魂記〉、〈白手成家〉等篇什中，三毛驚奇地發現，寸草不生的大沙漠裡，人們同樣有生命的喜悅和情感的愛憎；即使在這世界的盡頭，照樣有愛美的女人和愛吃的孩子；被認為最下賤的奴隸，也依然充滿智慧和愛心；生命，在這荒僻而貧

---

[10]三毛語，見應未遲〈遠方的故事〉，《三毛的世界》（北京：中國友誼出版公司，1989 年 9 月版），頁 62。

窮的地方，一樣欣欣向榮地滋長著。沙哈拉威人仙人掌一般頑強的生命力，他們像空氣一樣自然的人生意識，他們無所謂名利、甘於淡泊的性情，都使三毛對沙漠民族有了新的理解和體認，自身也從中受到這種精神性格的濡染，正如三毛所說，「我成為他們中的一分子，個性裡也逐漸摻雜他們的個性」[11]。而且「物質的慾望越來越淡，心境的清明卻似一日亮似一日」[12]。

　　第三，以強烈的「我執」色彩，寫出三毛的沙漠人生和愛情童話。三毛萬水千山奔撒哈拉沙漠而來，不只是做一個旅遊觀光的看客，她把自己融進了沙漠生活，並在那片土地上創造了生命與愛的傳奇。且不說三毛在撒哈拉的「懸壺濟世」、沙漠觀浴、千里拍攝、廣交朋友、熱心助人……單就她的結婚與成家，就足以構成沙漠人生的神來之筆。三毛的愛情觀、人生境界與生命情趣，盡顯於〈結婚記〉、〈白手成家〉的字裡行間。在撒哈拉沙漠結婚，一切世人看來最起碼的物質條件，都成為奢望；可三毛卻在此感到了精神的富有，愛情的甜美。三毛驕傲地說：「我是世界上最快樂的新娘。」收到荷西送的結婚禮物───一副沙漠裡尋來的完整的駱駝頭骨，三毛興奮異常，嘖嘖稱讚；去小鎮法院公證結婚，三毛身著舊的淡藍細麻布長衣，草編的闊邊帽子上別一把香菜，便與荷西安步當車，在沙漠中穿行 40 分鐘，做了荷西充滿「田園風味」的、走路結婚的新娘（〈結婚記〉）。以自己的力量白手起家，艱苦的勞作也變得詩意輝煌起來。從材料店討來的裝棺材的木箱，在荷西手下變成了書架、桌子等家具；用兩個厚海綿墊和彩色條紋布，三毛做出了舒適美觀的長沙發；在撿來的綠色水瓶裡插一叢怒放的野地荊棘，強烈而痛苦的詩意油然而生；友人書寫的「雲門舞集」條幅，荷西撿來的駱駝頭骨，都成了別具一格的裝飾。以愛心營造愛巢，三毛與荷西共同建成了沙漠上「美麗的羅馬」。〈白手成家〉娓娓動人的訴說，不知打動了多少讀者的心靈。

---

[11] 三毛語，見桂文亞〈三毛──異鄉的賭徒〉，《雨季不再來》（北京：中國友誼出版公司，1985 年10 月版），頁 156。

[12] 三毛，〈浪跡天涯話買賣〉，《背影》（長沙：湖南文藝出版社，1987 年 1 月版），頁 114。

第四，返璞歸真的藝術風格，幽默詼諧的語言特色，使撒哈拉故事的講述充滿個性。

作為一個自然之子，三毛始終鍾情於自然之美，渴望回歸大地，尋找夢中的精神家園；而在撒哈拉，她時時感受到的，正是這樣的一種來自大自然深層的強有力的生命召喚。生活在這片土地上，三毛欣賞以一枝筆，只做生活的見證；她崇尚「清水出芙蓉，天然去雕飾」的素樸之美，憧憬「天空沒有翅膀的痕跡，而我已飛過」的文學境界。〈收魂記〉、〈結婚記〉、〈白手成家〉等作品，多以夾敘夾議的口吻，樸素自然的筆觸來描寫，無論是千里拍攝的趣聞，還是沙漠成婚的傳奇，或是白手起家的驕傲，都在行雲流水般的描述中徐徐展開，看似平淡的文字裡卻有一種奇異而深遠的生命意境。

三毛的幽默，或成為一種總體的構思，整篇的貫穿；或是一種片斷的展現，氛圍的營造。它穿插在三毛的撒哈拉故事中，活躍在人物的對話裡，時有連珠妙語，常出新鮮韻味，讓人讀來不由發出會心的微笑。〈結婚記〉中，荷西被法院祕書誤會的結婚請求，三毛與荷西搶吃蛋糕的畫面，都以幽默詼諧的趣話，激揚起生活的智慧和快樂，平添了作品的生動與親切。所以，幽默詼諧不僅構成了三毛的個性色彩和語言風格，更顯示了作者的豁達樂觀的人生態度，充滿情趣的文化品位。

當然，那種行雲流水、一路奔瀉的描寫，也帶來了三毛作品中某種文字的膨脹和感情的泛濫、結構的鬆弛與意象的萎縮；從少女時代就已經滋生的「水仙花情結」，也帶來三毛對傳奇人生的自戀情懷和幻化色彩。但儘管如此，三毛還是以她無法抹煞的文學存在告訴了人們一個樸素而深刻的真理：

「在你的生活裡，你就是自己的主宰，你是主角。」

——選自樊洛平《當代臺灣女性小說史論》

臺北：臺灣商務印書館，2006 年 4 月

通俗文學與純文學（節錄）

◎鄭明娳*

參、通俗文學純文學的交集區

　　儘管大部分通俗文學和純文學呈現著涇渭分明的各自特色。但是，實際上並不是判然水火不容。有些作品則能兼顧通俗品味與文學特質，在社會／歷史現象和書寫記號間得到平衡。就解讀難易而言，如果用三角形來比方文學作品所屬的文化歸屬和讀者常態分布，則象徵性、虛構性越明顯的作品其表層越晦澀難讀，位於三角形的上端。通俗文學則在三角形的底層。兼具純文學與通俗文學者則為三角形由底層往上延伸的大部分領域。中國最好的幾本古典小說就是著例。《紅樓夢》具有通俗文學中常有的如：哀感頑艷的愛情、如詩如畫的意境、優美流利的文字、鮮活如真的人物。但同時，他有完整的象徵系統、環環相套的結構、此起彼落的伏筆、機帶雙敲的隱語、多向投射的主題。閱讀者由中學生到研究者都可以在這本書中得到不同層次的「心得」。就臺灣的實際情況而言，一位純文學作家不見得缺乏書寫通俗文學的能力，關鍵在於他願不願意嘗試。但是，一位純通俗文學作家就時常沒有能力做純文學的工作。此係就兩個極端而言，在兩者交集處的作品仍然有，因之有些通俗文學亦可以通過正典化的儀式而成為具有文學深度的成品。三毛是一個例子。

　　有些學者可能為三毛作品的文類定位而煩惱。如果三毛的部分作品被

---

*評論家、散文家。發表文章時為臺灣師範大學國文學系教授，後任東吳大學中國文學系教授，現已退休。

歸類為小說，則其「小說」的缺點甚多，筆者將之一概視為散文，實際上，她的作品充滿書寫者與編撰作者乃至隱藏作者重疊的現象，實是典型的感性散文。

三毛的散文不論在內容或形式上都具有通俗文學的特色。她選擇的題材，諸如撒哈拉沙漠的人文事物，對中國讀者而言實是異域外的異域，讀者可以在此同時得到傳奇與真實的雙重滿足。其次，她雖有夭折的異國婚姻，卻延續了不曾結束的愛情情結，直是浪漫而又真實的現代童話。對於豢養在狹隘空間而又被考試壓迫的現代青年而言，這樣的散文不但提供他們幻想的寄託，同時也提供逃遁的避風港。

三毛散文的主題又呈現正面的道德理念，她很重視親情，尤其對父母親，情溢乎辭，她對愛情專一不二，她對朋友寬大友善，她很愛自己的祖國。這些理念及行為也許並不是作者本人就已經做得善盡美的——它可能成為作者追求的一部分，尤其在她較早期的作品中，這些理念有不能掩蓋的誠懇態度，跟許多為文造情的矯情作品不可同日而語。因之，它也是很適合推薦到家庭與學校中的讀物。

就形式而言，三毛有許多作品介乎小說與散文之間，對通俗讀者而言恰好兼有兩種文類的優點；既有小說的傳奇故事、懸疑效果、戲劇性變化、突兀轉折的結尾。又有散文給人的真實感、參與感——作者一直在其中，很能滿足讀者的「共享」感覺。

三毛的文字淺白，流利易讀，跟通俗讀者極易溝通。此外，她的語言俏皮活潑，充滿機趣，為許多通俗文學所不及，卻是極受一般讀者歡迎的特色之一。

從文學的角度來看，三毛的敘述能力很強，且她精於選材、善於剪裁、巧於布置，這種能力使她成為一位精彩的故事講述者，換言之，她該是一位稱職的小說家。她有許多散文都擁有一個引人的故事，不論是第一人稱角色或其他主角乃至作者本身都維持著中性立場，使作品看起來很有寫實小說的架勢，像〈沙巴軍曹〉、〈哭泣的駱駝〉、〈娃娃新娘〉、〈愛的尋

求〉等。不過三毛似乎並不在意、也未曾追尋藝術結構的經營術，她只是順著意念寫她的「三毛體」，散文中帶有小說特色，但也不曾有意識地尋求中間文類。像〈哭泣的駱駝〉這麼精彩的題材，具有政治的、人性的、人情的、宗教的種種衝突，用完整的小說來表達應更具震撼力。三毛的對話是經過選擇安排的，情節也用心挑選過，結尾尤其兼具峻拔與俏皮。這些都可能在她無特別經營意識下經營出來的。如果她對文類的反省多注意些，進一步體會到現實與虛構正文結合的要訣，除了內視還能外觀，必是一位稱職的小說家。

　　就散文的觀點來看，她是一位對感性散文很忠誠的作者。她會選擇題材──因此原始題材會受到省略刪除或增加潤色，在她自己的構成觀中運作，但不是矯情偽飾，此一優點比起許多號稱純文學散文而其實甚為矯情的作品更具文學純度。三毛的語言跟一般具有濃厚文藝腔的作品不同，她不刻意雕飾，文字明淨清爽，她的文章會有贅詞冗句，但不是裝腔作勢所導致。

　　感性散文最能流露作者的個人特質，讀者都可以在書中讀到她性格中率真、放任、好奇、善良、機智與俏皮的一面。這些都是通俗文學與純文學可以「共享」的部分

　　通俗讀者可能會忽視三毛在散文中呈現個人的內在情境，這應是她散文具有文學素質的部分之一。「追尋」是她散文的重要主題之一，文章中的編撰作者一直無法安定下來，不斷的以不同方式追尋，文體和意旨的不穩定說明了潛伏在作品中的隱藏作者生命不安、性格分裂。當她在文章中自道「我何其有幸，在親情、友情和愛情上，一樣都不缺乏」[1]的時刻，她仍然在〈死果〉[2]中透露病因出自「無論我怎麼努力在適應沙漠的日子，這種生活方式和環境我已經忍受到了極限。」這種「極限」導致她潛意識裡有結束自己生命的慾望。在她許多正面的撒哈拉遊記之外，我們也看到了部

---

[1]見〈回鄉小箋〉，《撒哈拉的故事》（臺北：皇冠出版社，1981 年）。
[2]見《哭泣的駱駝》（臺北：皇冠出版社，1981 年）。

分陰暗面。她「始終沒有在一個固定的地方，將我的心也留下來給我居住的城市」、「常常要跑出一般人生活著的軌道，做出解釋不出原因的事情來」[3]，證明她追尋的目標不僅在意識之內甚至在潛意識中也甚為模糊不清、掌握不定，因之她必得永遠在不足狀態中不停的追尋下去。其他諸如個性中同時存在的開朗與自閉、入世與逃世等等都是值得探索的部分。

以三毛系列撒哈拉故事的文章看，其中大部分是遊記文，其異域的風光、人事、主角的經歷固然是歷歷如繪，如果和徐鍾珮的遊記比較，就可見出其文學的醇度有別；蓋徐鍾珮描寫西班牙風土以及王室皇宮等景物，在一筆筆的外觀描繪及介紹中，還融入了作者對當地深刻的人文觀察及歷史認知。徐氏的文字樸素，跟三毛的機靈俏皮不同，通俗的趣味顯然不大，但是厚度相當足。

〈背影〉[4]一篇很可以見出三毛散文文學性的厚薄。題目與寫法源於朱自清〈背影〉，同時也取用朱氏「背影」的象徵作用：人子對親情的感知總是來自父母的背面。不過三毛的〈背影〉除了父母親之外，還加上去世的丈夫，在他身後（即背影），特別感到失去的深慟。這篇文章感情甚是內斂，父母的愛女之心幾全用行動呈現。在作者稍稍不慎跑出來說明情感悲情時，則稍見敗筆（例如結尾），跟朱氏〈背影〉一樣，本篇亦有些抒情部分失之顯露。但仍不失為一篇感人的散文。

——選自孟樊、林燿德主編《流行天下——當代臺灣通俗文學論》
臺北：時報文化出版公司，1992 年 1 月

---

[3]見〈白手成家〉，《撒哈拉的故事》。
[4]見《背影》（臺北：皇冠出版社，1981 年）。

三毛的「故事」：閱讀的誤區

兼談讀者對三毛及其作品的接受反應

◎錢虹*

壹、關於「三毛熱」引起的思考

從 1950 年代至 1970 年代，幾乎是整整三十年時間內，由於眾所周知的原因，臺灣文學——也用純粹的中文寫成的作品——是何等模樣，對於生活在相隔一道海峽的大陸上的中國人來說，恐怕連想像一下都不容易。可是，沒過多久，人們很快認識了白先勇、聶華苓、於梨華、陳若曦、陳映真、黃春明……，再後來，柏楊、瓊瑤、三毛、席慕蓉……而 1980 年代以來在中國大陸讀者眼裡，最富於傳奇色彩和性格魅力的臺灣女作家，無疑非三毛莫屬。這一點，連作品數量遠遠超過三毛的瓊瑤都望塵莫及。（本文所參閱、論及臺灣女作家三毛的作品，皆根據自 1984 年以來大陸出版的版本——筆者註）

第一次掀起「三毛熱」大約在 1980 年代中期。「其時，三毛曾令多少女學生們『走火入魔』，人人都夢寐以求如三毛般瀟灑一番人生，到撒哈拉去。更見趣味的是，女孩子心中的白馬王子還沒個影兒，就想著何時能有個『大鬍子荷西』時刻在『大沙漠』裡相親相愛著。」[1]三毛，成了女學生們崇拜的青春偶像。筆者於 1988 年 7 月始，在執教的華東師範大學開設「當代臺港文學」和「臺港文學研究」課程，曾對選修該課程的文理各科

學生共 271 人分別當場做過三次問卷中，亦不難看出上海大學生對三毛作品的偏愛。如「你認為較好的臺港作品有哪些？」被提名最多的作品是三毛的《撒哈拉的故事》、《雨季不再來》、《哭泣的駱駝》、《稻草人手記》和瓊瑤的《幾度夕陽紅》、《聚散兩依依》（詳見附錄）。提名的多寡雖然不能作為判斷作品好壞的唯一標準，但也表明了三毛的作品在大陸的青年學生中所激起的熱烈反響。

1989 年 4 月，三毛返鄉探親，抵滬拜見「爸爸」——三毛的創始人，著名漫畫家張樂平先生，以後的數番大陸之行，使「三毛熱」再度升溫。連蘇州寒山寺裡的小和尚，在向方丈性空法師介紹來客時，也居然一目瞭然：「這是臺灣來的，鼎鼎大名的作家三毛小姐。」使三毛本人大為感嘆[2]。無論在上海、在蘇州、在舟山，還是在成都、在黃河之源……三毛的行蹤始終成為記者和三毛崇拜者們關注、追尋的熱點，以至她本人不得不「對廣大的中國知識青年保持著一段距離，免得在情感上過分的衝擊與體力上過分的消耗，使自己不勝負荷。」[3]

第三度的「三毛熱」，出人意料竟是在今年年初隔岸突然傳來三毛在臺北榮總醫院上吊自殺的噩耗之後。於是，陰沉、寒冷、雨雪霏霏的冬季，卻因了對岸那個活潑達觀的生命象徵、浪漫瀟灑的青春偶像的破碎而盪漾起一股熱流：三毛的著作被多家出版社以最快的速度重版發行；三毛的單篇作品被藝術家們在電臺、電視臺朗誦、演播；三毛的歌詞被音像公司配樂、錄音；三毛編劇的影片《滾滾紅塵》在各大電影院公開上映……所有被冠以「三毛著」以及與三毛的生死有關的書刊，都成了爭購一空的搶手貨。此後，諸如《一個美麗淒婉的故事》啦，《三毛自殺之謎》啦，《尋找三毛》啦，《假如還有來生》啦，被大大小小的鉛字點綴得熱鬧非凡，令人頭暈目眩；更有好事之徒，竟將三毛著作中的「格言」、「警句」摘錄匯編，分列「人生」、「愛情」、「婚姻」、「失敗與成功」等標題，印成「三毛

---

[2]三毛，〈悲歡交織錄〉，《臺港文學選刊》1989 年第 11 期。
[3]三毛，〈悲歡交織錄〉，《臺港文學選刊》1989 年第 11 期。

語錄」式讀物出售，購者大呼上當，胃口倒足[4]。這種「三毛語錄本」實在是一個閱讀的誤區。三毛生前在出版了數部著作之後，曾經有人問過她「自以為的代表作是哪一本書」，三毛回答：「是全部呀！河水一樣的東西，慢慢流著，等船游過去，並不上岸，缺一本就不好看了，都是代表作。」[5]話雖說得不夠謙虛，但三毛其人率真的性格卻十分可愛。她是把自己的著作看成是一個渾然不可分割的整體的，猶如一條淙淙奔淌的溪流，那些「格言」、「警句」不過是濺起的朵朵浪花，只有當它與賴以生存的源泉結合在一起的時候，它才帶有生命的活力，反之它便成了一灘難看無比的死水。在「三毛語錄本」中，你絕不會看到那個瀟灑浪漫、機智風趣而又帶著好奇、不無任性的三毛，那個喜歡撿破爛兒的，把大筆金錢藏在枕頭裡拎在手上的，在沙漠裡請丈夫吃「雨」，甚至用指甲油給人補牙齒的活潑潑的三毛。

　　由此想到三毛的著作，她生前津津樂道的那些曾令無數讀者如痴如醉的「三毛的故事」，其實也有不少閱讀的誤區。有把她的作品當成「自傳體小說」的[6]；也有稱之為「私小說」或「紀實性自我小說」的[7]；還有人認為其「作品是她生活的真實故事紀錄」[8]；更有人說是「由於她真實抒寫自己的心路歷程，篇篇故事都是她人格追求的折光」[9]。諸如此類，似乎都不無道理，可是又都極易將人引入閱讀的迷宮，把三毛與那個叫做陳平的女人混淆起來。首先，我們需要弄清楚的是——

---

[4]見 1991 年 7 月 31 日上海《新民晚報》第 2 版。

[5]三毛，〈愛馬〉，《送你一匹馬》（北京：中國友誼出版公司，1985 年 11 月版），頁 1。

[6]如《臺港文學選刊》1984 年第 2 期刊載的〈白手成家〉，即註明「自傳體中篇小說」。

[7]黃曉玲、徐新建，〈從虛構到紀實——三毛作品與私小說〉，福建《當代文藝探索》1987 年第 6 期（終刊號）。

[8]葉公覺，〈三毛的魅力〉，《臺港文學選刊》1991 年第 3 期，頁 93。

[9]劉凌，〈中西文化融匯中的人格追求——三毛作品側面觀〉，《臺港文學選刊》1990 年第 3 期，頁 91。

貳、三毛的作品：自傳乎？非小說類乎？

三毛生前出版過 18 部著作[10]。除了《談心》為「三毛信箱」，《三毛說書》「談的是《水滸傳》中武松、潘金蓮、孫二娘的故事」，《滾滾紅塵》是她「第一個中文劇本」[11]外，要給其餘的 15 部作品作文學體裁上的歸類，並不是一件很容易的事情，儘管她在世時，曾一再向人表白：

> 「我的文章幾乎全是傳記文學式的，就是發表的東西一定不是假的。」[12]
>
> 「我的作品，只能算是自傳性的記錄。……我寫的其實只是一個女人的自傳，我自己在寫作時是相當的投入。」[13]
>
> 「我的作品，也是我生活和遭遇的紀錄與反映。」[14]
>
> 「我從來都沒有想過做一個作家，寫作純粹是『無心插柳柳成蔭』，可是我自己對寫作有信心，我不寫小說，我寫的都是記錄性的，我只寫自己的故事。」[15]
>
> 「我覺得，我所寫的沙漠故事應該是屬於非小說類。」[16]

如此等等。看來三毛本人似乎已經非常肯定地把「自己的故事」歸入了「傳記類」和「非小說類」，完全不用旁人再來多此一舉。況且，說自己的作品是作家本人的自傳也非自三毛始，早在五四時期，那位以暴露自我之大膽率真而著稱的郁達夫，就信奉並提倡過大文豪法朗士的一個著名的

---

[10] 〈三毛的作品〉，《臺港文學選刊》1991 年第 2 期，頁 91。

[11] 〈三毛的作品〉，《臺港文學選刊》1991 年第 2 期，頁 91。

[12] 三毛，〈我的寫作生活〉，《夢裡花落知多少》（北京：中國友誼出版公司，1984 年 8 月版），頁 113。

[13] 〈熱帶的港夜——三毛對話錄〉，《三毛昨日、今日、明日》（北京：中國友誼出版公司，1988 年 1 月版），頁 168。

[14] 〈熱帶的港夜——三毛對話錄〉，《三毛昨日、今日、明日》，頁 72。

[15] 莫家汶，〈脫軌的童話〉，《三毛昨日、今日、明日》，頁 28。

[16] 〈熱帶的港夜——三毛對話錄〉，《三毛昨日、今日、明日》，頁 67。

文藝觀點：「文學作品都是作家的自序傳。」[17]但這主要是就文學作品作為
作家精神性創造勞動的產物，總免不了帶有某些特定的作家本人的思想傾
向、主觀情感和創作個性、藝術風格等等印記而言的，郁達夫的作品其實
並不等同於郁達夫的傳記。我們不難發現，三毛的作品不能算作嚴格意義
上的「自傳」。她根本無意於像盧梭的《懺悔錄》那樣對於一生的是非功過
乃至靈魂奧祕作出驚世駭俗的無情解剖和自我批判。《懺悔錄》開宗明義向
世界宣告：「這是世界上絕無僅有、也許永遠不會再有的一幅完全依照本來
面目和全部事實描繪出來的人像」。「我要把一個人的真實面目赤裸裸地揭
露在世人面前。這個人就是我。」[18]據說，在《懺悔錄》的另一個稿本中，
盧梭還曾經批判了以往一般人的自傳「總是要把自己喬裝打扮一番，名為
自述，實為自贊，把自己寫成他所希望的那樣，而不是他實際上的那
樣。」[19]如果我們用盧梭的這一批評來觀照三毛的作品，很快就可以覺察出
三毛那些「自傳性的紀錄」中或隱或顯、或明或暗的自誇自詡的傾向，如
〈搭車客〉、〈芳鄰〉、〈克里斯〉、〈相逢何必曾相識〉、〈溫柔的夜〉等篇，
寫的都是「我」如何慷慨解囊、樂善好施、善解人意地對別人進行無私相
助。而且越到後來，這種「名為自述，實為自贊」的毛病就越明顯，在
〈傾城〉、〈鬧學記〉、〈遺愛〉諸篇中，無論是去德國的東柏林，還是在美
國西雅圖，或是回加那利群島，「我」簡直成了一位到處「遺愛」於人間的
「特別的天使」！雖然我們相信三毛自己所說的「一定不是假的」，但一味
炫耀「我」的無私也並不能使人相信這是一幅如同盧梭所說的「完全依照
本來面目和全部事實描繪的人像」。並且，三毛的作品，尤其是她那些撒哈
拉故事系列（如〈收魂記〉等）、加那利故事系列〈如〈溫柔的夜〉、〈巨
人〉等〉和異國留學故事系列（如〈傾城〉、〈鬧學記〉等）中的人性場

---

[17]郁達夫，〈寫完了《蔦蘿集》之後〉，轉引自《郁達夫新論》（杭州：浙江文藝出版社，1984 年 3
月初版），頁 325。
[18]盧梭（J. J. Rousseau）著；黎星譯，《懺悔錄》（第一部）（北京：人民文學出版社，1980 年 12 月
版），頁 1。
[19]柳鳴九，〈《懺悔錄》譯本序〉，盧梭著；黎星譯，《懺悔錄》（第一部），頁 13。

面，常常是經過了作品的過濾、提煉並有所取捨的，因而往往呈現在讀者面前的是過於純淨、溫馨、美好、友善的一面，而那些醜惡、奸詐、殘酷、令人髮指的一面則被隱匿起來或略去不提。這一點，三毛本人在世時也並不諱言。「雖然，我說過我寫作是對我自己負責，我的作品也是我生活和遭遇的紀錄與反映，不過，當我寫到一些鬼哭神號或並不能令人太愉快的場面時，我還是會省略掉或用剪接的方法把它略過不提。」[20]她本人也多次承認：「很多朋友說，你跟我們說的沙漠和你寫的沙漠不一樣，因為有很多很好聽很神祕的東西都沒有寫。」[21]「我在書裡都盡量不去寫我們那種有時的確是喘不過氣來的經濟壓力」；在荷西死後，「剛開始幾乎沒有辦法活下去，可是我不能死，尤其是我現在已經知道了一些我不想在文章裡寫出來的事……」[22]

可見，三毛的「故事」和三毛的自傳實在有著很大的差異和距離。正如有人所分析的那樣，「來自撒哈拉的故事所以吸引人，看來最主要的還是作者近乎傳奇的經歷以及她對大沙漠的真摯、深切的愛。」[23]

既然三毛的作品不能當作嚴格意義上的「自傳」或「傳記文學」來讀，那麼，她筆下諸多「故事」是不是都屬於「非小說類」的作品，答案也就很清楚了。三毛本人有時會告訴別人她「寫小說、寫散文和寫歌詞」，而它們「是不一樣的」[24]。就在她一口咬定「我所寫的沙漠故事應該是屬於非小說類」之際，她也許忘了她曾在〈駱駝為什麼要哭泣〉一文中談及〈哭泣的駱駝〉的構思時所寫下的那段話：

> 如像報導文學那樣寫的話，沒有一個主角，這件事情就沒有一個穿針引
>
> 線的人物，於是我就把一個特別的事情拿出來，就是當時游擊隊的領袖

---

[20]〈熱帶的港夜——三毛對話錄〉，《三毛昨日、今日、明日》，頁72。
[21]三毛，〈我的寫作生活〉，《夢裡花落知多少》，頁110。
[22]〈熱帶的港夜——三毛對話錄〉，《三毛昨日、今日、明日》，頁70。
[23]貝絲，〈關於三毛〉，《三毛昨日、今日、明日》，頁102。
[24]三毛、凌晨，〈三毛的故事〉，《臺港文學選刊》1987年第2期，頁86。

名叫巴西里的，他是我的朋友，他太太沙伊達是一個醫院的護士，拿他
們兩個人的一場生死，做為整個小說的架構[25]。

如此說來，〈哭泣的駱駝〉不能再算作「非小說類」了，而且正是三毛
自己還在上文中稱之為「中篇」（同時被稱作「中篇」的，三毛還提及
〈五月花〉），作為後來曾在文化大學教授過「小說研究」和「散文習作」
兩門課程的三毛，應該不會不清楚「中篇」意味著的是怎樣一個特指的文
體形式——介乎長篇與短篇之間的小說樣式之一。那麼讀者將三毛的作品
當作小說來讀，似乎也並沒有什麼錯。

參、三毛的文體：小說乎？私小說乎？

在確定了三毛的「故事」並不完全屬於「非小說類」之後，閱讀的誤
區並沒有因此而消失。相反，當我們根據已知的文學理論來進一步研討三
毛的作品時，竟會不由得感到不知所措。例如，對於「小說」的定義。在
英國著名小說家佛斯特那本被西方譽為「20 世紀分析小說藝術的經典之
作」的《小說面面觀》中，作者曾援引法國批評家謝活利給英國小說下的
定義：「小說是用散文寫成的某種長度的虛構故事」並且還對此做了進一步
說明：「任何超過五萬字的散文虛構作品，在我這個演講中，即被稱為小
說。」[26]如果我們以此來檢查三毛的「故事」，免不了會大失所望；第一，
三毛的作品幾乎沒有一篇超過五萬字，最長的，即被她稱之為「中篇」的
〈哭泣的駱駱〉，27,950 字；〈五月花〉，42,250 字（這兩個數字是根據書頁
的滿格字數計算的，實際字數並沒有這麼多——筆者註）。第二，三毛的
「故事」絕大多數不是「虛構」的產品，至少她作品中出現的人和事件，
大抵都實有其人，或者事出有據，並不是作者任意憑空編造的，這一點，
我們倒並不懷疑三毛的誠實，她不只一次地說過，「不真實的事情我寫不

---

[25]〈熱帶的港夜——三毛對話錄〉，《三毛昨日、今日、明日》，頁 129。
[26]佛斯特（E. M. Forster），《小說面面觀》（廣州：花城出版社，1981 年 7 月初版），頁 3。

來」[27];「我比較喜歡寫真的事物，因為那是活生生發生在我周遭的事，我寫起來會比較切身，比較把握得住，如果要我寫些假想的事物，自己就會覺得很假，很做作。」[28]甚至她還表示過自己「很羨慕一些會編故事的作家」，因為「他們可以編出很多感人的故事來」[29]，而「就我而言，迄今我的作品都是以事實為根據，所以，我並不自認為是職業作家。」[30]她還舉〈哭泣的駱駝〉為例，證明自己「確是和這些人共生死，同患難」，因而動筆時「不能很冷靜地把他們像玩偶般地在我筆下任意擺布，我只能把自己完全投入其中，去把它記錄下來。」[31]如此說來，三毛的作品似乎又與以「虛構」為其主要特徵的「小說」無緣了。

　　既非自傳，也非虛構，可是又很注重引人入勝的故事情節（三毛自己就講過，「真正感動人的作品，是在於其情節而不是在於寫作技巧，因為一個人故事本身的情節如果能感動人的話，那麼寫出來讀者一定會感動。」[32]）。情節是什麼？情節無非是作品中人物經歷的各種矛盾、遭遇和具體事件，以及人物與人物之間、人物與環境之間的種種關係。因此，情節只存在於敘事型與戲劇類以描述人物和事件為主的作品中。三毛的「故事」中的情節可謂生動、新奇和有趣，但並不複雜曲折。作者通過各種情節所要訴諸讀者的，無非是一個女人（她或者叫三毛，或者叫 Echo，更多的時候，她就做──「我」）和她生命中的男人（他可以叫荷西，或者乾脆沒有名字，如〈傾城〉中那位一見傾心的東德青年軍官）之間那份刻骨銘心、糾纏不清的半生情緣。不過，在《撒哈拉的故事》等多部作品中，它以特有的「三毛的故事」的形式被渲染著，被撒哈拉大沙漠、加那利群島以及「萬水千山」的異國風土人情烘托著。由於三毛的作品大都以第一人

---

[27]三毛，〈我的寫作生活〉，《夢裡花落知多少》，頁112。
[28]〈熱帶的港夜──三毛對話錄〉，《三毛昨日、今日、明日》，頁67。
[29]三毛，〈我的寫作生活〉，《夢裡花落知多少》，頁113。
[30]〈熱帶的港夜──三毛對話錄〉，《三毛昨日、今日、明日》，頁68。
[31]〈熱帶的港夜──三毛對話錄〉，《三毛昨日、今日、明日》，頁68。
[32]〈熱帶的港夜──三毛對話錄〉，《三毛昨日、今日、明日》，頁64。

稱「我」為其作品的女主人公，並且她還要屢屢說自己「因為沒有寫第三者的技巧和心境；他人的事，沒有把握也沒有熱情去寫」[33]；「我是一個『我執』比較重的寫作者，要我不寫自己而去寫別人的話，沒有辦法。……有一次我試著寫第三人稱的文章，我就想：我不是『他』，怎麼知道『他』在想什麼？所以我又回過頭來，還是寫『我』」，她甚至這樣說：「我嗎？我寫的就是我。」[34]因此有人便將三毛的作品與日本「私小說」相提並論，認為「三毛的私小說，帶著強烈的自我真實及濃郁的文學色彩，自然就輕易贏得了大量讀者。」[35]

何謂「私小說」？「私小說」（又譯：自我小說）是日本人大正時代產生的一種獨特的文體。日本近代許多著名的文學家都寫過這種文體的作品。「私小說」自有其一套理論體系。按照《現代日本文學史》的作者久米正雄的說法，即「『我』就是一切藝術的基礎」，必須「把這個『我』不用假托而樸素地表現出來」，並且他還斷定「只有那些真正能夠認識存在於自身的『我』而又能把它如實地表現出來的人，才有資格暫時被稱為藝術家，才會給私小說的積累留下自己的功績。」[36]也就是說，作者要直截了當地表現自我、暴露自我；「私小說」的另一特徵，借用島村抱月對被公認為日本「私小說」的開山作《棉被》的作者田山花袋的評語，即「不加掩飾地描寫美醜……把自覺的現代化性格的典型向大眾赤裸裸地展示出來，到了令人不敢正視的地步。」[37]這裡所說的「自覺的現代化性格」包含著為封建倫理道德、傳統觀念形態所不能容忍的人的自然天性、欲望、情感、意志和行為，因此，「私小說」的產生，首先是人的自然天性向虛偽禮教作出的反叛和對抗，也是對束縛人的情感、欲望和意志的傳統習俗的挑戰和蔑

---

[33]三毛，〈永遠的夏娃開場白〉，《背影》（長沙：湖南文藝出版社，1987 年 1 月版），頁 25。

[34]〈兩極對話──沈君山和三毛〉，《夢裡花落知多少》，頁 181。

[35]黃曉玲、徐新建，〈從虛構到紀實──三毛作品與私小說〉，《當代文藝探索》1987 年第 6 期，頁 64。

[36]久朱正，《文藝講座》，轉引自《郁達夫新論》，頁 224。

[37]西鄉信綱，《日本文學史》（北京：人民文學出版社，1978 年版），頁 284。

視，其社會和時代的意義已經超出了「私小說」本身。其次，從美學角度來看，「私小說」強調「不加掩飾地描寫美醜」，並把人的某些生理本能，甚至某些病態的畸型的心理現象（「私小說」的另一提法，又稱「心境小說」[38]）統統「向大眾赤裸裸地展示出來」，以達到「令人不敢正視的地步」，而這一點，恰恰正是三毛非常忌諱的，她在談及自己在寫作過程中對一些「並不能令人太愉快的場面」之所以「會省略掉或用剪接的方法把它略過不提」的原因時說：「這樣做，就不是為了我自己，如果只是寫給自己看，那就什麼都可以寫出來，但我知道我所寫的東西會有很多人，尤其是年輕人在看，我不能讓他們也和我一樣痛苦，所以，往往在最悲哀的時候，或者是結束時，絕對不會以死亡做為結束，當然我不敢說這是我對社會有什麼使命感，而是由於考慮到對讀者可能產生的不良影響，這點我是有注意到的。」[39]如此看來，三毛的「故事」又怎麼能與「私小說」畫上等號呢？

　　我想問題是出在三毛筆下的那個「我」的身上。在三毛的作品中，差不多每一篇都有「我」的足跡，「我」的聲音，「我」的表演，「我」的傾訴，並且幾乎無一不是「關於我和朋友及周遭生活」的「真實的故事」，然而三毛筆下的「我」，雖然有時就叫三毛，或者叫做 Echo，但並不等同於生活中那個原名叫「陳平」的人。她自己就說過，「當我在寫作時，我覺得面對的，是另外一個我。」[40]再舉一個例子，人們從三毛的筆下看到的「我」，是一個快樂達觀，「跟每一個人都可以做朋友」的人，可是三毛卻對告訴她這話的朋友說：「我是一個很孤僻的人，有時候多接了電話，還會嫌煩嫌吵」；朋友又說「你始終教人對生命抱著愛和希望」，然而三毛卻答曰「我都一天到晚想跳樓呢！」[41]可見三毛筆下的「我」跟實際的「我」並

---

[38]參見《中國大百科全書‧外國文學》第二卷（北京：中國大百科全書出版社，1982 年 10 月版），頁 924。

[39]〈熱帶的港夜——三毛對話錄〉，《三毛昨日、今日、明日》，頁 72～73。

[40]〈熱帶的港夜——三毛對話錄〉，《三毛昨日、今日、明日》，頁 65。

[41]三毛，〈我的寫作生活〉，《夢裡花落知多少》，頁 110。

不一樣的。這裡涉及的是一個文學的基本常識問題，即作品中的「我」並不等同於作者本人。對此，德國著名的哲學大師黑格爾曾經說過一句非常精闢的話：「只有通過心靈而且由心靈的創造活動而產生出來，藝術作品才成其為藝術作品。」[42]這裡，黑格爾先生強調藝術作品是「只有通過心靈而且由心靈的創造活動」的產物。在從事這一「心靈的創造活動」的過程中，作者筆下能創造出來的任何文學形象，雖然不可避免地會帶有作者對社會、對世界的一己認識，表達著他（她）對事物、對人生的主觀看法，但這些文學形象畢竟都已經過了作者的「過濾、沉澱、提煉」的藝術加工，因而文學作品中的「我」早已不是作者的「本我」，這也正是所有文學體裁的作品（小說、散文、詩歌、戲劇）不同於私人日記、書信和自傳中的「我」的根本區別。那麼，「我」又是誰？我們還是來看三毛的作品。

在三毛的筆下，尤其是在撒哈拉故事系列中，如〈沙漠中的飯店〉、〈結婚記〉、〈荒山之夜〉、〈白手成家〉等篇，「我」常常扮演著這些帶有較強的表演性和戲劇效果的故事中的女主角，男主角自然就是那位大鬍子丈夫荷西。而在其它諸篇中，如〈娃娃新娘〉、〈愛的尋求〉、〈芳鄰〉、〈哭泣的駱駝〉等，「我」只是承擔著類似「導遊」的職責──故事的敘述者；在〈沙漠觀浴記〉中，「我」則充當著觀光客的角色，在這些名副其實的「故事」中，「我」的職責就是穿針引線，介紹登場人物，描述發生的事件，推動情節的起、承、轉、合。更值得注意的是，在作者最初出版的五本著作（指《撒哈拉的故事》、《雨季不再來》、《稻草人手記》、《哭泣的駱駝》、《溫柔的夜》──筆者）中的「我」，差不多皆以「三毛」自稱。可是從《夢裡花落知多少》開始，「我」依然是「我」，但那個在大沙漠中自得其樂（〈白手成家〉），在馬德拉小飯店大開眼界（〈馬德拉遊記〉），在特內里費島上忘我狂歡（〈逍遙七島遊〉），在西班牙女生宿舍終於操帚而起的女主角再也不見了。〈明日又天涯〉的「我」，已從「三毛」悄悄變成了

---

[42]黑格爾（G. W. F. Hegel），《美學》（北京：商務印書館，1979年版），頁49。

「Echo」，看來並非是作者一時的心血來潮。當讀者誤以為三毛故事中的「我」就是那個本名叫做陳平的人時，三毛躲在背後竊竊暗笑：

「三毛從來沒有做過三毛。你們都被我騙啦。我做我！」[43]

肆、三毛的魅力：真實乎？奇異乎？

儘管「三毛從來沒有做過三毛」，可是自願受「騙」、愛看三毛的書的讀者大有人在。三毛本人曾對此感到十分欣慰：

> 「就三毛的影響而言，……從臺北讀者的來信分析起來，可以說還是好的，起碼我寫的書小學生、女工、店員都可以看，我是很重視這一點，因為我不能單單只寫給教授級的高級知識分子看。我承認我的作品並不是什麼偉大的巨著，可是，我覺得三毛還是有她清朗、勇敢、真誠的一面，起碼能給讀者，特別是較低層的讀者較清新的一面，不能老叫他們在情和愛的小圈子裡糾纏不清。從讀者來信中，我知道這方面的確有改變了不少年輕人的思想。」[44]

難怪《聯合報‧副刊》主編瘂弦先生說：「編了一、二十年刊物，這是第一次看見作家有這麼大而廣泛的社會影響。」[45]大陸上也有人將瓊瑤與三毛作品作了粗略的比較之後指出，「面對充滿缺憾的現實人生，瓊瑤以其虛構的、近乎神話的戀情故事，征服了被各種清規戒律壓抑已久的青少年讀者，填補著他（她）們窄小而飢渴的心靈。三毛則不然，其所寫所記，皆有出處，讓讀者漫游的是我們大家皆生存於其中的這個真實世界。」[46]

然而，讀者們似乎忘記了再問一個問題：三毛的作品何以能夠具有雅

---

[43]陳怡真，〈衣帶漸寬終不悔〉，《送你一匹馬》，頁 162。

[44]〈熱帶的港夜──三毛對話錄〉，《三毛昨日、今日、明日》，頁 73。

[45]〈沉潛的浪漫──高信疆、瘂弦說三毛〉，《三毛昨日、今日、明日》，頁 112。

[46]黃曉玲、徐新建，〈從虛構到紀實──三毛作品與私小說〉，《當代文藝探索》1987 年第 6 期，頁 63。

俗共賞的魅力？是否僅僅因為「所寫所記，皆有出處」而已？或者是像有人所說的是由於「奇人、奇行、真情、真文」[47]的緣故？

　　我覺得問題似乎又必須回到前面那個「文體」問題上來，否則無論如何也跨不過閱讀的誤區。前面說過，三毛的作品，既非自傳，也非私小說，更談不上純屬編造的虛構的小說，那麼，它們究竟該歸入誰家的門下？

　　如果我們再把佛斯特先生給「小說」下的定義重溫一下的話，是否會注意到謝活利先生原話中「用散文寫成的」那一個定語？如果說用散文寫成的有一定長度的「虛構故事」叫做小說的話，那用散文寫成的形形色色的「真實故事」該叫做什麼呢？叫做──散文。

　　在我國古代，對文學作品的劃分用的是「兩分法」。主要是根據語句的押韻與否而把作品分為韻文和散文兩大類。凡講究韻律的，無論詩歌、小說、散文，一律目之為韻文；其它不講究聲韻的，則稱之為散文。在西方，從古希臘的亞里斯多德到 19 世紀俄羅斯的別林斯基，則採取的是「三分法」，即把詩（文學）按其不同的再現和表現方式分為敘事、抒情、戲劇三大類[48]。千百年來西方的文學理論批評，大抵都接受的是這一分類法。至於將文學作品分為小說、散文、詩歌、戲劇四大類，在我國則是本世紀「五四」以後的事。此後，我國理論界對文學作品一般都採用「四分法」。在「四分法」中，詩歌橫跨「三分法」的抒情類和敘事類，將抒情詩、敘事詩包羅其中；戲劇基本上仍坐著「三分法」中的戲劇類原來那把交椅；小說則由敘事類作品的側枝變成了獨立門戶的主幹；而散文的營壘卻顯得

---

[47]葉公覺，〈三毛的魅力〉，《臺港文學選刊》1991 年第 3 期，頁 93。

[48]亞里斯多德根據詩（文學）模仿對象時採用的不同方式把它分為三類，他說：「假如用同樣媒介模仿同樣對象，既可以像荷馬那樣，時而用敘述手法，時而叫人物出場（或化身為人物），也可以始終不變，用自己的口吻來敘述，還可以使模仿者用動作來模仿。」（《詩學・詩藝》〔北京：人民文學出版社，1962 年 12 月版〕，頁 9）至 19 世紀，俄國文學批評家別林斯基將詩（文學）明確分為「敘事詩歌」、「抒情詩歌」和「戲劇詩歌」三大類，並認為「這便是詩歌的一切體裁。詩歌只有三類，再多就沒有，也不可能有。」（《別林斯基選集》第三卷〔上海：上海譯文出版社，1980 年版〕，頁 84）。

品種齊全、名目繁多：不僅有「三分法」中原屬於敘事類的敘事性散文，原屬於抒情類的抒情性散文，還有遊記、隨筆、雜記，甚至夾敘夾議的論說性文章（議論性散文）和雜文，以及報告（導）文學、特寫等等，都加入了散文家族。當然，這樣的劃分，落實到具體的文學作品上，有時就很難區別，如有的抒情散文，既簡潔精練，又富有詩意，人們稱之為「散文詩」（三毛的《隨想》似可歸入此類）。而有的敘事性散文，就其藝術形式而言，同小說並無多大的區別，但它卻又可以避免「虛構」、「不真實」之嫌。三毛筆下的撒哈拉故事系列、加那利故事系列、西方留學的故事系列、異國朋友的故事系列等，均屬於同小說並無多大差別的敘事性散文，精彩紛呈，引人入勝；〈夢裡花落知多少〉、〈背影〉、〈離鄉回鄉〉、〈雨禪臺北〉、〈一生的戰役〉、〈紫衣〉、〈蝴蝶的顏色〉、〈驀然回首〉、〈野火燒不盡〉等後階段的作品，則以情真意切、優美動人的抒情性散文為主；夾敘夾議的議論性散文，在三毛的筆下也不難找到，如〈我所知所愛的馬爾克斯〉、〈看這個人〉、〈夢裡不知身是客〉、〈不負我心〉、〈愛和信任〉等等；遊記類散文，隨口就可報出〈逍遙七島遊〉、〈馬德拉遊記〉以及《萬水千山》整本集子；報告（導）文學和特寫，三毛似乎寫得不多，但也有〈我從臺灣起飛〉等很地道的訪問特寫，那篇〈親不親，故鄉人〉，一筆描盡「醜陋的中國人」在外國觀光盡出「洋相」的窘態，難道不是一篇根據充分、文情並茂的報告（導）文學？我以為，把三毛筆下那些形形色色的「故事」歸入散文家族，實在是最切合她作品的實際情形的了。比起小說、詩歌和戲劇來，散文，應該是最適合三毛的創作個性的。散文的表現手法自由自在，「它不像小說和話劇那樣，必須通過嚴密和完整的情節結構，展開人物性格的描繪；它也不像詩歌那樣，必須注意節奏、韻律和文字的精練。它往往隨著作者的興之所至，揮灑自如，可以抒情，可以敘事，也可以議論，當然在許多成功的散文中，這些因素往往是融合在一起

的。」[49]三毛的作品的魅力正在這裡。無論敘事狀物、寫文描景，無一不滲透著作者濃濃的真摯感情，加之她閱歷豐富，見識廣博，語言表達流利自然，娓娓動聽，又較注重文字的通俗淺白，使人易讀易懂，不感到詰屈聱牙而狀同受刑一般，這樣，就使三毛的作品在讀者接受的過程中具備了數個不同的閱讀層面。比如，有一些讀者看到的是，其作品中有許多可以滿足人的好奇心理的生動有趣的「故事」（三毛和荷西如何在沙漠中旅行、結婚、觀光、作客，乃至如何吃飯、用水、購物、算帳，如何白手成家，如何給人治病，如何考駕駛執照，如何在尋找沙漠化石時遇險，如何穿越沙漠到紅海邊上捕魚等等），從這些「真實」的故事中，讀者可以了解作者彼時彼地的生活方式、人生態度以及對世界、對命運的看法等「真情」。而另一些讀者看到的是，從作者筆下可以開闊視野，增長見識，瞭望國門以外的大千世界的萬種風情和異族文化習俗；撒哈拉的姑娘十歲就得出嫁（〈娃娃新娘〉）；男人（回教徒）可以娶四個太太（〈芳鄰〉）；女人洗澡連腸子裡面都要灌洗七天而且不許外人看（〈沙漠觀浴記〉）；一個不起眼的小掛飾（符咒）竟能要了無意間佩戴它的人的性命（〈死果〉）……這些奇風異俗的「觀賞」顯然要比看那些純屬編造的「有情人終成眷屬」的俗套愛情小說精采多了，可以使人「幻想有朝一日也走遍萬水千山，見識見識一下那片神祕的大沙漠，那麼美麗的群島。」[50]還有一些讀者看到的則是，作者筆下那一幅幅用白描手法所勾勒出來活生生的風景畫面。比如，黃昏時分「大漢孤煙直，長河落日圓」的不同景觀：

> 我舉目望去，無際的黃沙上有寂寞的大風嗚咽地吹過，天，是高的，地是沉厚雄壯而安靜的。
>
> 正是黃昏，落日將沙漠染成鮮血的紅色，淒豔恐怖。近乎初冬的氣候，

---

[49]林非，〈前言〉，丘山編，《中國現代散文選萃・前言》（北京：人民文學出版社，1986 年 10 月版），頁 2。

[50]黑馬，〈靈魂之祭——悼三毛〉，《臺港文學選刊》1991 年第 3 期，頁 83。

在原本期待著炎熱烈日的心情下，大地化轉為一片詩意的蒼涼。[51]

這是一幅法國印象派畫家莫內筆下的《日出·印象》般的色彩濃烈的油畫；而在「我」與荷西徒步去鎮上舉行婚禮時的黃昏，卻是另一幅筆致簡約並留有很多空白的中國山水圖：

漫漫的黃沙，無邊而龐大的天空下，只有我們兩個渺小的身影在走著，四周寂寥得很，沙漠，在這個時候真是美麗極了。[52]

這叫景隨移情，境由心造。正是由於「我」的心情的不同，沙漠景觀才會呈現出完全不同的模樣和色彩。當「我」與荷西坐著租來的車子穿越沙漠作蜜月旅行時：

沙漠，有黑色的，有白色的，有土黃色的，也有紅色的。我偏愛黑色的沙漠，因為它雄壯，荷西喜歡白色的沙漠，他說那是烈日下細緻的雪景。
那個中午，我們慢慢的開著車，經過一片近乎純白色的大漠，沙漠的那一邊，是深藍色的海洋，這時候不知什麼地方飛來了一片淡紅色的雲彩，它慢慢的落在海灘上，海邊馬上鋪展開了一幅落日的霞光。[53]

這是一幅美不勝收的水粉畫，畫面上有景有物，具有動感（成千上萬隻紅鶴降臨，展開了中午時分的「落日的霞光」），此畫用色的調和，細膩非從小拜師學畫多年的三毛莫能。俄國著名畫家列賓曾說過，「色彩，便是思想」，你不難從這幅色彩柔和的畫面上，覺察出作者度蜜月時的那種幸福

---

[51]三毛，〈白手成家〉，《撒哈拉的故事》（北京：中國友誼出版公司，1984 年 9 月版），頁 129。
[52]三毛，〈結婚記〉，《撒哈拉的故事》，頁 14。
[53]三毛，〈收魂記〉，《哭泣的駱駝》（北京：中國友誼出版公司，1985 年 12 月版），頁 10。

快樂的感覺。而當摩洛哥軍隊一天天逼近西屬撒哈拉首府，鎮上的沙哈拉威又準備暴亂，連鄰居家那個不解人事的黃口小兒，居然也一邊由「我」用藥皂替其洗澡一邊唱著「先殺荷西，再殺你」的自編的兒歌，使「我」感到深深不安，此後的沙漠晨景變成這樣：

> 四周盡是灰茫茫的天空，初升的太陽在厚厚的雲層裡只露出淡橘色的幽暗的光線，早晨的沙漠仍有很重的涼意，幾隻孤鳥在我們車頂上呱呱的叫著繞著，更覺天地蒼茫淒涼。[54]

　　畫面仍有動感，但景致已經「朱顏改」，「紅鶴」換成了「孤鳥」，一幅色調冷峻的水墨圖凸現在眼前，你不難從中體會出作者當時心緒的極度不寧，以及聽天由命的那份無奈和淒切。以情寫景，寓情於景，達到情景交觸的藝術境界，這正是散文得天獨厚的特長。

　　總之，不同閱讀層面的讀者似乎都可以從三毛的作品中得到某些自己所要求的東西，並在閱讀的過程中通過各自的「接受」對原作進行想象、模仿和感悟等「再創造」，三毛本人在世時就再三強調：「我認為文學是一種再創造」，所以「作家寫作，在作品完成的同時，他的任務也完成了。至於爾後如何，那是讀者的再創造。」[55]「一部作品的價值，其實並不在於作者，更重要的是有賴於千萬讀者偉大的再創造，每個讀者都可以從自己的再創造中去各得其樂，去提高一部作品，從而使作者也連帶提高，所以，作品地位的肯定，最重要的還是在於讀者而非作者」[56]。

　　看來，三毛是很有自知之明的，而三毛的「故事」之所以容易成為閱讀的誤區，原因也正在於「每個讀者都可以從自己的再創造中去各得其樂。」

---

[54] 三毛，〈哭泣的駱駝〉，《哭泣的駱駝》，頁77。
[55] 〈兩極對話──沈君山和三毛〉，《夢裡花落知多少》，頁83。
[56] 〈熱帶的港夜──三毛對話錄〉，《三毛昨日、今日、明日》，頁72。

或許，這並不是壞事。

1991 年 7 月 31 日至 8 月 5 日，酷暑之中寫於上海寓所

附錄

上海大學生看臺灣文學——來自華東師範大學的問卷分析報告

1988 年 7 月始自 1989 年 1 月，筆者在國家教委直屬重點高等院校之一的華東師範大學先後開設了「當代臺港文學」系列講座和「臺港文學研究」課程。前者是為全日制非中文系本科學生而開設的暑期選修課（七月至八月），修讀者共 144 人，來自全校文理各科——教育、外語、心理、圖書館學、哲學、經濟、歷史、政教、體育、物理、電子技術、計算機、化學、生物、電化教育、環境科學等 17 個系。後者是為中文系（專業）高年級學生開設的選修課（相當於導讀課），修讀者共 127 人，分別是本校中文系的兩個專業——中國語言文學和對外漢語（全日制）八五、八六級學生以及成人教育學院中文專業（夜大學）八四級畢業生。開設「當代臺港文學」暑期選修課時，正值上海百年未遇的持續酷熱，氣溫高達攝氏 38 度，然而前來聽講者仍濟濟二堂，出乎筆者意料之外，大陸上的臺港文學之「熱」，由此可見一斑。

由於全日制學生遍布全校文理各科系，夜大學學生則來自全市文教及企、事業各單位，為了使講課的內容更好地適合學生的「胃口」，筆者在首堂課開講之前，分別於 7 月 11 日、9 月 5 日和 8 日作了三次問卷調查，以了解、掌握大學生對於臺港文學作品（主要是大陸版）的閱讀面及其興趣點。填寫問卷是在學生並無事先準備的情況下當場進行的，筆者認為，這樣反映出來的答案也許更為可靠和真實一些。從回收的問卷看，比較客觀地反映出了臺港文學在上海大學生心目中的大致「形象」以及作家、作品的知名度的高低之別。筆者從這些問卷中抽出 100 份（其中男生 57 份，女生 43 份），並按非中文系學生（A 組，43 份）、中文系學生（B 組，20

份）、成人教育學院中文專業學生（C 組，37 份）三組分別將五項調查的統計結果公布如下：

第一項「你讀過哪些臺港作家的作品？」

被五人以上提名的臺港作家依次為：

		瓊瑤	三毛	白先勇	陳映真	席慕蓉	古龍	李昂	柏楊	於梨華	龍應台
臺灣	A組	39	36	15	4	13	6	6	4	3	2
	B組	17	11	8	11	3	9	0	2	3	2
	C組	25	25	9	3	1	0	4	2	0	2

		金庸	梁羽生	亦舒	岑凱倫	阮朗（唐人）	嚴沁	陳娟	施叔青		
香港	A組	30	28	26	2	12	3	4	3		
	B組	10	8	14	10	0	3	0	0		
	C組	20	11	2	5	2	1	2	2		

從這項統計可以看出，在上海大學生的心目中，知名度最高的前五名臺港作家依次為：

臺灣：瓊瑤，得 81 票；三毛，得 72 票；白先勇，得 32 票；陳映真，得 18 票；席慕蓉，得 17 票。

香港：金庸，得 60 票；梁羽生，得 47 票；亦舒，得 42 票；岑凱倫，得 17 票；阮朗（唐人），得 14 票。

第二項「你喜歡閱讀哪一類臺港『流行小說』？」

	A 武俠小說	B 科幻小說	C 言情小說	D 都不喜歡
A組	17	2	43	0
B組	12	1	15	0
C組	12	0	18	1

一、此項統計表明，臺港「流行小說」中得票數多的是言情小說，得
76 票，其次是武俠小說，得 41 票；而科幻小說僅得 3 票；都不喜歡的有 1
票。

二、此項統計也表明，臺港言情小說和武俠小說，即使在文化程度較
高的大學生中，今後幾年內仍有較大的「讀者市場」。

三、此項統計還表明，科幻小說在大學生中受冷遇的程度，與年齡層次
成反比：年齡越大，「知音」越少。C 組（夜大學生）的年齡一般在三十至
四十歲之間，而 A、B 組（全日制學生）的年齡一般在二十歲左右，C 組對
此選擇項的結果為「零」，由此可見，科幻小說對大陸成年人的吸引力很小。

第三項「你喜歡的或你認為較好的臺港作品有哪些？」

1.僅寫作家姓名或籠統寫「×××的作品」的前三位作家分別是：

		三毛	瓊瑤	白先勇		金庸	亦舒	梁羽生
A 組	臺灣	18	5	3	香港	8	4	2
B 組		2	2	1		2	3	0
C 組		23	21	10		1	2	1
		共 43 票	共 29 票	共 14 票		共 11 票	共 9 票	共 3 票

2.被提名最多的前六部作品分別是：

		撒哈拉的故事（三毛）	雨季不再來（三毛）	哭泣的駱駝（三毛）	稻草人手記（三毛）	幾度夕陽紅（瓊瑤）	聚散兩依依（瓊瑤）
臺灣	A 組	6	8	4	5	4	3
	B 組	2	0	2	0	1	1
	C 組	1	0	0	1	1	2
		共 9 票	共 8 票	共 6 票	共 6 票	共 6 票	共 6 票

		射鵰英雄傳 （金庸）	書劍恩仇錄 （金庸）	曼陀蘿 （亦舒）	獨身女人 （亦舒）	萍蹤俠影錄 （梁羽生）	雲海玉弓緣 （梁羽生）
香港	A組	7	3	1	2	2	1
	B組	3	2	2	2	0	0
	C組	9	2	2	0	1	2
		共19票	共7票	共5票	共4票	共3票	共3票

此項統計表明，臺灣作家中三毛的散文無論是總體印象還是代表作品，其為上海大學生所喜愛的程度都在瓊瑤的言情小說之上；白先勇的「純文學」作品在大學生中也頗多知音。

香港作家中，受到青睞的全是「流行小說」，其中金庸的武俠小說地位最高，其次是亦舒的言情小說，第三是梁羽生的武俠小說。

第四項「你喜歡這些臺港作家的作品是因為——」

	情節內容吸引你	藝術上有一定特色	為了娛樂和消遣	為了了解臺灣生活	（備註）
A組	25	25	23	16	有的作品有做 人的道理1
B組	13	13	8	8	
C組	11	18	15	16	寫出了人性1
	49%	56%	46%	40%	2%

此項統計表明，在校大學生中，無論是中文專業，還是非中文專業，喜歡上述臺港文學作品的四方面原因的百分比都比較接近，而以「藝術上有一定特色」者最高，占56%，「為了了解臺港生活」者也占40%，這說明在上海大學生這個層面，閱讀臺港作品者是有自己的選擇準備、藝術眼光和求知欲望的，並不只是為了娛樂和消遣。

第五項「對開好這門選修課，你有什麼好建議？」

對於這一問題，大多數學生都在問卷上作了簡短但很明確的答覆，概括起來，主要有以下四點「希望」：

一、希望老師多介紹一些臺港較好的作家、作品及其藝術特色，特別是對臺灣的作家、作品，能結合社會、歷史、文化等原因作系統的介紹和評價，以開闊眼界，增長知識。

二、希望多介紹最新的臺灣文學動態，對於一些眾人皆知的作家作品可少談或不談。

三、希望指導如何閱讀、鑑賞臺港文學作品，並推薦一批較好的書目。

四、希望談談臺港文學的發展過程和發展趨勢，以便進一步了解臺港社會的風貌。

從這四點「希望」來看，大學生們對選修該門課的目的是比較明確的：即通過該課程的系統教學，了解更多的臺港作家及其優秀作品，了解臺港文學的歷史、現狀及其發展趨勢和動態，了解臺港社會的風土人情，以改變「臺港文學等於流行小說」（瓊瑤、金庸、亦舒等等）的主觀印象。筆者認為，這四點「希望」，不僅對於教師講授該門課程是難能可貴的好建議，而且從中也反映出當代大學生對臺港文學的求知欲和興趣點，這對於海峽兩岸的出版機構不也是一份詞懇意切的「陳情表」！？

但也應該看到，當代中國大學生雖然喜歡看目前較暢銷的臺港「流行小說」，但他們隨之也要求藝術價值更高的臺港純文學作品，然而從目前大陸出版的臺港作家的作品看，暢銷的「流行小說」占絕大多數，以香港作家為例，主要集中於金庸、梁羽生、亦舒、岑凱倫、嚴沁等人的武俠小說和言情小說，他們的作品印數，動輒幾十萬冊，甚至一百萬冊，而西西、鍾玲、吳煦斌、辛其氏、也斯、梁錫華、羈魂、蔡炎培、黃國彬、鍾偉民等藝術成就不低的「純文學」作家，至今尚未在大陸出版過一本個人集，這就使大陸讀者，包括大學生在內，難以了解香港文學的全貌，而不免產

生「香港文學=武俠小說+言情小說」的主觀印象。這似乎並非香港文學的榮幸，或許還是香港文學的悲哀，因為問卷調查的結果表明：在受到上海大學生喜愛的前三位臺灣作家中，有兩位是不寫「流行小說」的作家——三毛和白先勇；而在名列前茅的香港作家中，則成了武俠小說和言情小說作者的一統天下！

1989 年 1 月 24 日寫於上海寓所

——選自孟樊、林燿德主編《流行天下——當代臺灣通俗文學論》
臺北：時報文化出版公司，1992 年 1 月

「女遊」的自我跨越或想像／與書寫位置（節錄）

◎黃雅歆*

壹、「女遊」的潛能開發與假想——三毛的「撒哈拉傳奇」

關於近代女性的「自主旅行」[1]，是討論當代旅行文學時最常被提及的，因為受限於社會文化的壓制，論者認為在過去，旅行是一種極度「性別區分」的活動[2]，除非跟著男性移居，否則女人鮮少有獨自旅行、開拓眼界的機會與想望。也因此，一旦女性能從事自主旅行，往往被賦予了探索性別差異、自省女性處境，進而拋開男性主導的觀點，建構女性主體性的使命與期待，此處的旅行，包含了回程時間已預定的旅行，以及未知回程的遊歷。因為不論旅行時間長短，畢竟都是一種脫離原生社會的行為，這種「脫離」意謂著女性的可以「反叛」，剛好提供了翻轉既定價值、發掘未知潛能的機會與空間。

不過，女性是不是在經歷每一次的「脫離」時，都真能自覺、自省的面對女性的生命主體？又，在「脫離」中建構完成的「新生命」，在重回原生社會後，會產生什麼狀況？而當我們閱讀許多「女遊」文學作品，在為

---

*發表文章時為臺北教育大學語文與創作學系副教授，現為臺北教育大學語文與創作學系教授。

[1] 此處以「自主旅行」和團體旅行，或跟隨親朋好友的觀光旅行作為區分，意謂從旅行計畫開始，至旅行過程與完成，皆具獨立性、自主性，以及掌握力的旅行。

[2] 胡錦媛，〈繞著地球跑——當代臺灣旅行文學（下）〉：「在人類歷史上，旅行行為除了因種族、階段、宗教與文化等差異有所不同之外，它更是極度『性別區分的』（gendered）。當男人為了個人的、教育的、科學的、外交的和經濟的種種目的在外旅遊探險，完成驚天動地的功業、寫就可歌可泣的鉅著時，女人卻滯留在『家』這個定點織布、打掃、等待、寫信給在外遨遊的男人」。「在家中缺席的是男人，在旅行中缺席的是女人」，《幼獅文藝》第 516 期（1996 年 12 月），頁 51。

其中或勇敢或辛酸或幽默的成長歷程感動、著迷時，有沒有必要去追問故事的事實與虛假？或者，無論真假，都具備了我們閱讀、研究當代「女遊」文學的價值？

　　雖然在五四以來的新女性中，已有如冰心因獨自留學國外，而將所見所思化為文字寄回國內發表，但真正因為海外遊歷文章奠定文壇地位，並掀起年輕學子對「流浪」的嚮往，啟發青年用旅行來「脫離」原生社會的束縛，得到新生命洗禮的，當首推創造撒哈拉傳奇故事的三毛。她的作品在 1970 年代問世，熱潮持續至 1991 年辭世而不墜，除了作品本身的迷人氛圍之外，亦與當時特殊的時代背景有關。在文化氣氛上，從反共抗俄、憶舊懷鄉，到移植西方現代主義思潮，一直走到 1970 年代的臺灣社會，無論是大環境的政治威權、言論的禁錮、本國文藝思潮的斷層，或是小環境的升學壓力、親子代溝等問題，對當時青年而言，都成為胸中一股找不到出口的壓力。而三毛卻能不顧一切、率性而為，依照自己的意思在沙漠成功打造了理想生活，這看來不可思議卻又現身說法的故事，彷彿代替他們反抗生活的框架，完成自己不敢付諸實現的夢想，因而造成青年學子的狂熱崇拜。

　　就「女遊」的立場來看，三毛至撒哈拉沙漠生活亦具特殊意義。她和過去女性隨夫任職的被動，或者出國留學的「正當性」不同，只是隨著自己的感性指引，主動的、不可抑制的要前往沙漠。她說：「當初堅持要去撒哈拉沙漠的人是我，不是荷西」，原因是「無意間翻到了一本美國的《國家地理雜誌》，那期書裡，它正好在介紹撒哈拉沙漠」，而「不能解釋的，屬於前世回憶似的鄉愁，就莫名其妙，毫無保留的交給那一片陌生的大地」。荷西為了配合她，才「先去沙漠的磷礦公司找到了事，安定下來」[3]。三毛一手主導了撒哈拉沙漠的傳奇，不為任何人、不為特定目的，只為沙漠觸動了她的心（即內在生命），所以沙漠的旅行即可視為三毛意欲探索、發掘

---

[3]以上引文見三毛，〈白手成家〉，《撒哈拉的故事》（臺北：皇冠出版社，1996 年），頁 194～195。本文以下引用《撒哈拉的故事》皆來自此版本，不再一一重複加註。

內在生命的「自主」旅行。

因為個性與心理方面的問題，三毛在臺灣的生活是適應不良的，所幸有父母親放任與包容的愛，讓她得以度過包括求學的、感情上的不順利。大學畢業後的三毛，開始遊歷、遊學各國，也因此結識荷西，埋下日後與荷西攜手同赴撒哈拉，共創婚姻生活的因子。

不管三毛出國之前在臺灣的生活有多麼苦悶、對既定的制度多麼難以適應，或在人際關係上有過哪些挫折，我們看見在撒哈拉沙漠的三毛是快樂的、積極的、充滿創意與驚喜，是個幽默迷人的小婦人。她成功開啟了自我生命裡應有的能量，開拓了令人驚異讚嘆的新生活，而這個大轉變是在她脫離了原生社會，展開「流浪」旅程之後才有的。對三毛而言，沙漠的經歷成為她面對生命困境的救贖；對讀者、對之後臺灣女性的旅行行為而言，都產生了指標性的影響，並得到論者的肯定[4]。這一點，就「女遊」文學的議題上，是值得注意與討論的。

三毛用一枝非常擅於說故事的筆，邀請讀者一同進入她的生活[5]。那些點石成金的生活創意、奇妙難得的沙漠世界、深刻感人的異國婚姻、文化的衝突與解決、以及那顆對探索未知世界永遠充滿好奇與挑戰的心，真實上演在讀者面前。我們在從事文學作品的鑑賞時，追究其中故事情節的真

---

[4] 齊邦媛：「在寫異國風光的早期作品裡，三毛是自然灑脫的。她書中蓬勃的生機，探奇的勇氣，性格的豪放不拘，絕非一個普通女子對陌生經驗的反應。而她對愚昧無知鄰居的容忍同情，對強者無理行為的『戰鬥精神』，給了她作品浪漫情調以外的趣味。這樣的人生確實是值得寫，值得用文字留住。」〈閨怨之外〉，《千年之淚》（臺北：爾雅出版社，1990 年 7 月），頁 126～128。

胡錦媛：「讀者對三毛作品中旅遊異國的嚮往與對三毛個人的崇拜持續了約十五年之久，在文壇造成『三毛現象』。」〈繞著地球跑——當代臺灣旅行文學（上）〉，《幼獅文藝》第 515 期（1996 年 11 月），頁 24。

朱嘉雯：「三毛在臺灣開放觀光之前出國，而且一去就是對國人而言遙不可及的撒哈拉沙漠，因為它如此認真而執著地看待旅行，透過她充滿女性特質的人道精神和感性筆觸，使得她的旅遊書寫深深地影響國內的女性旅遊文學。」〈挑戰「男遊女怨」的文學傳統〉，《旅遊文學論文集》（臺北：文津出版社，2000 年），頁 240。

杜元明：「三毛的『沙漠奇葩』曾使男女青年為之傾倒。」《現代臺灣文學史》（遼寧：遼寧大學，1987 年），頁 727。

以上所論，多將三毛定位在臺灣當代旅遊及「女遊」文學啟蒙的基礎上。

[5] 三毛母親在序中提到：「妳把我們每一個讀者都引進了妳的生活，妳的故事好像就發生在我們身邊左右，有笑也有淚。」〈媽媽的一封信〉，《撒哈拉的故事》，頁 7。

實與虛假，原非必要的問題，一來文學作品本來就允許虛擬的成分存在，二來文學作品不是新聞報導，評斷價值的標準原本就不建立在情節的真實與否。但是，三毛故事的真假基礎卻與作品定位相關。從某一方面說，三毛讀者的感動與崇拜，很大的關鍵是來自於「相信」，因為傳奇通常帶有虛幻想像，卻有人能化虛幻為真實，使人對生命的轉機與開發增添了信心。

　　所以，關於三毛沙漠傳奇的真偽始終有質疑的聲音，但唯一大費周章、廢日耗時，以身體力行的方式訪查人證事證，對三毛發出挑戰與批判的，是旅行者馬中欣在 2001 年出版的《三毛真相》[6]一書。但此書是站在什麼立場、運用什麼樣的觀點、持著什麼必要性來挑戰？而三毛故事的真假之於文學作品的價值、或之於作品的社會影響力，具有相關性嗎？這是本文所欲討論的內容之一。不過，在所謂「真假」的討論中，本文其實要進一步觀察的是「女遊」中的自我認知、潛能開發的「真實」。旅行是從原地出發到歸來的過程，經由旅行而開發的未知自我，在旅行結束回到原地後是否依然存在？還是它只能在旅程中綻放光芒？藉由對「三毛現象」的重新觀察，對臺灣當代「女遊」（或旅行）文學的討論是有幫助的。

　　近年來臺灣學位論文有不少以三毛為研究對象，與撒哈拉故事相關的有如〈三毛撒哈拉時期散文美學研究〉（江楠然，銘傳大學，應用中國文學系碩士在職專班，2000 年）、〈三毛沙漠時期作品之虛實對照研究〉（沈依慧，雲林科技大學，漢學資料整理研究所碩士班，2010 年）、〈三毛的旅行散文——以撒哈拉時期的作品探討對象〉（黃佩娟，臺北教育大學，臺灣文化研究所碩士班，2009 年）等。其中〈三毛沙漠時期作品之虛實對照研究〉所處理的「虛實」，在於「希望藉由文本的分析，釐清文體的模糊性，對三毛作品隸屬小說或散文給予定位；再者，藉由三毛的虛實筆法，了解其創作的意圖與情感。」[7]是針對三毛散文文學筆法研究，和本文的論述主

---

[6]馬中欣，《三毛真相》（臺北：華文網，2001 年）。
[7]沈依慧，〈三毛沙漠時期作品之虛實對照研究〉論文摘要（雲林科技大學，漢學資料整理研究所碩士班，2010 年）。

旨不同。

一、傳奇，抑或假想？

　　對三毛傳奇最初的質疑多半是來自個人的、「常理性」的懷疑。因為對撒哈拉沙漠以及沙哈拉威族人的陌生，當時又缺乏實際的佐證，完全依賴三毛文學筆法的描述，令人分不清渲染、誇飾與真實的界線，所以對於許多驚險、奇異的遭遇，難以置信的生活習俗與應變方式，產生了懷疑，甚至質疑荷西此人是否真實存在。而《三毛真相》以故事的真假作為批判基準，「聲討」一位已逝的文學作者，動機何在呢？馬中欣自己說，因為：「發覺一些青年學子對三毛極端地盲從，擴而大之對這世界的一知半解，使我不能袖手旁觀。」[8]認為戳破三毛「神話」具有不得不為的必要性。當然，前提是他有理由相信，身為作者的三毛是故意要與故事中的三毛合而為一，置讀者於「真假不分」之境，所以，無法用三毛只是文學裡「形塑」的人物，作為合理化的理由[9]。從「腳踏實地」的旅行者觀點來看，「實證」是重要的，所以任意假借「他地」與「他文化」，作為滿足自己想像力的布景，甚至毫不介意的去曲解一個真正存於世上的民族的面貌，因而傳遞了錯誤的世界觀或人生觀，恐怕是不可原諒的。只是，此書在「真假」問題上對三毛的檢討是全面性的，包括她的旅程、言語、愛情、婚姻，以至人格的分析。當中對於荷西的「考證」多所著墨，企圖從荷西親友、鄰居的追憶、口述，「還原」三毛、荷西戀情的平凡，不免已顯示出對於三毛個人一種不友善的攻擊。這行為也被論者批判為借三毛「達到名利雙收的效果」，「帶給所有『三毛迷』們是一種憤怒和破滅感」[10]，也引起其

---

[8]馬中欣，《三毛真相》，頁11。

[9]馬中欣：「三毛的作品標榜真實的自己走進真實的當地」（《三毛真相》，頁 9），「以自己第一人稱寫她所謂的『親身經歷』又寫得這麼完美、這麼離譜」（三毛真相），頁 19），「我允許文章可以虛構，但不允許真人真事的故事虛構」，「如果每個人（或很多人）都像三毛這樣把虛幻當真的敘述、撰寫」，「這個社會就成了『虛幻社會』或『虛偽社會』了。『真實』到哪裡去了？」（《三毛真相》，頁 251、252）。

[10]孫玲玲、熊賢關，〈解讀「三毛熱」現象中的文化意蘊與欲望書寫〉，《南大語言文化學報》（2006年），頁158。

他作者提出對馬中欣的反駁，其中 1999 年張景然出版《詭話——破解馬中欣與三毛真相》一書，指責其中真相「只是荷西親屬的一面之詞和一位名不見經傳的當地人士的說法」，並進一步指出馬中欣存在著另一大問題，就是在考證三毛與荷西愛情的真實上，混淆了藝術真實和生活真實的界限，由此引發了對馬中欣人格問題的一番追問[11]。然私領域情感的深刻與否，外人本難以論斷、亦無需論斷，自非本文關注重點，而馬、張借二書出版引來媒體的關注，其中是否含藏的成名欲望也有待檢視。為欲注意的是其中與撒哈拉傳奇故事中文化事實之相關者，雖然張景然批駁馬中欣訪問的沙哈拉威人「名不見經傳」，但「名不見經傳」並無以證明此人所述之沙哈拉威文化非真實。族人文化是具體生活，未必要權威人士發言才足為信。

如前文所說，讀者對三毛作品的感動與崇拜，有很大的因素應是來對於傳奇的相信與感動，這其中有兩個關鍵，一為三毛與荷西的愛情力量；二為沙哈拉威人的究竟面貌。因為前者撐起整個傳奇故事的浪漫氛圍，後者則是重要的配角，這群族人負責不斷的丟出問題，讓三毛有表現機智、幽默、寬容、突顯性格魅力的機會，二者聯合激發了讀者對作者、以及對異地流浪的傾慕懷想。這也就是為什麼論者會去注意荷西的存在與否，以及沙哈拉威人的究竟面貌。愛情故事可取決於當事人認知的真實，而異文化的面貌雖有文學詮釋的空間，但仍須取決於事實的元素。

以現身說法為基礎的傳奇故事終究與以虛擬為前提的小說創作不同，真實或虛擬，將左右論述作品的觀點與基準。所以，如果屬於撒哈拉傳奇裡重要的成分偏離真實，那具體存在的沙哈拉威人在故事中的表現會不會也是虛擬的？然後這「虛擬」的族群隨著當時三毛熱的媒體強勢，進一步取代了「真實」的族群，在許多人心中存活著。

若果如此，因為擺脫「原生」社會束縛，藉由異國旅行的「離開」，使

---

[11] 張景然，《詭話——破解馬中欣與三毛真相》（廣州：廣州出版社，1999 年），頁 159～160。此處內文整理引自孫玲玲、態賢關，〈解讀「三毛熱」現象中的文化蘊與欲望書寫〉，《南大語言文化學報》，頁 157。

自己重新面對自我，找到新生的那個三毛究竟存不存在？作為「女遊」典範的角色是否還成立？而當作者藉由旅行，抓取異文化的某些元素，沉溺、馳騁於自己的「假想」，進而造就精采的傳奇故事，又代表什麼意義？

　　首先，我們觀察三毛藉由與沙哈拉威人的相處，展現了哪些潛能與特質：

1. 「點石成金」的生活創意與沙哈拉威人的「非文明」

　　利用有限的資源、對抗貧瘠的生存條件，馳騁幻想、創造屬於自己的夢土，是所有冒險故事裡最吸引人的元素，但再也沒有什麼比作者的現身說法更令人讚嘆了。三毛在〈白手成家〉一文說剛到墳場區的住處時，水龍頭「流出來幾滴濃濃綠綠的液體」，「電線上停滿了密密麻麻的蒼蠅」（《撒哈拉故事》，頁 201），屋裡有一個四方形的大洞是天窗，直接與天空相接。來沙漠生活的浪漫情懷立刻面臨生活條件嚴苛的考驗，然後我們看見她如何從一無所有中，一點一滴的打造出家的樣子。因為荷西工作忙碌，她必須張羅所有的事情，所以來回鎮上奔波，有時晚了還「自己搭帳篷睡在遊牧民族的附近」（《撒哈拉故事》，頁 206），然後要自己去買水、扛水，沒煤氣時得用小爐子搧風點火。因為經濟拮据，又想擁有家具，所以一切自己來，欣喜若狂的誤求了免費的棺木，然後和荷西「DIY」的完成所有的家具。這些在原有生活中被視為必然的所需，原來如此得來不易，三毛不僅展現了創意與潛能，也讓讀者一同體悟、走過這段「將自己歸零」的歷程。除此之外，利用有限的食材作出創意的食譜，故意把粉絲稱作「雨」，把紫菜說成「複寫紙」來捉弄荷西，接著又用小黃瓜冒充筍片，大膽的宴請荷西的上司（見《撒哈拉的故事》之〈沙漠中的飯店〉）；讀者隨著三毛苦中作樂的惡作劇，既有趣又佩服，莫不為這小婦人的聰慧拍案叫絕。諸如此類的「行徑」還有很多，譬如突發奇想的當起魚販（見《撒哈拉的故事》之〈素人漁夫〉），侵入總督家中去偷花（見《撒哈拉的故事》之〈白手成家〉）等等，這些奇想都建立在「胼手胝足」對抗生活困境的立足點上，這種樂觀的、「以小搏大」的精神，必然獲得多數人的認同。

不過,當我們興味盎然觀看三毛如何「點石成金」的同時,也順勢接收了故事裡對沙哈拉威人的觀點:自然、純真、缺乏「文明洗禮」,呈現了理直氣壯的貪婪。譬如將屬於三毛的羊奶擠光、把三毛整理好要用的木板私自取走、大刺刺地享受三毛家中的設備、得寸進尺的「借用」與「占用」三毛的物品(見《撒哈拉的故事》之〈白手成家〉、〈芳鄰〉);三毛雖然又氣又好笑,卻也肯定沙哈拉威人本性的純真善良,拒絕搬去鎮上加入上流社會的虛矯。但沙哈拉威人的這些「表現」是重要的,它是三毛用以呈現沙漠生活中的「非常理」、不得不將自己重新歸零,換一個態度來看待世界的關鍵,也是讓這些生活創意更具可看性的基礎。

2.「化險為夷」的機智與挑戰

除了打造沙漠住家的妙想令人嘖嘖稱奇之外,三毛在沙漠的歷險故事更令人目瞪口呆。最具代表性的就是〈荒山之夜〉中荷西身陷流沙,三毛求救無門自己又差點落難的驚險遭遇。為了尋找化石的兩人在傍晚驅車出鎮,進入陌生的、一望無垠的沙漠,繞過沙堆組成的「迷宮山」,滑下一片斜坡溼地,然後荷西踩著濕泥一路往前跑,當三毛發現荷西身後的泥土在冒著泡泡時,一切都來不及了。身形高壯的荷西一下子就被流沙沒入半身,只能抱著泥中突出大石勉力支撐著。當時天已黑,氣溫下降,荷西要三毛去鎮上求救,半路上卻遇見三名心懷不軌的沙哈拉威男人,好不容易擺脫這些人,時間已不允許她去鎮上了,折回原地,一邊顫抖一邊冷靜下來思索救荷西的方法,終於讓她千鈞一髮的把荷西從死神面前拉回來。更重要的是歷險歸來後兩人仍決定隔天繼續再來尋找化石,顯示了沙漠可懼可愛的魅力,以及自己不屈不懼的精神。

三毛擺脫暴徒的方法是:

> 舉起腳來往他下腹踢去。
>
> 我轉身便逃,另外一個跨了大步來追我,我蹲下去抓兩把沙子往他眼睛裡撒去,他兩手蒙住了臉,我趁這幾秒鐘的空檔,踢掉腳上的拖鞋,光

　　　腳往車子的方向沒命的狂奔。

——《撒哈拉的故事》，頁 71

　　拯救荷西則是拆掉汽車椅墊、輪胎，丟在濕泥上當踏腳墊，再「將衣服從頭上脫下來，用刀割成四條寬布帶子，打好結，再將一把老虎鉗綁在布帶前面」（《撒哈拉的故事》，頁 76），接著她把老虎鉗丟給荷西，另一頭就綁在濕泥上的輪胎，讓荷西自己拉著布帶爬出來。無論是弱女子的抗暴機智、顛覆常軌的以弱救強、永不放棄的反敗為勝，都使此驚險歷程充滿戲劇性的高潮起伏，而作家親身經歷的背書，讓戲劇性與真實性合而為一，讀者便不必有常理下的懷疑[12]，將驚嘆崇拜全部投諸於三毛身上。

3.「奇風異俗」的窺探與「來自文明」的正義感

　　異地風俗文化的介紹原本就是旅行寫作的基本內容，愈是稀奇古怪、背離「文明」法則的風俗習慣，就愈能增添作品的可讀性，也愈能滿足讀者擴張世界知識的好奇心。當然，擁有奇異旅行經驗者，並非皆能成就高明的作品。不過，以奇風異俗為內容的佳作，當地的特殊文化絕對是支撐作品精彩的骨架。

　　譬如三毛在〈沙漠觀浴記〉中活靈活現寫沙哈拉威人的澡堂奇景：「我看見每一個女人都用一片小石頭沾著水，再刮自己的身體，每刮一下，身上就出現一條黑黑的漿汁的汙垢，她們不用肥皂，也不太用水，要刮得全身的髒都鬆了，才用水沖」，因為這些女人「四年了，我四年沒有洗澡。」（《撒哈拉的故事》，頁 87）這「洗澡文化」和「文明世界」的規則非常不同，但更令人大開眼界的是在海邊清洗身體內部的活動：「一個女人半躺在沙灘上，另外一個將皮帶管塞進她體內，如同灌腸一樣，同時將（裝海水的）罐子提在手裡，水經過管子流到她腸子裡去」（《撒哈拉的故事》，頁

---

[12]根據有限的經驗法則，不免疑問：浮在流沙上的椅墊或輪胎真能載住三毛的重量不往下沉？而三毛坐在輪胎上，成為半身以上沒入流沙、奄奄一息的荷西賴以攀附掙扎的支撐物，沉重的拉扯力為何不會造成兩方同時沉沒？這些可真可假的戲劇效果，在電影中可被視為「娛樂」不必追究；放在作者的親身經歷中則被視為「真實」，自然也無需討論。

91～92），灌了三四次海水後，女人忍不住痛苦的呻吟起來，將水管拉出來後，又繼續往口內灌水，被灌足水的女人最後蹣跚的爬起來，開始蹲在地上排泄，「肚內瀉出無數的髒東西，瀉了一堆，她馬上退後幾步，再瀉，同時用手抓著沙子將她面前瀉的糞便蓋起來，這樣一面瀉，一面埋，瀉了十幾堆還沒有停」（《撒哈拉的故事》，頁 92），直到清完內部髒物，她才唱起歌來。

這種洗身體內部的畫面著實難以想像，這原理雖像曾大為流行，稱之「水療法」的腸道清洗，但「水療法」畢竟是醫療行為，稍有不慎仍有危險。沙哈拉威人卻早已如此行之有年了。三毛筆下沙哈拉威人的「洗澡傳奇」不免有許多需求證的困惑，但是在作者覺得有趣的哈哈大笑中，所有的困惑都轉成無傷大雅的民族習性，在文學筆法的描述下獲得「這就是沙哈拉威人」的結論。

對於這種不夠「文明」的洗澡習性，三毛採取一種捕捉奇風異俗的觀賞態度，但在大多數的時候，三毛不只是觀賞，因為她也是沙漠的一份子（不是觀光客），所以要很有正義感的提供知識，引導沙哈拉威人進入「文明」的領域。如〈懸壺濟世〉裡寫自己沙漠行醫的故事。因為沙哈拉威人不看醫生，所以她用粗淺的醫學知識與自己的家庭常備藥為他們治病，而且效果很好，「百分之八十是藥到病除」（《撒哈拉的故事》，頁 41），後來膽子越來越大，竟然想去接生。因為荷西阻礙，幫人接生不成，倒是幫了生產的母羊，轉而成為獸醫，除此之外，甚至還成了牙醫幫人補牙，只是，三毛始終未說明用什麼東西補牙，對「醫術」的描述也有些令人匪夷所思。但無論如何，在治病的過程中，三毛獲得了沙哈拉威人的信任與崇拜。這些在文明社會中被視為理所當然、該有的醫學常識，在此地重新顯現了價值，也因而讓三毛發現了樂觀自信的自我。

這種「來自文明」的正義感，在〈娃娃新娘〉中同樣出現，只是不像〈懸壺濟世〉的皆大歡喜，而有力不從心的懊惱。根據三毛描寫，沙哈拉威族的女人八、九歲就能出嫁，十歲的姑卡嫁人是十分平常的事，姑卡也

沉默的接受這個事實。因為是好友的關係，三毛在旁目睹了整個婚禮的安排與進行：新郎要類似搶婚的方式從房間拖出新娘，新娘得拼命掙扎打鬥，然後才完成迎親儀式。接著是大夥在洞房外等著新郎進門完成行房任務，在新娘合乎風俗地大聲哀叫後，典禮才告結束，然後是六天的慶祝儀式。三毛對沙哈拉威人奇特的洗澡風俗可以哈哈一笑，對於娃娃新娘的遭遇則無法釋懷，她說：「在他們的觀念裡，結婚初夜只是公然用暴力去奪取一個小女孩的貞操而已」，所以對這樣的婚禮感到「失望而可笑」。如果這是沙哈拉威族的文化，外人其實是無法、也不適合介入的。但基於友情，三毛終究不能袖手旁觀，在探望姑卡時答應給她避孕藥，並且安慰她：「不要擔心，這是我們兩個之間的祕密」。

　　無論是沙漠觀浴、懸壺濟世，或是娃娃新娘，三毛一方面用客觀生動的立場介紹了我們所不知道的沙哈拉威人文化，一方面又不同於觀光客的冷眼旁觀，而基於感情，拿捏善意與輕蔑的分際，適度提供沙哈拉威友人幫助，這也是三毛的傳奇故事分外深刻，並且情致動人的原因。

二、旅行的「真相」與潛能開發的「事實」

　　關於沙哈拉威人的風俗，馬中欣在《三毛真相》中提出幾個疑問，其中包括洗澡的風俗和「娃娃新娘」。根據沙哈拉威人的口述，因為水的缺乏，以及沙漠氣候乾燥的關係，族人確實不常洗澡，以前是一年洗一次，現在[13]是每月一次。但是即使是一年一次他們也不認為有如三毛筆下的「黑黑的漿汁的汙垢」（《撒哈拉的故事》之〈沙漠觀浴記〉）。關於「髒」的爭議，或與彼此的認知有關，也或有作者的誇大描述，但影響不大。比較關鍵的是三毛描寫「海水洗腸」的過程，據馬中欣描述沙哈拉威人聽到三毛的敘述後，反應是「無動於衷」、「莫名其妙」，所以他推論「他們根本沒聽過這樣的事」，就算有，應非如三毛寫的如此「驚心動魄」、「慘不忍睹」[14]。

　　至於「娃娃新娘」，沙哈拉威人的反應就比較直接，他們說：「什麼？

---

[13]馬中欣進行訪問時為 1996 年。見《三毛真相》，頁 79。
[14]見《三毛真相》，頁 84。

我們沙哈拉威人的十歲女兒就要出嫁,別開玩笑了!」因為十歲女孩「小小的,還成不了型,能嫁嗎?」受訪者並說:「我這二十歲的女兒還不想嫁呢,那個十七歲的、十四歲的還輪不到出嫁,怎麼會輪十歲的呢?」[15]

這些「真相」對三毛在故事中所塑造出來的形象的確有某種程度的影響,加上三毛生前聽見人們對她的質疑時,向好友抱怨自己「美化荷西、美化她在沙漠裡與荷西的愛情生活,直到後來的玩鬼弄魂的,還不都是為了滿足讀者的心態」[16],似乎已間接證實作者為了避免失去讀者,便一發不可收拾的以情節的想像、虛擬,強加於真實存在的人、事、物上,不免讓人覺得應該對三毛的撒哈拉傳奇重做評估。胡錦媛就直接指出三毛「因第一人稱的『我』的敘事角度,使讀者誤以為她的作品是寫實的」[17]。雖然也對作品本身的精采給予肯定[18],卻指出這並非「寫實」之作,而有誤導讀者之嫌。

因此,關於三毛旅行「真相」的問題釐清,在三毛作品於臺灣當代文學史上的定位,可有兩方面的討論。其一是作品本身的價值;其二是在「女遊」文學議題上所扮演的角色。

就作品而言,三毛以第一人稱、及「生活實錄」的方式引導讀者進入充滿傳奇的世界,當然是有意將自己與主角三毛合而為一的,而讀者的熱烈回響與感動,也全部加諸在作者三毛身上。所以,一旦發覺因為作者的誇大或想像,使自己誤認了世界、誤認了沙哈拉威人,誤認了一個傳奇的成真,甚至「錯放」了感情,「受騙」的情緒當然油然而生,這也是欲揭發「真相」的人所抱持的「正義感」。只是,這其中有一個盲點在於,我們其實很難去檢驗所有旅行實錄的「真相」,而當實錄用文學形式呈現時,適度的誇張想像是被容許的。再者,如果讀者被三毛故事中的精采所吸引,並

---

[15]見《三毛真相》,頁 78。

[16]見《三毛真相》,頁 101。

[17]胡錦媛,〈繞著地球跑──當代臺灣旅行文學(上)〉,《幼獅文藝》第 515 期,頁 28。

[18]同前註:「臺灣當代一般旅行寫作大都失之於平實刻板,即使旅遊本身是豐富的,但卻缺乏適切的技巧來表達。就這一點而言,三毛的作品是值得參考的。」

已從那些有點異想天開、也許不盡合理的紓困方式得到生活的啟發與鼓舞，而許多青年學子也藉此紓解了體制內的精神苦悶、看見生命的另一個出口，這些真實的閱讀樂趣與存在的文學功能並不會因為故事是虛構而消失，那麼作品的精采價值就依然存在[19]。這也就是論者仍在臺灣當代旅行寫作的開創性上，給予三毛正面評價的原因[20]。

　　需要重新看待的，是三毛傳奇在「女遊」文學中扮演的角色。有關旅行的「潛能開發」，亦可分兩方面來觀察。一是旅行過程中所完成的「自我改造」與領悟；一是結束旅行回到「原點」之後的表現，如果那個因異地旅行而刺激出的生命潛能，隨著旅行的結束而結束，終究如海市蜃樓般虛幻。關於前者，若依上所述，三毛的沙漠生活紀錄是不寫實、甚至是不真實的，那麼，如本文之「一」所指出，那些因異國遊歷所激發出的生活創意、生命的挑戰與機智，以及與異族文化相處的善意與悲憫等自我認識與成長的積極意義，都必須存疑。因為故事中的三毛可能只是作者「自己塑造出的樣子」，而非「已經達成的樣子」。更進一步說，也許是「希望別人以為自己是這樣」，在旁人的讚賞與支持中，逐漸模糊了自我認知的假想與真實，進而從中得到心理的滿足。這種滿足在原有的社會中無法實現，只有在旁人難以驗證的異國旅遊才能天馬行空，不必被檢驗。

　　接著，觀察三毛歸國後的「表現」。在荷西死亡，西屬撒哈拉也發生政權變化後，三毛在臺灣親友與讀者的殷殷期盼下返國。撒哈拉故事中的三毛終於在臺灣「現身」，她一反出國前生活的不適應，像一個熱情的佈道者，在各種演講場合、文字專欄、陸續出版的新作中，用自我經驗為基礎，宣達以愛與樂觀作為面對人生困境的態度，不僅提醒青年學子珍惜生命的可貴與希望，也讓人看見經過旅行與異地生活的洗禮後，三毛的自信與「成長」。雖有論者認為三毛其實是被捲入文化商業炒作的「三毛熱」

---

[19]從精采的傳奇、冒險故事中得到閱讀的樂趣與「勵志」的效果，是許多人共有的經驗，文學所展現的藝術技巧與價值便在此，和故事的真假無關。

[20]同註 18 之引文。

裡，但不管是否是「為了增加知名度和保持『三毛熱』的熱度，在其生前，三毛身不由己捲入了『造星』的浪潮，除了不斷推出新書，還接受報刊專訪、出席演講會、寫歌詞出唱片（《回聲》）、應讀者要求設心理諮詢信箱等等。」[21]在可見的外在，她似乎已調整出一個新的生活秩序，十分「正面」的重返原來社會。

在三毛自殺身亡之前，即使論者質疑撒哈拉故事的真實性，卻也不能否定三毛展現出來的活力，以及出國前後的正向轉變，從「女遊」的觀點來看，她的確成為藉異國的流浪、遊歷，進而開發潛能、改造生命的成功典範。但就文學表現來看，細心的讀者應該不難發現，離開那個充滿未知、迷人的沙漠文化之後，三毛的散文就逐漸失去了原有的光彩，雖然她仍然藉由不斷的短暫旅行作品的豐富性，以滿足大眾對三毛作品「應該充滿傳奇性」的期待。可是不管是異國的戀情、友情，在充滿感情的文字背後，已不見如撒哈拉時期充沛的生命力量。

三毛在醫院自殺，無論是因於病痛的絕望，或是其他各種的揣測，都讓前一天還從廣播中聽見她用一貫熱情的聲音，訴說生命是如何美好與不可輕易放棄的讀者大為吃驚。然而，在熟知的親友們表示對於三毛的死亡選擇不意外下，關於三毛始終沒走出心理問題（不論是原來的問題或是荷西死亡的創傷）的事實——被呈現（包括她依賴群眾掌聲、獨處時極度不安、迷戀神鬼靈異之說等等），顯示躲在三毛軀殼下的陳平所擁有的生命困境，即使經歷了自我流浪、放逐的過程，自始至終都沒有解決過。

當然，如果荷西是三毛在撒哈拉沙漠建立（帶領）美好生活的關鍵，那麼荷西的死亡自有可能破解了作者對人生的期待和熱情，將生命情境重新帶回未出走之前的原點[22]。不得不回臺定居、重回原生社會，表面上帶著那個經過沙漠生活洗禮的「新三毛」回家，其實始終陷入因荷西死亡而重

---

[21]孫玲玲、熊賢關，〈解讀「三毛熱」現象中的文化意蘊與欲望書寫〉，《南大語言文化學報》，頁147。

[22]關於三毛的死亡，研究者大多指向三毛原有的心理病症，以及荷西死亡的重擊。如許玫芳〈三毛之情困廉貞、叛逆性格與幸福歸宿〉，《龍華科技大學學報》第17期（2004年），頁74～93。

回「舊三毛」的心理困境。

　　如果旅行中發生的種種體驗與潛能的開發是真實的，雖然可以肯定旅者解放、發掘自我的可貴價值，但這些潛能與光彩在旅途回歸原點後便消失，就結果而言，自我「生命跨越」的真實並不存在。那麼，更不用說當旅行的「真相」遭受質疑，回歸原點之後展現的生命光彩又不堪一擊，所謂潛能開發的「真實」似乎也不存在了。所以，論者便言：「三毛由自閉到流浪遠方其實並不是一個成功的轉化，流浪遠方對於三毛是逃避多於心靈世界的拓展。」[23]

　　身為女性身分，並在臺灣社會極端封閉的時代下，不顧一切以流浪異國來抗議束縛與壓力，尋求人生轉機、留下精采作品的三毛，在臺灣當代「女遊」文學的議題上經常被視為啟蒙者。就作品而言，三毛的確有獨樹一幟的風格與前人所不及的精采表現。但就自我生命超越、女性主體生命的發掘與體悟上，三毛其實並未具體達成，為「三毛現象」在「女遊」價值上定位的時候，應有討論的空間。

貳、「獨我」與「唯我」的視角——「旅行我」與「女遊我」的位置與書寫策略

　　自社會、經濟狀況轉變，政府開放觀光以來，在旅行活動蓬勃發展之下，1980、1990 年代至今，臺灣當代旅行書寫已累積了相當的數量。「旅行文學」似乎已成為臺灣當代散文的重要類型之一[24]。雖然遊山玩水之作起源甚早，現代文學作品裡遊記也不少，但「旅行文學」作為臺灣當代散文的類型之一，不僅因為旅行活動的多元化，使得旅行書寫的形式與內容大大超越過去遊山玩水的單純紀錄，在內涵上「自我意識」與「旅行意識」的呈現，也顯然與前代有著不同的特質與區隔。

---

[23]胡錦媛，〈繞著地球跑——當代臺灣旅行文學（上）〉，《幼獅文藝》第 515 期，頁 28。
[24]旅行寫作的類型當然不全然是散文，也有小說與詩。不過因為旅行書寫大部分是「自我現身」的旅行敘述，因此可說是以散文書寫為基本類型。此處討論的旅行文學書寫即以散文為主，不涉及詩與小說。

　　對照三毛的「開旅行（女遊）風氣」之先[25]，至今時代與社會背景已有不同，女性有更多的機會和自由，去藉用旅行的跨界、擺脫（或挑戰）原生社會的束縛，去完成（或找尋）自我生命的跨越。反映在散文作品上，不僅在「女遊」意義上多所開發，在旅行書寫的經營上也提供了不同以往的視角擺放。

　　旅行活動的蓬勃發展是促成眾多「旅行書」出現的基礎，而 1998、1999、2000 年，連續三年航空公司大手筆的舉辦旅行文學獎[26]，除了吸引了許多寫手，無疑亦提供了一個討論的平臺，讓評論者與讀者都藉由作品品評的機會，共同思索「旅行文學」需具備的內涵與意義。在文學獎的討論與旅行讀本的選編上，論者都試圖為「旅行文學」下定義。雖然在觀點上各有討論，基本上皆認為精采的旅行書寫必須要能呈現、傳遞一個豐富精采的旅行才行[27]。但這種以「旅行」做為書寫主導的要求，也許一個人一生只能成就幾回。觀看三屆的得獎作者之中，持續旅行、持續書寫，能卓然成家者，未必是「遵照」評審觀點的。舒國治以〈香港獨遊〉奪得第一屆首獎，但是之後以《理想的下午》、《門外漢的京都》等作品樹立「舒國治」風的旅行書寫，重點卻未必在交代一個「完足」的旅行過程（詳見下文所論），鍾文音的「My Journal」系列，有獨樹一幟的「自我」導向，重點亦不在提供一個旅行的行程（也許有附帶效果），但卻另有持續書寫的要素。

---

[25]參見前章。

[26]1998 年～2000 年，華航連續舉辦三屆「華航旅行文學獎」。1998 年，長榮航空舉辦「長榮環宇文學獎」。

[27]三屆評審會議無疑提供了旅行文學討論的平臺，而評審的觀點也無形中成為「優良」旅行文學書寫的指標。第二屆華航旅行文學獎作品集的評審序裡提到第一屆的「有趣」特色，包括了 1.文學性高、重視文字表達與主觀感受。2.旅行難度低。3.廣度不夠。旅行的目的與目的地皆受局限，不是先進國家、鄰近地區，就是華人聚集之地。4.深度不夠。對當地的認識、與當地的互動都不足。(湯世鑄等，《魔鬼‧上帝‧印地安：第二屆華航旅行文學獎精選作品文集》（臺北：元尊文化公司，1998 年），頁 16。)
雖然評審將這四點特色以「有趣」來形容，但對照之後所說第二屆有令人驚喜的「進步」。很顯然這些「有趣」被認為是第一屆的缺點。所以我們觀看第二屆與第三屆的得獎作品，的確大多都朝著「旅行難度高」、「旅行廣度夠」、「旅行深度足」的方向推選。
譬如第三屆華航旅行文學獎的評審羅智成就說，對於旅行文學參賽者來說，能「提出一個夠『旅行』的旅行行程，大概已是參賽作品的基本動作了。」(林志豪等，《在夢想的地圖上——第三屆華航旅行文學獎作品集》〔臺北：天培文化，2000 年〕，頁 7。)

　　旅行這件事雖然擁有「跨越」、「開創」的「前進」意義，但在旅行書寫的當下，大部分旅行內容其實都已是「過去記憶」。無論如何作者寫出的都是旅行的「經驗」，當讀者閱讀作品的時候，該國、該地、該景、該事或許已經不是作者筆下的那個樣子，許多資訊與經驗也立刻「過時」。那麼，讀者為什麼要追隨一個「過時」的旅行[28]？如果旅行書寫不只是書寫旅行，而是旅行的「文學」，以文學的一個類型觀看，文學形式的經營與開創、文學性「永恆」的建立，也許才是重要的。

　　旅行的內容有太多東西可以被快速更新了。對旅地景物的紀錄，只要有去過的人便可以自己擁有；對奇風異俗的體驗，永遠都會有新鮮事發生來替換舊聞；旅行活動的蓬勃發達，大家都可以建立自己的豐富旅遊經歷，除了太過奇特的地方，人們還需要冒險家幫忙探險揭祕，以旅行書寫帶出難得的視野[29]，不然大多不需要靠別人[30]。所以提供一個旅行「行程」也許並不是旅行文學的第一要件，文學作者未必是深度旅遊規畫者，他「如何」去思索、用什麼「態度」去對應因旅行而接觸的世界與內在（即使是大家都很熟悉的地方），恐怕比看見了什麼樣的世界要來得重要，也擁有無法替換的永恆。

　　日本作家澤木耕太郎在 1975 年 26 歲的時候進行了一場長達一年多、橫越歐亞大陸的「嬉皮式」貧窮旅行，在 1992 年完成三冊《深夜特急》的出版（日本新潮文庫），大受好評。2007 年由馬可孛羅文化在臺灣發行中文版。從 1975 年到 2007 年，當中相隔近三十年，如果以旅行行程的意義

---

[28] 陳長房：「現代交通工具的發達與聲光電子資訊媒體等的無遠弗屆，在在皆使旅行文學看來有些陳舊過時，亟待我們重新檢視。」〈疆域越界：論後現代英文旅行文學〉，《中外文學》第 29 卷 5 期（1998 年 10 月），頁 15。

[29] 詹宏志：「行能至遠的，我稱之為『硬派』旅行家，每次都把『旅行』這樣的行動視為從身體到意志的挑戰，也就是行動本身對他個人或旅行傳統構成挑戰的創意路線，去一般人很難去得了的地方，有了行動之後才有文學。」〈縱橫天下──長榮環宇文學獎專輯〉，《聯合文學》第 167 期（1998 年 9 月），頁 24。

[30] 當然，資訊性的旅遊書還是有「工具性」的需要，譬如美食地圖、電車指南、古蹟之旅……等主題性的旅行書寫數量眾多，只是資訊性的旅行書寫，「過時」特質就更高了，資訊沒有時時更新立刻失去價值。不過，旅行指南之類的旅行書因為缺乏作者個性與情感，一般不會被視為「文學性」旅行散文被討論。

來看，三十年足夠物換星移，很多資訊無法參考了。但顯然《深夜特急》的閱讀吸引力，以及持久價值，並不在於「啊，這真是令人佩服與驚奇的旅行」之浮面感受，而是這個抱持著嬉皮式「頹廢旅行自覺」的旅行者，從開始到結束到底如何對待自己的生命，然後產生什麼變化，這些遺留下來的思索，使得書中是否充滿「過時」的旅地資訊一點也不重要。

譬如作者在澳門遭受賭博誘惑的拉扯，第一輪終於「安全退守」離開後，仍抵不住意志的動搖，結果有了「我期待的應該不是聰明的旅行，是擺脫自以為是的聰明、徹底委身於瘋狂的旅行。偶然沾惹上賭博這種瘋狂，卻自以為聰明地收手。雖說骰子是死的，死亡是愚蠢，但還沒觸及失去金錢的危險，就自以為是地收手，這算什麼？為什麼不盡情地賭個痛快呢？有無賭博天賦無所謂，只要心有所動，就一直玩到它平靜下來為止……這也是一種旅行啊」[31]的一番言論。

讀來令人驚覺，原來一個人在面對內心誘惑的關鍵時刻，會出現料想不到的「哲理」與「智慧」去合理化行為，可能在旁人完全無法理解下走向「毀滅」的道路。這裡提供了可供咀嚼、思索的議題，就算三十年來該地人、事、景、物都已變遷也無所謂，人所產生的生命困境，以及在旅行中如何面對自己，可以具備超越時空的意義。也因此，讀者追隨／閱讀著「過時」的旅行，便同時經驗、探索那些關於個人、旅行與生命底層之間永恆的問題。也正是「書寫者以文字再現旅行行為，表達跨越疆界的『行動』」[32]下，無法被取代的價值。

以此觀點，再回看三毛的旅行書寫，雖然在女遊與旅行散文的開創上具有不可取代的價值，但相較之下，就會發現為什麼有人認為三毛的旅行雖然寫來有趣，卻有點「虛」的原因，因為對自己的生命困境不夠誠實[33]，

---

[31] 澤木耕太郎，《深夜特急》（臺北：馬可孛羅文化，2007 年），頁 126。

[32] 胡錦媛：「旅行是跨越域的行為，旅行寫作者在離開旅行地點的『直接現場』後，來到寫作的『間接現場』，以文字再現旅行行為，表達跨越疆界的『行動』。」《臺灣當代旅行文選》序論〈遠足離家——迷路回家〉（臺北：二魚文化公司，2000 年），頁 8。

[33] 胡錦媛：「三毛由自閉到流浪遠方其實並不是一個成功的轉化，流浪遠方對於三毛是逃避多於心

對異國文化的敘述太過一廂情願，旅行風氣一開，不僅「過時」的危機會出現，有趣的故事也很容易被更新鮮、更匪夷所思的旅行者經驗取代。利用「奇風異俗」來成就作者個人形象的「精采」，和用作者真實而殘酷的試煉內在生命、建構該地面貌，在書寫主體上是有差異的。

如前所述，旅行文學若以文學的一個類型觀之，文學形式的經營與開創、文學性「永恆」的建立，也許才是重要的。討論當代的旅行行為可與社會學、新聞學、經濟學，以及性別越界等議題相關，無論是當行的觀察或跨界論述，學者對於臺灣當代旅行散文的討論已有不少，而這個看來「有趣好玩」的臺灣當代「新興」文類，在 2000 年之後也大受「需題孔急」的研究生們青睞[34]，這在 2000 年之前是少見的。從研究成果看來，討論的重心大多放在作品中呈現的旅行意識、自我探索等旅行文學主題性的探討，雖有少數論及旅行散文的書寫策略[35]，多以作家之個人作品觀察為限。

靈世界的拓展。〈繞著地球跑──當代臺灣旅行文學（上）〉，《幼獅文藝》第 515 期，頁 28。黃雅歆，〈從三毛的「撒哈拉傳奇」看「女遊」的潛能開發與假想〉：「在熟知的親友們表示對於三毛的死亡選擇不意外下」，「顯示躲在三毛軀殼下的陳平所擁有的生命困境，即使經歷了自我流浪、放逐的過程，自始至終都沒有解決過。」「在旅行結束、回歸『原點』之後，三毛並沒有成功的將那些潛能的開發、生命的跨越（如果真的存在）帶回來，不僅旅行之前的生命困境仍然存在，還加入新的問題，最後將自己推入絕境。」《臺北師院語文集刊》第 8 期（2003 年 6 月），頁 50、52。

[34] 許茹菁，〈掙扎輿圖──女性／旅行／書寫〉（花蓮師範學院多元文化研究所，碩士論文，2000 年）；陳室如，〈出發與回歸的辯證──臺灣現代旅行書寫（1949～2002）研究〉（彰化師範大學國文學系，碩士論文，2002 年）；黃孟慧，〈臺灣 90 年代以來旅行文學研究：1990～2002〉（臺北市立師範學院應用語言文學研究所，碩士論文，2004 年）；林大鈞，〈心遊於物：席慕蓉、舒國治、鍾文音的旅行書寫〉（政治大學中國文學系，碩士論文，2005 年）；黃小莉，〈當代臺灣旅行文學研究（1990～2004 年）〉（銘傳大學應用中國文學系碩士在職專班，碩士論文，2005 年）；賴雅慧，〈女性空間旅行經驗研究：以 1949～2000 年臺灣女作家的旅行文學為例〉（中原大學室內設計學系，碩士論文，2005 年）；譚惠文，〈臺灣當代女性旅行散文研究〉（東吳大學中國文學系，博士論文，2007 年）；黃子芸，〈桂文亞兒童旅行文學研究〉（臺北市立教育大學中國語文學系，碩士論文，2007 年）；陳玟錚，〈旅的意義──論旅行書寫之敘事與傳播行動〉（政治大學新聞研究所，碩士論文，2007 年）；鄭恒惠，〈家庭・城市・旅行──臺灣新世代女性散文主題研究〉（中央大學中國文學研究所，碩士論文，2007 年）；趙于萱，《《魚的旅行手記》旅行文學書籍及網站藝術創作與研究〉（臺灣藝術大學多媒體動畫藝術學系，碩士論文，2007 年）；尹維誠，〈臺灣 90 年代以後旅行文學獎作品研究：兼論舒國治旅行散文書寫〉（高雄師範大學國文學系，碩士論文，2008 年）；黃靖雨，〈徐仁修及其旅行文學研究〉（臺北教育大學臺灣文化研究所夜間碩士班，碩士論文，2009 年）。

[35] 鍾怡雯，〈旅行中的書寫：一個次文類的成立〉，《臺北大學中文學報》第 4 期（2008 年 3 月），頁 35～52。雖然在題目上是針對一個「文類」的討論，但主要在「論述當代臺灣旅人／論者如何建構『旅行』，並重新討論相關的旅行論述」（頁 35，摘要），重點仍然在「旅行」意涵的建構，和

　　而此處所欲單獨處理的，是以「旅行散文書寫元素」與視野為討論主軸，分別以「旅地」、「我」與「旅行」元素的擺放，觀察「文學／書寫」在臺灣當代旅行散文存在的「位置」，是否突破以往如日記般「遊記」的格局，並可擺脫「過時」旅行的局限，具備文學書寫的永恆特質。特別是其中的作為女性的「我」，在女遊書寫上呈現的特殊性，在旅行散文建構出的書寫類型。

　　因此以下主要是以「我」在旅行中的位置，一方面觀看臺灣當代旅行散文不同於過往「遊記」書寫，一方面則以觀看女遊散文在「我」的強力主張下呈現自我跨越與探索的面貌。前者未必為女性散文所獨有，後者則以女遊散文為主要特質。文本取材以已出版的旅行散文相關選本、旅行文學作品集，以及具臺灣當代旅行散文代表性作家之專著為觀察[36]。

——選自黃雅歆《自我、家族（國）與散文書寫策略——臺灣當代女性散文論著》
臺北：文津出版社，2013 年 3 月

散文書寫策略的討論有所不同。
[36]此處所謂「代表性」作家以作品質量上已具公認、而經常被學院討論者、較具影響力者為主。

透明的黃玫瑰

論三毛的散文創作

◎陸士清

　　三毛的生命歷程是短暫的，她的創作歷程也不算長。但是她勤奮耕耘，結出了豐碩的果實。從 1962 年〈惑〉的發表，到她最後絕筆，已出版的創作集有：《撒哈拉的故事》、《雨季不再來》、《稻草人手記》、《哭泣的駱駝》、《夢裡花落知多少》、《背影》、《萬水千山走遍》、《送你一匹馬》、《傾城》、《談心》、《隨想》、《我的寶貝》、《鬧學記》等 14 部。報導《清泉故事》一部，翻譯《娃娃看天下》、《蘭嶼之歌》、《剎那時光》等三部。有聲讀物《三毛說書》、《流星雨》、《閱讀大地》等三部。電影劇本《滾滾紅塵》一部，唱片專輯《回聲》。她的創作在海峽兩岸以至於海外華人文化區內造成了三毛文化現象和將近十五年的三毛熱。

　　三毛在還是二毛的時候，曾經跌倒過、迷失過、苦痛過，一如每個「少年的維特」。所以在她開始創作的時候，就執著於生命的探索。她徬徨和迷惑於珍妮的歌聲裡：「我從哪裡來，沒有人知道……我去的地方，人人都要去」（〈惑〉）。她要破譯人生意義的密碼，但發現的是相遇後的虛無：「生命無所謂長短、無所謂歡樂、哀愁、無所謂愛恨、得失……一切都要過去，像那些花、那些流水……」（〈秋戀〉）。感受的是深沉的孤獨：「在我們生命的本質裡，我們都是感到寂寞的……隨便你怎麼找快樂，你永遠孤獨」（〈月河〉）。雖然她期待明天「對世界有另一種不同的想法」，期待著愛，乃至化成一隻「極樂鳥」，在情人的窗外拍翼飛過（〈極樂鳥〉）；盼望「在一個充滿陽光的早晨醒來，靜靜聽聽窗外如洗的鳥聲」（〈雨季不再來〉）。但是期待和盼望也都是憂鬱和哀傷的。正如她自己所說的，〈雨季

不再來〉的遐思、愛戀、迷惘和感傷，記述的是「一個少女成長的過程和感受」，是她「蒼弱的早期」。

尚過雨季，經歷了第一次「出走」，以及與未婚夫的生離死別的創痛，三毛投進了撒哈拉沙漠，迎來了人生的轉折。荷西愛情的滋潤，使得三毛的翰海似的生命長滿了綠蔭。當她再次拿起中斷了多年的創作的筆，為讀者描繪她和荷西的婚姻、家居生活，以及她在撒哈拉的探索和發現的時候，那「筆下的人，已不再是那個悲苦、敏感、浪漫、而又不負責任的三毛了」，而已經是一個從遐思中走出來的能夠實實在在品嘗婚姻幸福、承擔生活和生命風雨的女人；已經是一個從凝視個人生命轉而面對烈日和風沙歷練的、帶著關懷去探視周圍世界的女人；已經是一個從青衫淚濕的哀傷中擺脫出來的、在利害得失之間勇於選擇和承擔選擇後果的、頗具豪俠之氣的女人了。這時候寫的《撒哈拉的故事》、《哭泣的駱駝》、《稻草人手記》、《溫柔的夜》，也已一改先前灰色格調，而顯得健朗、豁達和灑脫，具有吸引人的「撒哈拉魅力」。1979 年，荷西去世。天劫的痛苦迫使三毛走向成熟。她在痛定思痛中完成的《夢裡花落知多少》、《背影》，感念荷西的摯愛，感念父母的養育，雖然深沉而憂鬱，但「撒哈拉魅力」猶存。可以說在荷西生前死後的一段時間裡的創作，是三毛的撒哈拉時期，也是她創作的高峰期。「三毛熱」這個文化現象，也是隨著這個高峰的出現而出現的。

1981 年開始，三毛作了中南美之行，寫下了《萬水千山走遍》。也許是嘗試另闢一個空間，灑下一片愛心，以求再創一個「撒哈拉」吧？！但畢竟是走馬觀花，而不是流過生命的生活。雖然奇情異趣猶在，卻缺乏了一份厚實和深沉。後來，三毛在調整人生角色中所寫的《傾城》、《談心》、《隨想》等，那只不過是一些往事的補充和人生的反思，寧靜、祥和、平淡，但已失去了「撒哈拉魅力」。這是三毛的後撒哈拉時期。

三毛很想超越自己，而付諸行動的是電影劇本《滾滾紅塵》的創作。這是她不寫自我而寫別人的嘗試，是不取現實世界而寫歷史生活的嘗試，也是借角色來暗渡自己的嘗試，這個嘗試對三毛來說是極重要的；但是她

沒有從「獵奇」的慣性中走出來，以致於推出了女作家與汪偽漢奸生死不渝的戀情，被認為污損了民族情操，導致了批評和責難，使得《滾滾紅塵》成了三毛對人世的告別辭。如果說這也是三毛創作的一個階段的話，可算是她的試圖跨撒哈拉的時期。

三毛說：「我寫的就是我。」「要我不寫自己而去寫別人的話，沒有辦法。」所以她的作品是以「我」為中心的。「我」的生活世界和「我」的愛情和情感世界，構成了三毛作品的藝術空間。三毛的浪漫的萍飄中，足跡遍及 59 個國家，經受著異民族的「文化驚駭」。當她把各種見聞和一次次的「文化驚駭」形於筆端時，一個她所闖蕩和生存的世界為讀者洞開了。它讓你隨著三毛經歷一次次奇遇，諸如倫敦機場的「豬吃老虎」，女子書院院長被瓶水淋頭，撒哈拉帶刀之夜的驚恐，荷西身陷泥沼的失魂落魄，74 歲老人的馬背獵愛等等。也讓你的目光跟著越過千山萬水，去領略聞所未聞、見所未見的異國風情，或驚駭於平順得如同女人胴體的沙丘的美麗，如夢如幻如鬼魅隱現似的海市蜃樓的神祕，藍得如凍住了的長空的深邃……或驚駭於沙哈拉威人的原始生活和奇異風俗。諸如他們用手抓飯、輪流啃食別人一再啃過的羊骨；他們幾年才洗一次澡，洗時用石片猛刮身子；春天婦女在海灘上洗澡時用海水上下灌腸；他們的女孩十歲就要出嫁，而所謂的婚禮，無非是以暴力殘酷地奪得女孩貞操；他們把照相機看作「收魂」；女人生孩子也不能看醫生……它也引領著你去欣賞「丹娜麗芙的嘉年華會」，拉哥美拉的口哨音樂，或者參觀哥倫比亞的黃金博物館……三毛像個出色的導遊，帶你進入為之興奮和驚嘆的異民族的色彩斑斕的文化天地。

三毛不僅描寫她的所見所聞和所遇，還描繪她和荷西的愛情、婚姻和家居生活。三毛告訴你，婚前，在塞爾維亞的雪地裡，她與荷西就換了心。荷西「帶去的是我的，我身上的是荷西的」。她告訴你，荷西送給她的結婚禮物是沙漠中找來的一具慘白的駱駝頭骨，她極喜愛；而她去參加婚禮時戴的是結紮了一把香菜的草編帽子，那個主持婚禮的法官比她和荷西

還緊張。她還告訴你，他（她）們如何白手成家，將沙漠陋室布置成了「中西合璧的藝術宮殿」，她的大鬍子丈夫喜歡吃她做的春天的「雨」，而且把紫菜當做複寫紙。他倆為了得到烏龜和貝類的化石，荷西差點兒喪命沙漠沼澤，她也險些遭到橫暴。他們為了節省家用而當素人漁夫，結果花的錢更多。她與荷西恩愛相處，相敬如賓，睡時荷西總要握著她的手。他們彼此尊重各自的個性、興趣，甚至自己內心深處的「一角」。三毛感到幸福，但有時也不免吃醋，生氣和口角，但每經一次愛得更深。一次，三毛突然問荷西：「如果有來世，你是不是還要娶我？」荷西背對著她說：「絕不」，「我根本不相信來世。再說，真有下輩子，娶個一式一樣的太太，不如不活也罷！」三毛冷水淋頭，又驚又氣，恨不得打他踢他。但其實她自己也是這樣想的，只是不說罷了。「既然兩人來世不再結髮，那麼今生今世更要珍惜。」所以，他們珍惜夫妻相聚的每時每刻，以把握今生的幸福。當三毛有了某種預感時，午夜夢迴，竟然推醒丈夫，柔聲相告：「荷西，我愛你。」荷西深為感動：「等你這句話，等了那麼多年，你終是說了。」6年的夫妻，「竟然為著這幾句對話，在深夜裡淚濕滿頰。」三毛甚至對荷西說：「要是我死了，你一定答應我再娶，溫柔些的女孩子好。」他們愛得篤實深摯、愛得自在、灑脫甚至浪漫，既有柔情蜜意也不失之庸俗；既有古典的情趣又有現代的氣派。三毛用她的生花妙筆，描繪著她和荷西的愛情故事，寫出了她生命的意義，寫出了人性的歡愉，寫出了她的溫柔、俏皮、瀟灑和潑辣，寫出了她和荷西這對沙漠神仙眷！

三毛說：「做為一個人的可貴，就是我們往往不能忘記情和愛。」自小，三毛對生命就有一份摯愛。一天，當拓寬馬路的工人將一棵行道樹連根砍起來時，她就驚疑地遐想：好好的生命就這樣死亡了。她向工人討來了那棵樹根，放到自己的臥室做紀念。後來她自閉多年，經過長久的期待，終於等待到了因為〈惑〉的發表而被肯定的結果。從此，她更懂得被肯定的意義，再也不吝嗇自己的關注和愛。她的創作，實際上是她對愛的宣示和紀錄。她愛父母，父母經歷了那麼多滄桑，曾被她一次次刺傷。荷

西走後，在念著要自毀時，她又看到了父母的痛苦和因為受傷所爆發出來的憤怒。「如果你敢做出這樣毀滅自己生命的事情，那麼你便是我的仇人，我不但今生要與你為仇，我世世代代要與你為仇，因為是──你，殺死了我最心愛的女兒──」於是她意識到了：「我的生命在愛我的人心中是那麼的重要」，她懂得了：「讓我的父母在辛勞了半生之後，付出了他們的全部之後，再叫他們失去愛女，那麼他們的慰藉和幸福也將完全喪失了，這樣尖銳的打擊不可以由他們來承受，那是太殘酷也太不公平了。」所以她願意為了父母對她的愛，也為了她對父母的愛和感恩而堅強地活下去。她愛荷西，在荷西面前，她溫柔，她俏皮，她瀟灑，她潑辣，不自卑也不自大。她是山也是水，是個獨特的懂得愛的妻子。她覺得她與荷西生命連著生命。荷西去後，她總不肯認可這個殘酷的事實：「到底跟荷西是永遠的聚了還是永遠的散了，自己正是迷糊，還是一問便淚出，這兩個字的真真假假自己頭一個沒有弄清楚……」當她夜裡醒來，想清楚自己孤身一人躺在黑暗裡，「而荷西是死了，明明是自己葬下他的，實在是死了」時，她的心便狂跳起來，「跳得好似也將死去一般的慌亂」。當她嘗盡了喪夫的苦痛，明白了生者比死者承受著加倍的煎熬時，她對自己說：「感謝上天，今日活著的是我，痛著的也是我，如果叫荷西來忍受這一分又一分鐘的長夜，那我是萬萬不肯的，幸好這些都沒有輪到他，要是他像我這樣活下去，那麼我拚了命也要跟上帝爭了回來換他。」「為了愛的緣故，這永別的苦杯，還是讓我來喝下吧！」為了荷西，為了愛，她願意「買一把鮮花，在荷西長眠的地方靜靜坐一個黃昏」，並從此「仔細鎖好門窗，也不再在白日將自己打扮得花枝招展」，漂亮的長裙，也留在箱子裡，還要買把獵槍，誰未經允許而跨進她的園子，就將死在她的槍下。因為有過了荷西，她已滿足，沒有遺憾了。

　　三毛熱愛朋友，重視友情。她覺得塵世相遇都是緣。人生何處不相逢，相逢何必曾相識。朋友的憂喜，她願真誠地分擔，朋友需要，她會盡可能付出。因為搬家生病偶爾疏忽了一個在街頭相識的日本朋友，她深深

自責。「我停住了，羞愧使我再也跨不出腳步，我是個任性的人。憑著一時的新鮮，認人做朋友，又憑著一時高興，將人漫不經心地忘掉。這個孤零零坐在我眼前的人，曾經這樣地信賴我，在生活最困難的時候，將我看成他唯一的拯救，找我，等我，日日在街頭苦苦盼我，而我，當時我在哪裡？」

正因為她有愛、有情，在來到撒哈拉之後，她能投入到沙漠的兒女之中，儘管他們落後甚至無知，但她與他們打成一片。她曾這樣描寫自己的轉變過程：「好奇的時候，我對他們的無知完全沒有同情心，甚至覺得很好，希望永遠繼續下去，因為對一個觀光客來說，愈原始愈有『看』的價值。但是，後來和他們打成一片，他們怎麼吃，我就怎麼吃，他們怎麼住，我就怎麼住。」「我成為他們中的一份子，個性裡逐漸摻雜他們的個性。不能理喻的習俗成為自然的事，甚至改善他們的原始也是必要的。」她從認識環境到適應環境，結交朋友，善待芳鄰，而且為改善他們的處境，使他們擺脫疾病的痛苦而提心吊膽地「懸壺濟世」，以豆腐治療，羊湯救命，葡萄酒打羊胞衣……她尊重他們的習俗，在不傷害他們的前提下，給予現代文明的引導。她同情沙哈拉威女人的命運，更為奴隸的受壓迫鳴不平。這不單單是憐憫，而是人的尊嚴的覺醒。她善待啞奴，給予平等的尊重和關懷。她跟一個小奴隸一起烤肉，使他得到了從未有過的被尊重感。為感謝他的服務，她給了一些錢，但又深深自責：「我很為自己羞恥。金錢能代表什麼，我向這孩子表達的，就是用錢這一種方法嗎？」「這實在是很低級的親善形式。」後來，她找地方當局的祕書先生抗議：「在西班牙殖民地上，你們公然允許蓄奴，真令人感佩」；「堂堂天主教大國，不許離婚，偏偏可以養奴隸，天下奇聞，真是可喜可賀。嗯！我的第二祖國，天哦……」

三毛不僅同情她的芳鄰、啞奴，還關注著整個沙哈拉威人的命運。當謀求獨立的游擊隊司令巴西里在內訌中被殺，他的妻子美麗善良的沙伊達被野蠻殘酷地凌辱而死時，她發出了深沉的悲鳴：「我蹲在遠遠的沙地上，不停地發著抖，發著抖，四周暗得快看不清他們了。風，突然沒有了聲

音，我漸漸地什麼也看不見，只聽見屠宰房裡駱駝嘶叫的悲鳴越來越響，越來越高，整個的天空，漸漸充滿了駱駝們哭泣著的巨大的回聲，像雷鳴似的向我罩下來」。這裡哭泣的，不是駱駝，而是三毛。

　　三毛愛自然，愛沙漠，撒哈拉沙漠更是她半生的鄉愁，夢中的情人。當她投入它的懷抱時，那種「驚豔」所引發的喜悅、激動使她的喉嚨都哽住了。但是三毛更愛沙漠和沙漠裡的人，尤其是普通人。她說：「每一粒沙地裡的石子，我尚知道珍愛它，每一次日出和日落，我都捨不得忘懷，更何況這一張張活生生的臉孔，我又如何能在回憶裡抹去他們。」三毛用自己的筆去發現、描繪他們，去探索他們的靈魂。三毛發現沙漠居民的淡泊，淡泊得根本不知道名利；三毛發現，最下賤而被歧視的奴隸能幹而又有智慧；三毛還發現，沙漠墳場的石匠竟是「偉大的藝術家」。三毛懷著激情為他們立傳。她寫沙巴軍曹的愛與恨。沙巴軍曹仇恨沙哈拉威人，因為沙哈拉威人在偷襲沙漠軍團時，殺死了他所有的伙伴和親弟弟，他恨了 16年，可是為了拯救沙哈拉威人的兩個孩子，他自己被炸成了碎片。三毛揭去了沙巴軍曹粗魯、記仇的外表，繪出了他的善良和人性。她讚美達尼埃靈魂的崇高。達尼埃原是個孤兒，被一對殘疾夫婦領養，挑起了全部家務和照顧父母的重擔，而且他愛父母，因為「是不是自己父母，不都一樣？」12 歲的孩子這句話竟使三毛驚訝和震撼得說不出話來。「是一樣的，是一樣的，達尼埃。」「我喃喃的望著面前這個紅髮的巨人，覺得自己突然渺小得好似一粒芥草。」三毛還寫瑞典老人、德國老人：艾力克、安妮、米蓋、貝蒂，或為那些老人熱愛生活的勇氣所感動，或為被婚姻枷鎖套住的人而感嘆。

　　三毛說，她的寫作是「游於藝」，是「玩」，意思是興之所至，並不刻意追求。其實通觀三毛的作品，以及她自己所披露的創作甘苦可以看出，她對創作是十分認真的。她的作品也不是隨心所欲胡亂塗鴉，而是有所創造、頗為獨特的。最明顯的是：在大多數情況下，她泯滅了作者和作品中角色的距離，作品中描寫的生活就是作者的真實生活，從而也泯滅了生活的

真實與藝術的真實的界限，形成了既是生活又是藝術的觀感，其積極的一面就是增強了作品的真實感和傳記性。她的散文多數是敘事性的，故事性很強，有些篇章完全可以作為小說，諸如〈哭泣的駱駝〉、〈溫柔的夜〉、〈沙巴軍曹〉等，有些人物形象寫得相當鮮活。至於抒情則常常在所寫事理的矛盾衝突和它們的化解過程中直接吐露。她每寫文章都精心安排，巧於裁剪，簡單的生活，經她點染，便活了起來，而且變得非常貼近。三毛的語言機智幽默，平平的敘述常常會引出出乎意外的效果。她追求自然樸拙的風格，越到後來，越是寧靜淡泊。正如她自己所說的：「印度詩哲泰戈爾有句散文詩：『天空沒有翅膀的痕跡，而我已飛過。』這是對我最好的解釋。」

三毛在撒哈拉時期，以生命去感受生活，又將生活化為藝術，創造了確有藝術價值的作品。但此後作品的藝術水準和感人力量就不如以前了。如人神對話的〈敦煌記〉等作品，做作之外，就談不上什麼藝術價值了。

三毛說：她寫作力求樸實簡單，但「三毛熱」能維持 15 年之久，則是不簡單的。探其原因大致有四：

第一，是三毛對「關切壓力」的叛逆。我們中國人（包括臺灣和大陸）都希望孩子好好讀書，按常規體制成長，從而成就事業，大則振興民族，小則提升家庭地位。這種希望所構成的壓力，就是所謂「關切壓力」。對這種壓力，有的青少年能適應，有的則深感沉重，有的則有起而叛逆之念。三毛就是後者。她拒絕父母和師長的引導，拒絕上學，不願按常規體制成長。她走出國門，漂流於異國他鄉，去尋找夢中的「情人」。她的這種浪漫叛逆的經驗，她的勇於選擇並敢於承擔選擇後果的人生態度，選擇後所獲得的多彩人生，以及由此而構成的那個真正在享受生命的「三毛」，對處在「關切壓力」下的少男少女有著極大的吸引力，因為三毛做了他們想做而不敢做的事，三毛寫出了他們心靈的願望。

第二，是三毛帶來的異域文化的衝擊。她漂流異國，去了許多中國人從來沒到過或很少有人到過的地方，洞開了異域文化，特別是撒哈拉沙漠文化的天地，使這個遙遠的世界突然如此地接近起來。她在文化上滿足了

夢想「萬水千山走遍」、探視外部世界者的好奇心。

　　第三，三毛講的是自己的故事。她的傳奇般的人生，她與荷西神話般的愛情，她的滄桑曲折，她的痛苦、眼淚和歡笑，包括屬於自己隱私的部分，全都化為文字藝術展示出來。因此博得了有些正欲「了解人生」的年輕人的欣賞。

　　第四，是三毛在藝術上確有特點。三毛寫人寫車，感情細膩，哪怕對一草一木她都柔腸百轉，溫情脈脈，這對生活在緊張競爭、人際關係日趨隔膜，人們又渴望感情撫慰的今天來說，這種草木也多情的作品，確也能部分地填補某些人的感情真空。

　　三毛以她自己的魅力，影響了一代青年，儘管有些青年人認為三毛是鼓動青春羽翼的「舞蹈」，對三毛的記憶，幾乎是對青春記憶的「標誌」。但是三毛的創作有著不可忽視的局限性。這種局限性很可能就是三毛自設的陷阱。

　　首先，三毛的作品，寫的就是她自己，是她的傳記。在絕大多數情況下，作品中的角色和作者是合而為一的，也就是三毛自己。三毛不斷寫作，也就是不斷自塑形象。久而久之，作品中的三毛是這樣的了：她是倔強、叛逆而又孝順的女孩；她是浪漫、漂泊、盡歷滄桑而勇於創造生活、創造自己的奇特女子；是多情善感、溫柔體貼、深愛丈夫的妻子；是熱情、大方甚至仁慈而善解人意、樂於付出的朋友；是能夠尊重、理解和接受異域文化的智者……三毛，完美的三毛，富於魅力的三毛！但是要維持這種魅力，那就要求現實生活中的三毛像作品中的三毛一樣生活，不斷的發熱、發光，否則，現實中的三毛褪色，作品中的三毛魅力也將煙消雲散。然而，要按照既成的形象概念去生活是能夠的麼？生活是實在的，你在怎樣的生活中，你就得怎樣生活。在當年的撒哈拉，能活出撒哈拉那樣的生活；撒哈拉的時代過去了，還想再活出一個「撒哈拉」，實在是難之又難。勉強去做，不僅困難，甚至是痛苦的。實際上，在創作高峰期過去以後，三毛已經陷進了這種困境和嘗到了這樣的痛苦。正如季季所說：「這角

色在她的作品裡多角度地『幻化』，在真實生活裡也不斷地『被切割』或被『自我切割』」。這就是說，為了維持「魅力」，滿足讀者，真實的三毛被切割了，幻化了。造成了三毛的真實生活與作品的矛盾。三毛為彌補這矛盾，或避免這種矛盾的出現而弄得身心交瘁，所以她老是感到自己「好累好累」。

第二，三毛為自己設置了傳奇模式陷阱。三毛曾經有過傳奇般的人生，有過神話般的愛情，當她將這些寫出以後，就是渾然天成的傳奇，產生了傳奇效應，滿足了芸芸眾生對傳奇的需要。一方面，由於讀者再續傳奇的渴望，一方面由於三毛自己對傳奇效應的迷信和創作習慣，使得她不傳奇也不行了，也就是說，到後來她的作品反過來制導了她的創作。在這種情況下，為了繼續傳奇下去，三毛不得不繼續挖掘自己，將自己可以寫的一切都傳奇般寫出來，使自己越來越透明化，成為透明的玫瑰。同時，她也不得不像傳奇那樣生活，以便將生活編成傳奇。在這一切努力都不敷使用時，她就潛入了靈異世界，以它的神祕和奇異，來讓讀者保持對傳奇女子三毛的興趣！這種刻意傳奇下去的結果，只能是一場悲劇。

第三，「愛」和「情」的陷阱。從女性作家的創作看，三毛也有暢銷女作家的弱點，那就是「一直以自己的戀愛故事來滿足讀者的白日夢」。她沉浸在自己的戀愛故事中，也沉浸在自己兒女情長的哀訴中，以此來滿足讀者，使得讀者不只是欣賞她所創作的文學，而是直接欣賞甚至消費她的生命經驗。這樣，一方面使她不能擺脫「情」字對創作的困擾而去面對社會和生命的更為重大和嚴肅的問題，開拓創作的更高境界；另一方面，隨著時空的變換、生命的萎縮，浪漫的褪色，心境的趨於老化，即使想再「情」天「情」地，「情」海翻騰，恐怕也難以做到了。應該說，這也是三毛的悲劇！

——選自陸士清《臺灣文學新論》

上海：復旦大學出版社，1993 年 6 月

分裂的敘事主體
論三毛與「三毛」

◎鍾怡雯[*]

一、「真實」之必要

　　三毛（1943～1991），一位以撒哈拉故事掘起臺灣文壇的女作家，她所造成的「三毛現象」是一則留待文學史討論的傳奇。1974 年 6 月 6 日，三毛的〈中國飯店〉（後來改為〈沙漠中的飯店〉）發表於《聯合報・副刊》，從此奠定她「流浪」的形象。三毛填詞的〈橄欖樹〉以橄欖樹象徵對「流浪」和「追尋」的嚮往，進一步強化／唯美化了讀者浪跡天涯的想像。1970 年代的臺灣，尚未進入後現代旅行以及全球化的時代，三毛代替讀者去追求自由的夢想，實現了遙不可及的嚮往，成了讀者心目中「橄欖樹」。撒哈拉傳奇起先以文字，繼而以〈橄欖樹〉挾大眾文化的傳播力量，讓三毛風靡整個華文世界。1991 年，三毛突然遺世，得年四十八，更為她傳奇的一生畫下謎樣的句點。

　　三毛的「流行」和她標榜的「簡單」信仰[1]，似乎讓她陷入「大眾文學」跟「純文學」的兩難。事實上對三毛的討論匱乏，文類歸屬困難之外，最主要跟行事風格的爭議性有關。她的死因至今仍然還有爭議，三毛的文類歸屬亦無定論，這些全跟三毛「謎」[2]樣的人生有關。到底她寫的是

---

[*]作家，發表文章時為元智大學中國語文學系副教授，現為元智大學中國語文學系教授兼系主任。
[1]三毛說她「我不求深刻，只求簡單」，見〈簡單〉，《傾城》（臺北：皇冠出版社，1991 年），頁176。
[2]三毛在《夢裡花落知多少》一開始引了徐訏的一段文字：「那生的生・死的死／從無知到已知，從已知到無知／歷史從未解答過／愛的神祕／靈魂的離奇／而夢與時間裡／宇宙進行著的／是層層

散文、小說或自傳？三毛一再宣稱自己寫的是「傳記式文學」，是「真實」的。事實上，這種信誓旦旦的說法也表明，三毛很清楚讀者熱愛她的「真實」；艱辛的成長、浪漫的愛情、浪女式的異域生涯，均是吸引讀者的傳奇。

以文字認識三毛的讀者，很容易被三毛獨特的人格特質和流浪生活所吸引。自 1991 年她過世至今，總共有三本三毛的自傳面世，分別是陸士清、陽幼力和孫永超等合著的《三毛傳》（1993 年）、李東《三毛的夢與人生》（1997 年）、費勇《這樣一個女子三毛》（2002 年）。除此之外，尚有眭澔平以三毛摯友身分所寫的追憶之作，《你是我不及的夢》（2003 年）。

從出版時間來看，陸士清、陽幼力和孫永超等合著的《三毛傳》出版於三毛過世後的兩年，費勇的則出版於 2002 年，距三毛過世已 11 年。他們均非名人，而是一群極為喜愛且熟讀三毛的隱藏讀者，這些傳記是他們對三毛的追憶和憶念，顯見三毛在讀者心目中的分量。三本傳記均以三毛的作品為依據，換而言之，他們皆視三毛以「我」為第一人稱寫成的故事為「真實」。無論是撒哈拉、西班牙、南美洲、德國的旅行書寫，或者三毛的生活散文，均被視為作者的切身經驗而增添「三毛」的傳奇。[3]三毛自己亦一再透過文本或訪談宣稱，她只會寫真實：

> 我長大後，不喜歡說謊，記錄的東西都是真實的，而我真實生活裡，接觸的都是愛，我就不知道還要寫什麼恨的事或矛盾的事，或者複雜的感情，因為我都沒有。[4]
> 我知道我做不到的，就是寫不真實的事情。我很羨慕一些會編故事的作

的謎」，《夢裡花落知多少》（臺北：皇冠出版社，1991 年），頁 3，幾乎可作為三毛對這世界的理解和質問，生命、愛情、夢與時間對她而這，都是神祕離奇的「謎」。她在《回聲》專輯裡亦填了一首名為〈謎〉的歌。她自己亦頗為喜歡使用「謎」的意象。《夢裡花落知多少》是荷西過後的第二本書，或許書前所引的徐訏文字，是她悲傷的「天問」。

[3]費勇就說：「三毛作品所寫的全是她自己的經歷、見聞和感受……作者與作者的主人翁合而一」（《這樣一個女子三毛》，頁 2）。

[4]三毛，〈我的寫作生活〉，《夢裡花落知多少》，頁 158。

家，我有很多朋友，他們很會編故事，他們可以編出很多感人的故事來，你問他：「這是真的還是假的？」他說是真真假假摻在一起的，那麼我認為這也是一種創作的方向，但是我的文章幾乎全是傳記文學式的，就是發表的東西一定不是假的。[5]

這篇〈我的寫作生活〉是在耕莘文教院的演講紀錄，從演講內容和出版日期判斷，此時荷西已經過世，三毛結束異國生活返回臺灣。以上的引文值得注意之處是，三毛一再強調自己自傳式的寫作，她沒有辦法「編」出「假」的故事。寫沒有發生過的事情，她認為是「說謊」。換而言之，她筆下絕無虛構。三毛這番篤定的說辭帶著自我辯護意味，或許我們應該從反面推斷，為何三毛認定「傳記文學式」的寫作對她那麼重要？

　　其中一個最可能的推斷是，三毛的撒哈拉經歷太過傳奇，《撒哈拉的故事》、《稻草人手記》、《溫柔的夜》、《哭泣的駱駝》和《背影》這五本書以撒哈拉為背景的「生活寫真」，幾乎比小說更小說，成功的塑造出「浪跡天涯的臺灣奇女子」形象。其二，三毛寫過小說，《撒哈拉的故事》之後出版的《雨季不再來》便收錄了她未成名前的小說創作，顯然她其實頗擅長編故事，早在文化學院當旁聽生時，便寫過三萬多字的小說，讓國文老師讀出眼淚。然而撒哈拉系列吸引讀者，就在其「寫實」。「寫實」的傳奇才是真正的傳奇，三毛因此有說明「作者意圖」的必要。再進一步，我們有理由推論，三毛「太過傳奇」的撒哈拉寫真，包括荷西的存在與死亡，曾經受到讀者的質疑。因此在受訪或演講時，三毛總會強調自己「寫生活」的創作態度，乃有把「不真實」視為「說謊」的道德論斷。

二、模糊地帶：傳記式寫作

　　《撒哈拉的故事》出版於 1976 年，引起讀者熱烈的回響。三毛的沙漠

---

[5] 三毛，〈我的寫作生活〉，《夢裡花落知多少》，頁 159～160。

之行結合了異國戀情，異文化和探險，在當時旅行並不普遍，旅行書寫並
不盛行的時代，為封閉的臺灣社會打開一扇窗，讓讀者見識到全然不同的
異國風貌。這種非單純享樂而是帶著冒險性質的「大旅行」（great tour），
一直是男人的權利。三毛卻以「流浪」的柔性訴求，成了臺灣「大旅行」
的首席代言人。她所到之處不是所謂的「文明之國」，而是「大漠蠻邦」。
中國歷史上到「大漠蠻邦」的文成公主是為了和番，乃是政治利益之下的
犧牲者。三毛卻是在「女性自主」（不論那「前世鄉愁」的理由多麼神祕）
的前提下成行。荷西決定在撒哈拉工作、定居，乃是因為三毛嚮往和堅
持。大漠裡的異國婚姻，東方和西方的結合，則能勾起讀者的浪漫想像。
三毛的傳奇是「在安全範圍裡合理的生活驚奇」，以撒哈拉為背景的著作
中，讀者確實也讀到不少身陷困境而終無大礙的冒險，以及比小說更精彩
的「現實人生」。〈荒山之夜〉裡荷西身陷流沙、〈死果〉寫三毛中了沙哈拉
威人的巫術、〈荒山之夜〉的宿營鬼魅、〈哭泣的駱駝〉裡三毛目睹的戰爭
和屠殺、〈沙巴軍曹〉寫有著悲愴身世的軍人傳奇等等，均是如此。

　　撒哈拉當時是西班牙殖民地，當地居民之外尚有各色人種，是混雜著
不同種族和文化的「不毛之地」，三毛卻能從容出入於東西方之間，瘂弦稱
她為「穿裙子的尤里息斯」，朱西甯叫她「唐人三毛」，隱地則稱三毛是
「人生中的一齣難得看到的好戲」。[6]「穿裙子的尤里息斯」指三毛比男人
更具冒險的智慧和勇氣，而「唐人」則讚美三毛體現真正的中華精神，大
氣而壯闊。透過三毛明快俐落的敘述，如同小說一般的設計場景和講述技
巧，三毛的異地生活，確實也精彩得可媲美經過「編」製的好戲。

　　〈沙漠觀浴記〉寫三毛「觀賞」沙哈拉威女人的洗澡奇景，讀者「觀
看」三毛如何「觀看沙哈拉威女人」，這其中層層的觀看，以及看／被看，
都是旅行書寫的隱喻，同時也是三毛書寫的位置。旅行書寫中關於自我／
他者的討論，或可說明這層關係：

---

[6]朱西甯〈唐人三毛〉、瘂弦〈穿裙子的尤里息斯〉、隱地〈難得看到的好戲〉，收入《溫柔的夜》
　（臺北：皇冠出版社，1991 年），依序為頁 6、頁 8、頁 10。

波特認為旅行書除了記錄旅途的經驗表象，更重要的是建構作者的自我主體（subjectivity）以及和他者（other）之間的對話交鋒（a diologic encounter）。旅行者離家在外，跨入「他者」的地理與文化版圖，產生一種追尋烏托邦的欲求。這種欲求兼含對本土現況的不滿，以及對理想國（制度）的想像建構。雖然旅行書以記錄實證經驗自詡，但是潛藏在旅行者心中的欲求卻促使自我主體持續藉由外在世界的刺激而生內省，思考「我」與「他者」的定義，以及兩者之間的關係。[7]

在缺水的撒哈拉，三毛堅持天天洗澡，相較於四年不洗澡的沙哈拉威女人，三毛讓讀者「觀看」到文明／蠻荒的對比，自我／他者的差異。三毛把撒哈拉當成「烏托邦」，跨入他者（撒哈拉）的地理與文化版圖，認為那是她「前世的鄉愁」，因而開始了她神祕主義似的追尋。很顯然的，《撒哈拉的故事》最吸引讀者的，主要是自我／他者的差異。三毛藉由洗澡這件日常生活的小事，揭示同為東方女人，沙哈拉威女人跟中國女人（三毛的措辭）之間畢竟還是有很大的不同。因為不同，才有「看」的必要。旅者藉由觀看而自省而能書寫，進而發現自我／他者的差異。讀者在閱讀的過程中，則發現自我和三毛的差異，這種「差異」便是閱讀最主要的吸引力。

　　〈娃娃新娘〉敘述三毛和荷西參加一個十歲沙哈拉威女生的婚禮，三毛透過「觀看」批判沙哈拉威族的男尊女卑，男性對女性的欺凌和壓迫，以及女人地位之低下等等，似乎也可以供女性主義者揮灑的空間，儘管「保障著熟悉與安全，頂多只有驚異」[8]的空間有限。〈懸壺濟世〉和〈芳鄰〉則揭示沙哈拉威女人的無知和不講理。奇怪的是，儘管鄰居對三毛幾

---

[7] 宋美璍，〈自我主體、階級認同與國族建構——論狄福、菲爾定和包士威爾的旅行書〉，《中外文學》第 16 卷第 4 期，總 304 期，頁 5。

[8] 范銘如〈從強種到雜種——女性小說一世紀〉指出：「三毛並強烈到檢視體制甚或鼓吹改革。因此她的冒險傳奇，保障著熟悉與安全，頂多只有驚異。」收入陳大為、鍾怡雯編《二十世紀臺灣文學專題 II：創作類型與主題》（臺北：萬卷樓圖書公司，2006 年），頁 304。

乎到了予取予求，甚至侵犯到家居生活，她卻仍然回以一種歡樂的包容和
寬厚態度，似乎跟她在西班牙讀書時，對歐洲女友們的欺壓忍無可忍，還
以顏色的態度截然不同。[9]

　　三毛筆下的撒哈拉自有一種跟旅人不同的在地風情，一種夾雜著「在
地視野」和「旅人視角」的雙重觀點，「融入」和「抽離」的身分認同。她
一再宣稱，沙漠對她而言是「前世回憶似的鄉愁」[10]，她作詞的專輯《回
聲》裡，收錄一首由齊豫演唱的〈沙漠〉，一開始寫的便是「前世的鄉
愁」，歌詞並有「飄流的心／在這裡慢慢／慢慢落塵」[11]，她視沙漠歲月為
另一種「返鄉」，儘管這可能是三毛式的浪漫措辭。這種視角決定了三毛跟
旅行者不同，更正確的說法是，她是「旅」「居」沙漠——對臺灣的讀者而
言，她的出走是離鄉，是羈旅；對三毛而言，臺灣固然是她的故鄉，撒哈
拉則是另一個先驗的，或者被「三毛神祕主義式認同」的故鄉，她「居」
住在那裡。

　　同樣的情形也出現在《萬水千山走遍——南美洲紀行》。三毛一直認定
自己前輩子是印第安女人，她甚至想像自己前生是印第安藥師的外孫女。
因此《萬水千山走遍——南美洲紀行》收錄一篇非常特別的「故事」〈藥師
的孫女——前世〉，主要敘述一個只活了 19 歲，名叫哈娃的印第安女子短
暫的一生。她是三毛的前世。我們很難歸類這篇非旅書寫、非散文，有點
像小說的「故事」。它是南美洲紀行的其中一篇，沒有這篇，就無法解釋
〈銀湖之濱——今生〉裡，為何三毛能夠找到當地人不知道，地圖也沒有
標示的那片湖水。在語言不通的情況下，她闖入陌生的印第安人家裡住了
七天，同時被村子的居民接納，視她為「印加人」。那七天裡，她自稱是
「哈娃」，跟著當地人稱白人為「各林哥」。[12]

　　體例上，〈藥師的孫女——前世〉跟〈銀湖之濱——今生〉是互文，問

---

[9]見《稻草人手紀》（臺北：皇冠出版社，1991 年），頁 49～76。
[10]三毛，〈白手成家〉，《撒哈拉的故事》（臺北：皇冠出版社，1991 年），頁 194。
[11]三毛作詞；李泰祥作曲，〈沙漠〉，收入《三毛作品第十五號：回聲》（臺北：滾石，1986 年）。
[12]三毛，《萬水千山走遍》（臺北：皇冠出版社，1993 年），頁 130。

題是，我們無法解釋前世和今生的謎。也許在三毛的認知裡，那是「事實」；在一般讀者眼裡，卻很難相信那非常個人化，無法印證的靈異體驗。〈藥師的孫女──前世〉毫無疑問是「虛構」的，那麼，〈銀湖之濱──今生〉呢？〈銀〉的結尾給了一個耐人尋味的答案：

> 我愛的族人和銀湖，那片青草連天的樂園，一生只能進來一次，然後永遠等待來世，今生是不再回來了。
>
> 這兒是厄瓜多爾，1982 年初所寫的兩篇故事。[13]

以上所引的兩段文字都有模糊，卻無法反駁的想像空間。首先，三毛交代這是一個一生只會去一次的「烏托邦」，這地方既不為導遊所知，亦不在地圖上，就像陶淵明筆下的「桃花源」不足為外人道，即不足為讀者（外人）道。其次，如引文所示，三毛強調，〈銀湖之濱──今生〉跟〈藥師的孫女──前世〉是兩篇「故事」，這是非常值得玩味，充滿想像的模糊措辭。

　　三毛的文類歸屬因此在當代論述者筆下恆是模糊的，范銘如就指，三毛的文本屬性很曖昧，不知道該歸類在散文、小說或自傳。不過她最後似乎「決定」歸為小說，在〈從強種到雜種──女性小說一世紀〉一文中，三毛是論述對象之一。只不過行文當中，她似乎又把三毛的撒哈拉之行視為「散文」或「自傳」。[14]胡錦媛在〈臺灣當代旅行文學〉提到：

> 三毛突破遊記的傳統紀實書寫方式，將人物、情節予以「戲劇化」，成就一種傳奇浪漫的色彩，但卻又因第一人稱「我」的敘事角度，使讀者認為她的旅行寫作所記載的真人真事是寫實的。臺灣當代一般旅行寫作大

---

[13]三毛，《萬水千山走遍》，頁 132。
[14]此文收入陳大為、鍾怡雯編《二十世紀臺灣文學專題 II：創作類型與主題》，三毛的討論見頁 302～305。

都失之於平實刻板，即使旅行本身是豐富的，但卻缺乏適切的技巧表
達。就這一點而言，三毛的旅行寫作是值得參考的。[15]

如果我們同意胡錦媛的說法，三毛的旅行書寫是經過「戲劇化」處理，那
麼我們就必須解決三毛的「傳記式寫作」問題。當三毛在創作「自己」的
創作，也就是她宣稱的「傳記式寫作」時，她完全沒有意識到，「傳記式寫
作」並非如她所想像的那麼單純，那麼一清二白，那麼表裡如一。出入真
實和想像之間本是創作的本質，正如容格（C.G. Jung, 1875-1961）在〈心
理學與文學〉（"psychology and literature"）所言，「每一個創作者都具有雙
重或多重的矛盾特質」[16]，也就是指寫作者其實擁有許多個不同的「自
我」，寫作其實是諸多不同自我的「協商」（negotiation），因此自傳中看似
單一的主體，其實是由不同的分裂主體整合而成。

三、「我」是誰：三毛、Echo 和陳平

如第二節所論，傳記式寫作確實充滿想像和討論的空間。然而三毛的
複雜，更在於她背負了整個社會的集體想像。她在出書和演講之後，成了
公眾人物和社會焦點。創作者「三毛」，是由「大家」，也就是讀者參與建
構而成的。換而言之，三毛在創作的同時，也被創作。三毛是社會與讀者
共同創作／想像的「傳奇」。張大春在〈滾滾浪跡二十載・淺淺紅塵不再來
——「三毛現象」的文學社會學觀察〉指出，三毛的魅力之一，是讀者從
她身上汲取「挑戰威權的活力」，可是她的讀者也處在「『只求簡單』的描
述、形容與判斷之中養成了『不求深刻』的反應習慣——而這個習慣，正
好又扼殺了前面所提及的那種『挑戰的活力』。」[17]張大春指出，三毛透過

---

[15]胡錦媛，〈臺灣當代旅行文學〉收入陳大為、鍾怡雯編《二十世紀臺灣文學專題 II：創作類型與
主題》，頁 180。

[16]Jung, Carl Gustav. "Psychology and literature" ed. David Lodge. *20th Century Literary Criticism*,
(London: Longman, 1995). p. 185.

[17]張大春，〈滾滾浪跡二十載・淺淺紅塵不再來——「三毛現象」的文學社會學觀察〉，《張大春的
文學意見》（臺北：遠流出版公司，1992 年），頁 135～137。

貌似簡單的敘事輕易挑戰了體制。她做了許多讀者想做，卻不敢做的對體制的反抗，包括逃學、忤逆父母、無照駕駛、沒有停車位卻能讓警察幫她顧車等等。

三毛曾經說過，荷西還在的時候，她的寫作生活，就是她的愛情生活。她在晚上寫作，但是荷西沒有拉著她的手睡不著覺，為此可以不寫。[18] 這樣的浪漫愛情其實亦是大部分讀者的嚮往，欲望本是對應著缺憾與幻想而生，如果說 1970 年代的瓊瑤以虛構的愛情小說滿足了讀者，三毛則以她真實的異域戀情，更進一步滿足了讀者的欲望。

自傳中的經驗事實（experiental fact）往往被視為真實，經驗事實再經過創作主體的主觀詮釋，因此成為自傳的根據。自傳存在於語言之中，是詮釋的產物，在經驗事實與主觀詮釋之間的模糊地帶，便是作者可供發揮的空間。三毛作品的戲劇性，或許便是在經驗事實與主觀詮釋之下而生的。打從三毛一出場，她的生命就是「戲劇性」的，在體制外的求學過程，提供了日後流浪異域的合理化基礎。她從小便無法適應學校生活，有著異於同學的敏銳和聰慧，不合群、孤獨，有自閉的傾向，被父母視為偏執的孩子，讀到初二便休學。日後她在家裡自修、習畫、幾乎處於封閉的狀態。[19] 早在 1976 年，桂文亞就在〈飛──三毛作品的今昔〉藉胡品清的觀察，側寫三毛：

> 一個令人費解的、拔俗的、談吐超現實的、奇怪的女孩，像一個謎。五十六年她出國後一個月，胡的〈斷片三則〉之一描寫她：喜歡追求幻影，創造悲劇美，等到幻影變為真的時候，便開始逃避。[20]

---

[18] 三毛，〈我的寫作生活〉，《夢裡花落知多少》，頁 159。

[19] 見三毛〈驀然回首〉和〈驚夢三十年〉二文，收入《送你一匹馬》（臺北：皇冠出版社，1991年）。

[20] 桂文亞，〈飛──三毛作品的今昔〉，原刊《皇冠雜誌》268 期，收入三毛《雨季不再來》（臺北：皇冠出版社，1991 年），頁 228。

　　1967 年三毛出國，出國之前她在文化學院當旁聽生時，結識了學者作家胡品清。胡品清說的「追求幻影」和「逃避」，正是「流浪」不可或缺的特質。胡品清這番話似乎預言了三毛流浪撒哈拉的傳奇，同時也道出三毛較一般創作者具有更濃厚的「自我分裂」的特質。其次，三毛的英文名字 Echo 來自希臘神話，本指回聲。Echo 是山林女神之一，曾熱烈追求自戀的美少年納西斯（Narcissus）不得，悴憔而死，因為納西斯只愛自己在水中的倒影。Echo 這個名字因此既有追尋，亦有「追求幻影」的意思。

　　「幻影」或幻想，在佛洛伊德的解讀裡，是擺脫現實束縛最重要的力量之一。法蘭克福學派的大將赫伯特・馬庫色（Herbert Marcuse, 1878-1979）在論述佛洛伊德的「幻想」時提到：

> 幻想，作為一種基本的、獨立的心理過程，有它自己的、符合它自己的經驗的真理價值，這就是超越對抗性的人類實在。在想像中，個體與整體、慾望與現實、幸福與理性得到了調和。雖然現存的現實原則使這種和諧成為烏托邦，但是幻想堅持認為，這種和諧必須而且可以成為現實，幻覺的基礎是知識。想像的真理最初是在幻覺形成的時候被認識到的，是在創造一個知覺和理解的世界，一個既主觀又客觀的世界的時候被認識到的。[21]

以上所引這段文字，非常貼切的解釋了三毛「追求幻影」的特質，她總是處在一種「追尋」或「逃避」的狀態，烏托邦在三毛那裡便是「橄欖樹」；荷西逝世之後，則為靈異世界。幻想用來對抗世界，亦是藝術家或創作者的最主要創作動力，他們以藝術品或文字實踐幻想的慾望，擺脫束縛，追求自由。正如引文所說的，幻想建立在它可以成為現實的基礎上，三毛最根本的問題便是要求現實世界實踐她的「幻想」，因此表現在創作上，也形

---

[21]赫伯特・馬爾庫色著；黃勇、薛民譯，《愛欲與文明——對佛洛伊德思想的哲學探討》（上海：上海譯文，2005 年），頁 110～111。

成創作和現實互為越界，常常二者混而為一，夾纏不清。

　　三毛自殺之後，另有一種輿論，指三毛「戲劇性」、「虛擬」和「自我幻化」。譬如朱天心說：「跟三毛在一起就像演戲……她對任何事情的描述都會有不同的版本，雖然每一種版本都很好看，但卻讓人不知如何分辨真假，這樣的心情，若是讀者的立場，或許會覺得很過癮；若是朋友的心情，恐怕會覺得很難過。」[22]呂正惠在〈三毛之死——臺灣女性問題省思的一個起點〉指出在三毛自殺後，有一些朋友認為三毛作品的「坦誠相見」，有一大部分是出自於「自我幻化」[23]。

　　「不同版本的描述」，「坦誠相見」跟「自我幻化」完全符合自傳寫作裡，自我必須「異質化」的分裂特色，主體（三毛）必須將另一個主體（Echo）二而一，成為敘述者「我」，而「我」裡還隱藏著從前孤僻自閉、令大人頭疼的陳平。〈說給自己聽〉有一段是三毛對陳平的評論：

> Echo，妳的中文不是給得很好，父親叫妳——平，妳不愛這個字，妳今日看出，妳其實便是這一個字。那麼適合的名字，妳便安然接受吧。[24]

　　這段文字正可作為自傳是一種「主體分裂」的說明。創作者必須分裂成主體（自我）和客體（他者）才能寫作，否則創作根本無法進行。她以三毛的角色寫作，卻叫自己 Echo——她給自己取的名字，象徵追尋和自由，她最認同的自我——同時，她卻又希望 Echo 最好變成「陳平」，向現實妥協，變成孝順聽話的女兒，友愛手足的姐妹。陳平是父親所給的名，

---

[22]語出朱天心、戴瑜整理，〈三毛生活像演戲〉，《中央日報》，1991 年 1 月 5 日，3 版。

[23]呂正惠的原文如下：三毛一些比較熟悉的朋友就說了實話，他們談到三毛內心其實是頗為空虛、寂寞的。季季說得更有意思，她說，三毛的作品，一向被讀者認為是「坦誠相見」。有一大部分是出自於「自我幻化」。許多讀者也許不知道，三毛身心的長期疲勞，形之於外的肇因是參與各種活動，形之於內的即是作品中不斷的自我幻化，這二者的終點都是為了「滿足他人」。我很想在季季的感想之後再加上這句：更重要的是為了「滿足自己」；當她最後發現，這些都不再能滿足自己以後，她就選擇了死亡。〈三毛之死——臺灣女性問題省思的一個起點〉，《戰後臺灣文學經驗》（臺北：新地文學出版社，1995 年 12 月），頁 250～251。

[24]收入《傾城》（臺北：皇冠出版社，1991 年），頁 100。

象徵體制的期許。從這段引文我們發現，三毛、Echo 和陳平之間強烈的扞格。

「三毛」（主體）必須收編 Echo、陳平、大家的三毛（三者皆為客體），讓主體進入象徵秩序，進入語言，方能建構看似單一的主體：

> 自傳作者的部分任務即在以書寫呈現主體，而主體也必須被視為自傳作者的語言產物。主體不可能是個自現的意識，在語言建構之前不可能存在。[25]

因此作家往往都是對身分的追尋，都是因為「個人身分的不確定」。三毛曾形容自己是「一個聰明敏感的孩子，在對生命的探索和生活的價值上，往往因為過分執著，拚命探求，而得不著答案，於是一分不能輕視的哀傷，可能會占去他日後許許多多的年代，甚而永遠不能超脫。」[26]寫作和旅行，便是三毛對生命的探索和追尋。因為寫作，陳平才變成三毛，原來自閉又自卑的孩子，因為寫作而重建信心，使她「懂得出去」。[27]

「懂得出去」是象徵性的說法，意味著身體和精神不被禁錮，對人世有了回應，走出自我設定的牢籠。三毛曾這樣解釋自己的筆名：「三毛是一個最簡單、通俗的名字，大毛、二毛，誰家都可能有。我要自己很平凡。」[28]然而也因為寫作，註定她不能平凡，註定她不能免於更嚴重的分裂。她創造的「橄欖樹」形象和撒哈拉傳奇，讓她不能成為大毛或二毛。這也就是為什麼三毛常會以第三者的口吻，旁人的眼光來觀看／反省自己：

> 看過幾次小小的書評，說三毛是作家，有說好，有說壞，看了都很感

---

[25]李有成，〈自傳與文學系統〉，《在理論的年代》（臺北：允晨出版公司，2006 年），頁 47。
[26]三毛，〈當三毛還是二毛的時候〉，《雨季不再來》，頁 9。
[27]三毛，〈驀然回首〉，《送你一匹馬》，頁 28。
[28]心岱，〈訪三毛，寫三毛〉，收入三毛《雨季不再來》，頁 222。

激，也覺有趣。別人眼裡的自己，形形色色，就是那個樣子，陌生我一如這個名字。

這輩子是去年回臺才被人改名三毛的，被叫了都不知道回頭，不知是在叫我。[29]

「三毛」從來沒有做過三毛，你們都被我騙啦。我做我。[30]

三毛說話的方式或敘述方式是一種高明的「告解技術」（confessional technologies），有顛覆，但是並不激烈：有批評，卻是軟性的，一切都在合理而可接受的範圍。以上引文想說明的是：三毛對「三毛」（大家的三毛）是陌生的，總是欲拒還迎。三毛的母親繆進蘭，就以「大家的三毛」來定位「我的女兒」。[31]這個旁觀者的稱呼顯示，三毛的身分是多重的，作為三毛的母親，她對三毛的理解是：歷經撒哈拉的洗禮之後，當年那個自閉不與家人和朋友相處的「陳平」，已經脫胎換骨。如今她平易近人，常幫讀者解決人生問題，她的書和演講受到大眾熱烈歡迎，已經是「大家的三毛」。她已經完全離開當年那個封閉的主體。

然而不要忘記，對創作者而言，凡走過都必留下痕跡，隱藏在三毛裡的陳平並沒有消失，只不過成為眾多分裂主體中較不明顯的一個，三毛在成為「大家的三毛」之後，她看起來比較符合父母的期許，成為「陳平」，走上「平」坦順遂之途。實際上，那個追求幻影的主體從來沒有消失，因此三毛受訪時才有上述引文所說的「我做我」，「從來沒有做過三毛」的告白。「三毛」因此是大家的三毛、Echo，以及陳平協商之下的主體。在一段訪談中三毛提到，她以為「三毛只是個筆名」，一個只要面對自己的創作者，卻沒有想到她還必須同時兼顧隨著三毛而來各種活動和勞累。[32]這樣的結果完全悖反三毛的個性，她旅居沙漠和異國，本是為了擺脫體制和故土

---

[29]三毛，《哭泣的駱駝》（臺北：皇冠出版社，1991年），頁8。
[30]陳怡真，〈衣帶漸寬終不悔〉，收入三毛《送你一匹馬》，頁214。
[31]繆進蘭，〈我的女兒，大家的三毛〉，收入三毛《送你一匹馬》，頁3。
[32]陳怡真，〈衣帶漸寬終不悔〉，收入三毛《送你一匹馬》，頁215。

的一切，尋找新的主體位置，當一個外國人眼中的 Echo，沒想到最後卻成了「大家的三毛」，陷入龐大社會機制的一部分，不能自拔。

四、小結

文本裡的三毛有諸多不同的面向，豐富而多元，正如隱地所說的，她上演的是「一齣難得看到的好戲」。柔弱／剛強，東方／西方，天真／世故，感性／理性，精明／迷糊，浪漫／理智，孝順／叛逆，簡單／深刻等二元對立或悖反的因素，在文本裡是融合一體，並行不悖的存在。三毛分飾許多不同的角色，在每一個版本裡精彩演出。「三毛」由無數分裂主體組合而成，看似簡單，實則極為複雜，絕非三毛所說的「我不求深刻，只求簡單」。「只求簡單」反而是三毛成名後，再度追求的「橄欖樹」。這株「橄欖樹」近在眼前，「簡單」和「平凡」卻比具象的橄欖樹更難企及。最終，三毛只好以生命的終結，結束她長期的追尋和流浪。然而，讀者對「三毛」的追尋，卻從未結束。

參考書目

・三毛，《我的快樂天堂》（臺北，皇冠出版社，1993 年）。

・三毛，《我的寶貝》（臺北：皇冠出版社，1992 年）。

・三毛，《我的靈魂騎在紙背上》（臺北：皇冠出版社，2001 年）。

・三毛，《雨季不再來》（臺北：皇冠出版社，1991 年）。

・三毛，《背影》（臺北：皇冠出版社，1991 年）。

・三毛，《哭泣的駱駝》（臺北：皇冠出版社，1991 年）。

・三毛，《送你一匹馬》（臺北：皇冠出版社，1991 年）。

・三毛，《高原的百合花》（臺北：皇冠出版社，1993 年）。

・三毛，《傾城》（臺北：皇冠出版社，1991 年）。

・三毛，《溫柔的夜》（臺北：皇冠出版社，1991 年）。

・三毛，《萬水千山走遍》（臺北：皇冠出版社，1993 年）。

- 三毛，《夢裡花落知多少》（臺北：皇冠出版社，1991 年）。
- 三毛，《撒哈拉的故事》（臺北：皇冠出版社，1991 年）。
- 三毛，《稻草人手紀》（臺北：皇冠出版社，1991 年）。
- 三毛，《鬧學記》（臺北：皇冠出版社，1992 年）。
- 三毛，《親愛的三毛》（臺北：皇冠出版社，1991 年）。
- 三毛，《隨想》（臺北：皇冠出版社，1992 年）。
- 三毛，《三毛作品第十五號：回聲》（臺北：滾石，1986 年）。
- 李東，《三毛的夢與人生》（臺北：知書房，1997 年）。
- 赫伯特・馬爾庫色著；黃勇、薛民譯，《愛欲與文明──對佛洛伊德思想的哲學探討》（上海：上海譯文，2005 年）。
- 陸士清、陽幼力、孫永超合著，《三毛傳》（臺中：晨星出版社，1993 年）。
- 眭澔平，《你是我不及的夢》（臺北：圓神出版公司，2003 年）。
- 費勇，《這樣一個女子三毛》（臺北：雅書堂文化，2002 年）。

參考篇目

- Jung, Carl Gustav. "Psychology and literature" ed. David Lodge. *20th Century Literary Criticism*, London: Longman, 1995. pp174-188
- 朱天心；戴瑜整理，〈三毛生活像演戲〉，《中央日報》，1991 年 1 月 5 日，3 版。
- 呂正惠，〈三毛之死──臺灣女性問題省思的一個起點〉，《戰後臺灣文學經驗》（臺北：新地文學出版社，1992 年 12 月），頁 249〜255。
- 宋美璍，〈自我主體、階級認同與國族建構──論狄福、菲爾定和包士威爾的旅行書〉，《中外文學》第 16 卷第 4 期，總 304 期，頁 4〜28。
- 李有成，〈自傳與文學系統〉，《在理論的年代》（臺北：允晨出版公司，2006 年），頁 24〜53。
- 胡錦媛，〈臺灣當代旅行文學〉，收入陳大為、鍾怡雯編《二十世紀臺灣

文學專題 II：創作類型與主題》（臺北：萬卷樓圖書公司，2006 年），頁
170～201。

・范銘如，〈從強種到雜種──女性小說一世紀〉，收入陳大為、鍾怡雯編
《二十世紀臺灣文學專題 II：創作類型與主題》（臺北：萬卷樓圖書公
司，2006 年），頁 288～309。

・張大春，〈滾滾浪跡二十載、淺淺紅塵不再來──「三毛現象」的文學社
會學觀察〉，《張大春的文學意見》（臺北：遠流出版公司，1992 年），頁
133～141。

──本文發表於「2007 海峽兩岸華文文學學術研討會」
中原大學通識教育中心、中國現代文學學會主辦，2007 年 6 月 2～3 日

輯五◎
研究評論資料目錄

作家生平、作品評論專書與學位論文

專書

1. 紀政等　三毛的世界　臺北　江山出版社　1984 年 4 月　225 頁

本書收錄三毛友人對其敘述之文章共 17 篇：1.紀政〈擁有三毛・幻想三毛〉；2.司馬中原〈空靈的水墨〉；3.小民〈誠摯的友情〉；4.張拓蕪〈恩人・摯友・死黨〉；5.水禾田〈愛上三毛〉；6.倪匡〈靈異的女孩〉；7.曉風〈一個說故事的人〉；8.周肇南〈父愛深似海〉；9.丁松筠著，孫大川譯〈最好的伴侶〉；10.應未遲〈遠方的故事〉；11.吳疏潭〈思想・生活・無限情〉；12.桂文亞〈重新的休止符〉；13.丘彥明〈加那利記事〉；14.鄭羽書〈三毛的寫作與人生〉；15.郭玥玲〈就從紅樓說起〉；16.姬秀雲〈她〉；17.方可人〈三毛的世界〉。

2. 紀政等　三毛的世界　北京　中國友誼出版公司　1989 年 9 月　163 頁

本書為《三毛的世界》之中國出版版本。

3. 三毛等　三毛、昨日、今日、明日　北京　中國友誼出版公司　1988 年 1 月　119 頁

本書為集結三毛散文、他人對三毛之評述以及訪談三毛的文章。全書共 4 輯，1.「三毛知多少」：喬曼〈細數三毛〉、小明〈ECHO 的由來〉，共 2 篇；2.「今日的三毛」：陳怡真〈一帶漸寬終不悔——三毛的愛情，昨日、今日和明日〉、小明〈三毛不再寂寞〉、莫家漢〈脫軌的童話〉、三毛〈不懂也算了——寫金庸〉、三毛〈說給自己聽——回家雜記〉、三毛〈愛與信任〉、三毛〈什麼都快樂〉、三毛〈狼來了！〉，共 8 篇；3.「三毛的文學道路」：三毛〈驚夢三十年——記白先勇〉、南洋商報〈熱帶的港夜——三毛對話錄〉；共 2 篇；4.「那一年的回憶」：張君默〈三毛在哪裡〉、張君默〈哭泣的三毛〉、中國時報〈荷西・馬利安・葛羅安息——你的妻子紀念你〉，共 3 篇；5.「三毛印象篇」：〈張樂平筆下的「三毛」〉、倪匡〈倪匡寫三毛〉、水禾田〈我和三毛的結識〉、貝絲〈關於三毛〉、小玉〈沉潛的浪漫——高信疆、瘂弦說三毛〉、小霞〈名人談三毛印象〉、李敖〈「三毛式偽善」——李敖談三毛〉，共 7 篇。

4. 敦煌文藝出版社編　三毛在哪裡？——三毛懷念集　蘭州　敦煌文藝出版社　1998 年 10 月　352 頁

本書集結海內外三毛親友與各界名士緬懷三毛之文章。全書共 60 篇：1.小明〈Echo 的由來〉；2.小明〈三毛不再寂寞〉；3.莫家漢〈脫軌的童話〉；4.張君默〈三毛在

哪裡？〉；5.張君默〈哭泣的三毛〉；6.水禾田〈我和三毛的結識〉；7.貝絲〈關於三毛〉；8.桂文亞〈異鄉的賭徒〉；9.心岱〈訪三毛，寫三毛〉；10.倪匡〈三毛的靈異世界〉；11.梁羽生〈打上帝的耳光〉；12.瘂弦、高信疆〈沉潛的浪漫〉；13.李敖〈三毛式偽善〉；14.西沙〈在風裡飄揚的影子〉；15.西沙〈童話〉；16.米夏〈飛越納斯加之線〉；17.陳怡真〈衣帶漸寬終不悔〉；18.沈君山、三毛〈兩極對話〉；19.〈他們說三毛〉；20.翩翩〈我所認識的三毛〉；21.子菁〈陳老師〉；22.陳嗣慶〈我家老二——三毛〉；23.陳嗣慶〈女兒〉；24.繆進蘭〈媽媽的一封信〉；25.繆進蘭〈我有話要說〉；26.繆進蘭〈我的女兒，大家的三毛〉；27.繆進蘭〈序《我的天堂鳥》〉；28.桂史亞〈飛：三毛的作品今昔〉；29.舒凡〈「蒼弱」與「健康」〉；30.周粲〈我不是三毛迷〉；31.沈謙〈評〈膽小鬼〉〉；32.菩提〈讀三毛的〈傾城〉〉；33.夏婕〈三毛與《滾滾紅塵》〉；34.姚雪垠〈三毛和她的作品〉；35.南洋商報〈熱帶的港夜〉；36.華家極〈三毛回鄉記〉；37.曹曉鳴〈三毛回來了〉；38.李捷〈三毛和上海女孩的奇緣〉；39.〈三毛的最後時刻〉；40.閑人〈海內外人士談三毛〉；41.宋季華、黎靜〈秦牧談三毛〉；42.謝春彥〈「上海爸爸」的哀念〉；43.張樂平〈痛別三毛〉；44.馮雛音〈憶三毛〉；45.賈平凹〈哭三毛〉；46.賈平凹〈再哭三毛〉；47.于曉丹〈金色的青春〉；48.黃燎原〈軀體和靈魂的旅行〉；49.黑孩〈死之眼〉；50.瘂弦〈百合的傳說〉；51.虞錫珪〈三毛到底為什麼要自殺〉；52.虞錫珪〈可憐三毛父母心〉；53.虞錫珪〈三毛怪異的「心靈感應」〉；54.虞錫珪〈三毛盼有浪漫的葬禮〉；55.虞錫珪〈三毛曲折坎坷的感情生活〉；56.虞錫珪〈從三毛的「寶貝」觀其心態〉；57.朱樹嘉〈三毛之殤〉；58.司馬不如〈三毛，大家的三毛〉；59.馮異〈三毛的夢〉；60.羅梵〈三毛神話〉。

5. 沈國亮　三毛之死　北京　團結出版社　1991 年 1 月　212 頁

本書為探討三毛死亡的原由，以及海內外對於三毛死亡之反應。全書共 11 篇，正文後附錄〈三毛作品年表〉、張默芸〈三毛論〉。

6. 艾　平　三毛・三毛　成都　四川文藝出版社　1991 年 1 月　330 頁

本書為緬懷三毛並收錄三毛作品。全書共 4 輯，1.「廣袤的思念」：〈魂歸西天話三毛〉、虞錫珪〈三毛到底為什麼要自殺〉、〈三毛自殺之謎〉、郭曉光〈不戀紅塵滾滾・清影寄情天涯〉、〈瓊瑤、林青霞談三毛〉、虞錫珪〈可憐三毛父母心〉、虞錫珪〈三毛自殺引起港台「三毛熱」〉、〈走進天涯路・魂歸撒哈拉〉、賈平凹〈哭三毛〉、王慧萍，張黎明〈三毛絕唱的震盪〉、司馬不如〈三毛，大家的三毛〉、孫世正〈「到處都走遍，我覺得好累」〉、朱嘉樹〈三毛之殤〉、張黎明〈寫給驟然離去的三毛〉、謝春彥〈「上海爸爸」的哀念〉、張樂平〈痛別三毛〉、孟晶〈懷念我的三毛阿姨〉、里遙〈三毛，你在哪裡？〉共 19 篇；2.「終極

的旅魂」：〈三毛盛年早逝，在川友人痛惜〉、陳曉霞〈三毛與記者談天說地〉、
譚天〈三毛不再來〉、戴善奎〈歸去何太急〉、楊效松〈三毛你走得太匆忙〉、肖
明〈三毛，長行何須如此匆忙〉、石以，馮教〈三毛生前談三毛〉、肖全〈三毛在
成都〉、石以，馮教〈三毛說：成都太迷我了〉、譚天〈三毛在成都的最後幾
日〉、宋季華、黎靜〈秦牧談三毛〉，共 11 篇；3.「獨特的心跡」：虞錫珪〈從三
毛的「寶貝」觀其心態〉、〈三毛曾經如是說，虞錫珪〈三毛盼有浪漫的葬禮〉、
虞錫珪〈三毛怪異的「心靈感應」〉、虞錫珪〈三毛意念起波瀾〉、虞錫珪〈三毛
曲折坎坷的感情生活〉、楊永年〈「坐牢」與「偷渡靈魂」——三毛逝前點滴事〉、
陳志強〈兒時孕育的夢實現了——臺灣著名作家三毛回大陸尋根〉、曹曉鳴〈三毛
回來了〉、鄭開宇〈三毛在上海的時候〉、李捷〈三毛和上海女孩的奇緣〉、姜小
玲〈三毛尋到「三毛爸爸」〉、曹曉鳴〈三毛和他的「爸爸」張樂平〉、〈三毛
說：我這樣看《凌晨大陸行》〉、〈三毛說：「金錢他可以……」——三毛在一次
座談會上的發言〉、陳嗣慶〈我家老二——三小姐〉、繆進蘭〈我有話要說〉，共
17 篇；4.「愴然的遺墨」：三毛作品〈一個男孩子的愛情〉、〈結婚記〉、〈沙漠
中的飯店〉、〈芳鄰〉、〈親愛的老婆大人〉、〈這種家庭生活〉、〈大鬍子與
我〉、〈警告逃妻〉、〈夢裡花落知多少〉，共 9 篇。

7. 山　石　三毛　三毛　北京　作家出版社　1991 年 2 月　331 頁

本書為憑弔三毛，並探究三毛逝世前後的狀況。全書共 6 章：1.曲罷不知人在否，餘
音嘹亮尚飄空——三毛自殺身亡的經過；2.來如春夢幾多時，去似朝雲無覓處——三
毛生平吉作品；3.文章已滿行人耳，一度思卿一愴然——憑弔三毛；4.落花不是無情
物，化作春泥更護花——三毛生前；5.欲寄彩筆兼尺素，山長水闊知何處——三毛書
簡；6.天長地久有時盡，此恨綿綿無絕期——三毛與荷西。

8. 梅子涵　　三毛悄悄對你說　臺北　小暢書房　1991 年 2 月　189 頁

本書為大陸第一本深入探討三毛作品的書籍。全書共 16 章：1.從前的「雨季」；2.
呼喚自己的太陽；3.永遠感謝顧福生；4.一生的愛情；5.珍貴的爽瀯；6.豬能吃老
虎；7.永遠的溫柔；8.浪漫的鄉愁；9.送瓊瑤一匹馬；10.莊重地升起朝陽；11.呵呵地
微笑；12.悄悄話中的人生想法；13.撒哈拉的故事剪輯；14.寫「自己」的文學；15.
三毛的文學畫廊；16.依據話結束語。

**9. 劉浪，孫聰，馬志剛編　　三毛，我們想念你——海內外名士談三毛併精品欣賞
　　　　北京　中國國際廣播出版社　1991 年 2 月　197 頁**

本書為收錄海內外名人談論三毛的言論與文章，以及三毛散文作品。全書分 2 輯，1.
「名士談三毛」：〈三毛自殺身亡〉、〈母親不信女兒自殺〉、張樂平〈痛別三

毛〉、〈林青霞「恨」三毛〉、〈「掌聲彌補不了她心中的空虛」〉、〈三毛好友感嘆〉、〈新加坡作家談三毛〉、〈三毛遺音留獅城〉、5 張美香〈三毛的再度出發——回家——三毛生前接受新加坡記者張美香電話專訪〉、李憶若〈無驚有憾說三毛〉、曾沛〈浪漫消失了〉、張拓蕪〈未免過火〉、〈平鑫濤對她的死仍難接受〉、張美香〈「勇者」的句點〉、〈三毛揮別紅塵・留下未完故事〉、〈香港作家感到震驚與惋惜〉、〈作家賈平凹收到三毛「絕筆」〉，共 17 篇；2.「精品鑒賞」，共 11 篇。

10. **辛力，鍾萍　　謎樣的三毛世界　廣西　廣西人民出版社　1991 年 3 月　390 頁**

本書為選集三毛部分作品、摘句，以及三毛逝世後其親友與各界人士之反應。全書共 4 章：1.情感之謎——三毛作品精選；2.心靈之謎——三毛妙語珍言；3.生之謎——三毛傳奇人生；4.死之謎——三毛之死探謎。

11. **周瑞珍，袁志群　　不死的三毛——親人的敘說　北京　中國文史出版社 1991 年 4 月　232 頁**

本書為闡述三毛中國的親友對三毛的回憶與印象，並探究三毛作品特色。全書共 4 章：1.三毛的悲歡人生；2.三毛大陸行；3.三毛棄世，疑竇難解；4.三毛的寫作生涯及作品導讀。

12. **劉志清　　一個奇怪的女人——三毛　瀋陽　春風文藝出版社　1991 年 5 月 199 頁**

本書為探討三毛的情感、思想與死亡。全書共 8 章：1.哀哉！三毛在臺北自縊猝亡；2.三毛傳奇的人生之路；3.三毛曲折坎坷的情感生涯；4.三毛怪異的「心靈感應術」；5.三毛生前談三毛；6.三毛死後談三毛；7.三毛不死；8.尾聲。正文後附錄〈三毛年譜〉。

13. **敖　林　　嫵媚的花園——三毛傳　北京　中國華僑出版公司　1991 年 5 月 311 頁**

本書為三毛傳記。全書共 9 章：1.童年的夢；2.雨季中的少女；3.初戀；4.留學海外；5.撒哈拉　撒哈拉；6.荷西之死；7.寡居；8.大陸行；9.訣別滾滾紅塵。

14. **古繼堂　　評說三毛　北京　知識出版社　1991 年 6 月　137 頁**

本書為分析三毛各個生平時期，探究其人生重要構成與價值觀，並探討三毛作品的特色。全書共 6 章：1.不該從這裡開始——序；2.又是提前的一章——三毛猝死之謎；3.三毛從這裡走過——三毛的履跡；4.人生的重要構成——三毛的愛情與婚姻；

5.三毛價值的重心——三毛作品論；6.沒有離去的三毛——三毛留下的思索。正文後附錄〈三毛創作年表〉。

15. 于祖範，張葵　詩意的回歸　北京　群眾出版社　1991 年 6 月　150 頁

本書為以三毛之死作出發點，探討三毛的一生，再回歸三毛的死亡。全書共 6 章：1.關於自殺的思考；2.當三毛還是一毛的時候；3.當三毛還是二毛的時候；4.三毛就是三毛；5.最後的歲月；6.三毛沒有死。正文後附錄〈三毛的最後旅程〉、梁濃剛〈看三毛這個沙漠旅行者〉、賈平凹〈哭三毛〉、賈平凹〈再哭三毛〉。

16. 潘向黎　三毛傳　福州　海峽文藝出版社　1991 年 9 月　206 頁

本書描述三毛一生經歷及其作品藝術風貌。全書共 25 篇：1.三毛的天空；2.雨季裡的花；3.十年一覺天涯夢；4.終生之約；5.黃沙漫漫；6.為什麼叫「三毛」；7.一個女人的自傳；8.天空沒有翅膀的痕跡；9.一隻與眾不同的黑羊；10.自由得像空氣一樣；11.像玫瑰吐露芬芳；12.太陽從海裡升起；13.嫁給了一盞燈；14.駱駝為什麼哭泣？；15.一個老派的新女性；16.美術之戀和拾荒之夢；17.三毛與瓊瑤；18.迷津自渡；19.山泉‧瀑布‧深潭；20.不惑之後；21.三毛沒有死；22.煙雨江南行；23.眾說紛紜話三毛；24.風中的女人；25.三毛，為何如此匆忙長行？。正文後附錄繆進蘭〈《鬧學記》序〉、陳嗣慶〈我的女兒三毛〉。

17. 潘向黎　閱讀大地的女人——三毛傳奇　臺北　業強出版社　1992 年 1 月　199 頁

本書為《三毛傳》之臺灣出版版本。

18. 李東　風中飄逝的女人——三毛的人生與藝術　上海　學林出版社　1992 年 4 月　215 頁

本書探索三毛人生的道路，再現三毛的形象，品味三毛作品的藝術特色。全書共 15 篇：1.生命不能承受——殞落的星辰；2.夢裡花落知多少——三毛為什麼哭；3.無歌的童年——雨季裡的花；4.天涯夢難尋——流浪從這裡開始；5.三月柳絮飛——愛的歸宿；6.樹欲靜而風不止——自殺之謎與荷西之議；7.真實並不輕鬆——三毛，生活的實錄者；8.不負我心——也談為人處世；9.開卷有益——三毛作品的藝術魅力；10.開放的婚姻——三毛與荷西；11.一枝一葉總關情——兩性眼中的三毛；12.風中飄逝的女人——刻意的人生追求；13.跳最後一支舞——遺忘在生死之間；14.假如還有來生——三毛的最後心聲；15.迷津自渡——與讀者說些題外話。正文後附錄〈為什麼流浪——三毛最後一次公開談話〉及〈三毛父母、初戀情人專訪〉。

19. 李　東　三毛的夢與人生　臺北　知書房　1997 年 2 月　204 頁

本書為《風中飄逝的女人——三毛的人生與藝術 》之臺灣出版版本。

20. 華言編　三毛：生命的絕唱　南昌　百花洲文藝出版社　1992 年 8 月　287 頁

本書收錄悼念、回憶、追思三毛的文字，及對她人生道路、文學創作，直至踏上不歸之路的分析評論文章，並收錄部分三毛生前未發表的書簡、談話和短文，使讀者更瞭解三毛傳奇般的一生。全書共 10 章：1.三毛走過「滾滾紅塵」的一生；2.三毛的最後旅程；3.三毛的通靈傳奇；4.梅新：三毛生前自稱「來日無多」；5.三毛接受的最後一次採訪；6.加納利書簡 4 則；7.寫了「紅塵」，別了「紅塵」；8.陳嗣慶：她是我最親愛的小女兒；9.「三毛的葬禮」；10.一種不浪漫的推測。

21. 陸士清，楊幼力，孫永超　三毛傳　臺中　晨星出版社　1993 年 7 月　408 頁

本書為三毛的傳記，從三毛出生到生命停止，對其每個人生階段都有詳盡的資料考究。全書共 7 章：1.？的女孩；2.出軌的日子；3.為了夢中的「橄欖樹」；4.情漫撒哈拉；5.嗚咽的回聲；6.最後的旅行；7.亡命「撒哈拉」。正文後附錄〈三毛生平年表〉、〈三毛作品一覽〉。

22. 冉　紅　三毛最後的戀情　北京　國際文化出版社　1993 年 11 月　230 頁

本書為作者採訪王洛賓後寫成，內容敘述作家三毛與作曲家王洛賓之間的友愛，對三毛和王洛賓作了多角度的介紹與贊揚。全書分 26 章：1.兩個鍾情大漠的人；2.抖散了綿密的憂傷；3.手、帽子、紗巾；4.王洛賓震驚了；5.活著的木乃伊；6.情意綿綿；7.我的青春小鳥一樣不回來；8.禮物；9.一條路上走來的人；10.不會牧羊的卓瑪；11.病中吟；12.我親愛的白蘭地；13.筆尖汩汩流出真情；14.自畫像；15.感情的碰撞；16.惶恐；17.第二個洛珊；18.浪跡天涯的遊子；19.盛名之累；20.杏花盛開再相會；21.惜別；22.幸福的 E 弦；23.天下掉下個 O'Sheal；24.噩耗；25.杏花盛開人未來；26.未了情。正文後附錄〈三毛檔案〉。

23. 冉　紅　等待：三毛與王洛賓　臺北　躍昇出版社　1994 年 2 月　209 頁

本書為《三毛最後的戀情》之臺灣出版版本。

24. 崔建飛，趙珺　三毛傳　北京　文化藝術出版社　1995 年 7 月　315 頁

本書為三毛傳記。全書共 9 章：1.童年；2.青青校樹；3.雨季；4.我的故鄉在遠方；5.撒哈拉夢裡的情人；6.神仙眷侶；7.迷航；8.紅塵；9.渺渺茫茫兮，歸彼大荒。正文後有〈三毛年表〉。

25. 馬中欣　　三毛真相　北京　西苑出版社　1998 年 9 月　336 頁

本書藉由分析三毛作品中華麗而流暢的文字與內容，探討其筆下所創造出來的虛幻情感世界。全書共 10 章：1.旅社者「手記」；2.多少花落三毛夢；3.荷西──「哭泣的駱駝」；4.撒哈拉的故事；5.拉雍飛往加納利──「搭車客」；6.三毛和荷西的「雨季」；7.三毛自殺的原因──紅塵滾滾；8.朋友──三毛的「背影」；9.送你一匹「馬」；10.關注三毛。

26. 馬中欣　　三毛真相　臺北　華文網公司　2001 年 8 月　255 頁

本書為《三毛真相》之臺灣出版版本。

27. 屠茂芹　　流浪歌者‧三毛　濟南　山東畫報出版社　1998 年 10 月　130 頁

本書為三毛傳記。全書共 6 章：1.坎坷求學路；2.結婚與流浪；3.回到臺灣；4.滾滾紅塵；5.三毛之死；6.三毛的文學世界。

28. 張景然　　哭泣的百合：三毛死於謀殺？　北京　中國盲文出版社　2001 年 1 月　305 頁

本書為列舉各界對三毛死因的種種猜測，並逐一進行分析和破譯。全書共 5 章：1.神祕的精靈；2.飛離橄欖樹的不死鳥；3.誰讓百合凋零；4.其實不想走；5.魂繫中華，情牽故里。正文後附錄繆進蘭〈哭愛女三毛〉、張樂平〈痛別三毛〉、馮雛音〈憶三毛〉。

29. 劉克敵，梁君梅　　永遠流浪：三毛傳　揚州　江蘇文藝出版社　2001 年 3 月　278 頁

本書敘述三毛詩生活、愛情與寫作歷程，全書共 6 章：1.歸去，也無風雨也無情；2.陳家有女初長成；3.戀愛季節的愛情鳥；4.生命的華彩樂章；5.飛花似的夢，細雨如愁；6.告別滾滾紅塵。正文後附錄〈三毛的生命紀事〉、〈後記〉。

30. 劉克敵，梁君梅　　紅塵歲月：三毛的生命戀歌　臺北　大都會文化出版社　2003 年 5 月　315 頁

本書為《永遠流浪：三毛傳》之臺灣出版版本。

31. 費勇　　這樣一個女子──三毛　臺北　雅書堂文化　2002 年 11 月　265 頁

本書講述三毛的生平經歷和其作品創作，藉此讓讀者更加了解三毛的作品和其人的風格。全書共 3 章：1.走過紅塵；2 激揚的文字；3.語詞深處。

32. 眭澔平　你是我不及的夢　臺北　圓神出版社　2003 年 1 月　236 頁

本書紀錄作者與三毛生前的互動，並藉此書懷念三毛。全書共 7 章：1.給三毛最後的禮物；2.唯恐夜深花睡去──那一天我們認識了；3.三毛，妳快樂嗎？──那一天妳走了；4.放逐美麗與哀愁──西伯利亞、歐俄到東歐；5.柔情沙漠──英國里茲的小王子；6.西非迦納利的鄉愁──三毛故宅舊友之旅；7.尋夢撒哈拉──重走三毛筆下的沙漠。

33. 師永剛等編　三毛私家相冊　北京　中信出版社　2005 年 4 月　263 頁

本書為三毛傳記，全書共分 3 卷。重新解讀三毛自殺之謎、與王洛賓相戀傳聞、與荷西的舊事、三毛的數次戀情等十多件紅塵往事，並收錄 40 張三毛珍貴照片。

34. 丁松青　遇見三毛　新竹　Tau Books　2008 年 11 月　61 頁

本書記述三毛於新竹清泉部落的活動經歷，並引用數封三毛寄予作者的信件及報紙文章一篇，揭示其心緒意念與對清泉的熱愛。全書共 5 篇：1.失落的地址；2.三毛來清泉；3.三毛的家；4.不歸河；5.重建家園──將真誠的愛，在清泉流傳下去……（三毛著）。

35. 馬中欣　馬中欣・三毛之謎　臺北　旗林文化出版社公司　2009 年 8 月　285 頁

本書以三毛的死亡為出發點，藉由訪談三毛的親友與爬梳三毛生平資料，探究三毛謎樣的人生。全書共 10 卷：1.輕生之謎：三毛走不出她的胡同；2.情愛之謎：找不到一個可以為他打扮的人；3.性格之謎：三毛藏著不可告人的自在空間；4.通靈之謎：純屬虛構，勿信為真；5.眾說紛紜：不小心的輕聲攪動千萬人的心緒；6.致王洛賓：你無法要求我不愛你；7.致賈平凹：一天四、五小時讀您；8.致馬中欣：你能活得如此自在，實為不易；9.西撒哈拉：卻留沙漠情，轉眼已成空；10.加那利島：生為讀者生，死為讀者死。

36. 劉蘭芳　閱讀經典女人：三毛　臺北　思行文化傳播公司　2013 年 8 月　247 頁

本書為爬梳三毛生平、寫作生活與文學世界。全書共 8 章：1.花雖逝，香永存；2.陳家有女；3.雨季不再來；4.「我的撒哈拉之心」；5.一個女人的生活方式；6.王洛賓、三毛、賈平凹；7.自殺之謎；8.她和他們；9.三毛的文學世界；10.關於三毛。正文後附錄〈三毛大事年表（一九四三～一九九一）〉

學位論文

37. 李梅蘭　從歧異的詮釋出發——重探三毛文本　玄奘人文社會學院中國語文
學系　碩士論文　鄭明娳教授指導　2003 年 6 月　138 頁

本論文聚焦於三毛的文本，企圖挖掘文本的精神及分析評價文本的意義。全文共 6
章：1.緒論；2.歧異的詮釋——臺灣與大陸不同的閱讀取向；3.三毛文本的社會性
與文學性；4.三毛的流浪書寫——三毛式「鄉愁」的意義；5.鏡中的真實；「文本
三毛」與「現象三毛」的對應；6.結論。

38. 馬莉亞　成長中的追尋——評三毛及其作品　山東大學　碩士論文　黃萬華
教授指導　2004 年 9 月　44 頁

本論文運用身份批評理論對三毛及其文本進行重新解讀，關注三毛成長經歷中對自
身身份的不懈追尋和自我確認，並探討出入不同文化空間、擁有不同文化資源的三
毛如何實現自身的身份認同和建構，及在身份不可認定狀態下走向悲劇的成因。正
文前後有前言、結語。全文共 3 章：1.天空沒有翅膀的痕跡，而我已飛過——自我
身份的終生尋覓；2.不要問我從哪裏來，我的故鄉在遠方——自我身份的特質；3.
醉笑陪君三萬場，不訴離傷——身份的認同與建構。

39. 李　琪　三毛作品及三毛形象分析　廣西師範大學比較文學與世界文學所
碩士論文　尤家仲教授指導　2004 年　37 頁

本論文以比較文學形象學的角度切入研究三毛的作品，以更進一步理解三毛及其作
品。全文共 5 章：1.走進萬水千山的世界——導論；2.意識形態與烏托邦之游移；3.
自我與他者之互動——故事和生活創造筆；4.雙重形象之立體顯現；5.異國與他者
之歌詠——三毛作品之文學接受。

40. 葉益任　三毛文學現象研究　臺北市立師範學院應用語言文學研究所　碩士
論文　陳光憲教授指導　2004 年　180 頁

本論文從亞伯拉姆斯（M. H. Abrams）提出的四個文學批評要素：作品、宇宙、藝
術家與欣賞者為起點，分別以四個層面探討三毛文學現象：1、自「宇宙」層面探
討三毛的成長環境、寫作背景，2、自「作家」角度探討三毛創作理念、主題與要
求，3、回歸原典，自三毛的「作品」層面探討其創作風格、方式與創作意識，4、
由「讀者」角度切入，探討三毛文學暢銷之因，進而探討作家、讀者和評論者如何
形成正常的三角關係。全文共 6 章：1.緒論；2.三毛的崛起之路；3.三毛文學研
究；4.「三毛旋風」文學現象的探討；5.三毛的死亡；6.結論。

41. **黃佳鵬　　三毛的自我放逐之旅　華僑大學中國現當代文學所　碩士論文　毛**
　　　翰教授指導　2005 年 5 月　43 頁

本論文從心理學分析、文化批評學的角度探討三毛的情感歷程與文學創作，透過其人生心路歷程的解讀，進一步探尋她「流浪」的特殊生存行為及創作中深藏的各種精神誘因。正文前後有引言、結語。全文共 3 章：1.雨季不再來；2.哭泣的駱駝；3.夢裡花落知多少。

42. **簡培如　　流動的書寫──三毛研究　彰化師範大學國文學系　碩士論文　游**
　　　志誠教授指導　2008 年 6 月　280 頁

本論文藉由文本的敘事性問題與作者、敘事者之間的主體性問題，將三毛本人與三毛文本視為一審美事件為研究分析重點。全文共 6 章：1.緒論；2.流動的力量：論自傳書寫與現代散文的關係；3.追尋三毛與「三毛」：三毛生平與「三毛」的自傳敘述；4.凝視自己：三毛文本中的敘事主體；5.紙背上的靈魂：三毛文本中的敘事話語；6.結論。

43. **吳翔逸　　回聲：文本‧圖像‧書信──三毛研究　南華大學文學系　碩士論**
　　　文　蘇偉貞教授指導　2010 年 7 月　200 頁

本論文探究三毛「流浪者圖像」與其文本間的互涉關係，進而推展至流浪主體的追溯、重組與再現，同時梳理文本、圖像與書信，歸結作家於時代的文化意義與文學定位。全文共 6 章：1.緒論；2.自體與座標：三毛的流浪圖式；3.流浪者圖像（上）：文字／圖像的互文；4.流浪者圖像（下）：劇本／電影的相涉；5.人生──書信：流浪的回聲；6.結論。

44. **江楠然　　三毛撒哈拉時期散文美學研究　銘傳大學應用中國文學系在職專班**
　　　碩士論文　碩士論文　江惜美教授指導　2011 年　202 頁

本論文以「三毛撒哈拉時期散文美學」作為研究的對象，先針對作家的經歷及文學理念進行客觀的認識，以期完整掌握作品的面貌，進而爬梳、歸納出作品中深蘊的內涵，展現出三毛在文學技巧上的藝術成就，以明三毛撒哈拉時期散文在文壇上獨特的意義與價值。全文共 6 章：1.緒論；2.三毛的生平及創作；3.撒哈拉時期散文內涵；4.撒哈拉時期散文美學；5.撒哈拉時期散文特色；6.結論。

45. **洪媛筱　　三毛散文中的旅行書寫　嘉義大學中國文學系　碩士論文　王玫珍**
　　　教授指導　2011 年　161 頁

本論文以三毛的旅行書寫為主題，追溯其旅行源起，並深入探究她如何解讀自己的

旅行，以及延伸分析其旅行書寫的限制及其定位與影響。全文共 5 章：1.緒論；2.三毛的生平及其創作；3.三毛旅行書寫的主體內涵；4.三毛旅行書寫的創作手法；5.結論。

46. 林倖儀　　三毛傳記與異鄉書寫　東海大學中國文學系　碩士論文　周芬伶教授指導　2012 年　300 頁

本論文以三毛前期異鄉書寫的文本《撒哈拉的故事》、《雨季不再來》、《稻草人手記》、《哭泣的駱駝》、《溫柔的夜》、《背影》、《夢裡花落知多少》為主，探討三毛異鄉生活進而探究其內心的虛無及不安，所形成的三毛文學。全文共 6 章：1.續論；2.三毛小傳；3.不安的靈魂──異鄉生驅力；4.異質災難──否認愛欲死驅力；5.巫女魅力；6.結論。

47. 蔡佳紋　　三毛及其「撒哈拉時期」散文研究　銘傳大學中國應用文學系在職碩士專班　碩士論文　徐亞萍教授指導　2013 年　408 頁

本論文以三毛撒哈拉沙漠時期散文作品為主體，探究文本的主題內蘊、寫作技巧和藝術特色，乃至三毛風格的旅行文學之價值，突顯三毛在文壇中掀起「三毛旋風」的意義，及其散文創作的成就和貢獻。全文共 6 章：1.緒論；2.三毛的滾滾紅塵；3.三毛的創作之路；4.文本意涵的精蘊；5.瑰麗的新世界；6.結論。

48. 吳舒靜　　三毛沙漠時期作品的女性書寫　臺灣師範大學國文學系　碩士論文　顏瑞芳教授指導　2013 年　160 頁

本論文以三毛沙漠時期的文本為核心，以女性書寫的視角研究三毛的作品，並與吳爾芙作為對照，探討三毛的文學特質與影響。全文共 6 章：1.緒論；2.三毛的創作背景與歷程；3.三毛沙漠時期作品的女性形象；4.三毛沙漠時期作品的女性書寫主題；5. 三毛沙漠時期女性書寫的細節描述；6.結論。

49. 謝吟芳　　成為魔女：論三毛的教養、位移、角色扮演　中央大學中國文學系在職專班　碩士論文　康來新教授指導　2014 年　117 頁

本論文以「魔女」形象探究三毛其人其文之魅力，對文壇與社會造成的影響。全文共 5 章：1.緒論；2.教養；3.位移；4.角色扮演；5.結論。

作家生平資料篇目

自述

50. 三　毛　　娃娃看天下──瑪法達的世界　聯合報　1976 年 4 月 29 日　12 版

51. 三　毛　　娃娃看天下——瑪法達的世界　娃娃看天下——瑪法達的世界 1
　　　　　　　臺北　遠流出版社　1976 年 8 月　〔8〕頁

52. 三　毛　　娃娃看天下——瑪法達的世界　娃娃看天下——瑪法達的世界 2
　　　　　　　臺北　遠流出版社　1976 年 8 月　〔8〕頁

53. 三　毛　　娃娃看天下——瑪法達的世界（代序）　娃娃看天下——瑪法達的
　　　　　　　世界（MAFADA）幽默漫畫全集之一　臺北　皇冠出版社　1980
　　　　　　　年 2 月　〔8〕頁

54. 三　毛　　娃娃看天下——瑪法達的世界（代序）　娃娃看天下 1——瑪法達
　　　　　　　的世界　臺北　皇冠文化出版公司　2005 年 1 月　頁 3—9

55. 三　毛　　娃娃看天下——瑪法達的世界（代序）　娃娃看天下——瑪法達的
　　　　　　　世界 1　臺北　皇冠文化出版公司　2014 年 12 月　頁 3—9

56. 三　毛　　當三毛還是二毛的時候　聯合報　1976 年 6 月 30 日　12 版

57. 三　毛　　當三毛還是在二毛的時候——自序　雨季不再來　臺北　皇冠出版
　　　　　　　社　1976 年 7 月　頁 9—14

58. 三　毛　　當三毛還是在二毛的時候　極目田野　臺北　牧童出版社　1979 年
　　　　　　　1 月　頁 231—236

59. 三　毛　　當三毛還是在二毛的時候（自序）　雨季不再來　臺北　皇冠文化
　　　　　　　出版公司　1991 年 8 月　頁 7—12

60. 三　毛　　當三毛還是在二毛的時候　雨季不再來　北京　北京十月文藝出版
　　　　　　　社　2007 年 7 月　頁 1—5

61. 三　毛　　當三毛還是在二毛的時候　心裡的夢田　臺北　皇冠文化出版公司
　　　　　　　2010 年 12 月　頁 20—24

62. 三　毛　　當三毛還是在二毛的時候　雨季不再來　北京　北京十月文藝出版
　　　　　　　社　2009 年 3 月　頁 1—5

63. 三　毛　　當三毛還是在二毛的時候　雨季不再來　北京　北京十月文藝出版
　　　　　　　社　2011 年 7 月　頁 1—5

64. 三　毛　　生日禮物[1]　聯合報　1976 年 9 月 22 日　12 版

65. 三　毛　　生日禮物（上）　娃娃看天下──瑪法達的世界 5　臺北　遠流出版社　1976 年 10 月　〔4 頁〕

66. 三　毛　　生日禮物（下）　娃娃看天下──瑪法達的世界 6　臺北　遠流出版社　1976 年 10 月　〔4 頁〕

67. 三　毛　　生日禮物　娃娃看天下──瑪法達的世界（MAFADA）幽默漫畫全集之一　臺北　皇冠出版社　1980 年 2 月　12 版

68. 三　毛　　生日禮物　娃娃看天下 2──瑪法達的世界　臺北　皇冠文化出版公司　2005 年 1 月　頁 3─12

69. 三　毛　　生日禮物　娃娃看天下──瑪法達的世界 2　臺北　皇冠文化出版公司　2014 年 12 月　頁 3─12

70. 三　毛　　再見！瑪法達──《娃娃看天下》譯後記　娃娃看天下──瑪法達的世界 20　臺北　遠流出版社　1977 年 7 月　〔2〕頁

71. 三　毛　　再見！瑪法達──《娃娃看天下》／譯後記　娃娃看天下──瑪法達的世界（MAFADA）幽默漫畫全集之六　臺北　皇冠出版社　1980 年 2 月　〔3 頁〕

72. 三　毛　　再見！瑪法達（譯後記）　娃娃看天下 2──瑪法達的世界　臺北　皇冠文化出版公司　2005 年 1 月　頁 478─479

73. 三　毛　　再見！瑪法達（譯後記）　娃娃看天下──瑪法達的世界 2　臺北　皇冠文化出版公司　2014 年 12 月　頁 478─479

74. 三　毛　　塵緣──重新的父親節（代序）　哭泣的駱駝　臺北　皇冠出版社　1977 年 8 月　頁 1─10

75. 三　毛　　塵緣──重新的父親節（代序）　哭泣的駱駝　臺北　皇冠文化出版公司　1991 年 7 月　頁 3─13

76. 三　毛　　塵緣　撒哈拉的故事　北京　北京十月文藝出版社　2009 年 3 月　頁 267─274

---

[1] 本文論及閱讀與翻譯《娃娃看天下──瑪法達的故事》的過程與心得。

77. 三　毛　塵緣——重新的父親節　流浪的終站　臺北　皇冠文化出版公司
　　　2010 年 10 月　頁 33—41

78. 三　毛　塵緣　撒哈拉的故事　北京　北京十月文藝出版社　2011 年 7 月
　　　頁 267—274

79. 三　毛　逃學為讀書〔上、中、下〕　中華日報　1978 年 10 月 23－25 日
　　　11 版

80. 三　毛　逃學為讀書　書與我（三）　臺北　中華日報社　1980 年 4 月　頁
　　　97—118

81. 三　毛　逃學為讀書（代序）　背影　臺北　皇冠出版社　1981 年 8 月　頁
　　　15—39

82. 三　毛　逃學為讀書　中國當代散文選（一）　香港　新亞洲文化基金會
　　　1987 年 5 月　頁 1—20

83. 三　毛　逃學為讀書（代序）　背影　臺北　皇冠文化出版公司　1991 年 7
　　　月　頁 5—28

84. 三　毛　逃學為讀書　雨季不再來　北京　北京十月文藝出版社　2007 年 7
　　　月　頁 56—73

85. 三　毛　逃學為讀書　雨季不再來　北京　北京十月文藝出版社　2009 年 3
　　　月　頁 56—73

86. 三　毛　逃學為讀書　快樂鬧學去　臺北　皇冠文化出版公司　2010 年 11
　　　月　頁 20—39

87. 三　毛　逃學為讀書　雨季不再來　北京　北京十月文藝出版社　2011 年 7
　　　月　頁 56—73

88. 三　毛　我的寫作生活——二月二十六日耕莘文教院演講紀錄　聯合報
　　　1980 年 2 月 28—29 日　8 版

89. 三　毛　我的寫作生活　大成　第 77 期　1980 年 4 月　頁 56—59

90. 三　毛　我的寫作生活　夢裡花落知多少　臺北　皇冠出版社　1981 年 8 月
　　　頁 169—197

91. 三　毛　　我的寫作生活（談話紀錄之 2）　夢裡花落知多少　臺北　皇冠文
　　　　　　　化出版公司　1991 年 10 月　頁 145—172

92. 三　毛　　我的寫作生活　風中飄逝的女人——三毛的人生與藝術　上海
　　　　　　　學林出版社　1992 年 4 月　頁 55—73

93. 三　毛　　我的寫作生活　流星雨　北京　北京十月文藝出版社　2009 年 6 月
　　　　　　　頁 14—36

94. 三　毛　　我的寫作生活　流星雨　北京　北京十月文藝出版社　2011 年 9 月
　　　　　　　頁 14—36

95. 三　毛　　又見娃娃　娃娃看天下——瑪法達的世界（MAFADA）幽默漫畫全
　　　　　　　集之一　臺北　皇冠出版社　1980 年 2 月　〔2 頁〕

96. 三　毛　　又見娃娃　娃娃看天下 1——瑪法達的世界　臺北　皇冠文化出版
　　　　　　　公司　2005 年 1 月　頁 10—12

97. 三　毛　　又見娃娃　娃娃看天下——瑪法達的世界 1　臺北　皇冠文化出版
　　　　　　　公司　2014 年 12 月　頁 10—12

98. 三　毛　　駱駝為什麼要哭泣——我文章題目的故事　聯合報　1980 年 6 月
　　　　　　　10 日　8 版

99. 三　毛　　駱駝為什麼要哭泣　夢裡花落知多少　臺北　皇冠出版社　1981 年
　　　　　　　8 月　頁 199—209

100. 三　毛　　駱駝為什麼要哭泣　夢裡花落知多少　臺北　皇冠文化出版公司
　　　　　　　1991 年 10 月　頁 173—181

101. 三　毛　　駱駝為什麼要哭泣　流星雨　北京　北京十月文藝出版社　2009
　　　　　　　年 6 月　頁 37—43

102. 三　毛　　駱駝為什麼要哭泣　流星雨　北京　北京十月文藝出版社　2011
　　　　　　　年 9 月　頁 37—43

103. 三毛講；陳玲珍記　　生活・創作・愛情　文學時代雙月叢刊　第 2 期
　　　　　　　1981 年 1 月　頁 28—39

104. 三　毛　　從《雨季不再來》到《夢裡花落知多少》　文學時代雙月叢刊

第 12 期　1983 年 3 月　頁 103—104

105. 三　毛　愛馬　送你一匹馬　臺北　皇冠雜誌社　1983 年 7 月　頁 12—17

106. 三　毛　愛馬　送你一匹馬　臺北　皇冠文化出版公司　1991 年 12 月　頁 7—9

107. 三　毛　愛馬　送你一匹馬　北京　北京十月文藝出版社　2009 年 4 月　頁 1—3

108. 三　毛　愛馬　心裡的夢田　臺北　皇冠文化出版公司　2010 年 12 月　頁 223—225

109. 三　毛　愛馬　送你一匹馬　北京　北京十月文藝出版社　2011 年 9 月　頁 1—3

110. 三　毛　清泉之旅　清泉故事　臺北　皇冠雜誌社　1984 年 3 月　頁 7—17

111. 三　毛　清泉之旅　清泉故事　臺北　皇冠文化出版公司　1993 年 9 月　頁 3—16

112. 三　毛　後記[2]　談心　臺北　皇冠出版社　1985 年 3 月　頁 219—223

113. 三　毛　後記　談心　臺北　皇冠文化出版公司　1991 年 11 月　頁 205—209

114. 三　毛　三毛信箱　親愛的三毛　北京　北京十月文藝出版社　2009 年 4 月　頁 3—5

115. 三　毛　後記　把快樂當傳染病　臺北　皇冠文化出版公司　2010 年 10 月　頁 151—153

116. 三　毛　三毛信箱　親愛的三毛　北京　北京十月文藝出版社　2011 年 9 月　頁 3—5

117. 三　毛　驀然回首——寫我的恩師顧福生以及我的少年時代　師生的愛　臺北　九歌出版社　1985 年 3 月　頁 125—143

118. 三　毛　驀然回首　現代文學　第 20 期　1991 年 12 月　頁 152—171

---

[2]本文後改篇名為〈三毛信箱〉。

119. 三　毛　驀然回首　雨季不再來　北京　北京十月文藝出版社　2007 年 7
月　頁 80—95

120. 三　毛　驀然回首　白先勇外集・現文因緣　臺北　天下遠見出版公司
2008 年 9 月　頁 190—210

121. 三　毛　驀然回首　雨季不再來　北京　北京十月文藝出版社　2009 年 3
月　頁 80—95

122. 三　毛　驀然回首　快樂鬧學去　臺北　皇冠文化出版公司　2010 年 11 月
頁 86—103

123. 三　毛　驀然回首　雨季不再來　北京　北京十月文藝出版社　2011 年 7
月　頁 80—95

124. 三　毛　三毛：驀然回首——寫我的恩師顧福生以及我的少年時代　印刻
文學生活誌　第 150 期　2016 年 2 月　頁 52—59

125. 三　毛　剎那時光　剎那時光　臺北　皇冠雜誌社　1986 年 1 月　頁 9—
25

126. 三　毛　剎那時光　剎那時光　臺北　皇冠文化出版公司　1992 年 11 月
頁 3—14

127. 三　毛　剎那時光　剎那時光　北京　北京十月文藝出版社　2015 年 9 月
頁 3—12

128. 三　毛　工作手記——為《剎那時光》而寫之一　剎那時光　臺北　皇冠
雜誌社　1986 年 1 月　頁 249—255

129. 三　毛　工作手記——為《剎那時光》而寫之一　剎那時光　臺北　皇冠
文化出版公司　1992 年 11 月　頁 241—246

130. 三　毛　工作手記之一　剎那時光　北京　北京十月文藝出版社　2015 年
9 月　頁 201—205

131. 三　毛　緣起　我的寶貝　臺北　皇冠雜誌社　1987 年 7 月　頁 5—9

132. 三　毛　緣起　我的寶貝　臺北　皇冠文化出版公司　1992 年 2 月　頁 5
—9

133. 三　毛　　緣起　我的寶貝　北京　北京十月文藝出版社　2009 年 6 月　頁
　　　　　　　1—3

134. 三　毛　　緣起　永遠的寶貝　臺北　皇冠文化出版公司　2010 年 11 月　頁
　　　　　　　87—89

135. 三　毛　　緣起　我的寶貝　北京　北京十月文藝出版社　2011 年 9 月　頁
　　　　　　　1—3

136. 三　毛　　後記　我的寶貝　臺北　皇冠雜誌社　1987 年 7 月　頁 268—270

137. 三　毛　　後記　我的寶貝　臺北　皇冠文化出版公司　1992 年 2 月　頁
　　　　　　　268—270

138. 三　毛　　後記　我的寶貝　北京　北京十月文藝出版社　2009 年 6 月　頁
　　　　　　　214—215

139. 三　毛　　後記　永遠的寶貝　臺北　皇冠文化出版公司　2010 年 11 月　頁
　　　　　　　316—317

140. 三　毛　　後記　我的寶貝　北京　北京十月文藝出版社　2011 年 9 月　頁
　　　　　　　214—215

141. 三　毛　　後記　鬧學記　臺北　皇冠出版社　1988 年 7 月　頁 341—342

142. 三　毛　　後記　鬧學記　臺北　皇冠文學出版公司　1991 年 6 月　頁 341
　　　　　　　—342

143. 三　毛　　後記　流浪的終站　臺北　皇冠文化出版公司　2010 年 10 月　頁
　　　　　　　284—285

144. 三　毛　　前言　滾滾紅塵　臺北　皇冠出版社　1990 年 12 月　頁 3—4

145. 三　毛　　明道緣　明道文藝　第 178 期　1991 年 1 月　頁 85—89

146. 三　毛　　親愛的　親愛的三毛　臺北　皇冠文學出版公司　1991 年 5 月
　　　　　　　頁 5—13

147. 三　毛　　親愛的　親愛的三毛　北京　北京十月文藝出版社　2009 年 4 月
　　　　　　　頁 115—118

148. 三　毛　　親愛的　把快樂當傳染病　臺北　皇冠文化出版公司　2010 年 10

　月　頁 154—158

149. 三　毛　　親愛的　親愛的三毛　北京　北京十月文藝出版社　2011 年 9 月
　　　頁 115—118

150. 三毛演講；李東整理　　為什麼流浪——三毛最後一次公開談話　風中飄逝
　　　的女人——三毛的人生與藝術　上海　學林出版社　1992 年 4 月
　　　頁 186—192

151. 三毛講；丘彥明記　　遠方的故事——中南美紀行演講實錄　高原的百合
　　　花：萬水千山走遍續集　臺北　皇冠出版社　1993 年 6 月　頁
　　　113—171

152. 三毛演講；何欣穎，余能城整理　　談我的寫作經驗　聯合文學　第 315 期
　　　2011 年 1 月　頁 56—63

他述

153. 陳繆進蘭　　寫給吾女三毛　聯合報　1976 年 4 月 28 日　12 版

154. 陳繆進蘭　　媽媽的一封信——代序　撒哈拉的故事　臺北　皇冠出版社
　　　1976 年 5 月　頁 11—14

155. 陳繆進蘭　　媽媽的一封信——代序　撒哈拉的故事　臺北　皇冠出版社
　　　1991 年 5 月　頁 5—8

156. 繆進蘭　媽媽的一封信　三毛在哪裡？——三毛懷念集　蘭州　敦煌文藝
　　　出版社　1998 年 10 月　頁 160—162

157. 張佛千　　記三毛　聯合報　1976 年 7 月 26 日　12 版

158. 丘延亮　　二毛到三毛——從「咱家」到「咱們」？！　極目田野　臺北
　　　牧童出版社　1979 年 1 月　頁 225—230

159. 丹　扉　　尚是「無名小卒」時　溫柔的夜　臺北　皇冠雜誌社　1979 年 2
　　　月　頁 3

160. 丹　扉　　尚是「無名小卒」時　溫柔的夜　臺北　皇冠文化出版公司
　　　1991 年 8 月　頁 4

161. 司馬中原　　仰望一朵雲　溫柔的夜　臺北　皇冠雜誌社　1979 年 2 月　頁 3

162. 司馬中原　　仰望一朵雲　溫柔的夜　臺北　皇冠文化出版公司　1991 年 8 月　頁 5

163. 朱西甯　　唐人三毛　溫柔的夜　臺北　皇冠雜誌社　1979 年 2 月　頁 4

164. 朱西甯　　唐人三毛　溫柔的夜　臺北　皇冠文化出版公司　1991 年 8 月　頁 6

165. 彭　歌　　沙漠奇葩　溫柔的夜　臺北　皇冠雜誌社　1979 年 2 月　頁 4

166. 彭　歌　　沙漠奇葩　溫柔的夜　臺北　皇冠文化出版公司　1991 年 8 月　頁 7

167. 瘂　弦　　穿裙子的尤里息斯　溫柔的夜　臺北　皇冠雜誌社　1979 年 2 月　頁 5

168. 瘂　弦　　穿裙子的尤里息斯　溫柔的夜　臺北　皇冠文化出版公司　1991 年 8 月　頁 8

169. 曉　風　　落實的雨滴　溫柔的夜　臺北　皇冠雜誌社　1979 年 2 月　頁 5

170. 曉　風　　落實的雨滴　溫柔的夜　臺北　皇冠文化出版公司　1991 年 8 月　頁 9

171. 隱　地　　難得看到的好戲　溫柔的夜　臺北　皇冠雜誌社　1979 年 2 月　頁 6

172. 隱　地　　難得看到的好戲　溫柔的夜　臺北　皇冠文化出版公司　1991 年 8 月　頁 10

173. 薇薇夫人　　真正生活過的人　溫柔的夜　臺北　皇冠雜誌社　1979 年 2 月　頁 6

174. 薇薇夫人　　真正生活過的人　溫柔的夜　臺北　皇冠文化出版公司　1991 年 8 月　頁 11

175. 桂文亞　　青島、天涯真夜話三毛　皇冠　第 302 期　1979 年 4 月　頁 75—85

176. 張君默　　三毛在哪裡？　開卷　第 2 卷第 1 期　1979 年 8 月　頁 2—3

177. 張君默　　三毛在哪裡？　三毛、昨日、今日、明日　北京　中國友誼出版

公司　1988 年 1 月　頁 78—81

178. 張君默　　三毛在哪裡？　三毛在哪裡？——三毛懷念集　蘭州　敦煌文藝
　　　　　　　出版社　1998 年 10 月　頁 9—11

179. 琥　珀　　沙漠中的仙人掌　開卷　第 2 卷第 1 期　1979 年 8 月　頁 4—6

180. 貝　絲　　我們喜歡三毛　開卷　第 2 卷第 1 期　1979 年 8 月　頁 6—7

181. 小　民　　給三毛　聯合報　1979 年 11 月 2 日　8 版

182. 小　民　　給三毛　紫色的書簡　臺北　道聲出版社　1981 年 12 月　頁 35
　　　　　　　—38

183. 駱志伊　　三毛生死不渝的鴛情　臺灣日報　1979 年 12 月 21 日　12 版

184. 桂文亞　　給吾友三毛——無言歡　聯合報　1979 年 12 月 22 日　8 版

185. 〔愛書人〕　　感念倉頡以雙手握刀造字——作家部分系列〔三毛部分〕
　　　　　　　愛書人　第 129 期　1980 年 1 月 1 日　2 版

186. 何瑞元　　與三毛吃火鍋　聯合報　1980 年 2 月 14 日　12 版

187. 鍾　靈　　三毛　皇冠　第 309 期　1980 年 2 月　頁 52—66

188. 凌　晨　　三毛的平安夜　皇冠　第 314 期　1980 年 4 月　頁 26—35

189. 林中月　　天涯琴聲　聯合報　1980 年 8 月 21 日　8 版

190. 孫淡寧　　給三毛　臺灣時報　1980 年 11 月 14 日　12 版

191. 桂文亞　　青鳥——給三毛之一　仙人掌花：智慧人物訪問記　臺北　百科
　　　　　　　文化公司　1981 年 1 月　頁 173—186

192. 桂文亞　　無言歌——給三毛之二　仙人掌花：智慧人物訪問記　臺北　百
　　　　　　　科文化公司　1981 年 1 月　頁 187—198

193. 何慰慈　　我所知道的三毛　廣州文藝　1981 年第 3 期　1981 年 3 月　頁 32
　　　　　　　—33

194. 繆進蘭　　父母不是神祇　聯合報　1981 年 5 月 10 日　8 版

195. 丘彥明　　加那利記事（上、下）　聯合報　1981 年 5 月 12—13 日　8 版

196. 丘彥明　　加那利記事　三毛的世界　臺北　江山出版社　1984 年 4 月　頁
　　　　　　　149—178

197. 丘彥明　　加那利記事　人情之美　臺北　允晨文化公司　1989 年 1 月　頁 269—293

198. 丘彥明　　加那利記事　人情之美　臺北　允晨文化公司　2015 年 4 月　頁 358—397

199. 西　沙　　在風裡飄揚的影子——加那利群島專訪　夢裡花落知多少　臺北　皇冠出版社　1981 年 8 月　頁 211—228

200. 西　沙　　在風裡飄揚的影子——加那利群島專訪 1　夢裡花落知多少　臺北　皇冠文化出版公司　1991 年 10 月　頁 183—198

201. 西　沙　　在風裡飄揚的影子　三毛在哪裡？——三毛懷念集　蘭州　敦煌文藝出版社　1998 年 10 月　頁 59—69

202. 西　沙　　童話——加那利群島專訪　夢裡花落知多少　臺北　皇冠出版社　1981 年 8 月　頁 229—261

203. 西　沙　　童話——加那利群島專訪 2　夢裡花落知多少　臺北　皇冠文化出版公司　1991 年 10 月　頁 199—229

204. 西　沙　　童話　三毛在哪裡？——三毛懷念集　蘭州　敦煌文藝出版社　1998 年 10 月　頁 70—91

205. 林明德等[3]　瓊瑤・三毛——震撼的探索　益世　第 1 卷第 11 期　1981 年 8 月　頁 22—33

206. 桑　柔　　鶼鰈情深　大華晚報　1981 年 10 月 7 日　11 版

207. 陳曙光　　三毛的有情世界　婦女雜誌　第 157 期　1981 年 10 月　頁 107—111

208. 小　民　　再給三毛　紫色的書簡　臺北　道聲出版社　1981 年 12 月　頁 39—43

209. 小　民　　給三毛：震撼——生命的衝刺　紫色的書簡　臺北　道聲出版社　1981 年 12 月　頁 44—49

---

[3]與會者：林明德、蔣勳、尉天驄、李昂、翁望回、曾心儀、楊茂秀、黃榮村；紀錄：高淳兒、藍博洲、吳純英。

210. 桂文亞　　　重新的休止符——遙寄友人三毛　皇冠　第 335 期　1982 年 1 月
　　　　　　　　頁 196—211

211. 桂文亞　　　重新的休止符　三毛的世界　臺北　江山出版社　1984 年 4 月
　　　　　　　　頁 127—149

212. 吳　當　　　隨緣紀聞　聯合報　1982 年 7 月 8 日　8 版

213. 林意玲　　　發光的城堡——三毛和她的冥想天地　聯合報　1983 年 1 月 8 日
　　　　　　　　12 版

214. 洛　陽　　　三毛的明天　新書月刊　第 1 期　1983 年 1 月　頁 24—25

215. 張拓蕪　　　犧牲・奉獻・愛　左殘閒話　臺北　洪範書店　1983 年 1 月　頁
　　　　　　　　159—170

216. 張拓蕪　　　恩人・摯友・死黨——寫我所認識的三毛　左殘閒話　臺北　洪
　　　　　　　　範書店　1983 年 1 月　頁 171—186

217. 張拓蕪　　　恩人・摯友・死黨　三毛的世界　臺北　江山出版社　1984 年 4
　　　　　　　　月　頁 45—60

218. 繆進蘭　　　我的女兒，大家的三毛　送你一匹馬　臺北　皇冠雜誌社　1983
　　　　　　　　年 7 月　頁 7—11

219. 繆進蘭　　　我的女兒，大家的三毛　送你一匹馬　臺北　皇冠文化出版公司
　　　　　　　　1991 年 12 月　頁 3—6

220. 繆進蘭　　　我的女兒，大家的三毛　三毛在哪裡？——三毛懷念集　蘭州
　　　　　　　　敦煌文藝出版社　1998 年 10 月　頁 163—167

221. 子　菁　　　陳老師（跋）　送你一匹馬　臺北　皇冠雜誌社　1983 年 7 月
　　　　　　　　頁 241—252

222. 子　菁　　　陳老師（跋）　送你一匹馬　臺北　皇冠文化出版公司　1991 年
　　　　　　　　12 月　頁 217—227

223. 王晉民，鄺白曼　　三毛　臺灣與海外華人作家小傳　福州　福建人民出版
　　　　　　　　社　1983 年 9 月　頁 222—223

224. 丁松筠　　三毛最好的伴侶[4]　皇冠　第 357 期　1983 年 11 月　頁 68—73

225. 丁松筠著；孫大川譯　　最好的伴侶　三毛的世界　臺北　江山出版社
　　　1984 年 4 月　頁 83—92

226. 馮秀華　　謎樣的女作家——三毛　華視新聞雜誌　第 1 卷第 9 期　1984 年
　　　2 月　頁 66—71

227. 孔　昭　　三毛再度浪跡天涯　中國作家素描　臺北　遠景出版公司　1984
　　　年 6 月　頁 423—426

228. 水禾田　　三毛，迷住了我　中國作家素描　臺北　遠景出版公司　1984 年
　　　6 月　頁 429—431

229. 朱天文　　一杯看劍氣　三姊妹　臺北　皇冠出版社　1985 年 3 月 31 日　頁
　　　55—72

230. 陳嗣慶　　女兒　傾城　臺北　皇冠出版社　1985 年 3 月　頁 7—9

231. 陳嗣慶　　女兒　傾城　臺北　皇冠文學出版公司　1991 年 7 月　頁 4—6

232. 陳嗣慶　　女兒　三毛在哪裡？——三毛懷念集　蘭州　敦煌文藝出版社
　　　1998 年 10 月　頁 158—159

233. 黃齊荃　　阿姨　傾城　臺北　皇冠出版社　1985 年 3 月　頁 10

234. 黃齊荃　　阿姨　傾城　臺北　皇冠文學出版公司　1991 年 7 月　頁 6—7

235. 陳天慈　　我的小姑　傾城　臺北　皇冠出版社　1985 年 3 月　頁 11

236. 陳天慈　　我的小姑　傾城　臺北　皇冠文學出版公司　1991 年 7 月　頁 7
　　　—8

237. 陳天明　　小姑　傾城　臺北　皇冠出版社　1985 年 3 月　頁 12

238. 陳天明　　小姑　傾城　臺北　皇冠文學出版公司　1991 年 7 月　頁 8—9

239. 陳天恩　　我的小姑　傾城　臺北　皇冠出版社　1985 年 3 月　頁 13

240. 陳天恩　　我的小姑　傾城　臺北　皇冠文學出版公司　1991 年 7 月　頁 9

241. 王致寧　　我也叫她小姑　傾城　臺北　皇冠出版社　1985 年 3 月　頁 14

242. 王致寧　　我也叫她小姑　傾城　臺北　皇冠文學出版公司　1991 年 7 月

---

[4]本文後改篇名為〈最好的伴侶〉。

頁 10

243. 黃齊芸　一千零一夜的阿姨　傾城　臺北　皇冠出版社　1985 年 3 月　頁
15

244. 黃齊芸　一千零一夜的阿姨　傾城　臺北　皇冠文學出版公司　1991 年 7
月　頁 10—11

245. 黃齊蕙　三毛——一位認真的玩童　傾城　臺北　皇冠出版社　1985 年 3
月　頁 16—17

246. 黃齊蕙　三毛——一位認真的玩童　傾城　臺北　皇冠文學出版公司
1991 年 7 月　頁 11—12

247. 陳昭華　歸情——三毛為自己布置了一個新家　婦女雜誌　第 204 期
1985 年 9 月　頁 120—129

248. 桑　柔　荷西與三毛　鶼鰈情深　臺北　希代書版公司　1985 年 10 月　頁
203—251

249. 丁松青　工作手記——為《剎那時光》而寫之二　剎那時光　臺北　皇冠
雜誌社　1986 年 1 月　頁 257—261

250. 丁松青　工作手記——為《剎那時光》而寫之二　剎那時光　臺北　皇冠
文化出版公司　1992 年 11 月　頁 249—252

251. 丁松青　工作手記之二　剎那時光　北京　北京十月文藝出版社　2015 年
9 月　頁 207—209

252. 凌　晨　三毛的故事　皇冠　第 384 期　1986 年 2 月　頁 46—59

253. 鍾惠民　三毛——簡單　心路剪影——人文心靈共鳴實錄　臺北　自由青
年社　1986 年 6 月　頁 70—77

254. 劉達文　女作家三毛的愛情故事　藝文誌　第 241 期　1986 年 8 月 1 日
頁 61—65

255. 聞見思　流星雨　中央日報　1986 年 12 月 22 日　10 版

256. 趙　宏　也是「隨想」——替三毛做一次體檢　文星　第 110 期　1987 年
8 月　頁 112—115

257. 白　羅　　無所不愛的三毛？　文星　第 110 期　1987 年 8 月　頁 116—118

258. 小　明　　ECHO 的由來　三毛、昨日、今日、明日　北京　中國友誼出版
公司　1988 年 1 月　頁 4—5

259. 小　明　　ECHO 的由來　三毛在哪裡？——三毛懷念集　蘭州　敦煌文藝
出版社　1998 年 10 月　頁 2—3

260. 小　明　　三毛不再寂寞　三毛、昨日、今日、明日　北京　中國友誼出版
公司　1988 年 1 月　頁 23—24

261. 小　明　　三毛不再寂寞　三毛在哪裡？——三毛懷念集　蘭州　敦煌文藝
出版社　1998 年 10 月　頁 2—3

262. 莫家漢　　脫軌的童話　三毛、昨日、今日、明日　北京　中國友誼出版公
司　1988 年 1 月　頁 25—29

263. 莫家漢　　脫軌的童話　三毛在哪裡？——三毛懷念集　蘭州　敦煌文藝出
版社　1998 年 10 月　頁 4—5

264. 張君默　　哭泣的三毛　三毛、昨日、今日、明日　北京　中國友誼出版公
司　1988 年 1 月　頁 82—84

265. 張君默　　哭泣的三毛　三毛在哪裡？——三毛懷念集　蘭州　敦煌文藝出
版社　1998 年 10 月　頁 12—14

266. 水禾田　　我和三毛的結識　三毛、昨日、今日、明日　北京　中國友誼出
版公司　1988 年 1 月　頁 99—101

267. 水禾田　　我和三毛的結識　三毛在哪裡？——三毛懷念集　蘭州　敦煌文
藝出版社　1998 年 10 月　頁 15—17

268. 貝　絲　　關於三毛　三毛、昨日、今日、明日　北京　中國友誼出版公司
1988 年 1 月　頁 102—108

269. 貝　絲　　關於三毛　三毛在哪裡？——三毛懷念集　蘭州　敦煌文藝出版
社　1998 年 10 月　頁 18—24

270. 小　玉　　沉潛的浪漫——高信疆、瘂弦說三毛　三毛、昨日、今日、明日
北京　中國友誼出版公司　1988 年 1 月　頁 110—112

271. 小　玉　　　沉潛的浪漫——高信疆、瘂弦說三毛　三毛在哪裡？——三毛懷
　　　　　　　　念集　蘭州　敦煌文藝出版社　1998 年 10 月　頁 54—56

272. 李　敖　　　「三毛式偽善」——李敖談三毛　三毛、昨日、今日、明日　北
　　　　　　　　京　中國友誼出版公司　1988 年 1 月　頁 118—119

273. 李　敖　　　「三毛式偽善」——李敖談三毛　三毛在哪裡？——三毛懷念集
　　　　　　　　蘭州　敦煌文藝出版社　1998 年 10 月　頁 57—58

274. 王曉丹　　　痛苦的尋求、靈明的超越——臺灣女作家三毛心靈小史　上海文
　　　　　　　　論　第 2 期　1988 年 3 月　頁 67—72，49

275. 〔新亞洲文化基金會〕　　作者簡介　中國當代短篇小說選（第一集）　香
　　　　　　　　港　新亞洲出版社　1988 年 4 月　頁 17

276. 苦　芩　　　都是三毛惹的禍！　赤道鄰居　臺北　希代書版公司　1988 年 6
　　　　　　　　月　頁 3—5

277. 陳嗣慶　　　我家老二——三小姐[5]　鬧學記　臺北　皇冠出版社　1988 年 7 月
　　　　　　　　頁 10—21

278. 陳嗣慶　　　我家老二——三小姐　三毛・三毛　成都　四川文藝出版社
　　　　　　　　1991 年 1 月　頁 189—197

279. 陳嗣慶　　　我家老二——三小姐　鬧學記　臺北　皇冠文學出版公司　1991
　　　　　　　　年 6 月　頁 10—21

280. 陳嗣慶　　　我家老二——三毛　三毛在哪裡？——三毛懷念集　蘭州　敦煌
　　　　　　　　文藝出版社　1998 年 10 月　頁 150—157

281. 陳嗣慶　　　我家老二——三小姐　雨季不再來　北京　北京十月文藝出版社
　　　　　　　　2007 年 7 月　頁 280—288

282. 繆進蘭　　　我有話要說　鬧學記　臺北　皇冠出版社　1988 年 7 月　頁 22—27

283. 繆進蘭　　　我有話要說　三毛・三毛　成都　四川文藝出版社　1991 年 1 月
　　　　　　　　頁 198—204

284. 繆進蘭　　　我有話要說　鬧學記　臺北　皇冠文學出版公司　1991 年 6 月

---

[5]本文後改篇名為〈我家老二——三毛〉。

頁 22—27

285. 繆進蘭　　我有話要說——《鬧學記》序　三毛傳　福州　海峽文藝出版社　1991 年 9 月　頁 174—177

286. 繆進蘭　　我有話要說　三毛在哪裡？——三毛懷念集　蘭州　敦煌文藝出版社　1998 年 10 月　頁 163—166

287. 繆進蘭　　我有話要說　雨季不再來　北京　北京十月文藝出版社　2007 年 7 月　頁 289—294

288. 張拓蕪　　倔姑娘三毛看盡人間繁華　中央日報　1989 年 8 月 1 日　16 版

289. 王大空　　三毛二三事　臺灣新生報　1990 年 1 月 22 日　22 版

290. 褚明仁　　與嚴浩一起腦力激盪，編劇過程嘔心瀝血，三毛的感情世界，都在《滾滾紅塵》裡　民生報　1990 年 11 月 27 日　10 版

291.〔聯合報〕　　三毛寫劇本，過程如戲，痛徹心肺是她的寫後感　聯合報　1990 年 11 月 27 日　20 版

292. 鄭至勤　　走過「滾滾紅塵」，不再「舞文弄墨」，三毛要封筆　中國時報　1990 年 11 月 27 日　21 版

293. 朱天心　　三毛生活像演戲　中央日報　1991 年 1 月 5 日　3 版

294. 林青霞　　三毛摒棄了紅塵　中央日報　1991 年 1 月 5 日　3 版

295. 張拓蕪　　她是我的恩人　中央日報　1991 年 1 月 5 日　3 版

296. 高雷娜　　三毛已不再多情　中央日報　1991 年 1 月 5 日　16 版

297. 陳美瓊　　三毛永訣紅塵劃下人生句點　中國時報　1991 年 1 月 5 日　3 版

298. 李翠瑩，吳嘉苓　　三毛自殺早有徵兆　中國時報　1991 年 1 月 5 日　3 版

299. 李金蓮　　特立不馴奇女子，曲曲折折過一生　中國時報　1991 年 1 月 5 日　3 版

300. 李　瑞　　緣起緣滅，無言的告別　中國時報　1991 年 1 月 5 日　3 版

301. 張拓蕪　　未免過火　中國時報　1991 年 1 月 5 日　31 版

302. 張拓蕪　　未免過火　三毛，我們想念你——海內外名士談三毛併精品欣賞　北京　中國國際廣播出版社　1991 年 2 月　頁 32

303. 奚　淞　為三毛誦一遍心經　中國時報　1991 年 1 月 5 日　31 版

304. 季　季　紅塵滾過生命　中國時報　1991 年 1 月 5 日　31 版

305. 許博允　宿命　中國時報　1991 年 1 月 5 日　31 版

306. 平鑫濤，沈君山　這件事太意外了──強與弱之間　中國時報　1991 年 1 月 5 日　31 版

307. 老同學　愛是最重要的　中國時報　1991 年 1 月 5 日　31 版

308. 丁松青　燃燒如蠟燭強烈如梵谷　中國時報　1991 年 1 月 5 日　31 版

309. 黃美惠　三毛，用寫作的手揮別人間　民生報　1991 年 1 月 5 日　1 版

310.〔民生報〕　假如還有來生，三毛撒手，告別今生今世　民生報　1991 年 1 月 5 日　8 版

311. 王惠萍　她需要一個可以為他打扮的朋友　民生報　1991 年 1 月 5 日　9 版

312. 胡幼鳳　三毛最後劇作《滾滾紅塵》中人物的生不如死，似乎才是她對生命真正的看法　民生報　1991 年 1 月 5 日　10 版

313. 林慧萍，杜達雄，張培仁　為人纖細浪漫處世常存善　民生報　1991 年 1 月 5 日　10 版

314. 葉蕙蘭　懷疑是壓力太大，是非太多，使三毛走上自絕之路　民生報　1991 年 1 月 5 日　10 版

315.〔民生報〕　三毛，生平與記錄　民生報　1991 年 1 月 5 日　14 版

316. 黃美惠　三毛，悄悄別紅塵　民生報　1991 年 1 月 5 日　14 版

317.〔民生報〕　她常掩飾內心寂寞　民生報　1991 年 1 月 5 日　14 版

318.〔民生報〕　藝文圈，談三毛　民生報　1991 年 1 月 5 日　14 版

319. 陳建宇　女作家三毛，昨晨在榮總自縊身亡　聯合報　1991 年 1 月 5 日　1 版

320. 莊佩玲　生之喜悅：「人生、考考我吧！」　聯合報　1991 年 1 月 5 日　3 版

321. 賴錦宏　我猜，她可能覺得患了癌症！　聯合報　1991 年 1 月 5 日　3 版

322. 江中明　我想，她一直感到很寂寞吧！　聯合報　1991 年 1 月 5 日　3 版

323. 陳碧華　放棄了明天，三毛最後一篇文章邀請讀者　聯合報　1991 年 1 月 5 日　3 版

324. 陳長華　問天　聯合報　1991 年 1 月 5 日　3 版

325. 粘嫦鈺　找不到知心伴侶她很在意！　聯合報　1991 年 1 月 5 日　5 版

326. 江中明　悲劇性格，濃得化不開　聯合報　1991 年 1 月 5 日　5 版

327. 陳碧華　開朗率性，故事說不完　聯合報　1991 年 1 月 5 日　5 版

328. 藍祖蔚　寫了《紅塵》別了「紅塵」　聯合報　1991 年 1 月 5 日　5 版

329. 江中明　內心的密碼無人能解　聯合報　1991 年 1 月 5 日　8 版

330. 登琨豔　三毛的葬禮　聯合報　1991 年 1 月 5 日　25 版

331. 繆進蘭　哭愛女三毛　聯合報　1991 年 1 月 5 日　25 版

332. 繆進蘭　哭愛女三毛　哭泣的百合：三毛死於謀殺？　北京　中國盲文出版社　2001 年 1 月　頁 277—278

333. 〔聯合報〕　紅塵的撒哈拉　聯合報　1991 年 1 月 6 日　5 版

334. 曹韻怡　鶼鰈情深生死戀，超凡能力油然生，穿越時空她獨行　聯合報　1991 年 1 月 6 日　5 版

335. 黃美惠　家人追憶三毛　民生報　1991 年 1 月 6 日　14 版

336. 曹韻怡　走訪三毛的故居，佛經禪書，臨別的最愛　聯合報　1991 年 1 月 7 日　20 版

337. 李振清　三毛之死的警示　民生報　1991 年 1 月 8 日　2 版

338. 夏元瑜　老淚縱橫哭三毛　中華日報　1991 年 1 月 9 日　14 版

339. 高大鵬　花衣吹笛人——哀三毛　中國時報　1991 年 1 月 9 日　27 版

340. 方　冬　三毛是三毛、你是你　中華日報　1991 年 1 月 10 日　15 版

341. 小　民　寒天苦雨念三毛　中華日報　1991 年 1 月 11 日　14 版

342. 洪小喬　ECHO！（他們卻叫你三毛）　中國時報　1991 年 1 月 12 日　31 版

343. 高資敏　怎能不惆悵憶芳容　聯合報　1991 年 1 月 13 日　25 版

344. 梁濃剛　看三毛這個沙漠旅行者（上、下）　中國時報　1991 年 1 月 17—18 日　31 版

345. 許家石　天涯長念舊時情（上、下）　中國時報　1991 年 1 月 29—30 日
　　　27 版

346. 〔明道文藝〕　我們的懷念——三毛去世紀念專輯　明道文藝　第 178 期
　　　1991 年 1 月　頁 85—89

347. 賈平凹　哭三毛　三毛‧三毛　成都　四川文藝出版社　1991 年 1 月　頁
　　　42—45

348. 賈平凹　哭三毛　詩意的回歸　北京　群眾出版社　1991 年 6 月　頁 142
　　　—145

349. 賈平凹　哭三毛　三毛在哪裡？——三毛懷念集　蘭州　敦煌文藝出版社
　　　1998 年 10 月　頁 284—286

350. 郭曉光　不戀紅塵滾滾‧清影寄情天涯　三毛‧三毛　成都　四川文藝出
　　　版社　1991 年 1 月　頁 24—26

351. 司馬不如　三毛，大家的三毛　三毛‧三毛　成都　四川文藝出版社
　　　1991 年 1 月　頁 54—56

352. 張黎明　寫給驟然離去的三毛　三毛‧三毛　成都　四川文藝出版社
　　　1991 年 1 月　頁 62—63

353. 孟　晶　懷念我的三毛阿姨　三毛‧三毛　成都　四川文藝出版社　1991
　　　年 1 月　頁 69—71

354. 陳曉霞　三毛與記者談天說地　三毛‧三毛　成都　四川文藝出版社
　　　1991 年 1 月　頁 78—80

355. 譚　天　三毛不再來　三毛‧三毛　成都　四川文藝出版社　1991 年 1 月
　　　頁 81—82

356. 譚　天　三毛在成都的最後幾日　三毛‧三毛　成都　四川文藝出版社
　　　1991 年 1 月　頁 106—112

357. 鄭開宇　三毛在上海的時候　三毛‧三毛　成都　四川文藝出版社　1991
　　　年 1 月　頁 160—165

358. 姜小玲　三毛尋到「三毛爸爸」　三毛‧三毛　成都　四川文藝出版社

1991 年 1 月　頁 169—170

359. 曹曉鳴　三毛和他的「爸爸」張樂平　三毛‧三毛　成都　四川文藝出版社　1991 年 1 月　頁 171—179

360. 施國英　她已走過千山萬水　中央日報　1991 年 2 月 2 日　16 版

361. 趙淑俠　三毛的永恆之戀　中華日報　1991 年 2 月 6 日　14 版

362. 趙淑俠　三毛的永恆之戀　情困與解脫　臺北　健行文化出版公司　1994 年 7 月　頁 51—56

363. 林惺嶽　揮別無根年代的祭品——論三毛之死　自立晚報　1991 年 2 月 9 日　19 版

364. 張拓蕪　關於三毛的一些傳說　中華日報　1991 年 2 月 8 日　14 版

365. 眭浩平　妳快樂嗎？（上、下）[6]　中央日報　1991 年 2 月 9—10 日　16 版

366. 眭澔平　三毛，妳快樂嗎？　柔情沙漠　臺北　皇冠出版社　1993 年 3 月　頁 51—57

367. 眭澔平　三毛，妳快樂嗎？——那一天妳走了　你是我不及的夢　臺北　圓神出版社　2003 年 1 月　頁 39—94

368. 丁松筠口述，朱承天整理　三毛留給了我們很多很多　皇冠　第 444 期　1991 年 2 月　頁 102—105

369. 司馬中原　奇異的兩點零三分——追念三毛　皇冠　第 444 期　1991 年 2 月　頁 106—109

370. 司馬中原　奇異的兩點零三分——追念三毛　八十年散文選　臺北　九歌出版社　1992 年 3 月　頁 304—309

371. 張曼娟　我想念妳——致三毛姐　皇冠　第 444 期　1991 年 2 月　頁 110—113

372. 廖輝英　三毛這樣的女子　皇冠　第 444 期　1991 年 2 月　頁 113—115

373. 劉墉　她是否還做個夜人　皇冠　第 444 期　1991 年 2 月　頁 116，120—121

---

[6] 本文後改篇名為〈三毛，妳快樂嗎？——那一天妳走了〉。

374. 凌　晨　我沒有站到冰川上　皇冠　第 444 期　1991 年 2 月　頁 122—125

375. 胡正群　讓她安息吧！　青年日報　1991 年 2 月 19 日　6 版

376. 胡正群　讓她安息吧！　過客悲情　臺北　瀛舟出版社　2002 年 9 月　頁 146—148

377. 張樂平　痛別三毛　三毛‧三毛　成都　四川文藝出版社　1991 年 1 月　頁 66—68

378. 張樂平　痛別三毛　三毛，我們想念你——海內外名士談三毛併精品欣賞　北京　中國國際廣播出版社　1991 年 2 月　頁 5—7

379. 張樂平　痛別三毛　三毛在哪裡？——三毛懷念集　蘭州　敦煌文藝出版社　1998 年 10 月　頁 277—279

380. 張樂平　痛別三毛　哭泣的百合：三毛死於謀殺？　北京　中國盲文出版社　2001 年 1 月　頁 279—281

381. 李憶莙　無驚有憾說三毛　三毛，我們想念你——海內外名士談三毛併精品欣賞　北京　中國國際廣播出版社　1991 年 2 月　頁 29—30

382. 曾　沛　浪漫消失了　三毛，我們想念你——海內外名士談三毛併精品欣賞　北京　中國國際廣播出版社　1991 年 2 月　頁 31

383. 張美香　「勇者」的句點　三毛，我們想念你——海內外名士談三毛併精品欣賞　北京　中國國際廣播出版社　1991 年 2 月　頁 34—35

384. 應未遲　三毛往事知多少　明道文藝　第 180 期　1991 年 3 月　頁 4—13

385. 郭秀梅　三毛，妳為什麼失約——秋日的傳說　皇冠　第 446 期　1991 年 4 月　頁 119—139

386. 賈平凹　再哭三毛　詩意的回歸　北京　群眾出版社　1991 年 6 月　頁 146—149

387. 賈平凹　再哭三毛　三毛在哪裡？——三毛懷念集　蘭州　敦煌文藝出版社　1998 年 10 月　頁 287—290

388. 眭澔平　西非迦納利的鄉愁——探訪三毛與荷西的老宅　皇冠　第 449 期　1991 年 7 月　頁 101—114

389. 眭澔平　西非迦納利的鄉愁──探訪三毛與荷西的老宅　相遇自是有緣　臺北　皇冠出版社　1991 年 9 月　頁 226─240

390. 眭澔平　西非迦納利的鄉愁──三毛故宅舊友之旅　你是我不及的夢　臺北　圓神出版社　2003 年 1 月　頁 139─157

391. 陳嗣慶　我的女兒三毛　三毛傳　福州　海峽文藝出版社　1991 年 9 月　頁 178─185

392. 登琨艷　陳平給三毛演了一場好戲　流浪的眼睛　臺北　九歌出版社　1991 年 10 月　頁 230─233

393. 登琨艷　三毛的葬禮　流浪的眼睛　臺北　九歌出版社　1991 年 10 月　頁 234─242

394. 〔民生報〕　三毛之謎，決定離開人間，厭世原因難解　民生報　1991 年 12 月 18 日　14 版

395. 張拓蕪　永遠的恩德──寫給三毛　聯合報　1992 年 1 月 4 日　25 版

396. 沈　謙　三毛的人格與風格　明道文藝　第 190 期　1992 年 1 月　頁 17─29

397. 林明德　縱浪大化中　明道文藝　第 190 期　1992 年 1 月　頁 30─40

398. 寧秀英　依舊回聲憶三毛　明道文藝　第 190 期　1992 年 1 月　頁 41─45

399. 丁松青　三毛，夢屋二號　中國時報　1992 年 2 月 15 日　39 版

400. 保　真　三毛與教會　生命旅途中　臺北　九歌出版社　1992 年 2 月　頁 109─110

401. 光　泰　三毛的婚姻觀　愛情神話　臺北　時報文化出版公司　1992 年 3 月　頁 150─153

402. 林錫嘉　關於三毛　八十年散文選　臺北　九歌出版社　1992 年 3 月　頁 303

403. 陳憲仁　三毛一生　滿川風雨看潮生　臺中　臺中縣立文中心　1992 年 6 月　頁 130─133

404. 雨　人　三毛：期待悲劇　熱風從哪裡來──從瓊瑤到汪國真　北京　人

民中國出版社　1992 年 10 月　頁 65—105

405. 雨　人　姐妹情深——瓊瑤、三毛、席慕蓉的親緣　熱風從哪裡來——從
　　　瓊瑤到汪國真　北京　人民中國出版社　1992 年 10 月　頁 212—
　　　215

406. 林婷婷　焚寄三毛　推車的異鄉人　臺北　〔自行出版〕　1992 年 11 月
　　　頁 219—224

407. 林　芝　三毛是一齣精彩的戲　望向高峰：速寫現代散文作家　臺北　幼
　　　獅文化出版公司　1992 年 12 月　頁 57—62

408. 林　芝　三毛是一齣精彩的戲　妙筆生花：伴你我成長的現代作家　臺北
　　　正中書局　2005 年 2 月　頁 123—132

409. 小　民　懷念三毛　中國時報　1993 年 1 月 31 日　27 版

410. 眭澔平　我有個不及的夢　柔情沙漠　臺北　皇冠出版社　1993 年 3 月
　　　頁 58—68

411. 眭澔平　只有你懂我的夢　柔情沙漠　臺北　皇冠出版社　1993 年 3 月
　　　頁 69—83

412. 眭澔平　不必回答的假期　柔情沙漠　臺北　皇冠出版社　1993 年 3 月
　　　頁 84—102

413. 蘇　林　三毛新書出版，陳媽媽說三毛生死憾事　聯合報　1993 年 5 月 20
　　　日　38 版

414. 瘂　弦　百合的傳說——懷念三毛　高原的百合花：萬水千山走遍續集
　　　臺北　皇冠出版社　1993 年 6 月　頁 3—7

415. 瘂　弦　百合的傳說——懷念三毛　皇冠　第 474 期　1993 年 8 月　頁
　　　238—247

416. 瘂　弦　百合的傳說——懷念三毛　明道文藝　第 209 期　1993 年 8 月
　　　頁 4—15

417. 瘂　弦　百合的傳說　三毛在哪裡？——三毛懷念集　蘭州　敦煌文藝出
　　　版社　1998 年 10 月　頁 305—316

418. 瘂　弦　百合的傳說——懷念三毛　聚繖花序 2　臺北　洪範書店　2004
年 6 月　頁 89—102

419. 瘂　弦　百合的傳說——懷念三毛　臺港文學選刊　第 250 期　2007 年 10
月　頁 7—12

420. 瘂　弦　百合的傳說——懷念三毛　於無聲處　香港　明報月刊出版社
2011 年 6 月　頁 302—317

421. 陸士清　殞落了沙漠之星——三毛的生與死　臺灣文學新論　上海　復旦
大學　1993 年 6 月　頁 330—342

422. 關國煊　民國人物小傳——三毛　傳記文學　第 376 期　1993 年 9 月　頁
143—147

423. 〔明清，秦人〕　　三毛　臺港小說鑑賞辭典　北京　中央民族學院出版社
1994 年 1 月　頁 535

424. 張寄寒　到周莊大啖閘蟹，三毛與我的文字因緣　中央日報　1994 年 11 月
18 日　17 版

425. 張默蕓　三毛　20 世紀中國著名女作家傳（下）　北京　中國文聯出版公
司　1995 年 8 月　頁 416—434

426. 沈　謙　三毛為小丑開門　中央日報　1995 年 10 月 28 日　19 版

427. 王景山　三毛走了　旅人隨筆　北京　首都師範大學出版社　1995 年 11 月
頁 79—83

428. 九　毛　愛在永生——念三毛　臺灣日報　1996 年 1 月 12 日　16 版

429. 方　野　只是平凡——談三毛　臺灣日報　1996 年 1 月 13 日　16 版

430. 王昶雄　另一種格式的「渴死者」——人間無明正，心中有明正〔三毛部
分〕　阮若打開心內的門窗　臺北　草根出版公司　1996 年 3 月
頁 182—184

431. 王昶雄　另一種格式的「渴死者」——人間無明正，心中有明正〔三毛部
分〕　阮若打開心內的門窗　臺北　前衛出版社　1998 年 4 月
頁 182—184

432. 王昶雄　另一種格式的「渴死者」──人間無明正，心中有明正〔三毛部
　　　　　　　分〕　王昶雄全集・散文卷二　臺北　臺北縣文化局　2002 年 10
　　　　　　　月　頁 275─276

433. 林清玄　三毛童裝　歡喜自在　臺北　財團法人洪建全教育文化基金會
　　　　　　　1996 年 4 月　頁 11─14

434. 吳美姍　獻給心目中的偶像三毛　國語日報　1996 年 4 月 29 日　4 版

435. 陸達誠　三毛的通靈　新使者　第 35 期　1996 年 8 月　頁 13─14

436. 陸達誠　三毛的通靈　候鳥之愛　臺北　輔仁大學出版社　2004 年 8 月
　　　　　　　頁 244─246

437. 柳新元　生命的標點──談三毛的死　天風　1997 年第 2 期　1997 年 2 月
　　　　　　　頁 37

438. 夏婕等[7]　揮手之間──為三毛誦一遍《心經》　三毛的夢與人生　臺北
　　　　　　　知書房　1997 年 2 月　頁 214─234

439. 司馬中原　三毛的生與死──兼談她的精神世界（上、下）　中國時報
　　　　　　　1997 年 5 月 31 日，6 月 1 日　27 版

440. 杏林子　三毛與席德進的腳　聯合報　1997 年 8 月 3 日　41 版

441. 杏林子　三毛與席德進的腳　在生命的渡口與你相遇　臺北　九歌出版社
　　　　　　　2007 年 2 月 10 日　頁 101─107

442. 李　黎　曲終　聯合報　1997 年 8 月 23 日　41 版

443. 梅疾愚　三毛的寂寞　書屋　1998 年第 1 期　1998 年 1 月　頁 50─52

444. 馮雛音　憶三毛　三毛在哪裡？──三毛懷念集　蘭州　敦煌文藝出版社
　　　　　　　1998 年 10 月　頁 280─283

445. 馮雛音　憶三毛　哭泣的百合：三毛死於謀殺？　北京　中國盲文出版社
　　　　　　　2001 年 1 月　頁 282─285

446. 米　夏　飛越納斯加之線　三毛在哪裡？──三毛懷念集　蘭州　敦煌文
　　　　　　　藝出版社　1998 年 10 月　頁 92─98

---

[7]作者：夏婕、沈君山、平鑫濤、許博允、季季、奚淞、張拓蕪、丁松青、李瑞、老同學。

447. 王蘭芬　留住三毛的點點滴滴給臺灣　民生報　1998 年 12 月 31 日　34 版

448. 謝靜琪　跟三毛流浪去　中國時報　1999 年 8 月 31 日　36 版

449. 夢　花　三毛——寂寞不安的靈魂　世界著名華文女作家傳・臺灣卷二　南昌　百花洲文藝出版社　1999 年 9 月　頁 1—52

450. 張　錯　懷三毛　中央日報　2000 年 3 月 2 日　22 版

451. 張　錯　懷三毛　山居地圖——張錯詩歌散文集　臺北　書林出版公司　2013 年 12 月　頁 24—247

452. 徐開塵　從書信和照片重新認識三毛　民生報　2000 年 3 月 4 日　6 版

453. 小　民　劉俠、三毛和張拓蕪　臺灣新生報　2000 年 6 月 22 日　15 版

454. 柯　菜　在西撒哈拉聆聽三毛的故事　旅遊　2000 年第 7 期　2000 年 7 月　頁 14—15

455. 江中明　張景然驚人論斷——三毛遭謀殺而死　聯合報　2000 年 8 月 1 日　14 版

456. 琉　璃　三毛死因確實可疑　臺灣新聞報　2000 年 8 月 8 日　B10 版

457. 詠　坡　張拓蕪感念三毛推介之恩　臺灣新聞報　2000 年 9 月 18 日　B8 版

458. 黃慧鶯　浪跡沙漠的說書人——散文作家　臺北人物誌（三）　臺北　臺北市新聞處　2000 年 11 月　頁 216—221

459. 趙靜瑜　三毛逝世十週年，追思會下月舉行——相片、家書集結出版　自由時報　2000 年 12 月 28 日　40 版

460. 徐開塵　回顧三毛生命軌跡迷團——寫真和書信集出版，未公開資料將展出　民生報　2000 年 12 月 28 日　A7 版

461. 林育如　永遠的傳奇——三毛　中央日報　2001 年 1 月 11 日　21 版

462. 〔明道文藝〕　懷念三毛　明道文藝　第 298 期　2001 年 1 月　頁 8—13

463. 張南施　回憶三毛——我親愛的陳姊姊　明道文藝　第 298 期　2001 年 1 月　頁 18—22

464. 甘　第　那段與三毛為鄰的日子　明道文藝　第 298 期　2001 年 1 月　頁 23—25

465. 張景然　不得不說——關於愛神三毛之死　哭泣的百合：三毛死於謀殺？
　　　北京　中國盲文出版社　2001 年 1 月　頁 9—14

466. 黃一平　荷西戀情編造？異國風情瞎掰？彼岸熱炒三毛八卦，愛情純屬神
　　　話　星報　2001 年 2 月 17 日　20 版

467. 江月英　三毛的假面與真情　中央日報　2001 年 6 月 30 日　19 版

468. 白　靈　想像與真實——馬中欣的三毛之旅　文訊雜誌　第 189 期　2001
　　　年 7 月　頁 4—5

469. 孫如陵　三毛，我的英文祕書　中央日報　2001 年 8 月 1 日　18 版

470. 李怡芸　卡蘿、三毛，睛睛樂道　星報　2001 年 9 月 6 日　4 版

471. 薛　莉　與三毛在冬粉攤上相遇　中華日報　2002 年 5 月 4 日　19 版

472. 胡正群　一片雪花消融了——悼念文友三毛的歸去　過客悲情　臺北　瀛
　　　舟出版社　2002 年 9 月　頁 174—179

473. 雲　影　憶三毛——三毛逝世十二週年紀念　明道文藝　第 322 期　2003
　　　年 1 月　頁 82—83

474. 眭澔平　給三毛最後的禮物　你是我不及的夢　臺北　圓神出版社　2003
　　　年 1 月　頁 5—17

475. 眭澔平　放逐美麗與哀愁——西伯利亞、歐俄到東歐　你是我不及的夢
　　　臺北　圓神出版社　2003 年 1 月　頁 95—119

476. 眭澔平　柔情沙漠——英國里茲的小王子　你是我不及的夢　臺北　圓神
　　　出版社　2003 年 1 月　頁 121—137

477. 眭澔平　尋夢撒哈拉——重走三毛筆下的沙漠　你是我不及的夢　臺北
　　　圓神出版社　2003 年 1 月　頁 159—183

478. 願　力　流浪的足跡寫下永恆回憶　Women of China　2003 年第 4 期
　　　2003 年 4 月　頁 50—53

479. 杏林子　文壇鐵三角——三毛、拓蕪與我[8]　中國時報　2004 年 1 月 25 日
　　　A13 版

---

[8]本文後改篇名為〈三毛猝逝〉。

480. 杏林子　三毛猝逝　俠風長流：劉俠回憶錄　臺北　九歌出版社　2004 年
　　　2 月　頁 332—337

481. 杏林子　三毛猝逝　俠風長流：杏林子生命之歌　臺北　九歌出版社
　　　2008 年 2 月　頁 332—337

482. 〔林少波，文泉杰編著〕　第五輯——三毛之漠　為了忘卻的紀念　哈爾
　　　濱　哈爾濱出版社　2005 年 6 月　頁 162—189

483. 邱波彤　叩響祖居的宅門——臺灣女作家三毛留在大陸的個人檔案　檔案
　　　春秋　2005 年第 9 期　2005 年 9 月　頁 4—9

484. 徐貴美　遇見一顆純真不羈的靈魂——三毛　更生日報　2006 年 4 月 4 日
　　　18 版

485. 吳　娜　走不出生命的雨季——試析三毛的性格缺陷與死亡　咸寧學院學
　　　報　2006 年第 2 期　2006 年 4 月　頁 78—80

486. 劉素萍，翟思成　三毛與魯迅〈風箏〉的精神遇合　河北青年管理幹部學
　　　院學報　2006 年第 3 期　2006 年 9 月　頁 97—69

487. 易怡玲　作家瞭望臺——三毛　比整個世界還要大：散文選讀　臺北　三
　　　民書局　2007 年 9 月　頁 157—158

488. 眭澔平　古典三毛　臺港文學選刊　第 250 期　2007 年 10 月　頁 13—18

489. 歐豔嬋　青鳥不到伊獨去——從三度自殺看三毛的絲襪人生　懷化學院學
　　　報　2008 年第 1 期　2008 年 1 月　頁 77—79

490. 蔡登山　朗靜山——鏡頭裡的名人往事——三毛與劉俠文壇的傳奇　聯合
　　　文學　第 282 期　2008 年 4 月　頁 24

491. 〔封德屏主編〕　三毛　2007 臺灣作家作品目錄　臺南　國立臺灣文學館
　　　2008 年 7 月　頁 13—14

492. 陳義芝　這樣的人生——記事本一九九一〔三毛部分〕　人間福報　2009
　　　年 3 月 6 日　15 版

493. 蔡振念　三毛的真實與虛構　幼獅文藝　第 663 期　2009 年 3 月　頁 25—
　　　27

494. 蔡振念　　三毛的真實與虛構　人間情懷　高雄　高雄縣文化局　2010 年 7 月　頁 202—204

495. 陸達誠　　神奇人物三毛　聯合報　2009 年 4 月 24 日　E3 版

496. 吳翔逸　　沙丘墨寶憶三毛　更生日報　2009 年 9 月 24 日　18 版

497. 張惠飛，陳桂珍　　此岸的書法家與彼岸的女作家——倪竹青與三毛一家　文化昌國　第 1 期　2010 年 5 月　頁 44—49

498. 三毛家人　　三毛二三事　流浪的終站　臺北　皇冠文化出版公司　2010 年 10 月　頁 12—18

499. 三毛家人　　三毛二三事　把快樂當傳染病　臺北　皇冠文化出版公司　2010 年 10 月　頁 13—20

500. 三毛家人　　三毛二三事　奔走在日光大道　臺北　皇冠文化出版公司　2010 年 10 月　頁 12—18

501. 三毛家人　　三毛二三事　快樂鬧學去　臺北　皇冠文化出版公司　2010 年 11 月　頁 12—18

502. 三毛家人　　三毛二三事　永遠的寶貝　臺北　皇冠文化出版公司　2010 年 11 月　頁 74—80

503. 三毛家人　　三毛二三事　夢中的橄欖樹　臺北　皇冠文化出版公司　2010 年 12 月　頁 12—18

504. 三毛家人　　三毛二三事　心裡的夢田　臺北　皇冠文化出版公司　2010 年 12 月　頁 12—18

505. 三毛家人　　三毛二三事　撒哈拉故事　臺北　皇冠文化出版公司　2011 年 1 月　頁 12—18

506. 三毛家人　　三毛二三事　稻草人的微笑　臺北　皇冠文化出版公司　2011 年 1 月　頁 12—18

507. 蔡志忠　　懷念流浪的三毛　聯合報　2011 年 1 月 4 日　D3 版

508. 盧春旭　　永遠的三毛　人間福報　2011 年 1 月 9 日　B4 版

509. 鍾文音　　不朽的流浪封印　聯合報　2011 年 1 月 18 日　D3 版

510. 盧春旭　　永遠的三毛　聯合文學　第 315 期　2011 年 1 月　頁 66

511. 丁文玲　　堅緻如石，柔似細砂——友人眼裡的沙漠玫瑰　聯合文學　第 315
　　　期　2011 年 1 月　頁 43—45

512. 徐譽誠等[9]　　給三毛的畢業紀念冊　聯合文學　第 315 期　2011 年 1 月　頁
　　　64—65

513. 小　野　　坐在隔壁的三毛　皇冠　第 683 期　2011 年 1 月　頁 6—7

514. 趙英特　　拉芭瑪島，你好荷西　皇冠　第 683 期　2011 年 1 月　頁 98—
　　　105

515. 陳礫華　　三毛一生，麗如夏花　皇冠　第 683 期　2011 年 1 月　頁 106—
　　　110

516. 辜意珺　　我一生見過最美的女人　皇冠　第 683 期　2011 年 1 月　頁 111
　　　—114

517. 痞子婆　　我的撒哈拉　皇冠　第 683 期　2011 年 1 月　頁 115—117

518. 鄭明娳　　慈善家三毛　青年日報　2011 年 2 月 1 日　10 版

519. 陳丁林　　三毛逝世 20 週年紀念特展　文訊雜誌　第 307 期　2011 年 5 月
　　　頁 142—143

520. 王健壯　　三毛沒看到的那些人那些事　印刻文學生活誌　第 97 期　2011 年
　　　9 月　頁 168—170

521. 陳憲仁　　傳奇人生與悲憫作品——三毛　誰領風騷一百年——女作家　臺
　　　北　天下遠見出版公司　2011 年 9 月　頁 223—226

522. 陳達鎮　　三毛三行　明道文藝　第 428 期　2011 年 10 月　頁 43—48

523. 趙慶華　　作家寫情，文物留情——關於「作家文物珍品展覽」——三毛的
　　　幸福之盤／陳田心、陳聖、陳傑捐贈　臺灣文學館通訊　第 38 期
　　　2013 年 3 月　頁 45

524. 許麗芩　　文學物語，沙龍開講——「2013 臺北國際書展」國立臺灣文學館
　　　活動講座側記——永遠令人懷念的作家三毛　臺灣文學館通訊

---

[9]作者：徐譽誠、朱國珍、洪茲盈、鄭順聰、凌明玉、李儀婷、巫維珍。

第 38 期　2013 年 3 月　頁 59

525. 古遠清　臺灣文壇六十年來文學事件掠影──三毛之死　新地文學　第 28
期　2014 年 6 月　頁 194

526. 馬　森　臺灣當代散文〔三毛部分〕　世界華文新文學史──中國現代文
學的兩度西潮（下編）‧分流後的再生：第二度西潮與現代／後現
代主義　臺北　印刻文學生活雜誌出版公司　2015 年 2 月　頁
1169─1170

527. 薛幼春　永遠的白玫瑰──憶三毛　聯合報　2015 年 3 月 26 日　D3 版

528. 丘彥明　從披肩憶三毛　人情之美　臺北　允晨文化公司　2015 年 4 月
頁 398─413

529. 簡錦錐口述，謝祝芬撰文　和〈晚安曲〉比晚的三毛　明星咖啡館　臺北
印刻文學出版公司　2015 年 6 月　頁 167─169

訪談、對談

530. 桂文亞　三毛──異鄉的賭徒　聯合報　1976 年 5 月 28 日　12 版

531. 桂文亞　三毛──異鄉的賭徒　雨季不再來　臺北　皇冠出版社　1976 年
7 月　頁 211─224

532. 桂文亞　三毛──異鄉的賭徒　雨季不再來　臺北　皇冠文化出版公司
1991 年 8 月　頁 189─203

533. 桂文亞　異鄉的賭徒　三毛在哪裡？──三毛懷念集　蘭州　敦煌文藝出
版社　1998 年 10 月　頁 25─34

534. 心　岱　三毛說　皇冠　第 269 期　1976 年 7 月　頁 79─87

535. 心　岱　訪三毛，寫三毛　雨季不再來　臺北　皇冠出版社　1976 年 7 月
頁 225─241

536. 心　岱　天方夜談──訪三毛　一把采風　臺北　皇冠雜誌社　1978 年 6
月　頁 69─86

537. 心　岱　訪三毛、寫三毛　雨季不再來　臺北　皇冠文化出版公司　1991
年 8 月　頁 205─222

538. 心　岱　　訪三毛，寫三毛　三毛在哪裡？——三毛懷念集　蘭州　敦煌文
　　　藝出版社　1998 年 10 月　頁 35—47

539. 何瑞元　　撒哈拉的變奏——訪問三毛記　民生報　1980 年 1 月 14 日　6 版

540. 何瑞元　　撒哈拉的變奏——訪問三毛記　見山又是山　臺北　皇冠出版社
　　　1981 年 10 月　頁 28—32

541. 沈君山，三毛　　兩極對話[10]　中國時報　1980 年 4 月 18—19 日　8 版

542. 沈君山，三毛　　兩極對話——沈君山和三毛　夢裡花落知多少　臺北　皇
　　　冠出版社　1981 年 8 月　頁 263—288

543. 沈君山，三毛　　兩極對話——沈君山和三毛　夢裡花落知多少　臺北　皇
　　　冠文化出版公司　1991 年 10 月　頁 231—255

544. 沈君山，三毛　　兩極對話　三毛在哪裡？——三毛懷念集　蘭州　敦煌文
　　　藝出版社　1998 年 10 月　頁 113—129

545. 沈君山，三毛　　兩極對話——沈君山和三毛[11]　浮生再記　臺北　九歌出版
　　　社　2005 年 10 月　頁 328—350

546. 三毛等[12]　　仲夏文藝雅集　文學時代叢刊　第 4 期　1981 年 11 月　頁 67—83

547. 丘彥明　　這只是開始——三毛萬里歸來首度接受訪問　聯合報　1982 年 5
　　　月 12 日　8 版

548. 杜南發　　熱帶的港夜——三毛對話錄　風過群山　臺北　遠景出版社
　　　1982 年 6 月　頁 273—289

549. 杜南發　　熱帶的港夜——三毛對話錄　三毛、昨日、今日、明日　北京
　　　中國友誼出版公司　1988 年 1 月　頁 62—76

550. 杜南發　　熱帶的港夜　三毛在哪裡？——三毛懷念集　蘭州　敦煌文藝出
　　　版社　1998 年 10 月　頁 203—215

551. 陳怡真　　衣帶漸寬終不悔[13]　送你一匹馬　臺北　皇冠雜誌社　1983 年 7

---

[10]本文為警察廣播電臺主持人凌晨與《中國時報》共同策畫，由凌晨訪問、《中國時報》編輯部整
　理，共有「飛碟與星象」、「愛情與婚姻」、「欣賞的異性」、「我的寫作觀」四個話題。
[11]本文後新增沈君山之前言與後記。
[12]與會者：三毛、毛瓊英、李昂、魏偉琦、張瓊文、張修文、江蘺；紀錄：陳玲珍。

月　頁 219—240

552. 陳怡真　　衣帶漸寬終不悔——三毛的愛情，昨日、今日和明日　三毛、昨
　　　　　　　日、今日、明日　北京　中國友誼出版公司　1988 年 1 月　頁 7
　　　　　　　—22

553. 陳怡真　　衣帶漸寬終不悔　送你一匹馬　臺北　皇冠文化出版公司　1991
　　　　　　　年 12 月　頁 195—216

554. 陳怡真　　衣帶漸寬終不悔　三毛在哪裡？——三毛懷念集　蘭州　敦煌文
　　　　　　　藝出版社　1998 年 10 月　頁 99—112

555. 林　迦　　三毛・林明德——散文經驗的對話（上、中、下）　臺灣日報
　　　　　　　1984 年 1 月 1—3 日　8 版

556. 鍾　靈　　三毛　自由青年　第 73 卷第 6 期　1985 年 6 月　頁 30—33

557. 侯惠芳，黃美惠　　林懷民、三毛話舊談心　民生報　1986 年 11 月 25 日　4
　　　　　　　版

558.〔民生報〕　　作家不一樣就是不一樣：三毛、蘇偉貞談出兩種典型　民生
　　　　　　　報　1986 年 12 月 29 日　9 版

559. 釧　釧　　三毛說，等它醒過來　民生報　1988 年 1 月 1 日　18 版

560.〔編輯部〕　　三毛　童年往事　臺北　皇冠雜誌社　1988 年 6 月　頁 12—
　　　　　　　16

561. 黃美惠　　「撒哈拉」裡的三毛回來了　民生報　1988 年 7 月 18 日　14 版

562. 李瓊絲，曹韻怡　　我的第一次——三毛　皇冠　第 415 期　1988 年 9 月
　　　　　　　頁 100—104

563.〔民生報〕　　三毛筆名那裡來，漫畫三毛來臺灣，作家三毛牽的線，佳話
　　　　　　　背後故事長　民生報　1989 年 2 月 3 日　14 版

564. 眭澔平　　唯恐夜深花睡去——三毛[14]　皇冠　第 434 期　1990 年 4 月 1 日
　　　　　　　頁 34—47

---

[13]本文後改篇名為〈衣帶漸寬終不悔——三毛的愛情，昨日、今日和明日〉。
[14]本文後改篇名為〈唯恐深夜花睡去——那一天我們認識了〉。

565. 眭澔平　　唯恐夜深花睡去——三毛　風雲人物句典　臺北　皇冠雜誌社
1990 年 10 月　頁 104—129

566. 眭澔平　　唯恐深夜花睡去——那一天我們認識了　你是我不及的夢　臺北
圓神出版社　2003 年 1 月　頁 19—38

567. 陳憲仁專訪；郁馥馨記錄整理　　把中國的根帶在身上——三毛送給柴玲的
一句話　臺灣日報　1990 年 4 月 5 日　15 版

568. 李庭婷　　三毛的最後旅程——三毛 VS.登琨艷 VS.黃效文　中國時報　1991
年 1 月 15 日　27 版

569. 石以，馮教　　三毛生前談三毛　三毛・三毛　成都　四川文藝出版社
1991 年 1 月　頁 96—98

570. 石以，馮教　　三毛說：成都太迷我了　三毛・三毛　成都　四川文藝出版
社　1991 年 1 月　頁 101—105

571. 〔艾平〕　　三毛說：「金錢他可以……」——三毛在一次座談會上的發言
三毛・三毛　成都　四川文藝出版社　1991 年 1 月　頁 185—188

572. 張美香　　三毛的再度出發——回家——三毛生前接受新加坡記者張美香電
話專訪　三毛，我們想念你——海內外名士談三毛併精品欣賞
北京　中國國際廣播出版社　1991 年 2 月　頁 21—28

573. 〔于祖範，張葵〕　　三毛的最後旅程[15]　詩意的回歸　北京　群眾出版社
1991 年 6 月　頁 128—135

年表

574. 〔編輯部〕　　三毛一生大事記　親愛的三毛　臺北　皇冠出版社　1991 年
5 月　頁 156—157

575. 劉志清　　三毛年譜　一個奇怪的女人——三毛　瀋陽　春風文藝出版社
1991 年 5 月　頁 198—199

576. 〔編輯部〕　　三毛一生大事記　高原的百合花：萬水千山走遍續集　臺北
皇冠出版社　1993 年 6 月　頁 172—173

---

[15]本文為李利國、登琨艷、三毛三人對談紀錄。

577. 〔編輯部〕　　三毛一生大事記　哭泣的駱駝　臺北　皇冠文化出版公司
　　　　　1991 年 7 月　頁 238—239

578. 〔編輯部〕　　三毛一生大事記　談心　臺北　皇冠文化出版公司　1991 年
　　　　　11 月　頁 211—212

579. 〔編輯部〕　　三毛一生大事記　送你一匹馬　臺北　皇冠文化出版公司
　　　　　1991 年 12 月　頁 228—229

580. 〔編輯部〕　　三毛一生大事記　我的靈魂騎在紙背上——三毛的書信札及
　　　　　私相簿　臺北　皇冠文化出版公司　2001 年 1 月　頁 190—191

581. 陸士清，楊幼力，孫永超　　三毛生平年表　三毛傳　臺中　晨星出版社
　　　　　1993 年 7 月　頁 398—402

582. 崔建飛，趙珺　　三毛年表　三毛傳　北京　文化藝術出版社　1995 年 7 月
　　　　　頁 305—314

583. 馬中欣　　三毛生平對照表　三毛真相　臺北　華文網公司　2001 年 8 月
　　　　　〔4 頁〕

584. 劉克敵，梁君梅　　三毛的生命紀事　紅塵歲月：三毛的生命戀歌　臺北
　　　　　大都會文化出版社　2003 年 5 月　頁 312—313

585. 〔編輯部〕　　三毛一生大事記　流浪的終站　臺北　皇冠文化出版公司
　　　　　2010 年 10 月　頁 286—287

586. 〔編輯部〕　　三毛一生大事記　把快樂當傳染病　臺北　皇冠文化出版公
　　　　　司　2010 年 10 月　頁 251—253

587. 〔編輯部〕　　三毛一生大事記　奔走在日光大道　臺北　皇冠文化出版公
　　　　　司　2010 年 10 月　頁 294—295

588. 〔編輯部〕　　三毛一生大事記　快樂開學去　臺北　皇冠文化出版公司
　　　　　2010 年 11 月　頁 238—239

589. 〔編輯部〕　　三毛一生大事記　永遠的寶貝　臺北　皇冠文化出版公司
　　　　　2010 年 11 月　頁 318—319

590. 〔編輯部〕　　三毛一生大事記　夢中的橄欖樹　臺北　皇冠文化出版公司

2010 年 12 月　頁 294—295

591.〔編輯部〕　　三毛一生大事記　心裡的夢田　臺北　皇冠文化出版公司
　　　2010 年 12 月　頁 302—303

592.〔編輯部〕　　三毛一生大事記　撒哈拉故事　臺北　皇冠文化出版公司
　　　2011 年 1 月　頁 366—367

593.〔編輯部〕　　三毛一生大事記　稻草人的微笑　臺北　皇冠文化出版公司
　　　2011 年 1 月　頁 362—363

594.〔編輯部〕　　三毛一生大事記　思念的長河　臺北　皇冠出版文化公司
　　　2013 年 4 月　頁 230—231

595.〔編輯部〕　　三毛一生大事記　請代我問候　臺北　皇冠文化出版公司
　　　2014 年 4 月　頁 254—255

596. 陳心怡整理　　三毛大事紀　聯合文學　第 315 期　2011 年 1 月　頁 52—55

597. 劉蘭芳　三毛大事年表（一九四三～一九九一）　閱讀經典女人：三毛
　　　臺北　思行文化傳播公司　2013 年 8 月　頁 240—247

598.〔編輯部〕　　三毛一生大事記　你是我不及的夢　北京　北京十月文藝出
　　　版社　2014 年 2 月　頁 219—224

其他

599. 易惠筠　三毛現出一段大學生活　中華日報　1988 年 7 月 5 日　10 版

600. 易惠筠　三毛花絮　中華日報　1989 年 9 月 9 日　15 版

601. 江聰明　三毛的行事曆已經安排到明春　聯合報　1991 年 1 月 5 日　5 版

602. 虞錫珪　三毛到底為什麼要自殺　三毛‧三毛　成都　四川文藝出版社
　　　1991 年 1 月　頁 15—20

603. 虞錫珪　三毛自殺引起港台「三毛熱」　三毛‧三毛　成都　四川文藝出
　　　版社　1991 年 1 月　頁 34—38

604. 王慧萍，張黎明　　三毛絕唱的震盪　三毛‧三毛　成都　四川文藝出版社
　　　1991 年 1 月　頁 46—53

605. 陳志強　兒時孕育的夢實現了──臺灣著名作家三毛回大陸尋根　三毛‧

　　　　　　　三毛　成都　四川文藝出版社　1991 年 1 月　頁 145—147

606. 應未遲　　三毛百日祭　中華日報　1991 年 4 月 23 日　14 版

607. 陳漱渝　　飄飄何所似，天地一沙鷗──臺灣女作家三毛冥歸週年祭　一個
　　　　　　　大陸人看臺灣　臺北　朝陽唐文化公司　1994 年 11 月　頁 239—
　　　　　　　246

608. 江中明　　三毛遺物兩岸爭取收藏　聯合報　1998 年 12 月 8 日　14 版

609. 朱梅芳　　三毛熱在大陸延燒　中時晚報　1998 年 12 月 16 日　13 版

610. 林上玉　　三毛文物展勾起讀者回憶　民生報　1999 年 6 月 16 日　7 版

611. 　誠　　　三毛文學行腳特展　臺灣新聞報　2000 年 9 月 7 日　B8 版

612. 陳益裕　　活躍過在臺灣的文壇上！──「三毛文學行腳」特展記（上、
　　　　　　　下）　臺灣時報　2000 年 10 月 30—31 日　29 版

613. 陳昭如　　十年後，我們仍在消費三毛　自由時報　2001 年 1 月 3 日　40 版

614. 李令儀　　《我的靈魂騎在紙背上》　聯合報　2001 年 1 月 5 日　14 版

615. 徐開塵　　追念三毛傳奇故事，手稿與新書齊入目　民生報　2001 年 1 月 5
　　　　　　　日　A7 版

616. 王蘭芬　　探訪三毛故事場景　民生報　2001 年 8 月 22 日　A9 版

617. 賴素鈴　　兩岸三毛熱力延伸，大陸將出作品全集　民生報　2003 年 3 月 17
　　　　　　　日　A13 版

618. 秋　鄉　　三毛自殺後致信賈平凹的新聞故事　今傳媒　2005 年第 5 期
　　　　　　　2005 年 5 月　頁 14—15

619. 〔人間福報〕　夢中的橄欖樹──三毛系列活動　人間福報　2011 年 1 月
　　　　　　　9 日　B4 版

620. 易采芃　　逝世 20 週年‧典藏三毛　人間福報　2011 年 1 月 9 日　B4—5 版

621. 金文蕙　　新版三毛是怎麼變出來的？　皇冠　第 683 期　2011 年 1 月　頁
　　　　　　　94—96

622. 編輯部　　話說，三毛記錄片　皇冠　第 683 期　2011 年 1 月　頁 97

623. 林端貝　　「夢中的橄欖樹」──三毛特展　文訊雜誌　第 304 期　2011 年

2 月　頁 152

624. 黃佳慧　「夢中的橄欖樹——三毛逝世 20 週年紀念特展」策展始末　臺灣文學館通訊　第 31 期　2011 年 6 月　頁 50—55

625. 蔡佩玲　珍藏的回聲‧永遠的想念——「三毛兒童文學主題書展」　臺灣文學館通訊　第 31 期　2011 年 6 月　頁 58—59

626. 黃舒柔　骨質文物展示加固——以三毛結婚禮物駱駝頭骨為例　臺灣文學館通訊　第 31 期　2011 年 6 月　頁 104—106

627. 姜　妍　「永遠的三毛」研討會　文訊雜誌　第 310 期　2011 年 8 月　頁 140

628. 李青霖　交大展出「三毛文學作品特展」　文訊雜誌　第 311 期　2011 年 9 月　頁 141

629. 姜　妍　三毛傳記出版授權爭議　文訊雜誌　第 311 期　2011 年 9 月　頁 147

630. 洪欣怡　說三毛道三毛——三毛文物紀念特展開幕式暨座談會側記、三毛的生平與文學成就‧郝譽翔教授演講側記　明道文藝　第 429 期　2011 年 12 月　頁 40—50

631. 陳憲仁　明道中學舉辦「三毛文物紀念展」　文訊雜誌　第 314 期　2011 年 12 月　頁 144

632.〔楊護源主編〕　嘿，分享我的寶貝——三毛兒童文學書展　國立臺灣文學館年報 2011　臺南　國立臺灣文學館　2012 年 12 月　頁 60

633.〔楊護源主編〕　「三毛逝世 20 周年紀念特展」教育推廣活動　國立臺灣文學館年報 2011　臺南　國立臺灣文學館　2012 年 12 月　頁 71

634. 林真雲　夢想在撒哈拉——探訪三毛故居　中國時報‧開卷　2015 年 1 月 18 日　18 版

635. 留婷婷　流浪到故鄉——三毛夢屋　遇見文學美麗島：25 座臺灣文學博物館輕旅行　臺北，臺南　前衛出版社，國立台灣文學館　2015 年 12 月　頁 74—81

636. 留婷婷　　行走入深林——三毛的清泉祕境　遇見文學美麗島：25 座臺灣文
學博物館輕旅行　臺北，臺南　前衛出版社，國立台灣文學館
2015 年 12 月　頁 229—232

作品評論篇目

綜論

637. 桂文亞　　飛——三毛作品的今昔　皇冠　第 268 期　1976 年 6 月　頁 106
—110

638. 桂文亞　　飛——三毛作品的今昔　雨季不再來　臺北　皇冠出版社　1976
年 7 月　頁 242—250

639. 桂文亞　　飛——三毛作品的今昔　橄欖的滋味　臺北　皇冠出版社　1977
年 4 月　頁 164—171

640. 桂文亞　　飛——三毛作品的今昔　雨季不再來　臺北　皇冠文化出版公司
1991 年 8 月　頁 223—231

641. 林承璜　　三毛與她的作品　福建日報　1983 年 9 月 11 日　4 版

642. 張默芸　　臺灣女作家三毛創作簡論　福建論壇　第 5 期　1983 年 10 月　頁
116—120

643. 張拓蕪　　浪漫激情沉潛執著——我說三毛的人和文　文訊雜誌　第 15 期
1984 年 12 月　頁 252—261

644. 齊邦媛　　閨怨之外——以實力論臺灣女作家〔三毛部分〕　聯合文學　第 5
期　1985 年 3 月　頁 13

645. 齊邦媛　　閨怨之外——以實力論臺灣女作家〔三毛部分〕　七十四年文學
批評選　臺北　爾雅出版社　1986 年 4 月　頁 184—186

646. 齊邦媛　　閨怨之外——以實力論臺灣女作家〔三毛部分〕　中華現代文學
大系（臺灣 1970—1989）評論卷（壹）　臺北　九歌出版社
1989 年 5 月　頁 534—535

647. 齊邦媛　　閨怨之外——以實力論臺灣女作家的小說〔三毛部份〕　千年之

淚　臺北　爾雅出版社　1990 年 7 月　頁 126—128

648. 齊邦媛　閨怨之外——以實力論臺灣女作家的小說〔三毛部分〕　千年之淚——當代臺灣小說論集　臺北　爾雅出版社　2015 年 7 月　頁 168—170

649. 白祥興　略論三毛作品的藝術特色　藝譚　第 32 期　1987 年 5 月　頁 21—23

650. 黃曉玲，徐新建　從虛構到紀實——三毛作品與私小說　當代文藝探索　1987 年第 6 期　1987 年 11 月　頁 63—68

651. 杜元明　三毛的散文　現代臺灣文學史　瀋陽　遼寧大學出版社　1987 年 12 月　頁 770—778

652. 〔編輯部〕　對小說的看法和評論——三毛　中國當代短篇小說選（第一集）　香港　新亞洲出版社　1988 年 4 月　頁 411

653. 湯淑敏　論陳若曦、瓊瑤、三毛與東方文化　中國時報　1988 年 8 月 15 日　18 版

654. 李元貞　從女性作家的觀點論三毛　中國時報　1991 年 1 月 11 日　31 版

655. 亮　軒　三毛缺席之後——一點美學的窺探　自由青年　第 85 卷第 1 期　1991 年 1 月 15 日　頁 20—21

656. 路　萍　羅曼史的完成？　中國時報　1991 年 2 月 6 日　27 版

657. 徐　學　女作家散文〔三毛部分〕　臺灣新文學概觀（下）　廈門　鷺江出版社　1991 年 6 月　頁 191—192

658. 梁濃剛　看三毛這個沙漠旅行者　詩意的回歸　北京　群眾出版社　1991 年 6 月　頁 136—141

659. 陸士清　三毛　臺灣小說選講新編　上海　復旦大學出版社　1991 年 9 月　頁 151—153

660. 鄭明娳　通俗文學與純文學〔三毛部分〕　流行天下　臺北　時報文化出版公司　1992 年 1 月　頁 42—45

661. 錢　虹　三毛的「故事」閱讀的誤區——兼談讀者對三毛及其作品的接受

反應　流行天下　臺北　時報文化公司　1992 年 1 月　頁 119—162

662. 張大春　滾滾浪跡二十載・淺淺紅塵不再來——「三毛現象」的文學社會學觀察　張大春的文學意見　臺北　遠流出版公司　1992 年 5 月　頁 133—141

663. 趙　朕　情節模式——民族傳統的餘韻〔三毛部分〕　臺灣與大陸小說比較論　福州　海峽文藝出版社　1992 年 9 月　頁 167—169

664. 徐　學　王鼎鈞、張曉風與 70 年代散文創作〔三毛部分〕　臺灣文學史（下）　福州　海峽文藝出版社　1993 年 1 月　頁 464—465

665. 陸士清　透明的黃玫瑰——論三毛的散文創作　臺灣文學新論　上海　復旦大學　1993 年 6 月　頁 343—353

666. 林　薇　何處春江無月明——《20 世紀中國女性散文百家》編後記——在水一方的吟唱〔三毛部分〕　20 世紀中國女性散文百家　福建　福建教育出版社　1993 年 8 月　頁 641—642

667. 黃端陽　永遠的稻草人——淺論三毛　明道文藝　第 217 期　1994 年 4 月　頁 124—128

668. 徐　學　生命體驗——生命意義的探尋〔三毛部分〕　臺灣當代散文綜論　福州　海峽文藝出版社　1994 年 10 月　頁 132—134

669. 張超主編　三毛　臺港澳及海外華人作家辭典　江蘇　南京大學出版社　1994 年 12 月　頁 399—400

670. 林　丹　三毛對遊記散文寫作的超越　龍岩師專學報　第 13 卷 1 期　1995 年 1 月　頁 67—69

671. 徐　學　當代臺灣散文的生命體驗〔三毛部分〕　臺灣研究集刊　1995 年第 1 期　1995 年 2 月　頁 56—57

672. 王先霈，於可訓　三毛的散文　八十年代中國通俗文學　武漢　湖北教育出版社　1995 年 5 月　頁 326—329

673. 盛英主編　純情浪漫的三毛、席慕蓉　二十世紀中國女性文學史　天津

天津人民出版社　1995 年 6 月　頁 1095—1100

674. 方　忠　歷練人生，灑脫不羈——三毛散文　臺港散文 40 家　鄭州　中原
農民出版社　1995 年 9 月　頁 453—457

675. 楊　照　四十年臺灣大眾文學小史〔三毛部分〕　文學、社會與歷史想
像：戰後文學史散論　臺北　聯合文學出版社　1995 年 10 月　頁
57—58

676. 楊　照　四十年臺灣大眾文學小史——傳奇的三毛、三毛的傳奇　霧與
畫：戰後臺灣文學史散論　臺北　麥田出版‧城邦文化公司
2010 年 8 月　頁 433—434

677. 呂正惠　一種不浪漫的推測——臺灣女性問題省思的一個起點[16]　自立早報
1991 年 1 月 11—12 日　19 版

678. 呂正惠　三毛之死——臺灣女性問題省思的一個起點　戰後臺灣文學經驗
臺北　新地文學出版社　1992 年 12 月　頁 249—255

679. 呂正惠　三毛之死——臺灣女性問題省思的一個起點　戰後臺灣文學經驗
北京　三聯書店　2010 年 4 月　頁 350—354

680. 張　健　三毛的散文　從古典到現代　臺北　三民書局　1996 年 4 月　頁
215—217

681. 黃德志　試析三毛的感情歷程與創作軌跡　南通師專學報　第 12 卷第 2 期
1996 年 6 月　頁 26—31

682. 周成平　走進三毛的藝術世界　世界華文文學論壇　1996 年第 4 期　1996
年 12 月　頁 32—35

683. 陳達鎮　三毛作品　翰海觀潮　臺北　行政院文建會　1997 年 5 月　頁
282—285

684. 方　群　三毛等作家的旅行寫作　幼獅文藝　第 521 期　1997 年 5 月　頁
47—50

685. 唐　敏　三毛散文品味　臨沂師範學院學報　第 21 卷第 1 期　1999 年 2 月

---

[16] 本文後改篇名為〈三毛之死——臺灣女性問題省思的一個起點〉。

頁 55—57

686. 羅前方　　論三毛創作中的「神祕」意識　懷化師專學報　第 18 卷第 3 期
　　　　　　　1999 年 6 月　頁 48—50

687. 樊洛平　　三毛的創作姿態與文體選擇　信陽師範學院學報　第 19 卷第 4 期
　　　　　　　1999 年 10 月　頁 89—92

688. 趙志英　　三毛、瓊瑤創作風格比較　江蘇教育學院學報　第 16 卷第 1 期
　　　　　　　2000 年 1 月　頁 64—66

689. 黃文記　　回首三毛文學行腳　民生報　2000 年 9 月 8 日　A4 版

690. 朱　平　　一程山水一程歌——三毛遊記的奇美風致　語文學刊　2000 年第
　　　　　　　5 期　2000 年 9 月　頁 22—24

691. 曹惠民　　三毛——浪跡天涯的浪漫一生　臺港澳文學教程　上海　漢語大
　　　　　　　辭典出版社　2000 年 10 月　頁 182—184

692. 方　忠　　八、九十年代的臺灣言情文學〔三毛部分〕　臺灣通俗文學論稿
　　　　　　　北京　中國華僑出版社　2000 年 12 月　頁 167—168

693. 方　忠　　瓊瑤與張恨水、三毛、亦舒比較觀　臺灣通俗文學論稿　北京
　　　　　　　中國華僑出版社　2000 年 12 月　頁 200—207

694. 方　忠　　在現實與神話之間——三毛　臺灣通俗文學論稿　北京　中國華
　　　　　　　僑出版社　2000 年 12 月　頁 208—234

695. 朱嘉雯　　挑戰「男遊女怨」的文學傳統——新世代女遊啟示錄〔三毛部
　　　　　　　分〕　旅遊文學研討會論文集　臺北　文津出版社　2001 年 1 月
　　　　　　　頁 239—240

696. 張曼娟　　捲起風沙的裙角——三毛撒哈拉時期之藝術風格　明道文藝　第
　　　　　　　298 期　2001 年 1 月　頁 26—39

697. 殷曉明　　三毛散文的語言特色　鹽城師範學院學報　2001 年第 1 期　2001
　　　　　　　年 2 月　頁 13—17

698. 吳智斌　　對真、善、美理想世界的不朽追尋——三毛作品評析　株洲師範
　　　　　　　高等專科學校學報　第 6 卷第 3 期　2001 年 6 月　頁 31—34

699. 莊宜文　三三成員——朱天心、楊照、林俊穎、三毛　張愛玲的文學投影
　　　　　　——臺、港、滬三地張派小說研究　東吳大學中國文學系　博士
　　　　　　論文　李瑞騰教授指導　2001 年 10 月　頁 189—194

700. 顧　穎　參悟生命的紀錄——三毛散文漫談　咸陽師範學院學報　2001 年
　　　　　　第 5 期　2001 年 10 月　頁 20—22

701. 杜劍峰　一九四九年後臺灣、香港文學——臺灣文學——柏楊、三毛散文
　　　　　　插圖本百年中國文學史（下卷）　成都　四川教育出版社　2002
　　　　　　年 6 月　頁 482—488

702. 彭燕彬　在商品經濟大潮中沖浪的臺灣通俗文學及戲劇創作概況——獨具
　　　　　　神韻的三毛遊記散文　簡明臺灣文學史　北京　時事出版社
　　　　　　2002 年 6 月　頁 401—404

703. 陳室如　萌芽與過渡——臺灣現代旅行書寫發展述析（上）1949—1987
　　　　　　〔三毛部分〕　出發與回歸的辯證——臺灣現代旅行書寫研究
　　　　　　（1949—2002）　彰化師範大學國文學系　碩士論文　王年雙教
　　　　　　授指導　2003 年 6 月　頁 42—46

704. 張　穎　兩岸女性文學發展學術研討會——蠻荒・流浪・女人〔三毛部
　　　　　　分〕　兩岸女性文學發展學術研討會　臺北　中華發展基金管理
　　　　　　委員會主辦；佛光人文社會學院承辦　2003 年 11 月 1—2 日

705. 鄭軼彥　論三毛散文的文體特徵　重慶教育學院學報　2004 年第 5 期
　　　　　　2004 年 9 月　頁 63—65

706. 柳樹元　三毛散文語言藝術特色論　潮州師範學院學報　2004 年第 5 期
　　　　　　2004 年 10 月　頁 10—14

707. 陳　靜　撒哈拉文化裡的生命哀歌——談三毛作品中人文精神　閱讀與寫
　　　　　　作　2005 年第 1 期　2005 年 1 月　頁 12—13

708. 簡培如　論三毛旅行散文中的浪漫召喚　國文天地　第 236 期　2005 年 1
　　　　　　月　頁 81—88

709. 樊洛平　三毛——浪跡天涯的人生傳奇　當代臺灣女性小說史論　鄭州

河南人民出版社　2005 年 2 月　頁 283—294

710. 樊洛平　　三毛——浪跡天涯的人生傳奇　當代臺灣女性小說史論　臺北
臺灣商務印書館　2006 年 4 月　頁 321—333

711. 孫以紅，祖琴　　三毛作品的藝術美賞析　合肥學院學報　2005 年第 2 期
2005 年 5 月　頁 123—125

712. 楊小蘭，賈向敏　　論臺灣女作家三毛的小說創作　蘭州學刊　2005 年第 3
期　2005 年 6 月　頁 293—294

713. 古遠清　　三毛　分裂的臺灣文學　臺北　海峽學術出版社　2005 年 7 月
頁 88

714. 方　忠　　後現代語境中的日常生活敘事——大眾文化與臺灣文學論綱之一
〔三毛部分〕　徐州師範大學學報　2005 年第 4 期　2005 年 7 月
頁 28—29

715. 華　子　　美麗與寂寞同在——三毛形象探尋　求索　2005 年第 7 期　2005
年 7 月　頁 163—164，33

716. 胡　芳　　妙筆綻奇葩——從符號學角度解讀三毛散文美　閱讀與寫作
2005 年第 12 期　2005 年 12 月　頁 6—7

717. 蕭玉林　　試論莊子對三毛生命哲學的影響　湘南學院學報　2005 年第 12 期
2005 年 12 月　頁 52—55，61

718. 孟　樊　　一九七〇年代的通俗文學〔三毛部分〕　文學史如何可能：臺灣
新文學史論　臺北　揚智文化公司　2006 年 1 月　頁 62—66

719. 吳華山　　論三毛熱產生與消滅的隱性因素　晉中學院學報　2006 年第 1 期
2006 年 2 月　頁 35—38

720. 郭惠玉　　淺析三毛及其作品的永恆魅力　陝西師範大學學報　2006 年第 s1
期　2006 年 3 月　頁 159—161

721. 葛敏懷　　尋找靈魂的棲息地——三毛散文的審美特徵　文教資料　2006 年
第 18 期　2006 年 6 月　頁 24—26

722. 丁　琪　　三毛創作中的女性雙重心理向度解析　內蒙古大學學報　2006 年

第 5 期　2006 年 9 月　頁 63—68

723. 胡錦媛　臺灣當代旅行文學——三毛現象　20 世紀臺灣文學專題 2：創作
　　　類型與主題　臺北　萬卷樓圖書公司　2006 年 9 月　頁 178—180

724. 喬春雷　論三毛散文的曠達文風　阿垻師範高等專科學校學報　2006 年第
　　　4 期　2006 年 12 月　頁 76—78

725. 葉雲佳　擁抱愛和自由的生命追尋——感悟三毛的人生及其私寫作　康定
　　　民族師範高等專科學校學報　2006 年第 6 期　2006 年 12 月　頁
　　　37—40

726. 蕭　霞　自由優雅的心靈之歌——論三毛散文的特色　遼寧行政學院學報
　　　2007 年第 2 期　2007 年 2 月　頁 197—198

727. 鍾怡雯　分裂的敘事主體——論三毛與「三毛」　2007 海峽兩岸華文文學
　　　學術研討會　桃園　中原大學通識教育中心、中國現代文學學會
　　　2007 年 6 月 2—3 日

728. 劉　萍　三毛與王英琦散文異同的比較　世界華文文學論壇　2007 年第 2
　　　期　2007 年 6 月　頁 59—62

729. 吳　娜　三毛的流浪情結　盛寧學院學報　第 27 卷第 5 期　2007 年 10 月
　　　頁 89—90

730. 吳翔逸　臺灣旅行文學的先行流浪者——論三毛流浪地圖的展演　文學臺
　　　灣　第 66 期　2008 年 4 月　頁 223—250

731. 李玲玲　流浪與鄉愁——三毛的履行書寫　籠天地於形內，化山水於筆端
　　　——記遊文學學術研討會　基隆　經國管理暨健康管理學院通識
　　　教育中心，臺灣徐霞客研究會籌備處　2008 年 5 月 22—23 日

732. 于　璟　從作品看個性——讀解三毛　電影文學　2008 年第 12 期　2008
　　　年 6 月　頁 90—91

733. 李　雪　論三毛作品的藝術魅力　重慶郵電大學學報　2008 年第 s1 期
　　　2008 年 6 月　頁 113—114

734. 范培松　臺灣散文——自由至上：散文的精神時尚——極端的意義：三

毛、陳冠學的選擇　中國散文史（下）　南京　江蘇教育出版社
2008 年 8 月　頁 852—854

735. 方維保　流浪的帳篷：性別差異與精神同構——三毛、金庸比較論　世界
華文文學論壇　2008 年第 4 期　2008 年 12 月　頁 55—59

736. 袁永彥　透明的黃玫瑰花落何方——從三毛作品看重寫文學史　湖北第二
師範學院學報　第 25 卷第 12 期　2008 年 12 月　頁 22—23

737. 方　忠　三毛散文論　臺灣散文縱橫論　南京　江蘇教育出版社　2008 年
12 月　頁 109—131

738. 何曉晴　淺議三毛的創作之路　語文教學與研究　2009 年第 3 期　2009 年
3 月　頁 106

739. 陳憲仁　導讀[17]　流浪的終站　臺北　皇冠文化出版公司　2010 年 10 月
頁 6—11

740. 陳憲仁　導讀　把快樂當傳染病　臺北　皇冠文化出版公司　2010 年 10 月
頁 6—12

741. 陳憲仁　導讀　奔走在日光大道　臺北　皇冠文化出版公司　2010 年 10 月
頁 6—11

742. 陳憲仁　三毛傳奇與三毛文學　快樂鬧學去　臺北　皇冠文化出版公司
2010 年 11 月　頁 6—11

743. 陳憲仁　三毛傳奇與三毛文學　永遠的寶貝　臺北　皇冠文化出版公司
2010 年 11 月　頁 68—73

744. 陳憲仁　三毛傳奇與三毛文學　夢中的橄欖樹　臺北　皇冠文化出版公司
2010 年 12 月　頁 6—11

745. 陳憲仁　三毛傳奇與三毛文學　心裡的夢田　臺北　皇冠文化出版公司
2010 年 12 月　頁 6—11

746. 陳憲仁　三毛傳奇與三毛文學　撒哈拉故事　臺北　皇冠文化出版公司
2011 年 1 月　頁 6—11

---

[17]本文後改篇名為〈三毛傳奇與三毛文學〉。

747. 陳憲仁　三毛傳奇與三毛文學　稻草人的微笑　臺北　皇冠文化出版公司　2011 年 1 月　頁 6—11

748. 〔人間福報〕　三毛檔案　人間福報　2011 年 1 月 9 日　B5 版

749. 楊　照　重讀三毛　聯合報　2011 年 1 月 11 日　D3 版

750. 方秋停　永恆的流浪之歌——三毛的叛逆與努力　明道文藝　第 418 期　2011 年 1 月　頁 10—15

751. 吳翔逸　長鏡頭下的投射：三毛的人生演出[18]　臺灣文學評論　第 11 卷第 1 期　2011 年 1 月　頁 93—110

752. 鄭明娳　讀書如讀人——三毛閱讀記　聯合文學　第 315 期　2011 年 1 月　頁 34—39

753. 蔡詩萍　多年後回想三毛——難以理解的時代之歌　聯合文學　第 315 期　2011 年 1 月　頁 40—42

754. 李桐豪　然而，我們都愛過沙漠　聯合文學　第 315 期　2011 年 1 月　頁 46—48

755. 廖偉棠　她讓我們想像天涯　聯合文學　第 315 期　2011 年 1 月　頁 49—51

756. 謝鴻文　逃學、自學和遊學——聆聽三毛的故事　國語日報　2011 年 5 月 15 日　5 版

757. 江　青　三毛陪我們度蜜月　中國時報　2012 年 4 月 23 日　E4 版

758. 方　忠　臺灣通俗文學作家的創作——三毛——浪跡天涯的浪漫一生　臺港澳文學教程新編　上海　復旦大學出版社　2013 年 1 月　頁 137—138

759. 黃雅歆　「獨我」與「唯我」的視角——「旅行我」與「女遊我」的位置與書寫策略〔三毛部分〕　自我、家族（國）與散文書寫策略：臺灣當代女性散文論著　臺北　文津出版社　2013 年 3 月　頁 193，197—198

---

[18]本文綜論三毛具戲劇性的代表篇章，將作品以影像—劇本—電影來作投射。全文共 4 小節：1.人生—劇本：雙生影像；2.人生—劇本：流浪伊始；3.「電影—嵌合」到「電影—回返」；4.結語：長鏡頭下的投射。

760. 鍾怡雯　臺灣現代散文史綜論（1949～2012）〔三毛部分〕　華文文學
　　　2013 年第 4 期　2013 年 8 月　頁 95—96

761. 孫予青　沙漠中飄揚的影子——論流浪意識在三毛作品中的獨特性　世界
　　　華文文學論壇　2013 年第 3 期　2013 年 9 月　頁 45—48

762. 吳爾芬　臺灣女性作家類型化寫作對大陸文學的影響——以瓊瑤和三毛為
　　　例　藝文論壇　第 11 期　2015 年 1 月　頁 106—113

分論
◆單行本作品

散文

《撒哈拉的故事》

763. 沈　謙　三毛的魅力——評《撒哈拉的故事》　華視新聞雜誌　第 1 卷第
　　　10 期　1984 年 3 月　頁 44—49

764. 沈　謙　三毛的魅力——評《撒哈拉的故事》　書本就像降落傘　臺北
　　　黎明文化公司　1992 年 8 月　頁 52—69

765. 郭明福　搜奇歷險是她的桂冠　琳琅滿書目　臺北　爾雅出版社　1985 年
　　　7 月　頁 79—82

766. 袁　兵　三毛和她的《撒哈拉的故事》　文匯月刊　1985 年第 9 期　1985
　　　年 9 月　頁 44—45

767. 李元貞　女性主義文學批評下的臺灣文壇——立基於一九八六年的省察—
　　　—臺灣女作家的作品實質〔《撒哈拉的故事》部分〕　1986 臺灣
　　　年度評論　臺北　圓神出版社　1987 年 3 月　頁 231—232

768. 李元貞　女性主義文學批評下的臺灣文壇——立基於一九八六年的省察—
　　　—臺灣女作家的作品實質〔《撒哈拉的故事》部分〕　解放愛與
　　　美　臺北　婦女新知基金會出版部　1990 年 1 月　頁 203—204

769. 丘彥明　一篇文章，15 種譯文——記三毛作品譯刊讀者文摘　人情之美
　　　臺北　允晨文化公司　1989 年 1 月　頁 294—296

770. 蔡源煌　　　從《臺北人》到《撒哈拉》的故事　海峽兩岸小說的風貌　臺北
　　　雅典出版社　1989 年 4 月　頁 78—79

771. 文藝作品調查研究小組　　《撒哈拉的故事》　心靈饗宴　臺北　國家文藝
　　　基金管理委員會　1992 年 6 月　頁 220—221

772. 張系國　　　我的故鄉在遠方——張系國談《撒哈拉的故事》　中國時報
　　　1994 年 8 月 28 日　39 版

773. 陳昭如　　　記一段歷史的流浪時代——我看《撒哈拉的故事》　中國時報
　　　1996 年 1 月 29 日　35 版

774. 馬中欣　　　海外尋三毛的遺蹤　中國時報　1996 年 10 月 12 日　19 版

775. 楊　照　　　異地浪漫的另類幸福生活——三毛的《撒哈拉沙漠》　中國時報
　　　1998 年 1 月 27 日　27 版

776. 楊喻嫃　　　沙漠悲歡曲——《撒哈拉的故事》讀後感　國語日報　1998 年 8
　　　月 5 日　4 版

777. 阮桃園　　　從憂傷到浪漫——「心情太沉重」、「恨鐵不成鋼」的五、六〇年
　　　代〔《撒哈拉的故事》部分〕　旅遊文學研討會論文集　臺北
　　　文津出版社　2001 年 1 月　頁 173—174

778. 范銘如　　　從強種到雜種——女性小說一世紀〔《撒哈拉的故事》部分〕
　　　眾裡尋她：臺灣女性小說縱論　臺北　麥田出版公司　2002 年 3
　　　月　頁 225—228

779. 范銘如　　　從強種到雜種——女性小說一世紀〔《撒哈拉的故事》部分〕
　　　中華現代文學大系（貳）‧臺灣一九八九—二〇〇三評論卷（二）
　　　臺北　九歌出版社　2003 年 10 月　頁 1228—1230

780. 范銘如　　　從強種到雜種——女性小說一世紀〔《撒哈拉的故事》部分〕
　　　20 世紀臺灣文學專題 2：創作類型與主題　臺北　萬卷樓圖書公
　　　司　2006 年 9 月　頁 302—304

781. 范銘如　　　從強種到雜種——女性小說一世紀〔《撒哈拉的故事》部分〕
　　　眾裡尋她：臺灣女性小說縱論　臺北　麥田‧城邦文化出版

2008 年 9 月　頁 225—228

782. 黃雅歆　　從三毛《撒哈拉傳奇》看「女遊」的潛能開發與假想　臺北師院
語文集刊　第 8 期　2003 年 9 月　頁 27—54

783. 黃雅歆　　「女遊」的潛能開發與假想——三毛的「撒哈拉傳奇」　自我、
家族（國）與散文書寫策略：臺灣當代女性散文論著　臺北　文
津出版社　2013 年 3 月　頁 176—192

784. 張燕如　　《撒哈拉的故事》——沙漠俠女　與書共鳴：九十二學年度臺北
市高級中學跨校網路讀書會優勝作品精選輯　臺北　臺北市教育
局　2004 年 10 月　頁 426—427

785. 應鳳凰，傅月庵　　三毛——《撒哈拉的故事》　冊頁流轉——臺灣文學書
入門 108　臺北　印刻文學生活雜誌出版公司　2011 年 3 月　頁
178—179

786. 胡忠信，陳室如對談；許舜傑整理　　出走・觀看・記遊——旅行文學
〔《撒哈拉的故事》部分〕　無邊的航道：現當代六種類型寫作
臺南　國立臺灣文學館　2013 年 7 月　頁 39—41

《雨季不再來》

787. 舒　凡　　蒼弱與健康——《雨季不再來》序　聯合報　1976 年 7 月 24 日
12 版

788. 舒　凡　　「蒼弱」與「健康」——《雨季不再來》序　雨季不再來　臺北
皇冠出版社　1976 年 7 月　頁 15—17

789. 舒　凡　　「蒼弱」與「健康」——《雨季不再來》序　雨季不再來　臺北
皇冠文化出版公司　1991 年 8 月　頁 5—6

790. 舒　凡　　「蒼弱」與「健康」　三毛在哪裡？——三毛懷念集　蘭州　敦
煌文藝出版社　1998 年 10 月　頁 178—179

791. 林靜靜　　《雨季不再來》時的三毛（1—2）　臺灣日報　1976 年 11 月
17，24 日　9 版

《溫柔的夜》

792. 周　粲　　我不是三毛迷——讀《溫柔的夜》　溫柔的夜　臺北　皇冠雜誌社　1979 年 2 月　頁 269—274

793. 周　粲　　我不是三毛迷——讀《溫柔的夜》　溫柔的夜　臺北　皇冠文化出版公司　1991 年 8 月　頁 247—255

794. 周　粲　　我不是三毛迷　三毛在哪裡？——三毛懷念集　蘭州　敦煌文藝出版社　1998 年 10 月　頁 180—186

795. 楊　照　　壯闊與堅強——三毛的《溫柔的夜》　聯合文學　第 315 期 2011 年 1 月　頁 94—97

《背影》

796. 〔許燕，李敬〕　　三毛《背影》　感人的書　臺北　希代書版公司　1984 年 12 月　頁 13—21

《夢裡花落知多少》

797. 文藝作品調查研究小組　　《夢裡花落知多少》　書林采風　臺北　國家文藝基金管理委員會　1992 年 6 月　頁 116—117

《萬水千山走遍——中南美紀行·第一輯》

798. 粘佳懿　　探三毛《萬水千山走遍》之生命、焦慮與死亡　臺北教育大學 95 學年度語文與創作學系學生論文發表會　臺北　臺北教育大學語文與創作學系　2007 年 5 月 7、14 日

《送你一匹馬》

799. 應鳳凰　　風中的林木〔《送你一匹馬》部分〕　文訊雜誌　第 3 期　1983 年 9 月　頁 172—173

《傾城》

800. 林承璜　　情真·情深情切·情濃——讀三毛《夏日煙愁》一書有感　臺灣香港文學評論集　福州　海峽文藝出版社　1994 年 2 月　頁 287—293

《隨想》

801. 王希成　　談三毛的《隨想》　臺灣新聞報　1985 年 11 月 29 日　8 版

802. 王希成　　談三毛的《隨想》　生命樹　高雄　珠璣出版社　1987 年 5 月
　　　　　　　頁 212—218

《我的寶貝》

803. 編輯部　　《我的寶貝》　文化貴族　第 1 期　1988 年 2 月　頁 109

804. 李宜涯　　《我的寶貝》　書海探微　臺北　黎明文化公司　1989 年 3 月
　　　　　　　頁 24—26

805. 李宜涯　　《我的寶貝》　當代名著欣賞　臺北　文史哲出版社　2000 年 1
　　　　　　　月　頁 32—34

《鬧學記》

806. 琦　莙　　人人都愛三毛　中國時報　1988 年 9 月 5 日　23 版

《我的快樂天堂》

807. 陳繆進蘭　　序《我的快樂天堂》　我的快樂天堂　臺北　皇冠出版社
　　　　　　　1993 年 1 月　頁 3—4

《永遠的寶貝》

808. 吳翔逸　　革命詩人的拾荒事業——三毛與《永遠的寶貝》　全國新書資訊
　　　　　　　月刊　第 152 期　2011 年 8 月　頁 74—77

《思念的長河》

809. 陳憲仁　　與三毛在同一時空呼吸、生活　思念的長河　臺北　皇冠出版文
　　　　　　　化公司　2013 年 4 月　頁 3—5

810. 陳栢青　　此致三毛——《思念的長河》　聯合文學　第 342 期　2013 年 4
　　　　　　　月　頁 85

劇本

《滾滾紅塵》

811. 夏　婕　　三毛與《滾滾紅塵》　三毛在哪裡？——三毛懷念集　蘭州　敦
　　　　　　　煌文藝出版社　1998 年 10 月　頁 195—199

《我的靈魂騎在紙背上——三毛的書信札及私相簿》

812. 趙又霓　三毛新書再入滾滾紅塵　中華日報　2001 年 1 月 9 日　18 版

813. 陳憲仁　再見三毛——序三毛家書《我的靈魂騎在紙背上》　明道文藝　第 298 期　2001 年 1 月　頁 40—42

814. 陳憲仁　再見三毛　我的靈魂騎在紙背上　臺北　皇冠文化出版公司　2001 年 1 月　頁 50—54

◆多部作品

《哭泣的駱駝》、《撒哈拉的故事》、《稻草人手記》

815. 百　靈　漠地奇花——三毛流浪記讀後　嘉義青年　1980 年 5 月號　1979 年 5 月　頁 14

《背影》、《夢裡花落知多少》

816. 應鳳凰　看盡洛城花——三毛的書最暢銷　臺灣時報　1981 年 10 月 21 日　12 版

《撒哈拉的故事》、《哭泣的駱駝》

817. 陳室如　萌芽與過度 1949—1987——封閉中的出走——浪漫的想望　相遇與對話——臺灣現代旅行文學　臺南　國立臺灣文學館　2013 年 8 月　頁 31—35

單篇作品

818. 楚　人　三毛的〈荒山之夜〉　中央日報　1976 年 9 月 12 日　10 版

819. 劉　浪　死亡意識——讀〈荒山之夜〉　三毛，我們想念你——海內外名士談三毛併精品欣賞　北京　中國國際廣播出版社　1991 年 2 月　頁 65—66

820. 小　民　三毛〈塵緣〉的餘音　中華日報　1977 年 10 月 31 日　9 版

821. 曾昭旭　此情可鑄——讀三毛《迷航》完結篇〔〈夢裡花落知多少〉〕　聯合報　1981 年 8 月 11 日　8 版

822. 曾昭旭　此情可鑄——讀三毛《迷航》完結篇〔〈夢裡花落知多少〉〕　文學的哲思　臺北　漢光文化公司　1984 年 12 月　頁 116—119

823. 劉　浪　　死是可以感知的嗎？——讀〈夢裡花落知多少〉　三毛，我們想
　　　　　　　念你——海內外名士談三毛併精品欣賞　北京　中國國際廣播出
　　　　　　　版社　1991 年 2 月　頁 138—139

824. 姚玉光，趙旭英　　〈夢裡花落知多少〉賞析　臺灣散文鑑賞辭典　太原
　　　　　　　北岳文藝出版社　1991 年 12 月　頁 1105—1109

825. 沈　謙　　評〈膽小鬼〉　傾城　臺北　皇冠出版社　1985 年 3 月　頁 287
　　　　　　　—292

826. 沈　謙　　評〈膽小鬼〉　傾城　臺北　皇冠文學出版公司　1991 年 7 月
　　　　　　　頁 245—248

827. 沈　謙　　評〈膽小鬼〉　三毛在哪裡？——三毛懷念集　蘭州　敦煌文藝
　　　　　　　出版社　1998 年 10 月　頁 187—189

828. 沈　謙　　三毛的浪漫與激情——評〈膽小鬼〉　獨步，散文國：現代散文
　　　　　　　評析　臺北　讀冊文化公司　2002 年 10 月　頁 189—198

829. 菩　提　　讀三毛的〈傾城〉　傾城　臺北　皇冠出版社　1985 年 3 月　頁
　　　　　　　293—301

830. 菩　提　　讀三毛的〈傾城〉　傾城　臺北　皇冠文學出版公司　1991 年 7
　　　　　　　月　頁 249—255

831. 菩　提　　讀三毛的〈傾城〉　三毛在哪裡？——三毛懷念集　蘭州　敦煌
　　　　　　　文藝出版社　1998 年 10 月　頁 190—194

832. 蔣　明　　彩筆繪海島，人在圖畫中——讀三毛作品〈逍遙七島遊〉　修辭
　　　　　　　學習　1988 年第 5 期　1988 年　頁 24—25

833. 孫　聰　　遙遠天地間——讀〈結婚記〉　三毛，我們想念你——海內外名
　　　　　　　士談三毛併精品欣賞　北京　中國國際廣播出版社　1991 年 2 月
　　　　　　　頁 50—51

834. 孫　聰　　沙漠奇葩——讀〈白手起家〉　三毛，我們想念你——海內外名
　　　　　　　士談三毛併精品欣賞　北京　中國國際廣播出版社　1991 年 2 月
　　　　　　　頁 99—100

835. 孫　聰　　溫馨與綠意——讀〈馬德拉遊記〉　三毛，我們想念你——海内外名士談三毛併精品欣賞　北京　中國國際廣播出版社　1991 年 2 月　頁 115—116

836. 孫　聰　　心碎的憧憬——讀〈不死鳥〉　三毛，我們想念你——海内外名士談三毛併精品欣賞　北京　中國國際廣播出版社　1991 年 2 月　頁 121

837. 孫　聰　　豁達的幽怨——讀〈愛與信任〉　三毛，我們想念你——海内外名士談三毛併精品欣賞　北京　中國國際廣播出版社　1991 年 2 月　頁 158—159

838. 姚玉光，趙旭英　　〈愛和信任〉賞析　臺灣散文鑑賞辭典　太原　北岳文藝出版社　1991 年 12 月　頁 1111—1113

839. 李景順　　嬗變的力量——讀〈驚夢三十年〉　三毛，我們想念你——海内外名士談三毛併精品欣賞　北京　中國國際廣播出版社　1991 年 2 月　頁 163—164

840. 孫　聰　　小草的輝煌——讀〈朝陽為誰〉　三毛，我們想念你——海内外名士談三毛併精品欣賞　北京　中國國際廣播出版社　1991 年 2 月　頁 176—177

841. 劉　浪　　又一個大鬍子——讀〈星石〉　三毛，我們想念你——海内外名士談三毛併精品欣賞　北京　中國國際廣播出版社　1991 年 2 月　頁 195—196

842. 孟慶羽　　〈星石〉作品鑒賞　臺港小說鑑賞辭典　北京　中央民族學院出版社　1994 年 1 月　頁 549—552

843. 姚玉光　　〈芳鄰〉賞析　臺灣散文鑑賞辭典　太原　北岳文藝出版社　1991 年 12 月　頁 1059—1062

844. 姚玉光　　〈娃娃新娘〉賞析　臺灣散文鑑賞辭典　太原　北岳文藝出版社　1991 年 12 月　頁 1070—1072

845. 張天香　　〈巨人〉賞析　臺灣散文鑑賞辭典　太原　北岳文藝出版社

1991 年 12 月　頁 1082—1084

846. 姚玉光，趙旭英　〈橄欖樹〉賞析　臺灣散文鑑賞辭典　太原　北岳文藝
出版社　1991 年 12 月　頁 1085—1087

847. 馬海燕　〈橄欖樹〉賞析　世界華人詩歌鑑賞大辭典　太原　書海出版社
1993 年 3 月　頁 502—503

848. 姚玉光，趙旭英　〈什麼都快樂〉賞析　臺灣散文鑑賞辭典　太原　北岳
文藝出版社　1991 年 12 月　頁 1116—1117

849. 高　巍　〈孀〉賞析　世界華人詩歌鑑賞大辭典　太原　書海出版社
1993 年 3 月　頁 496—498

850. 樊善云　〈飛〉賞析　世界華人詩歌鑑賞大辭典　太原　書海出版社
1993 年 3 月　頁 498—500

851. 梁　濤　〈說給自己聽〉賞析　世界華人詩歌鑑賞大辭典　太原　書海出
版社　1993 年 3 月　頁 500—502

852. 余昭玟　談古今幾篇孝思散文〔〈守望天使〉部分〕　中國語文　第 86 卷
第 5 期　2000 年 5 月　頁 64

853. 王宗法　三毛的〈撒哈拉的故事〉　20 世紀中國文學通史　上海　東方出
版中心　2003 年 9 月　頁 593—594

854. 黃渭珈　朱自清〈背影〉與三毛〈背影〉比較探析　雛鳳清鳴：玄奘大學
中國語文學研究所第三屆研究生學術研討會論文集　新竹　玄奘
大學中國語文學研究所　2004 年 4 月　頁 167—178

855. 蔡孟樺　〈沙漠觀浴記〉編者的話　世界向我走來　臺北　香海文化公司
2006 年 9 月　頁 234—235

856. 易怡玲　密門之鑰──〈沙漠中的飯店〉　比整個世界還要大：散文選讀
臺北　三民書局　2007 年 9 月　頁 158—159

857. 吳舒靜　三毛〈哭泣的駱駝〉中女性形象探析　第一屆臺灣師範大學國文
學系在職進修研究生學術論文研討會　臺北　臺灣師範大學國文
學系主辦　2009 年 3 月 7 日

多篇作品

858. 鄭明娳　當代臺灣女作家散文中的父親形象（上、中、下）〔〈孤獨的長跑者〉、〈愛和信任〉、〈一生的戰役〉部分〕　臺灣日報　1992 年 1 月 8—10 日　14 版

859. 鄭明娳　臺灣現代散文女作家筆下的父親形象〔〈孤獨的長跑者〉、〈愛和信任〉、〈一生的戰役〉部分〕　現代散文現象論　臺北　大安出版社　1992 年 8 月　頁 124，131—132

860. 鄭明娳　當代臺灣女作家散文中的父親形象〔〈孤獨的長跑者〉、〈愛和信任〉、〈一生的戰役〉部分〕　文藝論評精華　臺北　中國文藝協會　1993 年 2 月　頁 216—217，224—225

861. 孫慰川　華人留學生文學：起源、發展與現狀〔〈西方不識相〉、〈我的財富在澳洲〉部分〕　臺港與海外華文文學評論和研究　1994 年第 2 期　1994 年 9 月　頁 49

其他

862. 林大中　一個人生探索者的記錄——讀《三毛作品選》　讀書　1985 年第 10 期　1985 年 10 月　頁 80—83

863. 唐潤鈿　成功與成長——讀《三毛的世界》　瓜與豆　臺北　星光出版社　1986 年 10 月　頁 183—185

864. 南方朔　三毛，流浪的心靈使者——讀《三毛私家相冊》　新野蠻時代　臺北　聯合文學出版社　2006 年 7 月　頁 236—242

865. 南方朔　流浪的心靈使者　中國時報　2011 年 3 月 14 日　E4 版

866. 陳憲仁　與三毛在同一時空呼吸、生活——《三毛散文選》編者序　中華日報　2013 年 3 月 24 日　B7 版

國家圖書館出版品預行編目資料

臺灣現當代作家研究資料彙編. 89, 三毛 / 蔡振念編選.
-- 初版. -- 臺南市：臺灣文學館, 2016.12
　　面；　　公分
ISBN 978-986-05-0143-8(平裝)

1.三毛 2.傳記 3.文學評論

863.4　　　　　　　　　　　　　　105018736

【臺灣現當代作家研究資料彙編】89
三毛

發 行 人　廖振富
指導單位　文化部
出版單位　國立臺灣文學館
　　　地　　址／70041 臺南市中西區中正路 1 號
　　　電　　話／06-2217201　　　　　傳　　真／06-2218952
　　　網　　址／www.nmtl.gov.tw　　　電子信箱／pba@nmtl.gov.tw

總 策 畫　封德屏
顧　　問　林淇瀁　張恆豪　許俊雅　陳信元　陳義芝　須文蔚　應鳳凰
工作小組　白心瀞　呂欣茹　郭汶伶　陳映潔　陳鈺翔　張　瑜　莊淑婉
編　　選　蔡振念
責任編輯　陳鈺翔
校　　對　白心瀞　呂欣茹　陳映潔　陳鈺翔　莊淑婉
計畫團隊　財團法人台灣文學發展基金會
美術設計　翁國鈞・不倒翁視覺創意
印　　刷　松霖彩色印刷事業有限公司

著作財產權人　國立臺灣文學館
　　　本書保留所有權利。欲利用本書全部或部分內容者，須徵求著作財產權人
　　　同意或書面授權。請洽國立臺灣文學館研究典藏組（電話：06-2217201）

經銷展售　國家書店松江門市（02-25180207）
　　　　　國立臺灣文學館藝文商店（06-2217201*2960）
　　　　　三民書局（02-23617511）　　　　五南文化廣場（04-22260330）
　　　　　台灣的店（02-23625799）　　　　府城舊冊店（06-2763093）
　　　　　南天書局（02-23620190）　　　　唐山出版社（02-23633072）
　　　　　草祭二手書店（06-2216872）

初版一刷　2016 年 12 月
定　　價　新臺幣 410 元整
　　　　　第一階段 15 冊新臺幣 5500 元整　　第二階段 12 冊新臺幣 4500 元整
　　　　　第三階段 23 冊新臺幣 8500 元整　　第四階段 14 冊新臺幣 5000 元整
　　　　　第五階段 16 冊新臺幣 6000 元整　　第六階段 10 冊新臺幣 3800 元整
　　　　　全套 90 冊新臺幣 27000 元整

GPN　1010502250（單本）　　ISBN　978-986-05-0143-8（單本）
　　　1010000407（套）　　　　　　　　978-986-02-7266-6（套）